一曲千年

张晓东 著

时事出版社
北京

图书在版编目（CIP）数据

一曲千年/张东晓著 . —北京：时事出版社，2021.10
ISBN 978-7-5195-0430-4

Ⅰ.①—… Ⅱ.①张… Ⅲ.①古典诗歌—诗歌欣赏—中国 Ⅳ.①I207.2

中国版本图书馆 CIP 数据核字（2021）第 149013 号

出版发行：	时事出版社
地　　址：	北京市海淀区彰化路 138 号西荣阁 B 座 G2 层
邮　　编：	100097
发行热线：	（010）88869831　88869832
传　　真：	（010）88869875
电子邮箱：	shishichubanshe@ sina. com
网　　址：	www. shishishe. com
印　　刷：	北京良义印刷科技有限公司

开本：787×1092　1/16　印张：21　字数：320 千字
2021 年 10 月第 1 版　2021 年 10 月第 1 次印刷
定价：88.00 元

（如有印装质量问题，请与本社发行部联系调换）

自序

序原本是应请贤者执笔的。可惜我是"泥腿子"出身，所识贤者甚少，又囊中羞涩，因此只好自己写。王婆卖瓜纵然有自吹自擂之嫌，总归无伤大雅。或许正如我爱人说的，是我想多了，像我这样的文字，又有谁会看呢？既然没人看，也就不存在贻笑大方的可能了。至于挨骂，我还远不够资格。

出书，是梦想，也是天方夜谭。

说是梦想，因为哪一个码字者不希望自己的作品能公诸于世呢？尽管那些蹩脚的文字在许多人眼里根本配不上"作品"二字。但这又有什么呢？梦想是自己的，要威武不能屈，富贵不能淫，贫贱不能移！我很庆幸能生活在一个如此包容的时代，它允许每一个梦想生根发芽。许多人羡慕唐宋，但唐宋虽然比其他朝代好很多，却绝非黄金时代。唐安史之乱，宋靖康之耻，兴亡之间，百姓皆苦。那些名流史册的大才子，有几个不是颠沛流离？最典型的是李贺。一个莫须有的流言就剥夺了他参加科考的权利。我们的时代尽管也有许多需要改进的地方，但它承认努力和奋斗的价值，它为每一位锲而不舍追求梦想的人提供足够大的舞台。这就够了，至少对于我来说，已经足够了。

说是天方夜谭，也的确如此。当我在小学校园里用鸡蛋换铅笔时，当我在中学校园里用饭票换书时，我想的只是下一顿是吃馒头还是窝头，长大后也无非还是像父亲母亲一样，面朝黄土背朝天的活着。能有多少改变？原本就是一棵狗尾巴草，顶了天也就是长成蒲公英的样子，难不成还真能"花开时节动京城"？出书，呵呵，难道不是天方夜谭吗？所以我要郑重的对我爱人说声"谢谢"，如果没有她相助，一切就是天方夜谭。尽管她对我出书一事也是不以为意。书中所写好与不好，我都只当

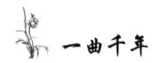

自己做了一场梦。现在梦游了那么久，我终于可以睁开眼与黑夜对视了。

我素不愿将心神浪费在对未来或明天的冥想上。眼下的生活已经鸡飞狗跳，至于人生会在哪个地方打转，又会在哪个地方停留，都是未知之数。唯一确定的是，只要活着，生活就得继续。苏轼说"人生如逆旅，我亦是行人"，李白说"行路难，行路难，多歧路，今安在？长风破浪会有时，直挂云帆济沧海"。读诗如饮酒，会醉会疼会黯然销魂地抽泣，也会撕心裂肺的痛哭。诚如我们共同经历的 2020 年，穿破黑暗我们依然充满希望，努力前行。红尘万丈，人生几何？有什么理由不努力活着呢？所以我还是希望生活可以简单些，就如古人，左手诗，右手酒，随便寻处竹林，就可承载一生的惬意和时光。

愿你我皆如此。是为序。

张东晓

2021 年 1 月 1 日

目录 CONTENTS

长安古意 / 001
卿本佳人 / 008
诗骨记 / 016
浩然正气 / 024
如是我闻 / 031
黄河远上 / 039
一片冰心 / 045
天下谁人不识君 / 053
平沙万里 / 062
走近杜甫 / 071
一城烟雨念苏州 / 080
诗坛殉道者 / 090
李贺是匹马 / 098
师者韩愈 / 104
曲终人不散 / 111

夜雪千年 ／ 119

春江花月夜 ／ 127

那一夜的风情 ／ 135

酷吏李绅 ／ 142

曾经沧海 ／ 149

诗魔记 ／ 157

孤独钓客 ／ 167

诗豪记 ／ 175

天涯逐客 ／ 183

隐痛 ／ 192

罗隐的锋芒 ／ 198

末世书生 ／ 205

不死项羽 ／ 213

建安离殇记 ／ 219

魏晋时期的自由和癫狂 ／ 226

红颜逝水 ／ 235

花样美男 ／ 244

兰亭前后 ／ 252

苏小小记 ／ 259

杨广遇见隋炀帝 ／ 266

燕子楼记 ／ 274

使徒庞勋 ／ 281

南唐遗恨 ／ 289

大宋浪子 ／ 298

滕子京记 ／ 309

方腊传说 ／ 316

陈圆圆记 ／ 324

长安古意

（一）万事已休可死矣

人生中最无奈的事情，就是一出生就知道终究会死掉。死，可怕吗？大抵不是的。屈原站在汨罗江岸边时，项羽把剑横在脖子上时，文天祥被押赴刑场时，甚至方孝孺被告知屠其十族时，他们会害怕吗？

会吗？也许他们生的时候就知道自己应该会怎样死掉。他们是不会怕的，最多是有些许的遗憾。屈原会遥望楚国，项羽会环顾跟随自己征战南北的江东子弟，文天祥的心应该还会在零丁洋中随波浮沉，至于方孝孺，恐怕会闭上眼睛叹息。他们知道自己应该这样死，因为他们是这样活的。如果我们不能认真地为自己找一种死法，或许是因为我们从来没有认真地活过。

证圣元年（695年）某日，当洛阳城内明堂的大火把武则天佛像烧为灰烬时，千里之外的太白山下，身心俱疲的卢照邻正手拄拐杖走出活死人墓，一步一挨地走向颍水。从朝露悠悠到夕阳漫漫，他心里想的又是什么？是蜀地还是长安？是洛阳还是范阳？是武则天还是武三思？或许他只是想死而已——这个世界早已经与他无关，这一天他终于等到了。

投水自尽这种死法肯定不是他想要的，却是他所能选择的最惊世骇俗的死法。他如此认真地选择这样的死，正因为他曾经如此这样认真地活。

惊世骇俗，他哪一刻不曾惊世骇俗？

范阳卢氏，门第辉煌。卢照邻虽未如王勃、骆宾王等博得"神童"称号，但其天资聪颖，绝不在任何人之下。18岁遇邓王李元裕，被其视为司马相如再世。40岁由蜀地前往洛阳，途中过长安而赋古意，恣肆汪洋五百余字，成为后世学诗者的教科书，杨炯谓其"人间才杰"。后因诗得罪武三思，命运急转直下。牢狱之灾，误服丹药，人杰竟成废人。

卢照邻成了废人。再也没有"别有千金笑，来映九枝前"，再也不能"独舞依磐石，群飞动轻浪"，再也不敢"人歌小岁酒，花舞大唐春"——他就是一个废人，生活都不能自理的废人。

废人又如何？他还是要惊世骇俗的。于是，在太白山中，他督造墓穴，时常入卧，过上了活死人的生活。

他原本是应该死在疆场的，为国杀敌，就像他的好朋友杨炯所写的那样"宁为百夫长，胜作一书生"。他原本也是应该死得更壮烈一些，如骆宾王一般与武则天轰轰烈烈地大干一场。

王勃？他一定是嘲笑过王勃的死亡方式。落水被吓死，想想都可笑，这怎么配得上他们"初唐四杰"的名号？

无所谓了，反正他们几个也不知道自己是怎么死的。或许当他最后回望人世时，会默然一笑，心里说"我还是活过了你们啊，'四杰'，呵呵，'四杰'，就让我为'四杰'画上句号吧！"

这个句号尽管不完美，但他已经尽力了——活得像个样子，死得具有仪式感。

（二）蜀道之难，骗人的

什么是才子该做的事情？打打杀杀固然威猛，但毕竟太煞风景。孔夫子都说君子动口不动手。才子嘛，自然要游山玩水，玩累了写写诗，抒发一下感情；然后召美女在侧，红袖添香，才子佳人，逍遥快活；当然也少不了各种宴会应酬，兰亭集会或旗亭画壁，名曰附庸风雅，其实不过是个场面。除此，才子还有一个标配——风流韵事！就像鱼玄机之于温庭筠，云英之于罗隐，小蛮之于白居易——没有一两个红尘知己，算哪门子真名士！

卢照邻在蜀地算是过上了才子的生活。蜀道之难，难于上青天。李白还是太胆小了些。"细雨骑驴入剑门"，陆游干吗搞得自己这么狼狈？

"一鸟自北燕，飞来向西蜀。"卢照邻就是这么潇洒，一路游山玩水，优哉游哉地来到了蜀地。对于好友的担心，他笑道："御宿花初满，章台柳向飞。如何正此日，还望昔多违。"什么意思呢？我好着呢，你们多虑了。

在蜀地他过得有多好呢？蜀地有美景，巫山有神女。卢照邻登上巫山，看巫山的云，想云中的神女，作诗曰："巫山望不极，望望下朝雾。莫辨啼猿树，徒看神女云。"一个"徒"字充满淡淡的遗憾。

后来李白也来看这巫山云，也想到了云中的神女，感叹道："神女去已久，襄王安在哉？"最重要的还是后面两句，"荒淫竟沦替。樵牧徒悲哀。"李白很少这么骂人的，他不能抢杜甫的饭碗，但是他骂了。李隆基，你听见了吗？李白很生气啊！

杜甫也曾在此驻足，但他看到的不是什么巫山云，而是"巫山巫峡气萧森"。唉，老杜什么时候都那么严肃，不过还好，这次他没有骂人，只是想家了。

"若有人兮山之曲，驾青虬兮乘白鹿，往从之游愿心足。"卢照邻是心满意足的。

蜀地有美酒，高朋可满座。在益州，裴录事请他喝酒，酒酣之际，卢照邻想起了朋友，诗意大发，歌曰："长歌欲对酒，危坐遂停弦。停弦变霜露，对酒怀朋故。"在绵州，官员聚会，卢才子当然要以诗助兴，"尊酒方无地，联绻喜暂攀"。"攀"，不知道谁"攀"谁呢。

在古时做官，哪able少得了酒呢，当然更少不了"攀"！你攀我，我攀他，他再攀他，这么一来不就成了"网"吗？不入"网"，咋升官呀？

蜀地有美女，身轻如飞燕。在一首题为《益州城西张超亭观妓》的诗中，卢照邻写道："江南飞暮雨，梁上下轻尘。"这女子犹如江南暮雨一般温柔，宛若梁上落尘一般飘然。这么美好的女子，怎么办？"高车勿遽返，长袖欲相亲"啊！

在蜀地，卢照邻乐不思长安。临别时，他还"一去仙桥道，还望锦城遥"。卢照邻啊卢照邻，你可知道，你的青春岁月在你挥写"风月清江夜，山水白云朝"时，就已经"戏凫分断岸"了。或许老天只是觉得你的一生实在太过苦涩，所以才给了你蜀中这一段欢愉的时光。

珍惜，是因为我们不知道什么时候上天就会把一切都戛然而止。一

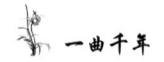

句再见，转身可能就成过往；一个转身，再见可能已是来世。

（三）长安路漫漫，古意歌幽幽

"落花赴丹壑，奔流下青嶂……蝶戏绿苔前，莺歌白云上。"

从益州出发时，卢照邻的心情还是相当不错。有了益州的经历，一旦归来，官升一级是极自然的事。更何况卢照邻的才华已经名满长安。

至陈仓时，他遥望长安，踌躇满志，"雾敛长安树，云归仙帝乡"，"今朝好风色，延瞰极天庄"；在晚渡灞桥时，他还是"我行背城风，驱马独悠悠"，"草变黄山曲，花飞清渭流"。

唾手可得的幸福感，让卢照邻忘记了一路的疲劳。他或许早就约定了今日与谁痛饮、明日与谁狂歌，甚至已经拟好了谢恩帖。

长安一过就是洛阳啊！

也许就在入长安城的那天晚上，当客人散去，酒意微醺的卢照邻漫步长安古道。过南市，贩夫走卒，熙熙攘攘；穿北街，秦楼楚馆，歌舞升平；经东区，豪门大院，夜夜笙歌；路西郊，汉家宫阙，沧海桑田。当月升，当风来，当雾起，当酒意、歌声、诗情、豪气弥漫而来，卢照邻脑海中划过一道闪电，他疯癫一般狂奔到客栈，万千思绪成一篇，《长安古意》一气呵成。

《长安古意》有多好？据说古人有把自己喜欢的诗收集起来做成卡片放在口袋里的癖好。写诗时，一旦思绪困顿，就立即拿出来翻一翻，与我们遇见生字查字典差不多，然后看能否找到合适的词句或意象借来一用。所以，黄鹤楼出诗，巫山出诗，金陵城出诗，洞庭湖也出诗，大概就有这个原因。《长安古意》应该就是古代学诗或写诗者必备的小卡片。

"百尺游丝争绕树，一群娇鸟共啼花。"这个"争"字很传神，于是白居易就拿来用了，而且把意境也直接拿来了，便有了"几处早莺争暖树，谁家新燕啄春泥"。

"楼前相望不相知，陌上相逢讵相识？"这句感觉比较眼熟吧？"同是天涯沦落人，相逢何必曾相识。"不仅如此，白大诗人的《长恨歌》与"得成比目何辞死，愿作鸳鸯不羡仙。比目鸳鸯真可羡，双去双来君不见"更有着说不清道不明的关系。

"罗襦宝带为君解,燕歌赵舞为君开。"这一颇为香艳的句子,经过杜甫之手,又有了另一番风情:"花径不曾缘客扫,蓬门今始为君开。"

"寂寂寥寥扬子居,年年岁岁一床书。"这句诗读来令人颇有感触。在刘希夷点石成金之下,写出了赔上自己性命的千古佳句"年年岁岁花相似,岁岁年年人不同。"

所谓得意之作,不过如此。只是卢照邻没有想到的是,自己的"得意"竟然惹恼了洛阳城里的一位贵人——武则天的侄子武三思。他们果然是姓"武"的,与文人还真是坐不到一个席上去。武攸宜干掉了陈子昂,武三思盯上了卢照邻。

"梁家画阁中天起,汉帝金茎云外直","别有豪华称将相,转日回天不相让"。对于《长安古意》中的这几句诗,武三思在三思之后忽然觉得是冲自己来的。何也?武三思与上官婉儿以及韦后那些故事,就算卢照邻知道,也不敢招摇于诗中。他又不傻,干吗去戳当朝宰相的脊梁骨?

小人长戚戚,心虚耳!武本不识字,何必乱翻书!

得不到的终究才是最好的。骆宾王指着鼻子骂他们武家,武则天还怪罪宰相把这么好的人才逼跑了。而卢照邻这几句被捕风捉影的诗,却断了他的路——不仅仅是仕途之路,更是生路。

长安一过是洛阳,洛阳城里有大牢。

(四)不入大牢,枉称才子,难成诗人

孟子曰:"故天将降大任于斯人也,必先苦其心志,劳其筋骨,饿其体肤,空乏其身,行拂乱其所为,所以动心忍性,曾益其所不能。"司马迁说:"盖文王拘而演《周易》,仲尼厄而作《春秋》……韩非囚秦,《说难》《孤愤》……"司马迁受辱而作《史记》以来,才子入狱,甚至弃市,屡见不鲜。嵇康入狱而《广陵》生,太白入狱而诗情盛,东坡入狱而词情豪。诗家不幸诗坛幸,不入大牢无好诗。

在卢照邻之前,骆宾王已经住过大牢,那首《在狱咏蝉》想必卢照邻是读过的,"无人信高洁,谁为表予心",哪间牢房里还缺少屈死鬼

啊?!出狱之后,骆宾王来到徐州,悲愤之下,发出了"一抔之土未干,六尺之孤安在"的千古一问。在他之后,王勃也住进了大牢。从大牢出来,王勃南下,经滕王阁逢盛会,才有了"落霞与孤鹜齐飞,秋水共长天一色"的千古名句。呜呼,"初唐四杰",三人死于水,三人入大牢,唯一没有入大牢的杨炯也只是距大牢一步之遥,时也,命也?

卢照邻在牢里,恐怕会情不自禁地想起骆宾王。他们曾有诗作唱和,又都是含冤入狱。当牢房外,蝉唱传来,怎能不伤情?

> 高情临爽月,急响送秋风。独有危冠意,还将衰鬓同。

这首《含风蝉》用"同"字收尾,充满同呼吸共命运的意味,盖境遇同、心意同、感慨同而已。

这种感情在《狱中学骚体》一诗中,化作杜鹃啼血般的愤恨悲怆,化作深谷美人般的无奈哀吟,每每读之,心亦痛之。

> 夫何秋夜之无情兮,皎晶悠悠而太长。

美妙的秋月之夜,本该对酒当歌,但太过漫长了。南唐李后主也曾叹道"春花秋月何时了"。事情什么时候才是终结?他无语问苍天。

> 山有桂兮桂有芳,心思君兮君不将。

这句源于《越人歌》中的"山有木兮木有枝,心悦君兮君不知"。可是他的"王子"又在哪里?卢照邻怀着满腔热血,由长安来到洛阳。他渴望自己的一片真诚和绝世才华能换来君上的赏赐,能换得一份美好的前程,能成为家族的荣耀,可现在自己竟然锒铛入狱。此前种种,多么讽刺!"蒙羞被好兮,不訾诟耻"!

> 林已暮兮鸟群飞,重门掩兮人径稀。
> 万族皆有所托兮,寨独淹留而不归。

上天，你何其不公！我卢照邻可曾有愧于你？现在我成了孤魂野鬼，你满意了吗？

最易不过回家，最难亦是——是啊，他该回家了。

（五）一身真伪有谁知

老师孙思邈的离世很可能绝了卢照邻在人世的最后一丝念想，在与亲人、朋友交代完后，他毅然决然走地向颖水。

四杰中，王勃豪气干云，但往往爱出风头，易遭人嫉妒算计；骆宾王狂傲不羁，鹤立鸡群，易走极端；杨炯干练耿直，难免严肃；唯独卢照邻最知人事、最近人情，谨小慎微。但偏偏他也难逃劫数，怎能不让我等感叹！

四杰中，世人又常以王勃为首，盖云"王杨卢骆"，但杨炯直言："吾愧在卢前，耻居王后。"或许在杨炯这个耿直的汉子心里，卢照邻才是大哥。但无论如何排位，诗圣杜甫一句"不废江河万古流"，已成定论。

"草色迷三径，风光动四邻。愿得长如此，年年物候新。"若能年年如此，谁愿意颠沛流离？是为记。

卿本佳人

繁星如沙，我们就像数星星的孩子，虽然妄想把每一颗星星都数一遍，但到头来还是迷梦一场。我们能看见的星星始终是很少的一部分，更多的那些离我们远远的，连它们的光我们都看不见，就算在某个瞬间看见了化为流星的它们，也只能任由它们离去，哀叹它们刹那的芳华。

当我们打开史书，一个个光辉的名字灿若星河。我们迷恋于他们的故事，对于他们的英雄事迹、绝世风采、风流韵事或者锦绣文章，亦耳熟能详、可娓娓道来。但还有一些人，他们犹如看不见的星星，隐藏在历史的角落中，不经意间闯入我们眼中，尽管我们对其一些行径心生厌恶，却也不得不为他们的才华而惊叹，甚至产生同情或怜悯之心，发出"卿本佳人"的叹息。比如秦桧、阮大铖，比如钱谦益、周作人，比如本篇要谈论的宋之问……孔门弟子七十二，贤者几人？天下读书人多如牛毛，贤者几人？为帝王将相做家谱的史册中贤者又有几人？

我从来不屑于大义凛然或义正词严地在道德上指责任何人，我自己也只是做些纸上谈兵的事情。我也从来不屑于故作高深或惊世骇俗地为人翻案，我自己也只能做个旁观者。故事都是前人写好的，后人所谓的精彩不过是裱糊匠般的扬扬自得，偶作痴人语，亦不过是多浪费几滴眼泪而已。

（一）倾城与倾国，才子难再得

宋之问有多优秀？在新旧《唐书》中，"神童"二字随处可见。对于宋之问，史书中却没有使用这两个字，大概是他已经超出了"神童"的境界。《新唐书》曰"（之问）伟仪貌，雄于辩"，《旧唐书》曰"之问弱冠知名，尤善五言诗，当时无能出其右者"。什么意思呢？宋之问仪表堂堂，能言善辩，且不到 20 岁就已经非常出名了，其作五言诗更为天下第一。

史书没有夸张。宋之问 19 岁中进士，鱼跃龙门；20 岁以文臣侍武后，颇受恩宠；后上官婉儿评诗，其作力压沈佺期而称雄；攀附太平公主，为入幕之宾；34 岁时宋之问已经官居五品。

挖空心思往上爬的宋之问也把自身资源利用到了极致。

宋之问的颜值就是资源，"伟仪貌"这三个字可不是说说而已。此时武后身边已经有了张易之兄弟，宋之问谄媚于张易之甚至为其提尿壶并妄想由此搭上武则天的线，但张易之也是吃青春饭的，怎么会给他抢自己饭碗的机会？宋之问眼见此路不通，便毫不犹豫地扎进了太平公主的府邸。

驸马薛绍去世后，太平公主独守闺房。宋之问瞄准时机，投怀送抱，作文曰："下官少怀微尚，早事灵丘，践畴昔之桃源，留不能去；攀君王之桂树，情可何之。"作诗云："青门路接凤凰台，素浐宸游龙骑来。涧草自迎香辇合，岩花应待御筵开……此日侍臣将石去，共欢明主赐金回。"

太平公主本就不是省油的灯，又处处学武后，面对宋之问的攻势，她很快半推半就，一拍即合。

宋之问的才华也是资源，其五言诗无人出其右，也绝非虚言。他把这才华都用到了武后身上。

"六飞回玉辇，双树谒金仙。瑞鸟呈书字，神龙吐浴泉。"武则天俨然大罗金仙。

"御气鹏霄近，升高凤野开。天歌将梵乐，空里共裴回。"武则天又化身佛祖。

"先王定鼎山河固，宝命乘周万物新。吾皇不事瑶池乐，时雨来观农扈春。"武则天也成了比肩高祖太宗的一代明君。

谁不喜欢听好话呢？尤其是武则天这样亟须被认可的政治家。她太需要一帮御用文人为其吹捧了！陈子昂不听话，那就赶回老家，甚至杀掉；卢照邻不听话，那就关进大牢。总之，会有人听话的。

宋之问这个"倾国倾城"的大才子充分展示了自己天才的眼光，用

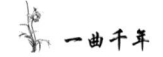

颜值摆平太平公主，用才华征服武后，权力富贵自然也就唾手可得了。

我无数次想过，宋之问有没有可能成为大唐的另一个陈子昂。他是有机会的，甚至有很多机会。只是他不喜欢幽州台的凄凉与孤独，他已经习惯了凤凰台的繁华与喧闹。所以，陈子昂向左，他向右。

（二）名利浮云遮望眼，捷径有无生死中

由俭入奢易，由奢入俭难。一个人走惯了捷径，是很难再一步一个脚印地往前走的。他眼里、心里都只有两个字：名利。能蒙住人心的从来不是猪油，更何况宋之问还有一颗慧心？

神龙元年（705年），张柬之联合王同皎等人，诛杀张易之，逼武则天退位，迎立太子李显为帝，史称"神龙政变"。李显继位后，对依附于张易之等人的宋之问（包括杜审言）并没有痛下杀手，只是予以贬黜。

被贬泷州（今广东罗定），对于宋之问来说无疑是一次机会，一次自我救赎的机会。如果他能反思、能悔过、能回头，仍是金不换。李显性格懦弱，又惊吓过度，有点神经兮兮的，他没有时间去过问宋之问这摊子烂事。当时太平公主专权，谁又真能拿她的老相好宋之问开刀？更何况他已经赫赫声名在外，一个有如此名气的文人想投效朝廷还不简单，不过是多写几首歌功颂德的诗罢了。

宋之问可没有想这些。

"可怜江浦望，不见洛阳人。北极怀明主，南溟作逐臣。"走到湖北黄梅，宋之问以"逐臣"自居，临江远望，哀叹看不见洛阳。但他从没有想过因何被逐。他心里放不下的也不是什么明主，而是洛阳的名利场。

"北去衡阳二千里，无因雁足系书还。"从洛阳到泷州，行程几千里，宋之问也曾多次驻足北望，望洛阳，望家乡。我想，对家乡的思念有可能是他心里最真诚的一面。但仅此而已。"微路从此深，我来限于役。惆怅情未已，群峰暗将夕。"已经到崖口了，他也只是感叹路上艰辛，感叹自己戴罪之身无心风景。自始至终他都没有一丝反思，更别说后悔了。

曾子曰：吾日三省吾身：为人谋而不忠乎？与朋友交而不信乎？传不习乎？

这句圣人语宋之问应是读过的，但读哪里去了呢？他思乡的文字写得如此哀怨、如此深沉，但一个失去"品"的诗人，作再多的诗也是没有灵魂的。他哭破嗓子也不过是贪恋往日的荣华富贵。

孔子曰：见贤思齐焉，见不贤而内自省也。

这句圣人语宋之问也应是读过的，但又读到哪里去了呢？路过湘江，他不可能不想起屈原；路过长沙，他不可能不想起贾谊。刚刚故去的陈子昂，他也是应该想到的。可惜他已经看不见所谓的"贤"，他想的只是要尽快逃离这个鸟不拉屎的地方。

一个人眼里一旦有了名利，也就只有名利了。

（三）诗文有情惜才子，政坛无义卖友人

神龙二年（706年）春，宋之问按捺不住心中对洛阳锦衣玉食的向往，也忍耐不了泷州的苦闷生活，与其弟宋之逊（"神龙政变"后被贬岭南）密谋后，一并潜回洛阳。他们找到了王同皎，王同皎念于旧情收留了他们。或许王同皎认为经过这番变故，宋氏兄弟应该会有所改变。可惜他错了！有时候犯错是会要命的，王同皎就要了自己的命。

宋之问无意中得知王同皎欲密谋诛杀武三思。武三思是谁？武则天的侄子。武则天虽然倒台了，但是他没有倒！他不但没有倒，还阴差阳错地与李显成了儿女亲家，成为宫中的座上宾，甚至比在武则天时期风头更盛。

宋之问怎么会放过这么好的机会？

我想，当他得知这个秘密时，他想的不是怎么去保密，而是怎么去争取利益更大化。在选择武三思前他也一定是反复思量的。但他思量的不是消息一旦走漏会有多少无辜的人受到牵连甚至被害死，他想到的只有自己。

捷径啊！捷径上有生死，生是自己的，死是他人的。

他得意扬扬地拿着王同皎的命去换乌纱了。当王同皎被押上刑场时，这个刚烈的汉子，没有丝毫胆怯，而是厉声道："宋之问等人的绯衫，是同皎的血染成的！"

拿朋友的性命去换取荣华富贵，宋之问不是第一个，也不是最后一个。我只想问一句，当推杯换盏之际，当深夜辗转之时，尔等可能安心否？

宋之问是安心的，安心地游山玩水去了。

"雨从箕山来，倏与飘风度。晴明西峰日，绿缛南溪树。"他终于不用再被穷山恶水所困了，要风得风、要雨得雨的日子又开始了。

"仙杯还泛菊，宝馔且调兰。御气云霄近，乘高宇宙宽。"他本来就是应和之作的高手，在他笔下李显也有了明君的气象。

景龙元年（707年），太子李重俊发动"景龙政变"杀了武三思；武三思死后，宋之问也失去了靠山。怎么办？眼睛活泛的宋之问很快就找到了下家——太平公主的侄女安乐公主！

难道姑姑已经美人迟暮了吗？宋之问没有与太平公主再续前缘而是选择了安乐公主，难道他真的不考虑太平公主的感受吗？安乐公主虽然年轻美貌，看似长线股，但宋之问却忘了姜还是老的辣。在他无数次的投机中，这一次或许是最不明智的。

景龙三年（709年），在太平公主的设计下，宋之问被贬越州。历史又给了他一次新生的机会。越州之行，路漫漫，夜漫漫，宋之问又该做何选择？

（四）贬谪路上思幽暗，越州明镜迎新生

被贬越州时宋之问已经53岁，已过知天命之年。几经宦海浮沉，宋之问的心态不可能没有变化。就算仍然渴望回到洛阳，但毕竟人老了。当猛然发现镜子中的自己竟已白发苍苍，所有的渴望都会绷不住而泛滥。

在《夜渡吴松江怀古》一诗中，他的心态已经显示出微妙的改变。"气出海生日，光清湖起云。水乡尽天卫，叹息为吴君。谋士伏剑死，至今悲所闻。"他想到的是忠臣义士，而不再是洛阳。

越州风景秀丽，名寺众多。所谓陶冶情操，无外乎游名山览名胜。看山清水秀，听暮鼓晨钟；望北雁南飞，叹物是人非，宋之问的灵魂再次接受了洗涤。

一日，宋之问来到灵隐寺。登寺远望，见潮涨潮落。宋之问脱口吟诵道："楼观沧海日，门对浙江潮。"又闻桂香幽幽，不禁道，"桂子月中落，天香云外飘。"

一日，他来到称心寺。香客来来往往，皆有所求。但又所求为何？人生匆匆，不过百年。如此忙碌，究竟为哪般？我们挡不住岁月悠悠，挡不住皱纹起、白发生。他不禁感叹道："人隐尚未弭，岁华岂兼玩。东山桂枝芳，明发坐盈叹。"这算后悔吗？我不知道，或许他心里终于开始思量余生了。

江南可采莲，莲叶何田田。宋之问的一首《江南曲》，或许最能道出他心底的变化。

妾住越城南，离居不自堪。采花惊曙鸟，摘叶喂春蚕。
懒结茱萸带，愁安玳瑁簪。侍臣消瘦尽，日暮碧江潭。

他心里已经有了感情，有了对生活的感情。一个人只要有感情，就还有救。何况是宋之问这么聪明且有才干的人。他开始做一些事情，算是对生命的交代吧。

越州有大禹庙，宋之问作《祭禹庙文》，曰："酌镜水而励清，援竹箭以自直；谒上帝之休佑，期下人之苏息。"他心里也终于有了敬畏与向往：敬畏圣人，向往功绩。

他开始体察民情，开始认认真真地做一个地方官。他本就是有才干的人，一时之间政绩斐然。

这算新生吗？或许是吧。活到知天命的年龄，宋之问终于活明白了。孔子曰，朝闻道夕死可矣。做几日的明白人亦胜过做一辈子的糊涂鬼。

愿与道林近，在意逍遥篇。自有灵佳寺，何用沃洲禅。

人总要找个地方安放自己的灵魂，或田园，或山间；或道观，或寺院。当我们与这个世界告别时，当我们的身体归于尘土时，我们唯一需要安放的就是自己的灵魂。

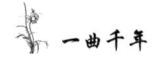

（五）回头是海不见岸，杀人夺诗难洗脱

放下屠刀未必成佛，也可能成为他人的刀下鬼；回头未必是岸，也可能是更深的海。

宋之问回头了，至少在越州的那段时光他心里是有光明的。但有些债终究是要还的，正所谓别看今日蹦得欢，小心他日拉清单。

宋之问身上有两笔债，而且都是血债。

第一笔是欠王同皎的。公元710年，李隆基联合太平公主诛杀韦后和安乐公主，宋之问随即被流放钦州（后改为桂州）；公元712年，李隆基继承帝位，他并没有忘记宋之问，他要用宋之问的血去祭奠王同皎，宋之问随即被赐死。

第二笔是欠刘希夷的。因为一句诗，宋之问竟然对自己的亲外甥刘希夷痛下杀手，此等血债焉能不还？

>年年岁岁花相似，岁岁年年人不同。寄言全盛红颜子，应怜半死白头翁。此翁白头真可怜，伊昔红颜美少年……宛转蛾眉能几时，须臾鹤发乱如丝。但看古来歌舞地，唯有黄昏鸟雀悲。

刘希夷因此诗命丧宋之问之手，但此诗又恰如宋之问的"墓志铭"，是苍天无情，还是冥冥之中自有定数？

被流放时，宋之问惶恐度日，或许他已料到此次是在劫难逃。"朝夕苦遄征，孤魂长自惊。"他犹如孤魂野鬼一般夜不能寐。

"鬓发俄成素，丹心已作灰。何当首归路，行剪故园莱。"他已万念俱灰。这让我想起李斯。他在被压赴刑场时，亦曾感叹："吾欲与若复牵黄犬俱出上蔡东门逐狡兔，岂可得乎！"唉！人生之路，起点亦是终点。

（六）后记

孟子曰，人性本恶。如果人性本恶，宋之问年轻时受父亲熏陶，也是父贤子孝，名闻乡里。

荀子曰，人性本善。如果人性本善，宋之问又何时开始为恶？恶从何来？

宋之问被赐死时大约56岁。他自20岁步入仕途，这36年间，他历高宗、武后、中宗、睿宗、玄宗五帝，期间武三思、韦后与安乐公主、太平公主等相继专权，又经"神龙政变"、太子李重俊兵变、李隆基与太平公主政变等数次朝廷变故，政治的残酷与无常，他是亲身经历过的。

城头变幻大王旗，你方唱罢我登场。我无意也不屑为任何人翻案，但凡此种种，对宋之问的心态或多或少都有影响，使其产生变化。

人之所以区别于一般动物，是因为我们在选择时会多做思量。有些机会，看似机会，但我们不能选。廉者不受嗟来之食，如果什么都要，那做人与做狗还有什么区别？

"近乡情更怯，不敢问来人。"这句诗我很喜欢。做选择时也需要"情更怯"，更需要"问来人"，是为记。

诗骨记

当杨广率领高颎、贺若弼与韩擒虎饮马长江、兵临金陵时,陈叔宝仍躲在后宫之中,与张丽华"一曲新词酒一杯"地缠绵着。这曲《玉树后庭花》,就出自陈叔宝之手。

丽宇芳林对高阁,新装艳质本倾城。
映户凝娇乍不进,出帷含态笑相迎。
妖姬脸似花含露,玉树流光照后庭。
花开花落不长久,落红满地归寂中。

对于这位醉生梦死的君主,杜牧曾写诗叹道:"门外韩擒虎,楼头张丽华。"陈后主固然昏聩,但仍是一位才子,他笔下深具六朝靡靡之音的香艳诗风,唐初上官仪等都深受其影响。但随着唐王朝政治上的励精图治、开疆扩土,经济上的休养生息、繁荣发展,一个伟大帝国的傲然出世,使得这种靡靡之音已经非常不合时宜,诗坛迫切需要新的气象。

陈子昂就是在这个时候出现在大唐诗坛的,而且一出场就惊艳四方。这位从川蜀之国走出来的"富二代",丝毫没有为金钱所累,丝毫没有辜负上天赋予他的才华。在诗中,他大开大合地吐露心声,谈古论今地指点江山,一扫六朝香艳的脂粉味,开启大唐盛世的恢宏之声。陈子昂更是燕昭王的铁杆粉丝,他化身乐毅,用尽一生去寻找属于自己的燕昭王。

他能找得到吗?千里马常有,而伯乐不常有啊!

（一）筑起黄金台，千金买一秀

燕昭王筑起黄金台，明晃晃的金子一下子点亮了群雄并起的天空。黄金台也成了人才的聚宝盆，邹衍、乐毅等纷纷来投。燕国也在燕昭王和一帮贤士的努力下迅速崛起，挫败齐国，赶走匈奴，一跃成为七大强国之一。

人才什么时候都是最重要的。幼而聪颖、少而任侠的陈子昂当然知道自己是人才，但当时早已没有燕昭王，也早已没有黄金台。更令人郁闷的是，他屡试不第，这让心高气傲的陈子昂甚是苦恼。

他要成名，他还要改变大唐诗坛呢！他想到了偶像燕昭王，决定自己建一座黄金台，在长安，只为自己。反正他陈子昂最不缺的就是才和财！

唐高宗调露二年（680年），长安街上，闹市之中，有人卖胡琴。

"诸位，诸位，您瞧，看这纹路，长白山里的千年刺楸所制。这琴弦，绝对是顶级的蚕丝！还有，诸位知道这琴出自谁手吗？又被何人所藏？"

众人纷纷摇头！那人嘿嘿一笑，故作神秘道："银钱百万，这琴就是您的了，这秘密嘛——"

"我去！"众人本想听听故事解解闷，可一听这价钱立即就没有了兴趣，正要散去，却听有人喊道："这琴我要了！"

众人一惊，心道："哪里来的愣头青，一百万两，翠红楼都买得下！就买这破琴，傻了吧！"人群之中，一位年轻公子缓缓走出，淡淡地说道："这琴我买了！"他手一挥，身后一个小厮往前走了两步，来到那人面前，道："把琴给我。你一会儿跟我去取银子。"早已见过自家公子的大手笔，这场面在小厮眼里就跟买棵白菜无甚差别。

在众人惊诧的目光中，那位公子环顾四周，轻声道："鄙人陈子昂，明日将在宣阳里设宴，亲自操琴助兴，还请诸位捧场！"语罢，留给众人一个潇洒的背影便扬长而去。

"我家公子已经包下宣阳里，并且准备了精美礼品，来者有份！"小厮冲众人鞠了个躬,也紧跟公子离去。

不大一会儿,陈子昂包场宣阳里、宴请众人的消息就传遍了长安城。

第二日,宣阳里座无虚席,陈子昂抱琴而出,高声道:"蜀人陈子昂,有文百轴,不为人知,此贱工之乐,岂宜留心!"说罢,他举起胡琴摔到了地上,顷刻间木碎弦断,百万银钱化为流水。楼上楼下一阵惊呼。此时,众小厮手持书册,高声道:"我家公子的诗册,上镶金丝,请诸位欣赏!"

哇!金丝!宣阳里众人惊得睁大了眼睛。

"诸位不要慌乱,人人有份,人人有份!"

当时,京兆司功王适也在场,他原以为陈子昂不过是哗众取宠,但当他读完第一首诗后就忍不住读第二首,然后一口气读完全册。之后惊叹曰:"此人必为海内文宗矣!"

这一下,陈子昂火了,彻底火了——一时帝京斐然瞩目。

在燕昭王的启迪下,陈子昂为自己策划了一个华丽的出场秀——用百万银钱和一把胡琴,打通了横亘在他与大唐诗坛之间的最后阻碍。

陈子昂衣衫飘飘,运剑如风,剑锋所指,大唐诗坛。

(二) 峥嵘又遒劲,诗有侠骨香

陈子昂是那种混不好就可以回家继承千万家产的人。他本可以逛逛青楼、写写小曲,但偏偏喊着要参军,要扬名沙场。他本身又任性好侠,把这种建功立业的豪气与为国为民的侠气毫无保留地融入诗里。他无意中完成了对六朝香艳靡废诗风的清算,在"初唐四杰"的基础上将唐诗引入了更为广阔的天地。

在这片天地中,陈子昂仗剑高歌。

匈奴犹未灭,魏绛复从戎。怅别三河道,言追六郡雄。
雁山横代北,狐塞接云中。勿使燕然上,惟留汉将功。

这首《送魏大从军》写得壮志昂扬。匈奴未灭,何以家为?送别之际，不是杨柳依依，而是鼓励其做名留青史的汉将，与后来王昌龄等人"不教胡马度阴山""不破楼兰终不还"的精神是息息相通的。

　　对胜利，他高歌"汉军追北地，胡骑走南庭"；对英雄，他赞颂"君为白马将，腰佩骍角弓。单于不敢射，天子仁深功"；对士兵，他鼓励"中国要荒内，人寰宇宙荣"；对百姓，他劝说"若问辽阳戍，悠悠天际旗"。诗歌在他笔下，一下子有了精神，成为弘扬社会正气的一种手段。他给唐诗注入了骨气，从此诗歌不再只是红衣少女般的轻歌曼舞，也可以是关东大汉似的慷慨悲歌。

　　写情如此，写景依旧开阔。他的《度荆门望楚》就是一首"观吾之境著我色彩"的名作。

　　　　遥遥去巫峡，望望下章台。
　　　　巴国山川尽，荆门烟雾开。
　　　　城分苍野外，树断白云隈。
　　　　今日狂歌客，谁知入楚来。

　　多年之后，杜甫也来到了这里，写下了著名的《登高》一诗。相对于杜甫病中的沉郁，陈子昂的积极更加难能可贵。陈子昂一生仕途坎坷，屡遭政敌排斥，但当他看见"不尽长江滚滚来"时，心中不是"无边落木萧萧下"，而是欲狂歌一曲。

　　李白也曾在此地驻足，留下了"天门中断楚江开"的诗句，诗中的意境也有陈子昂的影子。

　　陈子昂的这首诗，李白与杜甫应该都是读过的，这或许是一种巧合，但又何尝不是一种致敬，一种对偶像的致敬！

　　陈子昂还有一些赠予隐士的诗，写得很是别致。

　　　　皎皎白林秋，微微翠山静。
　　　　禅居感物变，独坐开轩屏。
　　　　风泉夜声杂，月露宵光冷。
　　　　多谢忘机人，尘忧未能整。

019

这首《酬晖上人秋夜山亭有赠》的诗就充满王维的味道。尤其是"风泉夜声杂,月露宵光冷"与"明月松间照,清泉石上流"一联之间怕是有着千丝万缕的联系。但陈子昂终究不是王维,他心里终究还有个尘世,还有个天下。他是忘不了尘世的。

天下也没有忘记他。作为大唐诗坛的偶像,他昂首挺立在李白、杜甫、白居易身前,宛如一座取之不尽用之不竭的宝库,他们就是站在这个巨人的肩膀上,把唐诗推向了更高的辉煌。

国朝盛文章,子昂始高蹈,韩子公论!

(三)谁来求贤良,铁粉燕昭王

燕昭王可能自己都不会想到,千年之后竟然还有人对自己如此敬仰。

陈子昂对燕昭王的敬仰达到什么程度呢?在他留给后人的一百多首诗中,以"感遇"等为题写给自己的,约三分之一;赠别或写给朋友的,约三分之一;最后那三分之一全部给了燕昭王。所以,在他的诗作中,处处可见"登""望""燕"等字眼,他好像无时无刻不在向往燕昭王。

在泽州大宴宾客时,他心里想的是燕赵往事,"坐见秦兵垒,遥闻赵将雄。武安君何在,长平事已空";在家中给朋友回信时,他琢磨的是"未获赵军租。但蒙魏侯重"。

"自言幽燕客,结发事远游",非自嘲耳。

这种敬仰之情,在《燕昭王》一诗中更是达到了极致。

> 南登碣石馆,遥望黄金台。
> 丘陵尽乔木,昭王安在哉?
> 霸图怅已矣,驱马复归来。

"燕昭王的王图霸业已经不在了,我也只好策马归来"——士为知己者死,可惜世上已经没有像燕昭王一样的知己了,他这样的士又能去哪里呢?

报国无门啊!一腔热血无处洒,化为悲愤孤独文。

国家是不缺少士吗？恰恰相反！

公元696年，契丹孙万荣反唐，攻陷冀州，逼近瀛州（今河北河间），朝野震惊。武后以他的侄子武攸宜为行军大总管、大将王孝杰为先锋，出征契丹。在卢龙境内王孝杰与契丹大战，武攸宜在渔阳却优哉游哉。无援兵的王孝杰战死殉国，武攸宜恐慌之下不敢出兵。契丹则士气大振，兵发幽州。

国家正在用人之际啊！陈子昂此时也正在武攸宜军中为参谋。他多次上书谏言，主动请缨领兵支援王孝杰。武攸宜这个裙带之臣怎么会看得上陈子昂！几番上书，彻底激怒了武攸宜，他把陈子昂踢出参谋团，贬为军曹，自己也图个耳根清净。

当前线大败、王孝杰战死的消息传来时，陈子昂欲哭无泪。心中苦闷之下，他登上蓟丘，寻找他的燕昭王。

在蓟丘，燕昭王、郭隗、邹衍、太子燕丹等纷纷走入陈子昂诗中，既然今人无人倾听，那就说与古人听。"燕王尊乐毅，分国愿同欢。"他这个乐毅，又能与谁同欢？

"蓟楼望燕国，负剑喜兹登。""击剑起叹息，白日忽西沉。"

夕阳西下，秋风劲吹。

幽州台，空荡荡，千古悠悠，也在等待。

（四）我本孤独客，独上幽州台

陈子昂来了——幽州台等待的那个人，终于来了。

残阳的最后一抹余晖，染红大地。风卷起落叶，在幽州台的上空萧萧而下。落在台上，被风卷走吹入山谷；落在他身上，抚摸他的头发与脸庞。

岁月无情，偷去青丝成霜色。

我在哪里？我又何必要来？这大唐江山无论是他们李家的，还是武家的，跟我陈子昂又有什么关系？

陈子昂喃喃自语，不经意间泪水夺眶而出。

燕昭王啊燕昭王，你究竟去哪里了？陈子昂泪如雨下，一哭苍天无

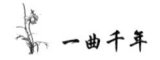

情,二叹昭王早逝,三怜天下苍生!

可谁又能听得见?天若有情天亦老,无情的老天当然听不见。芙蓉帐暖度春宵,只顾享乐的武攸宜更没有工夫听。长安不见使人愁,长安,长安——

陈子昂仰天长啸,慷慨悲歌。

前不见古人,后不见来者。
念天地之悠悠,独怆然而涕下。

一个前无古人、后无来者的孤独者形象就这么永远地定格在中国历史上,然后凝聚成丰碑。

(五)怀璧自有罪,冤死大狱中

匹夫无罪,怀璧其罪。陈子昂何罪?才高而已!木秀于林风必摧之,才高于人众必毁之。何况陈子昂鹤立鸡群,不但不会趋炎附势、溜须拍马,而且还针砭时弊戳其痛处,他们怎么可能容忍这样"不合群"的人存在?

政敌的嫉妒还算小事,关键是陈子昂太耿直了,竟然连武则天的闲事都想管。陈子昂初入仕途,深受武则天器重。他是把武则天视为燕昭王般的"非常之主"的,也怀着士为知己者死的"非常之策"。徐敬业反唐,他是坚决支持武则天的。对于骆宾王"请看今日之域中,竟是谁家之天下"的质疑,陈子昂在一篇文章中的一些话可以作为回答:"当今天下百姓,思安久矣……故扬州构祸,殆有五旬,而海内晏然,纤尘不动。"但陈子昂却把"非常之策"对准了武则天的暴政与任用酷吏之举。陈子昂在《感遇》中写道:"世情甘近习,荣耀纷如何。怨憎未相复,亲爱生祸罗。"以此痛陈暴政与酷吏带来的"亲人相残、人人自危"的种种弊端。

武则天毕竟是一代人杰,毕竟珍惜人才,连骆宾王她都能忍,何况陈子昂?但她毕竟又不是李世民,于是她就把陈子昂送到了战场,送给了武攸宜，送到了幽州台。走下幽州台，陈子昂辞官回到故乡。他以为事情过去了，可惜这事在有些人心里还没有过去！你不是反对酷吏吗？那就让你见识见识什么才是真正的酷吏！

"县令段简，贪暴残忍，闻其家有财，乃附会文法，将欲害之。子昂慌惧，使家人纳钱二十万，而简意未塞，数舆曳就吏。子昂素羸疾，又哀毁，杖不能起。外迫苛政，自度气力恐不能全，因命蓍自筮，卦成，仰而号曰：'天命不佑，吾殆死矣。'"

公元700年，陈子昂在狱中含冤离世，时年42岁。

（六）后记

昂者，器宇轩昂，斗志昂扬，壮怀激昂。

陈子昂完美地诠释了这个字。他犹如一位背负宝剑的上仙，以其天生的侠气与骨气和绝世的才华与勇气，荡除瘴气，扫除荆棘，为唐诗开辟出一方全新的天地。

陈子昂是那种拓荒式的革新者。正如谭嗣同"各国变法无不从流血而成，今日中国未闻有因变法而流血者，此国之所以不昌也。有之，请自嗣同始"所言，革新者所付出的牺牲远非常人能承受。但民族和国家恰恰需要这么一类人，他们犹如海港的灯塔，指引我们前行的方向。

他们更需要燕昭王。是为记。

浩然正气

(一) 风流夫子天下闻

"吾爱孟夫子,风流天下闻。"

这是李白赠孟浩然的诗。李白才大如海,恃才傲物,一生中何曾服过他人?但唯独对孟浩然,李白化身"小迷弟",膜拜不已!

"红颜弃轩冕,白首卧松云。"在李白眼里,孟浩然就是超然的世外高人,犹如神仙。他曾不远千里拜访孟浩然,陪孟浩然赏雪。面对偶像,李白叹道:"梅树成阳春,江沙浩明月。"孟浩然的高洁在李白看来宛如明月般高不可攀。两人也曾一起游览溧阳北湖亭,李白将自己的崇拜之情写进诗里,"壮夫或未达,十步九太行。与君拂衣去,万里同翱翔"。李白甚至幻想着能跟随孟浩然浪迹天涯。

黄鹤楼上,李白送孟浩然去扬州。孟浩然的船在水波里渐行渐远,李白傻傻地站在江边,"孤帆远影碧空尽,唯见长江天际流"。就算这样,可在孟浩然的诗作中却丝毫感觉不到李白的存在,也许他的粉丝太多了,根本顾及不到李白。

王维与孟浩然并称"王孟",两人关系非同一般。孟浩然视王维为知音,"当路谁相假,知音世所稀"。王维亦然。孟浩然故去后,王维痛哭而作诗曰:"故人不可见,汉水日东流。借问襄阳老,江山空蔡州。"知音少,弦断有谁听?

杜甫也是孟浩然的"小迷弟"。苦闷之际,老杜感叹道:"复忆襄阳孟浩然,清诗句句尽堪传。"

宋代黄庭坚是孟浩然的隔代"粉丝"。他在《题孟浩然画像》中写道:"先生少也隐鹿门,爽气洗尽尘埃昏。赋诗真可凌鲍谢,短褐岂愧公卿尊。"他视孟浩然为超越鲍照与谢灵运的存在。

孟浩然能得此大名，绝非偶然。

孟诗清新自然，天然偶成。《春晓》是孟浩然流传最广的一首小诗。"春眠不觉晓，处处闻啼鸟。夜来风雨声，花落知多少。"这首诗的前两句就好像一个孩子在喃喃自语，比"离离原上草"和"窗前明月光"更为自然，纯天然语。后两句又恰似少年在惜春，由风雨而花落，自然而然之间浮现淡淡的惋惜与忧伤。没有"应是绿肥红瘦"那样的哀伤，更没有"卷帘风雨残花晚"的匠气。

孟诗雄浑，万千气象。

潮落江平未有风，扁舟共济与君同。
时时引领望天末，何处青山是越中？

这首《渡浙江问舟中人》就是如此。潮水刚刚落去，江面上没有一丝风；我和你共同乘坐一只小船，在江上悠悠荡荡。你不时地抬头看天边的青山，可你知道我要去的是哪一座吗？这首诗是应该闭上眼睛来想象的：江面上，一叶扁舟，两侧青山耸立。这就是气象！

（二）三拜丞相入仕心

孟浩然是一心想当官的。就算在江湖，他心里还是有一座"庙堂"，只是这座庙堂始终无法满足他的意愿，他不得不归隐江湖。但他终究不是个彻底的隐者，归隐只是求仕失败后的无奈之举。孟浩然有一首《临洞庭湖赠张丞相》，历来为诗家推崇。

八月湖水平，涵虚混太清。
气蒸云梦泽，波撼岳阳城。
欲济无舟楫，端居耻圣明。
坐观垂钓者，徒有羡鱼情。

诗中的"张丞相"就是唐朝名相张九龄。张九龄也是著名诗人,有"海上生明月,天涯共此时"的名句流传。孟浩然写这首诗的目的很明确,就是希望张九龄能向朝廷推荐自己。他写太平盛世,写洞庭湖气势动天,无非是拍皇帝李隆基和眼前这位大丞相的马屁。至于后面的"徒有羡鱼情",无非是说自己空有一身本领和一腔热血却报国无门。这种无奈,如果是在政治昏暗的时代也就算了,而现在明明是清明大治,便显得不合时宜。好在"气蒸云梦泽,波撼岳阳城"一联太过出色,虽着笔于虚,却实打实地写出了洞庭湖的壮美,这才让这首"溜须拍马"的诗有了神采。

孟浩然和张九龄的关系是相当不错的。他曾陪张九龄游览玉泉寺,并写诗纪念。诗中"青衿列胄子,从事有参卿……天宫上兜率,沙界豁迷明"句大抵也是赞赏天下太平的,而在诗的尾联,他还是按捺不住当官的心思,写道:"想像若在眼,周流空复情。谢公还欲卧,谁与济苍生。"

孟浩然归隐,陶渊明和王维也归隐,但是孟浩然的归隐更像是一种姿态,一种待价而沽的姿态。他有一首《陪张丞相登嵩阳楼》的诗,这个"张丞相"是张九龄还是张说,已经不可考,但对于孟浩然来说,是谁都无所谓,他就是想当官而已。

独步人何在,嵩阳有故楼。
岁寒问耆旧,行县拥诸侯。
林莽北弥望,沮漳东会流。
客中遇知己,无复越乡忧。

知己是谁?或者谁是知己?大概就是"张丞相"了。所谓"忧","忧"从何来?大概就是自己对未来的迷茫了。

孟浩然真的不像一个隐士,尽管李白把他抬得非常高,但他如此热心功名,也算读书人中的奇葩了。

（三）玄宗一见终身误

其实，孟浩然是有机会的，且不同于李贺或孟郊，他入仕的机会不仅不少，而且有些机会是许多人梦寐以求都求不来的。他和张九龄与张说两大宰相的交情，便足够世人羡慕的了，况且他还曾经有机会在皇帝李隆基面前一展身手。据传，有一次他与张说正在张府坐而论道，李隆基突然摆驾而来。闻讯，孟浩然怕惊了圣驾，惊慌失措中竟然躲到了床底下（这或许就是他不如李白等人的地方，胆色与格局差太多）。张说还没有来得及收拾房间，李隆基就到了。李隆基一看桌子上有两只茶杯，就佯装转身要走，道："朕来的不是时候啊！"张说哪敢让李隆基吃瘪，忙躬身道："臣与孟浩然在谈论他刚写的诗作。""孟浩然？"李隆基沉吟道，"我听说过这个人，他的诗写得不错！让他出来见见朕吧。"这时，孟浩然才颤巍巍地从床底下爬了出来，李隆基一看就皱眉头，但还是说道："孟卿家，最近有什么大作，说来给朕听听！"

我想此时孟浩然一定是六神无主的，或者丢了魂魄的，要不然我们根本无法解释，为什么他一生写了那么多首诗而此时却偏偏选择这一首：

> 北阙休上书，南山归敝庐。
> 不才明主弃，多病故人疏。
> 白发催年老，青阳逼岁除。
> 永怀愁不寐，松月夜窗虚。

一听"不才明主弃"，李隆基就非常生气，怒声道："朕何时弃你于不顾？是你从来没有来见朕！"这下孟浩然傻了！张说也傻了，心中埋怨道："为何不诵'气蒸云梦泽，波撼岳阳城'啊？"更残酷的还在后面。"既然你体弱多病，这当官自然也不适合，还是回老家好好养病吧！"李隆基说罢，就甩袖而去，只留下呆若木鸡和悔恨千年的孟浩然。孟浩然完美地错过了入仕的最好时机。至于后来他爽约韩朝宗，与此相比，实在不值一提。人生的机会本就不多，一旦错过了，可能就再也无法找回。

窃以为，归根结底，还是孟浩然格局不足，才导致机会来临时没有把握住。

（四）也学五柳入鹿门

孟浩然并没有按照李隆基说的那样回家养病，而是学陶渊明隐居去了。在到达鹿门山隐居前，他漫游山水，游戏风尘，一路也是好不风光。这首《耶溪泛舟》就是作于他游山玩水的路上。

> 落景余清辉，轻桡弄溪渚。
> 泓澄爱水物，临泛何容与。
> 白首垂钓翁，新妆浣纱女。
> 相看未相识，脉脉不得语。

诗人临水泛舟。在明净如镜的溪水中，游鱼三五成群地追逐嬉戏，在水草和细石下钻进钻出；蓑衣箬笠的老翁，在夕阳中垂钓，悠然自得；梳妆整齐、淡雅的村姑少女，在溪水边洗衣、谈笑。诗中的一切都是那么自然美好。他在另一首《过故人庄》的诗中，再次表达了对这种自然美好生活的向往。

> 故人具鸡黍，邀我至田家。
> 绿树村边合，青山郭外斜。
> 开轩面场圃，把酒话桑麻。
> 待到重阳日，还来就菊花。

这种幽静安宁的乡村生活也正是吸引孟浩然归隐的动力。他也正是从这里一步一步走向鹿门山的。但他并不是六根清净，心中还是有悲伤、有情绪的。在夜泊建德江时，孟浩然把这种淡淡的愁绪寄于诗中。

> 移舟泊烟渚，日暮客愁新。

野旷天低树，江清月近人。

日暮时分，把小船停靠在烟雾迷蒙的渡口。一股新愁又涌上我的心头。旷野无边无际，远比天边的树还低沉。江水清清，明月来和人相亲相近。可我一个四处漂泊的人哪里有心情欣赏这美景？

这首诗，先写羁旅夜泊，再叙日暮添愁，然后写到宇宙广袤宁静，明月伴人。虚与实，两相映衬，构成了特殊的意境，把诗人内心的忧愁写得淋漓尽致。

一个人心中只要还有忧愁，就有牵挂；只要还有牵挂，他就不能安然悠闲地归隐江湖。孟浩然心里还是有庙堂的，至少从长安出来后，他还是依然挂念着庙堂。后世柳永是奉旨填词，而孟浩然从来没有这么说过。他的这种心情，在《与诸子登岘山》一诗中体现得最为突出。

人事有代谢，往来成古今。
江山留胜迹，我辈复登临。
水落鱼梁浅，天寒梦泽深。
羊公碑字在，读罢泪沾襟。

人间世事沧桑，都是不断变化的；古往今来，时光无情地流逝。保留在各地的名胜古迹，而今我们依旧可以登攀亲临。江水回落，鱼梁洲露水而出；天寒迷蒙，云梦泽更显幽深。羊祜碑如今依然巍峨矗立，但读罢碑文我却忍不住泪水而沾湿了衣襟。

孟浩然为什么会为羊祜而哭？这恐怕才是他真正的追求。羊祜因立下大功才被后人立碑铭记，而他呢？如果不能有所作为，恐怕很快就如同凡尘俗事一般被后人遗忘，自然也不会有什么"江山留胜迹"了。

他心中始终还是存着一个庙堂，只是天不遂人愿，或者是他自己断送了本该有的前程。但好在，他从庙堂出来，走进了江湖。中国的历史中可能少了位政治家，却多了位优秀的诗人。这对孟浩然本人来说或许是不幸的，但对后人却是大幸。也因此，他的鹿门山也一样成了江山胜迹。

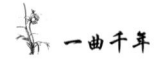

（五）后记

孟浩然无疑是有才华的，他无疑也生在了一个政治清明的时代。他没有做成官，是很无奈的事情。他最终选择归隐，尽管心有不甘，可也不得不迈出这一步。事实上，他已经无路可退。对于他这种级别的读书人，在生前已经赢得鼎鼎大名的，如果不能入朝为官，那学陶渊明隐居几乎是注定的命运。这样至少也可以赢得一个"不好功名"或者"不为五斗米折腰"的美誉。

当然，孟浩然绝对不是不好功名，事实上就算在鹿门山他都没有忘记当官。晚年时他曾经写过一首《夜归鹿门山歌》的诗。

> 山寺钟鸣昼已昏，渔梁渡头争渡喧。
> 人随沙岸向江村，余亦乘舟归鹿门。
> 鹿门月照开烟树，忽到庞公栖隐处。
> 岩扉松径长寂寥，惟有幽人自来去。

当孟浩然看着人世热热闹闹、渡口喧闹不已，而他孤身一人返回鹿门时，我想他心里不可能没有涟漪。"岩扉松径长寂寥，惟有幽人自来去。"看似自然，却也凄凉。也许这就是孟浩然吧！无奈的隐士，隐去心中的忧伤，脸上还得流淌着欢愉。

人生不过是一场无奈的黄粱梦。孟浩然还有一个鹿门山，我们呢？世界是圆的，没有角落可以隐藏。所以，好好活着吧！是为记。

如是我闻

诗论家有云，唐代无李杜，当首推摩诘。摩诘就是王维，"诗圣"这个称号最早是属于他的，只是后来他转身遁入佛门，皈依如来，成了"诗佛"，这"诗圣"的名号才落到了杜甫的头上。王维在唐代诗坛的地位由此可见一斑。

王维，字摩诘，盛唐时期著名诗人。"王维"这个名字是他母亲取的。王维的母亲是个虔诚的佛教徒，维摩诘是古印度的高僧，有《维摩诘经》传世，王维的名字正是源于此。

维摩诘是洁净、无垢尘的意思，其实无非是一个"净"字。"菩提本无树，明镜亦非台。本来无一物，何处惹尘埃。"这里面的意思也是一个"净"字。

王维一生都在践行这个字。他做人干净，虽几经挫折磨难，但始终不改初心，一片赤诚；写诗平静，虽不乏气象万千、慷慨悲歌之作，但始终如秋水芙蕖般倚风自笑；臻至化境，尽管有些许不甘与无奈，但终究是尘缘早定、水到渠成之事。

有时运不济、怀才不遇之感之人，常期望在王维诗中寻找一些慰藉，到头来亦不过是一句"行到水穷处，坐看云起时"。但人生若能如此，亦夫复何求？

（一）人不风流枉少年

张爱玲说"成名要趁早"，王维算是这句论断的最好佐证。王维很早就有才名，很早是多早？十二三岁时，为了证明自己便在街边摆摊。他可不是卖什么煎饼馃子，而是出售自己的字画和诗作。这固然也是因家中的窘境所迫，但若非真有料，怕是这摊位早被买家拆了去。15岁时，王维跪别母亲崔氏，前往长安应试。见长安人物风流，少年豪情的王维写道："新丰美酒斗十千，咸阳游侠多少年。"又见京城男儿一心报国，王维更是向往，诗云："孰知不向边庭苦，纵死犹闻侠骨香。"17岁时，王维在外游历，时逢重阳佳节，想起弟弟王缙，黯然神伤，于是提笔，一挥而就，留下了脍炙人口的《九月九日忆山东兄弟》一诗，其中的"每逢佳节倍思亲"已经成为我们中华儿女在佳节之时共同的感叹。

不经意间，王维这个有些落魄的贵族青年凭借弹得一手好琴、写得一手好诗、书得一手好字已经名满长安，并且深得岐王李范和玉真公主的赏识，甚至于20岁时中进士都只是锦上添花的事情。

这是什么概念呢？李白与王维同岁，20岁时他还在四川游历，直到25岁时才仗剑去国，出川闯荡；杜甫20岁时正在吴越漫游，顺便准备乡贡考试；孟浩然20岁时还是一个浪荡青年，在鹿门山游玩。不是要早成名，是时间不等；不是要早成名，是青春容易逝去。

青春年少的王维成为长安豪门贵族的座上宾，那时整个长安都是他一个人的舞台。街上市井百姓诵读的是"偏坐金鞍调白羽，纷纷射杀五单于"，城内王公大臣轻叹的是"禁里疏钟官舍晚，省中啼鸟吏人稀"。而他更是被请到了公主府内。风华绝代的玉真公主端坐中央，岐王李范、才子裴迪、诗人高适、大音乐家李龟年等长安一众名流两侧环坐，他却能坦然地坐在玉真公主身侧，如众星捧月一般。

舞台中央，长安城内最顶级的名伎轻歌曼舞，弹得是琵琶曲《郁轮袍》，唱的是《相思》。

红豆生南国，春来发几枝。愿君多采撷，此物最相思。

歌舞声中，玉真公主玉眸流转，不时偷看王维，其中的情意不言而喻。

书中自有黄金屋，书中自有颜如玉。20岁的年纪，正是风流之年。

（二）风流易逝叹红颜

王维是山西蒲州人。若干年后，元稹也来到了蒲州，并且遇上了崔莺莺。这与王维在京城遇见玉真公主的情形差不多。所不同者，元稹是主动追求莺莺，而王维更像是玉真公主的猎物。或许是不爱吧，玉真公主在王维出事的时候并没有丝毫维护之举。其实真要去救的话，对玉真公主来说又算什么难事？

王维的罪名是可笑的，却也是可怕的。越是可笑的笑话，到最后可能就会成为越发可怕的存在。他在排练舞曲时，看了伶人舞黄狮子。黄即是皇，你一个小小官员怎么可以私下观看？看了就是僭越。僭越是多大罪名？要多大有多大。

能整人的就是罪名，没有谁在乎真假，也没有谁在乎是否儿戏，总之你碍眼了。碍谁的眼了？或许是周围的人，或许是宫里的人。这也许是玉真公主与岐王李范没有出面的原因吧。唐朝最不缺的就是才子，一个王维没有了，自然会有下一个。

不过，"安史之乱"后，杜甫在江南遇见了李龟年，曾无限感叹"此曲只应天上有，人间能得几回闻"，隐隐约约中也透露出当时岐王李范被猜忌的境况。

无论如何，王维被问罪了，而且被直接贬到山东济宁，任司仓参军。这是什么官职？粮库管理员。就这么一个单纯的、年轻的、心高气傲的、声名日盛的音乐家、诗人、书法家，被扔进了粮食堆里。这对王维是何等的打击？或许这也让他第一次对政治生出了失望，第一次对佛家产生了向往。但此时他的心还不"净"，他的诗也不"净"。

> 泛舟大河里，积水穷天涯。
> 天波忽开折，郡邑千万家。
> 行复见城市，宛然有桑麻。
> 回瞻旧乡国，渺漫连云霞。

这首诗是王维刚到济宁游览黄河时所写，诗中寥寥数语就描述出黄河的壮美，但他的落脚点还是千万家、还是旧乡国。四年之后他被召回洛阳时，他的心态就已经发生了变化。他的诗与心也开始"净"起来。在路过嵩山时，王维在《归嵩山作》中写道："清川带长薄，车马去闲闲。流水如有意，暮禽相与还。荒城临古渡，落日满秋山。迢递嵩高下，归来且闭关。"他眼中的车马是悠闲的，流水是有情的，嵩山也是阳光暖暖的，而他自己似乎终于找到了归宿——归来且闭关——他要隐居了。

从公元731年到公元735年，短短的四年时间，究竟经历了哪些变故竟让刚三十出头的王维萌生了归隐之意，并且非常决绝？我们只能猜测这一切与他的妻子有关。大概在公元726年，王维被迫回到家中娶了妻子王氏（玉真公主见死不救可能也与此有关）。这段婚姻固然是受母亲所迫，但是王氏温柔娴淑，实乃良配，二人感情甚笃（曾有猜测他的《红豆》就是写给妻子的情诗）。王维被贬山东时王氏已经有了身孕，但次年王氏不幸难产，一尸两命，这让贬谪中的王维如何承受得住？由痛苦转向佛学，或者借助佛学来消解痛苦，也是很正常的事情。但这正常之中，却有着常人不解的悲苦与酸楚。

妻子的离世把王维的红尘之心擦拭得洁净无染。他此后再未续娶，心里已经有了一个人，就再也容不下另一个人了。心中的空缺如何填补？他把如来装了进去。

（三）国家不幸诗家幸

对于盛唐诗人来说，无论是李白、王昌龄，还是稍晚一些的杜甫，当然也包括王维，都逃躲不了"安史之乱"的创伤。我想不到更好的词了，只能选择"创伤"这个比较模糊的词语。

诗人的笔是刀，但也只能雕刻锦绣的诗句；军人的刀才是刀，随时都可以砍掉敌人的头颅。安禄山的马刀更是如此，他心里想的或许是杨玉环，但马刀指的却是李家的大唐王朝。当他跃马扬鞭兵临长安时，曾经的物华天宝、典章文物、人杰地灵，都瞬间毁灭在血淋淋的战刀下。

他们何去何从？

杜甫选择了逃跑，但不是瞎跑，而是奔着唐肃宗而去。"感时花溅泪，恨别鸟惊心。烽火连三月，家书抵万金。"杜甫在动乱时的感叹让我们都心惊肉跳。但他还是成了叛军的俘虏。或许是上天眷顾，最后他竟然侥幸逃脱了，并且找到了唐肃宗。无论如何，他好歹保住了命。

李白看到了机会，不过他没有选择唐肃宗而是选择了永王李璘。他力主李璘起兵割据江南，一图大业。其实这未尝不是一步好棋。当时天下大乱，唐肃宗的位置并不稳固，若是李璘真能振臂一呼，驱除安禄山，未尝就不能成事。可惜李璘始终如赵括一般，志大才疏，很快败亡，而李白也成了阶下囚，后几经磨难才获救。

王维选择了另一条路。在杜甫被俘的军营里还有另一位俘虏，就是王维。不知道两人是不是有机会在放风时谈诗论道，估计就算有机会也没有那个心情。况且王维无论名气还是地位都不是当时的杜甫可比的，叛军对他的看管也更加严密。被迫之下，王维选择出任"伪职"。但无论何种理由，都无法清洗"不忠"的污点。

出任伪职的王维心里是非常压抑的，也是苦闷的，他在"凝碧池"一诗中写道："万户伤心生野烟，百官何日更朝天。秋槐叶落空宫里，凝碧池头奏管弦。"他是想念唐玄宗的，想念朝廷的。后来，这首诗被认为是王维忠于朝廷的表现，再加上他弟弟王缙凭借平叛中的功劳舍身相救，王维才有惊无险。

但安禄山这一刀也彻底斩断了王维对尘世的最后一丝念想。"安史之乱"后，他竟过上了半官半隐的生活。

终南山中，王维缓缓归去。红尘俗世，已是镜中花水中月。"安史之乱"的苦痛，大唐王朝的荣耀，还有玉真公主和心里的红豆，此时此刻已经抵不上陶渊明的一株菊花。

青灯木鱼，一盏清茶；日升月落，几卷佛经。

公元761年，王维自感大限已至，在与亲友告别后，安然长逝。彼岸花开，彼岸花落。那个极乐世界，有他母亲，有他的红豆，有他的老师张九龄，有他的朋友孟浩然……

（四）抛开红尘见天地

王维的天地很大很广，大漠风沙，号角连营；王维的天地很小很细，小桥流水，山中人家。

我曾经去过敦煌，看过莫高窟，见过戈壁上的茫茫沙海。远望沙漠，无边无际，我并没有想到"春风不度玉门关"，也没有想到"黄沙百战穿金甲"，而是想到了王维。

大漠孤烟直，长河落日圆。

没有孤烟，却有大漠；没有长河，却有落日。一种颇为荒诞的时空错觉之感，萦绕心头。不知道王维是不是也有这种感觉？人生啊，不就是一场荒诞的梦吗？

"一身转战三千里，一剑曾当百万师。"贺兰山下，王维亦曾驻足。他刚入长安时的豪情壮志，应该还在。"宁为百夫长，胜作一书生。"豪门青年，才华惊人，谁不想横刀立马，建功立业？可惜弹琴的手是拿不起马刀的，他手中的笔只能蘸墨水，而不可染血色。好在他有一个好弟弟王缙，那可是实打实的大将军，曾官居兵部侍郎、河东节度使等要职。

刀口舔血的日子始终不是王维的，终南山才是归宿。

"空山不见人，但闻人语响。返景入深林，复照青苔上。"这才是属于王维的。空荡荡的山林，只有阳光和不知身在何处的隐者。

"明月松间照，清泉石上流。"清幽的月光在松树间流淌，清澈的泉水在山石上流淌，王维更像是红尘的看客，有这一方天地就足够了。

"月出惊山鸟，时鸣春涧中。"

"深林人不知，明月来相照。"

明月开始侵入他的诗中，明月是最干净的，他的心也干净了，诗也干净了。曾经"劝君更尽一杯酒，西出阳关无故人"那般的深情，已经没有了。他终于可以随遇而安了。

中岁颇好道，晚家南山陲。

兴来每独往,胜事空自知。
行到水穷处,坐看云起时。
偶然值林叟,谈笑无还期。

走到哪儿就是哪儿,何必强求?一切遵从内心的呼唤就够了。坐看云起时,云起云散,眼前的景物投射到心底,我心安处就是极乐世界。

王维终于走到了陶渊明的身边,返璞归真了。

其实,困扰我们的不是物质太少,而是太多。太多的物质也渐渐变成累赘,成为烦恼的根源。简单一些不好吗?世界上美好的大都是免费的,清风,明月,阳光,深林……

如果我们觉得烦恼,那就做做减法。就像王维,减去了长安城的繁华,剪去了红尘俗世的牵绊,在偌大的终南山中,他一个人,灵魂自由了,那里就成了他的天地。

(五)后记:失得之间是人生

唐代诸位大诗人中,李白是最洒脱的,他可以高唱"安能摧眉折腰事权贵,使我不得开心颜"。杜甫是想当官的,虽然也大声疾呼"安得广厦千万间,大庇天下寒士俱欢颜",但他心底始终还是有一丝光宗耀祖的私念。

王维最开始也是想当官的,在经历被人陷害、妻子难产、"安史之乱"等种种风波后,最终还是回到了母亲身边。这更像是注定的,写在他的名字里,定格在他的命里。

这红尘与他本就无缘。他与这红尘也不过是一卷诗书的牵绊。终南山中的空空如也,才是归处。

我们每个人都有自己的归处。得到的和失去的,究竟哪一个才是最值得珍惜的?

李白想自由,可他何曾真正自由过?却在追求自由的路上成就了"诗仙"的大名。杜甫想当官,可最终不过是一个工部侍郎的小官,却也在颠沛流离中用诗记录了百姓的疾苦与历史的瞬间,成就了"诗圣"

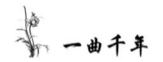

与"诗史"的美誉。王维走出长安,走进终南山,大唐没有了王右丞,人世却多了位"诗佛"。

人生是缘,是定数,更是得失。是为记。

黄河远上

(一) 旗亭画壁

王之涣在盛唐时期名气很大。有多大呢?

唐玄宗开元年间,冬日一天,长安城雪花飘飘。王昌龄、高适和王之涣相约来到一处酒楼喝酒涮肉。

下雪天本就是喝酒的好日子。可泛舟江上,如明人张岱"余强饮三大白而别";可觅一酒楼,痛饮狂歌,如晚唐罗隐"今朝有酒今朝醉"。

唐玄宗时期正是梨园盛世,当时的酒楼,但凡有点儿规模的,都有梨园班子驻场。他们进来时刚好赶上歌女开唱,台上四位年轻漂亮的姑娘正开始选唱当时著名诗人的诗歌。

哎,这个有意思,对口味。借助酒兴,高适说道:"我们三人在诗坛上也算小有名气,平时无法分出高低。今天我们打个赌,看这四个姑娘唱谁的诗多,谁就算赢。"文无第一,一时兴起,王昌龄和王之涣自然都不会反对。

第一个姑娘出场,唱道:"寒雨连江夜入吴,平明送客楚山孤。洛阳亲友如相问,一片冰心在玉壶。"王昌龄一听是他的诗,甚是得意,哈哈大笑,在墙壁上画了一道。

第二个姑娘出场,唱道:"开箧泪沾臆,见君前日书。夜台今寂寞,犹是子云居。"这下轮到高适开怀了,也在墙上画了一道。

第三个姑娘出场,继续唱道:"奉帚平明金殿开,暂将团扇共徘徊。玉颜不及寒鸦色,犹带昭阳日影来。"王昌龄十分得意地在墙上又画一道后说:"又是我的。"

王之涣脸上有点儿挂不住了,嚷嚷道:"这三个姑娘的长相太过一般，不敢恭维，她们的眼光更是不敢恭维！"

"你这不是耍赖吗？"王昌龄嘿嘿乐道。

"耍赖？"王之涣摇头，抬手一指，道，"你们看，她们之中是不是那个红衣姑娘最漂亮？这叫压轴！我跟你们说，如果她再不唱我的诗，我这一辈子就不再写诗了！"

"王兄，何必呢？来来，咱们喝酒！"高适忙打圆场道。

说话间红衣姑娘就出场了。她幽幽唱道："黄河远上白云间，一片孤城万仞山。羌笛何须怨杨柳，春风不度玉门关。"这正是王之涣的《凉州词》。王之涣总算找回了颜面。三人酒杯高举，准备一醉方休。

这就是流传甚久的"旗亭画壁"的故事。史书尤其是野史记载的有关文人雅士的风流段子，十有八九是捕风捉影或牵强附会甚至完全杜撰的，但也说明了当时王之涣诗名之盛。遗憾的是，王之涣留给后人的资料还是太少了，甚至他的诗在《全唐诗》中也仅保留了6首。但我还是抱有一丝希望的，或许有一天在敦煌的某个角落、在地下的某个密室内，他的诗集能重见天日。届时，这位"豪放不羁，常击剑悲歌"，"慷慨有大略，倜傥有异才"，身上有着太白风采的大诗人必将身披五彩祥云，重现光芒。

（二）老夫少妻：王之涣的爱情故事

北宋著名词人张先80岁时纳了个18岁的小妾，虽在当时被传为一时佳话，但亦不免为世人所打趣，苏轼就曾写诗道："十八新娘八十郎，苍苍白发对红妆。鸳鸯被里成双夜，一树梨花压海棠。"其中或多或少含有讽喻的成分。在这方面，王之涣的故事更为美满，甚至可称之为诗坛为数不多的爱情佳话。

在54年的生命历程中，王之涣有过两段婚姻。他的第一任妻子几乎没有在史书中留下线索，现在所说的李氏是他的第二任妻子。唐玄宗开元十年（722年），王之涣到冀州衡水任主簿。此时王之涣已经34岁，且带着一个孩子。34岁，带着一个孩子，低级官员，像他这样的条件，就算拿到当今社会也是非常一般的。但他就是被冀州衡水县令李涤的三小姐看上了。李三小姐当时年方十八，正值青春妙龄，深为王之涣的才华所折服，非君不嫁。李涤也是风雅之人，不仅赞同更亲自做媒牵线促成好事，还为他们主持了婚礼。

婚后两人甚是恩爱，羡煞世人。王之涣赋闲在家时，李氏安然之，相夫教子，甘于清贫。王之涣入仕为官后，李氏举案齐眉，持家有方，夫唱妇随。或许是上天太过妒忌这段感情，当生活刚有了转机，王之涣却突然染病身亡。李氏痛不欲生，相思成疾，于6年后病去。遗憾的是，由于王之涣有前妻，两人不能合葬，徒呼奈何！

唐代诸位大诗人中，元稹的誓言最为真挚，但也最为后人所质疑，"曾经沧海难为水，除却巫山不是云"更被当作他出轨薛涛的证据；李商隐的爱情最悲苦，也最为后人所同情，"此情可待成追忆，只是当时已惘然"中的心酸不足为外人道；白居易的爱情最虐心，也最为痛苦，"遥知别后西楼上，应凭栏干独自愁"，这段感情对他和湘灵都是伤害。反倒是王之涣与李氏的爱情故事，简简单单，最为真实。两人虽然年龄相差很大，但李氏不顾世俗的眼光，毅然决然地嫁给了自己眼中的爱情，嫁给了自己心目中的王子，最终与爱情相伴20年。这段爱情虽然没有"在天愿作比翼鸟，在地愿为连理枝"的加持，却是人世间最平凡、最安心的生活。对于一个封建社会中的女子来说，最平凡、最安心的生活，不就是最好的爱情吗？

（三）鹳雀楼：盛唐人的气魄和民族的精神

鹳雀楼位列我国"四大名楼"之一，凭什么呢？恐怕不是凭借建筑本身，而是王之涣，准确地说是王之涣的一首诗。就是这首《登鹳雀楼》才让这座位于山西黄河边的一座小楼得以与湖北黄鹤楼、湖南岳阳楼及江西滕王阁并列。要知道，黄鹤楼不仅有崔颢"昔人已乘黄鹤去，此地空余黄鹤楼"的伤感，更有"诗仙"李白"眼前有景道不得，崔颢题诗在上头"的无奈；岳阳楼不仅有孟浩然"气蒸云梦泽，波撼岳阳城"的壮美，更有范仲淹"先天下之忧而忧，后天下之乐而乐"的胸怀；滕王阁上"初唐四杰"之首的王勃的一篇《滕王阁序》千古传诵,"落霞与孤鹜齐飞,秋水共长天一色"更是壮美绝伦。
《登鹳雀楼》凭什么与它们打擂台?

> 白日依山尽,黄河入海流。
> 欲穷千里目,更上一层楼。

在上面所提及的作品中,这首诗是最短的,却是气魄最大的、最振奋人心的。

什么叫气魄?盛唐人的气魄是"气吞万里如虎",是"不破楼兰终不还"!这首诗的气魄是岁月——他站在楼上,夕阳西下,依傍着西山慢慢地消失,而滔滔的黄河朝着东海汹涌奔流。这亘古不变的景色在岁月的沉淀中历久弥新,有种"前不见古人,后不见来者"的孤独,有种"无边落木萧萧下,不尽长江滚滚来"的悲壮。

如果仅仅如此,王之涣的诗无非就是疏解一下心中的块垒而已,终不过是拾人牙慧。但大诗人毕竟是大诗人,王之涣的气魄不是孤独也不是悲壮,而是奋进!

欲穷千里目,更上一层楼。

想要看得更远吗?那就再上一层楼吧。一个简单的道理在此处道出确实格外令人信服。这种激昂奋进的精神是一种鞭策,让读者"马不扬鞭自奋蹄"。艺术的美丽、诗的魅力就在于此。虽然短小,但是伟大。

文章本天成,妙手偶得之。这首诗,幼儿园的孩子都会背,没有一个生僻字,更不需要解释,宛如天成,更给读者展现出一幅一泻千里、气势磅礴的画面,传递出一股振奋人心、积极上进、不懈追求的精神,完美契合了中华民族的精神基因,真是诗中神品!

(四) 凉州词:唐人七绝压卷之作

如果王之涣的诗集能流传下来,他会不会抢了"诗仙"或"诗圣"的名号?不好说。他比李白大十几岁,活跃时期基本一致,就现存的为数不多的几首诗中,也可看出其诗风有李白的雄浑与气度,如果他有诗集传世则未必不可与李白抗衡。而杜甫稍晚，就算他抢了杜甫的名号也是实至名归。

可惜啊！

这首《凉州词》也是神品。

黄河远上白云间，一片孤城万仞山。
羌笛何须怨杨柳，春风不度玉门关。

诗中有景，一句"黄河远上白云间"，祖国的千里江山、壮丽山河尽收眼底，境界宏大，不可比拟。诗中有情，一句"一片孤城万仞山"，无限的寂寥与苍凉，淋漓尽致。诗中有感慨，"羌笛何须怨杨柳，春风不度玉门关"——何必用羌笛吹起那哀怨的《折杨柳》曲，去埋怨春风迟迟不来呢？要知道玉门关一带春风是吹不到的！羌笛是怨恨谁呢？春风吗？还是朝廷的恩赐？千百年来，争论不断。

这首好诗，有景、有情、有感慨、有争议——景恢宏广阔、壮观苍凉，情慷慨激昂、沉雄浑厚，感慨幽怨深沉、曲折委婉，争论更是此起彼伏、莫衷一是，古人推其为"唐人七绝压卷之作"，绝非过誉。

相传这首诗还有一个故事，但已经是千年之后的事情了。这首《凉州词》被慈禧老佛爷视为心头肉。一日，她让一个大臣把这首诗题写在扇面上。这个大臣在书法上很有造诣，此时更是不敢怠慢，但是他一紧张竟然漏掉了一个"间"字。慈禧老佛爷一看便勃然大怒，厉声道："尔竟胆敢欺我没有读过王之涣的《凉州词》，这个'间'字难道被你吃了吗？"

欺君可是大罪，搞不好要满门抄斩的。也幸亏这个大臣脑子活泛，他急中生智，跪拜道："老佛爷，我哪敢啊？我只是将王之涣的这首诗改写了一番，还请老佛爷指正。"于是他连忙读道，"黄河远上，白云一片，孤城万仞山。羌笛何须怨？杨柳春风，不度玉门关。"

"哦?"慈禧一听，"哎，不错！"接过扇子也反复诵读了几遍，果然别有风情，于是转怒为喜，这位大臣也转危为安。王之涣这首《凉州词》的艺术魅力由此可见一斑。

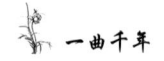

（五）后记：遗憾中的完美

王之涣作为一个诗人无疑是完美的，他的一首《凉州词》被誉为"唐人七绝压卷之作"，一首《登鹳雀楼》被千古传诵。但无疑也是有遗憾的，他的作品流传下来的太少了。或许这个遗憾让我们对王之涣有了更多的期待，也让他有了更多的可能性。

人，谁没有遗憾呢？完美的事情毕竟太少了，甚至是不存在的。百年岁月，如白驹过隙，转瞬即逝。红尘来去，缘起缘灭，梦里梦外。这遗憾宛如雕刻在岁月坐标上的红线，显眼而透彻；这遗憾宛如镶嵌在红尘时光里的宝石，耀眼而晶莹。看着它们，我们才可让回忆不会错乱，让过往有处安放。

所幸，遗憾有一丝就够了，太多的遗憾就是后悔了。

王之涣有遗憾，但不后悔。我们现在读他的作品，后人也能读到他的作品，这就够了，对于诗人来说就够了。

我们不是他们那样的天才，对我们来说什么才是够了呢？

活着，努力地活着。为自己和自己爱的人，为自己和爱自己的人，努力地活着，认真地活着，少留一些遗憾，这就够了。是为记。

一片冰心

王昌龄在诗坛上的成就被低估了。现在我们谈及唐诗常以李白、杜甫、白居易为尊,王维、孟浩然、刘禹锡、杜牧等也都有忠实拥趸,李贺、李商隐由于自己诗歌的个性也甚为人所推崇。而有"七绝圣手""诗家夫子"之称的王昌龄却有些落寞。这当然不是说王昌龄不被重视,而是说他被重视的程度远远不够。事实上,在历代诗论家眼中,王昌龄是与李白、杜甫并论的存在。

晚唐时期的著名诗论家司空图在《诗品》中论述道:"国初,上好文章,雅风特盛,沈宋始兴之后,杰出江宁,宏思于李杜。"其中"江宁"就是指王昌龄。在司空图看来,王昌龄的"宏思"不亚于李白与杜甫。南宋文学家刘克庄在《后村诗话》中论述道:"唐人《琉璃堂图》以昌龄为诗天子。"将王昌龄置于诗家夫子的宝座,无疑是对其诗坛成就的巨大认可。明代文坛领袖王世贞有云:"七言绝句,少伯与太白争胜毫厘,俱是神品。"少伯是王昌龄的字。在王世贞心中,王昌龄的七言绝句与李白之作在伯仲之间,都是神品。明代文学家陆时雍说得更为透彻。他在《诗镜总论》中言道:"王昌龄多意而多用之,李太白寡意而寡用之。昌龄得之锤炼,太白出于自然,然而昌龄之意象深矣。"清末民初时的国学大师王国维以王昌龄"凡诗,物色兼意下为好。若有物色,无意兴,虽巧亦无处用之"为理论基础,提出"一切景语皆情语"的论断,成为其"境界论"的美学基础。

现在或许是时候重新认识这位与李白、杜甫并列的大诗人了。

（一）少年时代：也曾学道嵩山中

王昌龄约出生于公元 698 年。此时洛阳正陷入武三思、武承嗣等人谋夺太子之位的混乱时期，但这一切与这个长安乡下的农家少年并无任何关系。他家境贫寒，靠农耕维持生活。想来他要是生在城里也是可以学李商隐等人卖点儿字画补贴家用的，如今就只能靠一亩三分地来养活自己了。

读书是一件非常奢侈的事情。青少年时期的王昌龄大概只能半耕半读，这样的日子到其 23 岁时发生了变化——他进嵩山学道了。去学道的人一般有三种：一种是太有钱了，闲得没事干，就找一点儿虚无缥缈的寄托，企图万一能够长生呢，比如万历皇帝；一种是太没钱了，总得找个活计，就找一处名山大川，凑合着活吧，比如张三丰；还有一种是万念俱灰，看破红尘之后出家，比如郭襄。王昌龄一个农家子弟突然去学道了，这其中的原因很值得琢磨。但现在我们也只能推测他大概是遇到了什么变故而不得不放弃耕读而另寻出路了。

世上最好说的就是另寻出路，最难做的也是另寻出路。因为只有在没有出路的时候才会另寻出路。学道当然不是什么正当出路。毕竟那个时候武则天已经是过去式，杨玉环尚未登上舞台，唐王朝正在李隆基的带领下逐步走向巅峰。王昌龄当然不会甘于"行到水穷处，坐看云起时"的道家生活。他心里是有念想的，想必这个念想也是支撑他进嵩山的理由之一，毕竟修道也是可以读书的。

对于这段日子，他曾在《就道士问周易参同契》中写道："仙人骑白鹿，发短耳何长。时余采菖蒲，忽见嵩之阳。稽首求丹经，乃出怀中方。披读了不悟，归来问嵇康。嗟余无道骨，发我入太行。"

三年之后，他走出嵩山，客居并州。或许这三年就如同张三丰在武当闭关的那些日子——进山时他还只是一个农家少年，出山时已经踌躇满志。

只是我们不知道，他在并州时，有没有像刘皂一般"无端更渡桑干水，却望并州是故乡"的感慨。

（二）热血岁月：不破楼兰终不还

唐玄宗开元十二年（724年），杨玉环三岁，唐帝国在建国一百年后，历经贞观之治、永徽之治，开始绽放出最华丽的光芒。人文方面，李白、王维、孟浩然等交相辉映，把唐诗推向中国诗歌的最高峰；武治方面，安西都户府的设置把唐帝国的统治触角伸向遥远的西北大漠，甚至连隋炀帝念念不忘的朝鲜都被纳入了唐帝国的版图。唐王朝终于展现了人类历史上最为伟大的帝国的风采。

此时唐朝的年轻人都是渴望从军的，历史上也从来没有哪个时代能比唐朝的年轻人更为渴望军营。初唐时期，"初唐四杰"之一的杨炯就曾喊出"宁为百夫长，胜作一书生"的豪言壮语。陈子昂更是仗剑幽州台。在前辈的激励下，王维、王之涣等人纷纷赶赴西北边塞。西域的大漠风光、戍边的愁情和痛苦都被他们收入诗中，交汇成最为雄壮的边塞赞歌，开创了著名的边塞诗派。

王昌龄无疑是边塞诗派重要的开拓者和奠基者。他踏上西北大漠时，岑参还是稚子，高适还在中原游历。从公元724年到726年，王昌龄在西北边塞待了三年，他赴河陇，出玉门关，至大漠，抵戈壁。苍凉旷寂的大漠风光，戍边军士的爱国情怀，充满他的胸怀，在妙笔之下，这些都化作最为瑰丽的诗句，唱出时代最振奋人心的诗章。

    秦时明月汉时关，万里长征人未还。
    但使龙城飞将在，不教胡马度阴山。

这首《出塞》乃千古绝唱！

明月高照，秦汉边关。戍边御敌、鏖战万里的将士们还未回来。倘若守卫龙城的"飞将军"李广还在，就绝对不许匈奴南下牧马度过阴山。以强汉比盛唐，乃唐诗中自然之事。此诗也不例外。诗中的"胡马"对唐朝来说就是吐蕃等边境大患。唐军将士们誓言如铁：只要他们在，外敌就绝对不会度过边关半步。这等口号与霍去病"匈奴未灭，何以家为"的爱国主义精神是一脉相承的，与岳飞"朝天阙"的理想也是一脉相承的。诗中，"秦时明月汉时关"写景，"不教胡马度阴山"抒情，神品矣！

王昌龄还有一首《从军行》，亦如辛弃疾之作般"气吞万里如虎"！

> 青海长云暗雪山，孤城遥望玉门关。
> 黄沙百战穿金甲，不破楼兰终不还。

真正的神品诗作，是不需要翻译的，作为读者只需去慢慢品味。"月落乌啼霜满天"，品味萧瑟的深远；"孤帆远影碧空尽"，品味惆怅的深沉；"不破楼兰终不还"，品味豪情的悲壮！

在边塞这三年，王昌龄写了很多首《出塞》、很多首《从军行》。岑参就是沿着他的足迹才唱出"忽如一夜春风来，千树万树梨花开"的神奇，高适也是沿着他的足迹才唱出"借问梅花何处落，风吹一夜满关山"的阔远。

（三）岭南之行：清江传语便风闻

王昌龄的仕途并不顺利，甚至有些糟糕。

公元727年，他从西北边塞返回长安，参加科考，得中进士，却仅仅被授予秘书省校书郎的职位。心有不甘的王昌龄于公元731年参加了博学鸿词科考试。那一年的科场状元是王维，王昌龄是博学鸿词科的魁首。可惜就算如此，他依然没有获得"明堂坐天子，月朔朝诸侯"的待遇，而是被任命为河南汜水县尉。

王昌龄为盛世添砖献瓦的理想被浇了一盆冷水，在西北军中攒下的那点儿热情也渐渐有了冷却的迹象。这位曾经为大唐盛世欢呼"驰道杨花满御沟，红妆缦绾上青楼。金章紫绶千馀骑，夫婿朝回初拜侯"的时代鼓手不得不重新审视自己所面临的困境。

诗人的心是最为敏感的，王昌龄也把这一切写进了他的诗中，只是换了一种模样，不再是大漠风光，取而代之的是内宫幽怨。

西宫夜静百花香,欲卷珠帘春恨长。
斜抱云和深见月,朦胧树色隐昭阳。

这首《西宫春怨》就有很深的寄托之意。她很有才华,却看不见昭阳宫,得不到皇帝的宠幸。这不正是王昌龄自己的写照吗?他本应该跃马疆场,但现在却成了可怜的"怨妇",所谓的才华,更像是嘲讽。

闺中少妇不知愁,春日凝妆上翠楼。
忽见陌头杨柳色,悔教夫婿觅封侯。

这首《闺怨》中的"悔"字真不知是少妇之悔还是他自己之悔——如果留在西北军中多好,干吗要考什么功名?王昌龄这些与太平盛世不太和谐的言语,引起了某些有心人的注意,毕竟此时的王昌龄已经诗名满天下。让一个这么有名气的诗人在皇帝眼皮底下发牢骚,是一件很可怕的事情,至少不那么美妙。

公元738年,王昌龄被贬岭南,次年遇赦北还。短短两年的岭南之行,对王昌龄来说,或者对唐代诗坛来说,应该都算是一件很幸运的事情。他结识了李白,拜访了孟浩然,似乎一切都是那么完美。

悲伤的王昌龄在返回长安途中,竟在岳阳楼与李白相遇,两人应是神交已久,一见面即引为知音。临别之际,王昌龄写诗赠别李白,道:"摇曳巴陵洲渚分,清江传语便风闻。山长不见秋城色,日暮兼葭空水云。"诗中的"清江传语便风闻"不仅仅是指诗人对洞庭湖的风景早已神往,更是指诗人对李白的诗名也早已神往;"空水云"中蕴含一种淡淡的离别忧伤。

公元740年,王昌龄到达襄阳。襄阳是孟浩然的老家。孟浩然也刚好在老家南园养病。孟浩然乃当时诗坛领袖,李白就有诗道:"吾爱孟夫子,风流天下闻。"既然路过襄阳,王昌龄焉能不登门拜访?

有朋自远方来,不亦乐乎?王昌龄来,孟浩然当然高兴。这兴致一来,就管不住自己的嘴了。孟浩然的疽病,本来就快痊愈了,但他还是陪着王昌龄吃海鲜、撸大串。这种情谊实在令人敬佩。遗憾的是,海鲜

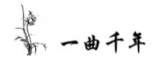

乃发物，孟浩然旧病复发，竟然离世。原本的文坛佳话，竟如此收场，王昌龄抱憾终生。

（四）贬谪之路：我寄愁心与明月

"洞庭去远近，枫叶早惊秋。岘首羊公爱，长沙贾谊愁。"读着孟浩然写给自己的送别诗，王昌龄痛不欲生。但却没有多少时间可供悲伤，他在长安还没来得及安顿就被调任江宁，任江宁丞。辞别长安时，比他小二十来岁的岑参写诗相送。

> 对酒寂不语，怅然悲送君。
> 明时未得用，白首徒攻文。
> 泽国从一官，沧波几千里
> ……
> 潜虬且深蟠，黄鹄举未晚。
> 惜君青云器，努力加餐饭。

青云器，有何用？还不是一样为填饱肚子而四处奔波？

仕途的不顺畅，让王昌龄开始借酒消愁，放浪形骸。途径洛阳时，他一住就是半年。到江宁后，更是不理政事，到处游山玩水。他这种消极怠工的抵抗方式更容易授人以柄。为向洛阳的朋友们表明心迹，在芙蓉楼送别朋友辛渐时，王昌龄敞开心扉——

> 寒雨连江夜入吴，平明送客楚山孤。
> 洛阳亲友如相问，一片冰心在玉壶。

我王昌龄还是那个王昌龄，还是一片冰心。在诗中，王昌龄以"忠节贞信"作为人生困境中的一种道德自信和超越力量。这同时也表明，他对时代的公正并未失去信心。

从公元740年到748年，王昌龄在江宁一待就是八年，这也是后世将其称为"王江宁"的原因。公元748年,王昌龄终因言被贬,这次是被贬为龙标尉。龙标大概是今日的贵州省锦屏县,与江宁相距千里。听闻此事,远在千里之外刚刚脱离困境的李白在叹息之余,写诗鼓励王昌龄。这就是流传千古的《闻王昌龄左迁龙标遥有此寄》一诗。

> 杨花落尽子规啼,闻道龙标过五溪。
> 我寄愁心与明月,随君直到夜郎西。

李白要把自己的心情和明月一同寄给王昌龄,让它们伴随着王昌龄走到龙标(夜郎古国即在贵州境内,代指龙标)。这"明月"更是两人情谊纯洁高尚的象征,也是对王昌龄人品的赞美。

友谊,真挚的友谊,无论什么时候都是无比珍贵的,都是值得用生命来呵护的。李白的心,王昌龄读得懂。

但王昌龄自己的心,谁又能懂?在赶赴龙标、途径南陵时,他作别好友皇甫岳,作诗云:"与君同病复漂沦,昨夜宣城别故人。明主恩深非岁久,长江还共五溪滨。"哪里有什么明主?哪里有什么恩深?不过是同是天涯沦落人,不过是怜君何事到天涯!

(五)魂断亳州:我有迷魂招不得

公元756年,王昌龄离开龙标回乡。他已经在龙标待了八年之久。王昌龄也已是年近60岁的老人了。此次回乡,他抱定了归隐的打算,可谁知这竟然是一条不归路。

大唐王朝此时已经陷入了安史之乱的深渊。朝廷的军队在安禄山的马刀面前显得有些弱不禁风。杨玉环在马嵬坡的三尺白绫,并没有让局势有太大的好转。好在战火尚未波及到南方,如果王昌龄安心地在龙标再待上几年,或许一切都将改变。但历史不能假设,他决定回家。这个决定不同于王维出任伪职,不同于李白助力永王李璘,也不同于杜甫投奔唐肃宗,他就是想家了。人老了,思念家乡也很正常。如此单纯的想法,在乱世之际,只有单纯的人才真正做得出来。但谁能想到,在途经

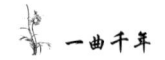

亳州时，王昌龄竟然被亳州刺史闾丘晓杀害。

为什么？闾丘晓为什么会对一个诗名卓著的老人下手？无数史家都在追问！没有道理啊！闾丘晓是一个武将，王昌龄是一个书生，两人并没有任何私怨，况且杀掉这么一个享有盛誉的诗人，也是需要很大勇气的。但是闾丘晓还是把王昌龄杀了。《唐才子传》中有句话或许能揭开世人心中的疑惑："以刀火之际归乡里，为刺史闾丘晓所忌而杀。"一个"忌"字让多少人无奈对苍天！嵇康、陈子昂等等，现在轮到王昌龄了，就是这么简单，没有理由，你有才，我有刀，仅此而已！

杀人者人恒杀之。一年之后，闾丘晓因贻误军机罪被张镐处死。在行刑时，闾丘晓露出一副可怜相，乞求张镐放他一条生路，道："有亲，乞贷余命。"他的意思是说他家有老母需要赡养。张镐闻之，随即道："王昌龄之亲，欲与谁养？"你把屠刀砍向王昌龄时，怎么不想一想王昌龄的亲人？不要说人间没有报应，报应无处不在，报应也无时不有。试问，苍天可曾饶过谁？

（六）后记：一片冰心在玉壶

如果王昌龄能在龙标再安心地待上几年，或许他就躲过了这一劫，或许他的诗坛地位远不止今天这个样子，但无论我们怎么不愿，这出悲剧都是历史中已注定的。生死无常，富贵无常，参一生都参不透这道难题。

好在王昌龄留给后人的精神财富已经足够多。无论何时，当我们看到他的名字，想到的是"秦时明月汉时关"，感慨的是"不破楼兰终不还"，还有他的一片冰心。他的这片冰心已经矗立在唐诗最为辉煌的时期，已经永远地铭刻于中华民族的文明史册上。

一片冰心在玉壶！为人应当永远如此。是为记。

天下谁人不识君

当年万里觅封侯。封侯何其难也！王勃感叹："冯唐易老，李广难封。"像李广那样赫赫有名的飞将军封侯都如此困难，何况他人？但高适封侯了，虽然只是"渤海县侯"，但以诗闻名的他，能有此封号，也属难得。

书生本来是不太适合当官的，就算当了官，能当大官且还有好下场的人并不多。书生的迂腐和耿直与官场的复杂和虚伪是格格不入的。李斯虽为秦帝国丞相，可最终身首异处；晁错虽受一时荣宠，但终究成为炮灰；贾谊更是大才，但只能躲在长沙哭哭啼啼；大唐虽是盛世，可陈子昂却冤死狱中，卢照邻无奈自尽，王昌龄枉死亳州，李白、杜甫更是几度入狱，韩愈多次被贬，贾岛、孟郊连棺材板都买不起……他们这些人，别说封侯了，甚至活着对他们来说都是一件不容易的事情。

他们生活的年代可是大唐，那是书生最向往的时代之一。如果是乱世呢？乱世诗书不值钱，乱世人不如太平犬。但高适是个例外。高适是个书生，其诗风雄浑，名满天下，与岑参、王昌龄、王之涣并称"边塞四诗人"。他很晚才入仕，但仕途超乎寻常得顺利。尽管也有些磨难，但他生前已经是刑部侍郎、散骑常侍，加封渤海县侯；死后更是哀荣备至，被追赠为"礼部尚书"，妥妥的朝廷一品大员。

高适凭什么呢？难道真是"天下谁人不识君"？

（一）农夫：自己动手，丰衣足食

中国古时的诗人也是会当农民的，或许他们称之为隐居，但不管怎么说，并没有几个人情愿如此。陶渊明在愤然辞去县令之后虽然过上了种种菊花、喝喝小酒的日子，但他心里是不安分的，不然不会冒出一个桃花源来？范成大走出庙堂，做了个瓜农，但他还是记得"号呼卖卜谁家子，想欠明朝粜米钱"。

高适与他们不同。他自20岁时就自愿做一个农夫。他并不是故作姿态，而是真真切切地自己动手，丰衣足食。史书记载，高适在老家宋城（今商丘）躬耕自给。如果家里再有个女主人，那就是男耕女织的田园牧歌了。但他大抵是一个很严肃的读书人，所以并没有多少风流韵事传出，乃至成名之后都非常寂寞。

高适的出身并不差，他爷爷是安东都护，怎么也算官三代了。但他还是选择了另一种生活方式——耕地读书，在自己的世界里自由自在地生活。对于现在的年轻人来说，这是弥足珍贵的。一个人如果能不被名利左右而遵从内心的选择，无论怎么赞赏都不为过。

公元731年，高适28岁。他已经在宋城过了八年的耕读日子，是时候走出去看看了。大唐虽然没有现代社会的灯红酒绿，但也有锦绣江山，也有风流人物。况且当时正值开元盛世，大唐帝国歌舞升平，四方来朝。

燕赵自古多慷慨悲歌之士。从公元731年到734年，四年之间，高适扔下锄头，拿起宝剑，漫游燕赵。易水河畔，他悼念太子丹与荆轲，高唱骆宾王的"昔时人已没，今日水犹寒"！幽州台上，他与天地对话，品味陈子昂"前不见古人，后不见来者"的寂寞与孤独。他更仗剑天涯，深入边塞，唐军将士的热血与豪气都在他心里留下深深的烙印。

此时王昌龄已经从西北边塞回到长安，雄心也一落千丈；王之涣虽然也在边塞，但已经垂垂老矣，不复当年；岑参还只是个十五六岁的少年；反而高适正值壮年，他将青春热血洒在边塞，唱出了大唐盛世的豪放雄浑之音。他在《塞下曲》中高唱："万里不惜死，一朝得成功。画图麒麟阁，入朝明光宫。"更是进而感慨，"大笑向文士，一经何足穷。古人昧此道，往往成老翁。"读书哪有沙场杀敌建功立业来得痛快？这种豪迈与洒脱上承杨炯"宁为百夫长，胜作一书生"，下启李贺"男儿何不带吴钩，收取关山五十州"，是唐诗爱国精神的传承。

在组诗《蓟门行》中，高适更是将大唐将士的牺牲与奉献一并托出。

> 幽州多骑射，结发重横行。一朝事将军，出入有声名。
> 纷纷猎秋草，相向角弓鸣。黯黯长城外，日没更烟尘。
> 胡骑虽凭陵，汉兵不顾身。古树满空塞，黄云愁杀人。

汉兵不顾身——英雄儿女在民族存亡、国家危难之际，何曾顾身？高适走出农田，走向边塞，唱出了大唐军中最强音。

（二）游侠：三十而立，四十不惑

唐玄宗开元二十二年（734年），也就是15岁的杨玉环入洛阳初见玄宗皇帝李隆基的那一年，高适自燕赵归来，准备来年参加科举。

三十而立，30岁的高适终于想到要求官了。学好文武艺，货与帝王家。也许读书人的宿命就是把自己读过的书献给皇帝。如果皇帝高兴，那就能飞黄腾达；如果皇帝不喜欢，那就随波逐流。想当官就要考试，这对于普通读书人而言，永远不过时。但很遗憾，公元735年，高适在第一次科考中落榜了。对于落榜，他并没有像罗隐等人一样继续奋战，他甚至没有一点儿悲伤，而是很潇洒地挥挥衣袖作别长安，去寻找更为广阔的天地。

公元736年，在淇上，高适在靠近淇水的地方建了一所别墅，住了下来，过上了隐居的日子。看来，高适也是不缺钱的。他有一首《淇上别业》的诗，记录了这段隐居的悠闲岁月。

> 依依西山下，别业桑林边。
> 庭鸭喜多雨，邻鸡知暮天。
> 野人种秋菜，古老开原田。
> 且向世情远，吾今聊自然。

你们去当你们的官吧，我就这么养养鸡鸭、种种田，挺好的。

高适不仅是说得潇洒，做得更是潇洒。公元738年，高适回到宋城。此后，他时不时地走出宋城，南下湘楚，北游魏地，更曾旅居泰安，真正过上了"生活不只有眼前的苟且，还有诗和远方"的小资日子。

我一直相信尘世间都是讲缘分的。遇见对的人，可能就是一场轰轰烈烈的爱恋；遇见对的事，可能就是一首畅快淋漓的好诗，甚至一部深沉厚重的长篇大作。就像白居易在浔阳江畔遇见犹抱琵琶半遮面的天涯歌女，一曲歌罢而《琵琶行》成；高适在晚宴上遇见了一个从边塞军中归来的客人，尚未散席，《燕歌行》已就。也许这就是冥冥之中的相互成全吧。《燕歌行》有多好？我也说不清楚，但它可能是我国历史上最好的几首有关边塞的诗作之一。从王昌龄的"秦时明月汉时关"，到王之涣的"黄河远上白云间"，再到高适这首《燕歌行》，以及后来岑参的《白雪歌送武判官归京》，我们沿着这条脉络大致可以看清盛唐诗人的心胸与风采，更能窥探出盛唐帝国的胸襟与精神。

精神是永存的，在那些灿烂的文字背后，永存！

诗中的战场是压迫的，令人窒息。"摐金伐鼓下榆关，旌旆逶迤碣石间。校尉羽书飞瀚海，单于猎火照狼山。"

敌人已经来了，将士们呢？高适并没有对将士们的浴血奋战有过多的描写，而是来了一句对比。谁与谁的对比？

"战士军前半死生，美人帐下犹歌舞。"将士们在前线奋不顾身，马革裹尸，以身报国，可后方呢？军帐内却是一派饮酒作乐、歌舞升平之景！这个对比何其鲜明！犹如一把匕首，刺进读者的心脏。所以，这句诗读来特别令人心疼，扎心得很。所谓前方吃紧，后方紧吃，古往今来，屡见不鲜。

"少妇城南欲断肠，征人蓟北空回首。"这一句与后来陈陶的"可怜无定河边骨，犹是春闺梦里人"如出一辙。从来都是一将功成万骨枯，从来都是古来征战几人回。即便如此，将士们依然在奋战，为了国家，为了自己家中的亲人，他们必须去战斗。"杀气三时作阵云，寒声一夜传刁斗。相看白刃血纷纷，死节从来岂顾勋。"如果只是为了立功，那仗是很难打赢的。他们也知道打仗会死人,但能不能少死一些人?所以,在诗的最后,高适替将士们喊出了心声:"君不见沙场征战苦,至今犹忆李将军!"他们可以去死,但得让他们死得有价值,而不是死于"身当恩遇常轻敌"!

在这首诗中,有一句我特别喜欢——孤城落日斗兵稀。一片孤城万仞山,长河落日圆,可士兵呢?一个"稀"字尽显沙场之残酷。

(三)小兵:读万卷书,行万里路

公元749年,在宋城待了10年之久的高适,再一次走上了求官之路,此时他已经46岁。这个年纪着实不算小。唐朝的很多诗人像王勃、陈子昂、李贺等甚至都没有活到这个岁数。但是中国有一句古话:好饭不怕晚!的确如此啊。谁又能想到,46岁才入仕途的高适,竟然在60岁时就坐到散骑常侍的位置,并且还有了"渤海县侯"的爵位封号?

高适谋到的第一个职位是封丘尉,一个非常低级的军职。他的第一份正式差事是往范阳送兵。这是公元750年。他无论如何都想不到,6年之后,他亲自送往范阳的这批兵竟然成了安禄山反唐的马前卒!人生有时候就是如此荒诞,让我们在无奈之余不得不感叹命运的无常。如果高适就在范阳住下,他会不会也跟安禄山一起反了唐?谁能说得清楚呢,"蝴蝶效应"在自然界可能引起狂风暴雨,对于个人就是悲欢离合了。

积雪与天迥,屯军连塞愁。谁知此行迈,不为觅封侯。

这首《送兵到蓟北》写得倒是非常悲壮。不为觅封侯,为了什么呢?难道是为了安禄山的召唤?当然更不是。但无论如何他又踏入了军中,从宋城再次来到蓟北。人生兜兜转转,似乎一下子又要回到起点。其实,究竟是起点还是终点,或许根本不重要。

读万卷书,行万里路,这对于高适来说才是最重要的。但拖着年近半百的身躯,就算曾经有再多的豪情也会大打折扣。并不是所有的人都能像陆游一般"僵卧孤村不自哀",很多人会在那个年纪萌生退意甚至回归故里。

人生百年,到了五十,也就过了一半,至于下一个五十还能不能活到,只有天知道。一年之后,高适告别蓟北,他"不得意"的感慨更是让人不由得为这个"年近半百"的老人徒增一声叹息。

驱马蓟门北,北风边马哀。苍茫远山口,豁达胡天开。
五将已深入,前军止半回。谁怜不得意,长剑独归来。

高适,犹如浪迹天涯的剑客厌倦了江湖、厌倦了恩怨,只剩下一个人,一把剑,一副疲惫的躯体,一颗孱弱的心灵。他现在需要做的就是归去。

陌上花未开,人也可归去。人生不就是为了寻找归处而选择出发的吗?可归处又在哪里呢?是长安吗?人生何处是长安啊!

(四)儒将:上马杀敌,下马写诗

公元752年,高适回到长安,辞去封丘尉,开始漫游。

如果不是此后的"安史之乱",他可能就回到宋城老家或淇上别墅,继续种自己的田、耕自己的地,过老婆孩子热炕头的小日子了。但"安史之乱"爆发了,改变了高适的命运。只是他的改变,在现在看来,无疑是非常幸运的。或许也只有他——只有他高适才是这场战乱的最终获益者。

如果这种说法有些欠尊重,那也可以换一种说法:沧海横流方显英雄本色!公元755年,高适由于哥舒翰的关系,或者也由于他的诗名,被任命为左拾遗。两年之后,也就是安禄山在范阳起兵的一年之后,杜甫冒着生命危险来到灵武投奔唐肃宗,他被授予的左拾遗正是接替高适的。这也算两大诗人的一种缘分吧。高适干吗去了呢?公元757年,高适以淮南节度使的身份,领兵出征,平叛永王李璘,而李白正是永王李璘谋反的鼓手。两位大诗人就这么兵戎相见了。这实在是一场非常美丽但错误的相遇。或许他们也曾想到相遇的方式，或许他们更是相互倾慕，但没有办法，高适是兵，李白是贼，命中注定如此。

同时代的大诗人们，最爱做的当然是以文会友，你写我和。但高适和李白却都举起了手中的剑，既然诗文不能分胜负，那就战场上见吧！

征讨永王李璘毕竟不是征讨安禄山，在唐军主力面前，永王等一群乌合之众很快就树倒猢狲散。永王李璘注定会一败涂地，高适注定会成就大业，李白注定会输得很惨。

很多人都说平定永王李璘是高适捡了个大便宜，但没有办法，机会总是留给那些有准备的人的。高适准备了50年，为了这个机会，他读了万卷书，行了万里路，时刻都在坚持着，坚持着等待属于自己的机会。现在机会来了，他不成功，谁成功？如果我们不成功或者失败，或许应该先问一问，我们是不是已经准备充分了？准备，时刻积极地准备，你的机会，会有的。

高适搞定永王李璘后，又领兵解救睢阳之围。后来虽然因言获罪，但毕竟功名赫赫、诗名远播，几经周折后于公元763年转任剑南节度使。

公元764年，高适离开蜀地，北上长安，当了刑部侍郎、散骑常侍，过上了优哉游哉的晚年生活。几乎同时，杜甫离开长安，来到蜀地，投奔严武（接替高适任剑南节度使），建起了草堂，也过上了几年安稳的日子。高适与杜甫，两位大诗人再次完美地擦肩而过。他们擦肩而过的何止是这些，还有盛唐的风流！

盛唐，"安史之乱"后，哪里还有盛唐？

（五）大哥：有朋自远方来，不亦乐乎

在很多人的记忆中，高适的《燕歌行》远没有他的一首送别诗有名气。

千里黄云白日曛，北风吹雁雪纷纷。
莫愁前路无知己，天下谁人不识君。

这首《别董大》因一句"天下谁人不识君"而流传千古。朋友啊，不要担心"西出阳关无故人"，你那么有名气，这天下又有谁不认识你呢？

这份豪情价值几何？如果可以，我愿拼尽身家购得一二！

事实上，高适在盛唐诗坛上犹如一位大哥，对岑参、对杜甫、对王之涣都如同大哥哥一般去爱护他们、怜惜他们。这种怜惜不是一般的同情，而是发自内心的关爱。

第一次出游蓟北时，他去拜访王之涣，没有得见，作《蓟门不遇王之涣、郭密之，因以留赠》一诗。诗中叹道："贤交不可见，吾愿终难说。"夸赞王之涣"才华仰清兴"，对王之涣的遭遇更是感同身受，一句"功业嗟芳节"，既是说王之涣也是说自己。"行矣勿重陈，怀君但愁绝。"朋友啊，我走得匆忙，还没有见到你，但一想起你，我就肝肠寸断。

对岑参这位诗坛后辈，高适爱护有加，更引为忘年交。在《酬岑二十主簿秋夜见赠之作》中高适写道："池枯菡萏死，月出梧桐高……汩没嗟后时，蹉跎耻相见。"尽管有如此感叹，他还是鼓励岑参，也是鼓励自己："独有江海心，悠悠未尝倦"——我们要坚持，要努力地坚持，不能放弃理想啊！

杜甫比高适小8岁，对于这个小弟，高适甚是心疼。两人虽然多次擦肩而过，但感情确实是真的深。杜甫给李白写了那么多诗，李白都爱搭不理的，但高适不同，他多次写诗给杜甫，赞叹他的才华、关心他的生活。所谓知己，不过如是。"安史之乱"爆发后，杜甫北上灵武，出生入死，方得到朝廷认可。而高适却不得不领兵出征。《赠杜二拾遗》一诗就是两人友情的明证。

传道招提客，诗书自讨论。佛香时入院，僧饭屡过门。
听法还应难，寻经剩欲翻。草玄今已毕，此外复何言。

他们一起讨论诗书，废寝忘食。这是何等的快乐！但现在呢？今宵酒醒何处？杨柳岸，晓风残月！

"安史之乱"结束后,杜甫客居成都,高适回到长安。挂念杜甫的高适写下了这首感人至深的诗——《人日寄杜二拾遗》。

> 人日题诗寄草堂,遥怜故人思故乡。
> 柳条弄色不忍见,梅花满枝空断肠。
> 身在远藩无所预,心怀百忧复千虑。
> 今年人日空相忆,明年人日知何处。
> 一卧东山三十春,岂知书剑老风尘。
> 龙钟还忝二千石,愧尔东西南北人。

这首诗中的"今年人日空相忆,明年人日知何处"感慨之深不亚于白乐天的"君埋泉下泥销骨,我寄人间雪满头"——我们都老了,今生还能不能再相见?高适写诗时老泪纵横,杜甫读诗时又何尝不是如此?这首诗于公元763年左右寄到成都,两年之后高适离世,而杜甫还在成都流浪,两人终是未能再见一面。

(六)后记:风流常在

公元761年,王维离世。一年后,李白离世。再然后高适、岑参、杜甫相继离世。加上孟浩然、王昌龄、王之涣等人早就作古,所谓盛唐风流,在公元770年,随着长江上的一叶扁舟而烟消云散。

风流总被雨打风吹去!但风流不散,风流常在!就像我们今天也会读高适的诗,会惊叹于他的厚积薄发,会欣羡于他与王之涣、王昌龄等人的友情,会赞叹于他升迁的速度,更会思考他的一生对于我们生命的启示。上天赐予我们生命与思想,不是让我们荒废的。无论如何,我们都要时刻准备着,积极地准备着,越是逆境越要如此,就像高适,哪怕年过半百也没有关系,只要我们已准备好,上天不会不给机会,只要抓住了这次机会,一样会有所成就。是为记。

平沙万里

公元715年,唐玄宗开元三年。

5年前,李隆基,一位被称为"李三郎"的年轻人,联合姑姑太平公主诛杀了韦后集团。3年后,即公元712年,唐睿宗李旦禅位,李隆基终于登上了皇帝宝座,时年27岁。

27岁,正是干事业的好年纪,也正是出成绩的好年纪。李隆基没有辜负历史赐予他的机会。毕竟李世民、武则天等先祖们已经给他打下了很好的基础,他需要的只是站在巨人的肩膀上继续前进。他重用姚崇、宋璟等为相,励精图治,锐意进取,只3年,盛唐气象已经初显。

什么是盛世气象?公元715年初,西突厥十余部、铁勒九姓等纷纷来降。9月,监察御史张孝嵩奉使廓州(今青海贵德),至安西,适逢吐蕃与大食勾结攻打拔汗那。拔汗那王兵败,向唐求救。张孝嵩高举"不救则无威信以号令西域"的大旗,率领"散兵游勇"万余人,西出龟兹(今新疆库车)数千里,在短短3个月内,以摧枯拉朽之势,横扫西域,碾压中亚,兵抵伊朗,牛气哄哄的阿拉伯帝国俯首称臣,自此西域安宁。若是大唐精锐玄甲军在此,又当如何?国威是打出来的!

同年冬天,正当张孝嵩马踏西域之际,一个男婴在湖北荆州江陵出生。谁能想到,30年后,这个婴儿,拿着一卷诗书,毅然踏进张孝嵩曾经驻扎过的地方——安西都护府。他来参军,他来写诗,他是岑参。

(一)孤贫岁月:道傍榆荚仍似钱

史书上都说岑参是穷苦家庭出身,对于这个我很是怀疑的,毕竟出生时他的父亲岑植正在仙州刺史任上。仙州,位于今天的河南叶县,是中原腹地，至少粮食还是应该够吃的。刺史尽管品阶不高，但好歹也算是一地的行政长官，养活家庭应该是没有问题的。

真正的贫寒应是从他七八岁时开始的。当时岑植转任晋州刺史，岑参也来到了晋州。不料岑植客死他乡，岑参也从一个官家公子哥成了孤儿。想必岑植应该是一名清官，不然不会一点儿家底都没有。在岑植去世后的七八年间，岑参与兄长相依为命，并且跟随兄长读书。后来他在回忆这段艰苦的日子时曾写道："老人七十仍沽酒，千壶百瓮花门口。道傍榆荚仍似钱，摘来沽酒君肯否。"看似口气轻松惬意，但一句"道傍榆荚仍似钱"却隐隐充满伤感。

公元729年，不足15岁的岑参离开家，辗转到了嵩山。他在山下弄了两间茅屋，开始隐居。对，是隐居。相较于陶渊明的不与世俗同流合污、孟浩然的被迫无奈，岑参隐居的理由就简单多了，因为他只是想找一个安静的地方读书。

或许是命中注定，8年前王昌龄也曾在此处学道。岑参这一生似乎都在踏着王昌龄的足迹前行。从嵩山到西北边塞，再到南方，两位边塞派的大诗人，虽然年龄相差较大，但生命的旅程却早就在命格中写好了。

这一时期，岑参的心灵没有丝毫尘埃，他的诗也充满了青山绿水，透出自然的纯美。

> 疲马卧长坂，夕阳下通津。山风吹空林，飒飒如有人。
> 苍旻霁凉雨，石路无飞尘。千念集暮节，万籁悲萧辰。
> 鶗鴂昨夜鸣，蕙草色已陈。况在远行客，自然多苦辛。

这首《暮秋山行》很好地体现了这一点。他在山里行走，看见一匹疲惫不堪的老马卧在长坡上，看见夕阳西下，听见山风吹过空荡荡的山林时泛起的飒飒声响，像是山中有人。诗中所有的景色都是那么自然，很是有些王维"行到水穷处，坐看云起时"的随意。诗中的感情也很真挚自然。"况在远行客，自然多苦辛。"远行客，自然就辛苦，一种多么自然的感情抒发。但他毕竟是一个年轻人，而且是生活在大唐盛世的年轻人，怎么可以长居于山林？他不甘心，他也不会如此。

公元734年，20岁的岑参走出嵩山，他仰天长啸。如此盛世，如此年华，等待他的可是锦绣前程？

（二）初入西域：平沙万里绝人烟

我不是个宿命主义者，但有些事情，好像冥冥之中都是定好的。岑参去西北参军也是一步一步被逼出来的。

从公元734年到744年，这10年间，岑参一直在长安一带游历。他满腹经纶，却处处碰壁。不知道自荐了多少次，但最终还是一无所获。长安古道、洛阳郊外、河朔名胜，都留下了他瘦弱而坚强的身影。这不仅让他的眼界大开，也让他的社会接触面和对社会的认识度都有了质的提升。读万卷书不如走万里路，古人诚不欺人。没有阅历是写不出好诗的，所谓闭门造车，盖自欺耳。

但毕竟是10年的岁月，岑参的内心也是苦闷的。他曾在《感遇》中写道："五花骢马七香车，云是平阳帝子家。凤凰城头日欲斜，门前高树鸣春鸦。汉家鲁元君不闻，今作城西一古坟。昔来唯有秦王女，独自吹箫乘白云。"诗中隐隐含有"冯唐易老，李广难封"的感慨。他本该像精卫一样"负剑出北门，乘桴适东溟"！

上天是不会辜负努力者的。公元744年，岑参扬名科场，高中进士，后被授予右内率府兵曹参军——一个低级军官的职位，后来杜甫也做过。但这已经让他激动不已，他写道："三十始一命，宦情多欲阑。自怜无旧业，不敢耻微官。"他终于可以安身立命了。他所求的当然不只是安身立命。王昌龄的"秦时明月汉时关"、王之涣的"黄河远上白云间"都已经传唱天下，西北才是他建功立业的梦想之地。

公元749年，岑参转任安西节度使高仙芝幕府掌书记，第一次出使西塞。从公元749年到751年，岑参的第一次西塞之行约历经3年。一望无际的沙海，茫茫无边的戈壁滩，寂寞苦寒的军中岁月，生死相许的军人情怀，热血高涨的爱国精神，奋勇杀敌的英雄故事……这一切把岑参内心深处的豪情壮志彻底地激发出来了。他蜕变了，原来的羸弱书生,变成了铮铮硬汉——他的诗坛之路正式开始。

看见雪山,他高唱这是上天的馈赠:"天山雪云常不开,千峰万岭雪崔嵬。北风夜卷赤亭口,一夜天山雪更厚。能兼汉月照银山,复逐胡风过铁关。"看见火山,他惊叹大自然的神奇造化——"火山突兀赤亭口,火山五月火云厚。火云满山凝未开,飞鸟千里不敢来。"看见大漠,他感慨——"黄沙西际海,白草北连天。"诗中当然少不了军人的身影——"将军狐裘卧不暖,都护宝刀冻欲断。"天寒地冻的困境更彰显军人的豪情铁骨。

> 都护新出师,五月发军装。甲兵二百万,错落黄金光。
> 扬旗拂昆仑,伐鼓震蒲昌。太白引官军,天威临大荒。

高仙芝的大军沿着张孝嵩胜利的脚步走向新的胜利。这已经不是当时的杂牌军,而是大唐精锐部队。

> 夜静天萧条,鬼哭夹道傍。地上多髑髅,皆是古战场。
> 置酒高馆夕,边城月苍苍。军中宰肥牛,堂上罗羽觞。

"醉卧沙场君莫笑,古来征战几人回?"虽说一将功成万骨枯,但将士们也有将士们的乐趣:大口喝酒,大块吃肉。诗中透露出的不怕苦、不怕死的乐观主义精神永远值得我们后世学习。

他们是英雄,他们不朽!

(三)再入西域:千树万树梨花开

如果说第一次出使西塞仅是牛刀小试,那么岑参的第二次出使西塞就是大放异彩了。公元754年,在长安城与李白、高适等人花天酒地地快活了三年之后,岑参又踏上了"西出阳关无故人"的道路。这一次,他的身份是安西北庭节度使封常清的判官。相对于此前高仙芝幕府的掌书记,已经是很大跃迁了。官位的提升,让岑参心情大振,他似乎看到了报效祖国的机遇。这一时期他的诗歌更加恣肆汪洋、瑰丽雄伟，唱出了真正的大唐盛世之音。流传千古的《白雪歌送武判官归京》就是其中的杰作。

北风卷地白草折，胡天八月即飞雪。
忽如一夜春风来，千树万树梨花开。
散入珠帘湿罗幕，狐裘不暖锦衾薄。
将军角弓不得控，都护铁衣冷难着。
瀚海阑干百丈冰，愁云惨淡万里凝。
中军置酒饮归客，胡琴琵琶与羌笛。
纷纷暮雪下辕门，风掣红旗冻不翻。
轮台东门送君去，去时雪满天山路。
山回路转不见君，雪上空留马行处。

多么神奇的想象，"忽如一夜春风来，千树万树梨花开"，或许我们只有在诗歌中才能体验到这种神奇的自然变换。多么寒冷的环境，"将军角弓不得控，都护铁衣冷难着"，诗中的寒意穿越千年迎面扑来。多么美好的友谊，"中军置酒饮归客，胡琴琵琶与羌笛"，琵琶弦上诉深情，劝君更尽酒满杯。多么幽深的别情，"轮台东门送君去，去时雪满天山路"与李白的"孤帆远影碧空尽，唯见长江天际流"有异曲同工之妙。

岑参还有一首送封常清大军出征的诗，也是豪情万丈。先看两军对垒的气势与氛围的渲染，"单于已在金山西"与"汉兵屯在轮台北"，短兵相接，大战一触即发。再看唐军出征的阵仗，封常清在兵士的簇拥之下，威风凛凛；兵士们士气高涨，杀声震天。"上将拥旄西出征，平明吹笛大军行。四边伐鼓雪海涌，三军大呼阴山动"。再看战争的残酷与战场的惨烈。敌军也已经集结完成，正是"虏塞兵气连云屯"；这场大战，敌我双方都势必会付出极大的牺牲，正是"战场白骨缠草根"。之后，诗人笔锋一转，以风雪点染军情，"剑河风急雪片阔，沙口石冻马蹄脱"。大战在即，将士们很可能成为"可怜无定河边骨，犹是春闺梦里人",他们怕吗?他们是怎么想的呢?

> 亚相勤王甘苦辛,誓将报主静边尘。
> 古来青史谁不见,今见功名胜古人。

一个"誓"字写出了将士们的心声——边境不安,绝不收兵。"人生自古谁无死,留取丹心照汗青。"他们要书写属于自己的荣耀和功绩,不让古人专美。

岑参的诗中没有风花雪月,没有儿女情长,有的是飞沙走石与寒冰,有的是边关风雪与明月。中国诗歌中的景色从来没有过如此的壮丽与开阔,是他,一介书生,打开了诗中的另一番境界,把诗由黄河长江推向大漠戈壁。

(四)贬谪之路:世上浮名好是闲

"安史之乱"是盛唐诗人很难逃脱的梦魇。李白、杜甫、王维等经历了牢狱之灾,王昌龄更是直接送了性命,岑参的命运也发生了根本性的改变。

公元755年12月,当安禄山挥舞马刀砍向大唐时,岑参尚在安西北庭节度使封常清的军中,战争与他们相隔千里。但李隆基随即召封常清勤王,令其驻防洛阳。岑参也跟随大军回到洛阳。准备充分且兵强马壮的安禄山仅用了15天的时间就从渔阳杀到洛阳,并轻取洛阳。千里勤王的封常清还没有弄清局势就被击败。

后来,由于奸人谗言,李隆基自毁长城,命人至军中斩杀封常清。可能是由于诗名甚著吧,岑参并没有与封常清一起被诛杀。后在左拾遗杜甫的推荐下出任了唐肃宗一朝的右补阙,与杜甫一样都是谏官。

岑参本来是可以在西北安稳地过着"大漠孤烟直,长河落日圆"的日子,但是国家有难,匹夫有责,他岑参怎么可以袖手旁观?岑参也是可以在唐肃宗身边安稳地做一名谏官的,但是职责所在,焉能在其位不谋其政?他有一腔热血,可这一腔热血何处洒?最终岑参由于频繁上奏折，惹怒了唐肃宗，被唐肃宗扔到了虢州，任虢州刺史。幸运的是，虢州在河南南部，并不是主战场，他也多少因此得到些喘息的机会，这真是不幸中的万幸了。所以，很多事情，好与坏，往往是无法分清的。福祸相依，得失两难，凡事只求问心无愧即可。

他心念长安。在一首诗中他如此写道："强欲登高去，无人送酒来。遥怜故园菊，应傍战场开。"

菊花残，故园伤，何时能再回到故乡？虢州的山山水水对于他来说也算是慰藉。他在游览当地名胜南池时，曾写道："池色净天碧，水凉雨凄凄。快风从东南，荷叶翻向西。"但他毕竟不是单纯地享乐，他心里时刻牵挂着那个风雨飘摇的朝廷。"闻君欲朝天，驷马临道嘶。仰望浮与沉，忽如云与泥。"他是如此羡慕那些能为国征战的人，他更想自己也可以为国家的安定贡献力量，但是自己却只能在此偏安。

痛苦，从来不是说说那么简单，有时候是融入骨子里的。他的这种痛苦在《江上春叹》一诗中，更体现得淋漓尽致。

腊月江上暖，南桥新柳枝。春风触处到，忆得故园时。
终日不如意，出门何所之。从人觅颜色，自笑弱男儿。

宁为百夫长，胜作一书生。男儿何不带吴钩，收取关山五十州？他的自嘲是多么无奈、多么辛酸……

"帘前春色应须惜，世上浮名好是闲。"是啊，不能为国出征，我要这浮名有何用？累赘而已！

（五）落叶无根：春来还发旧时花

岑参的感叹没有任何积极作用，反而还被别有用心之人作为继续伤害他的证据。公元 767 年，岑参再次被贬，这次是被贬嘉州，任刺史。

从安西到长安，从长安到虢州，从虢州到嘉州，岑参的脚步从大西北来到了大西南——天府之国。

朝廷真的就这么讨厌他吗？我想不明白，岑参估计也想不明白。但嘉州并没有什么不好，而且还可以躲清闲。只是他心中的理想已经渐渐淹没在漫漫的贬谪路上。

就算壮志满怀，又能消得几番风雨？

岑参看不到希望了。他诗中也见不到硝烟了。

> 寺出飞鸟外，青峰戴朱楼。搏壁跻半空，喜得登上头。
> 殆知宇宙阔，下看三江流。天晴见峨眉，如向波上浮。

这些清新的句子，对于岑参来说，真不知道是幸还是不幸？但这一切似乎都不重要了——他开始想家了。

> 近钟清野寺，远火点江村。见雁思乡信，闻猿积泪痕。

他一生漂泊，并没有享有几天清闲的日子，现在虽然安顿下来，但自己也已年过半百，或许是时候叶落归根了。

在《送人归江宁》一诗中，他将思乡之情和盘托出。

> 楚客忆乡信，向家湖水长。住愁春草绿，去喜桂枝香。
> 海月迎归楚，江云引到乡。吾兄应借问，为报鬓毛霜。

如果我的兄弟要问起我，就说我已经两鬓斑白，老了！早年时"马上相逢无纸笔，凭君传语报平安"的豪情早已经荡然无存。此时的他更像一位风烛残年的老人，无时无刻不在思念着自己的故乡！

> 庭树不知人去尽，春来还发旧时花。

他似乎感觉到自己已经油尽灯枯，感觉到自己已经走到生命的尽头，他是想回家看一眼的。这句诗固然没有刘禹锡"沉舟侧畔千帆过，病树前头万木春"那么豪情，却多了份内心的真挚。春来春去，家里园中的树，花开花谢。但是人呢？海角天涯，凋落成泥。

公元770年，也就是岑参到达嘉州的第四年，在理想破灭中，在对故乡的无限思念中，岑参客死他乡，叶落无根。

（六）后记

岑参，出生于湖北，在他50余年的生涯中，游历于长安、洛阳，成名于西北大漠，贬谪于中原腹地，客死于西南嘉州，所谓动荡不过如此吧。其实，不仅仅是岑参，还有杜甫，还有李白，哪一个不是漂泊多于安定？为什么他们深沉，因为他们曾经深沉地活过。

"走马西来欲到天，辞家见月两回圆。今夜不知何处宿，平沙万里绝人烟。"可能漂泊久了，书生就成了诗人。还是那句话，心灵和肉体，总要有一个在流浪，不然人生岂不是太乏味了吗？是为记。

走近杜甫

走近杜甫是需要沐浴更衣且随机缘的。

尊重,是的,在他面前我无法不保持尊重。他和古人屈原及后来者鲁迅都是同一类人,本可以过得安稳富足,却偏偏选择苦行僧一般的修行之路。为了挚爱的人世,为了心中理想的生活,为了所谓的太平盛世,他们甘愿做一头牛——用自己的犄角戳破粉饰的太平之象,扯掉蒙在当权者脸上的最后一块遮羞布,把时代的伤痕血淋淋地定格在字里行间。

我又看见太阳,看见太阳从窗户缝隙中洒在绿萝叶子上的光芒。我不确信是不是这光芒把我叫醒的,犹如我不确信自己是不是真的入睡过。好多事情都是可以与自己无关的。不是吗?是吧。

或许是时候写一写杜甫了——一个与自己无关的人,却始终在心里徘徊,不肯离去。

三顾频烦天下计,两朝开济老臣心。

这是杜甫在成都游览武侯祠时赞叹诸葛亮的诗。我想,如果让他选,他更愿意做"出师未捷身先死"的诸葛亮,而不是"斯人独憔悴"的杜子美。杜甫是一心想报效李唐的,"李唐"无疑是他心中的"国"。"安史之乱"中,杜甫曾写道:"国破山河在,城春草木深。"他对这个"国"爱得深沉,爱得不顾一切,爱得让其他人自惭形秽。

公元755年,在长安奔波十多年的杜甫谋得了"兵曹参军"的职位,其实就是看军营库房的管理员。此时杜甫已经44岁了。俗话说,"四十不惑"。对于渴望建功立业的杜甫来说,这"芝麻粒大小的官"

绝对是对其极大的嘲讽,甚至是悲剧。同年十一月,杜甫回奉先(今蒲城)探亲,刚走到家门口,就听到妻子杨氏在哭泣——他的小儿子饿死了。耻辱,这当然是耻辱。对于一个男人来说,还有什么比养不起妻小更为耻辱的呢?他想起了长安,想起了"头上何所有?翠微匎叶垂鬓唇。背后何所见?珠压腰衱稳称身"。

"朱门酒肉臭,路有冻死骨。"我不知道他该如何面对和安慰妻子。那个朝廷啊,他一心报效的朝廷,何曾顾及过他的死活?但杜甫还是义无反顾地念着李唐——在我国历史上总有这么一些人,自己已经千疮百孔、已经朝不保夕,可心里还是念着朝廷,念着苍生。爱国,自始至终是一种选择,这从来都与身份无关,与学识无关。

公元 756 年 7 月,"安史之乱"爆发后的第二年,唐玄宗西逃,后太子李亨在灵武即位。一听到新君即位,正在避难的杜甫没有丝毫犹豫,舍弃妻小,只身投奔。你为什么要去投奔?一个兵曹参军,就算死社稷都轮不到你!一个手无缚鸡之力的书生,就算去当兵都不够格!儿子刚刚饿死,难道还要饿死女儿?

君子有所为有所不为,杜甫毫不犹豫地就去投奔李亨了。他大概是刚出家门就被叛军抓了去,与王维关在一处。在狱中,他遇见镇西北庭节度使李嗣业率领的讨逆大军,甚是激动地写道:"四镇富精锐,摧锋皆绝伦。还闻献士卒,足以静风尘……奇兵不在众,万马救中原。谈笑无河北,心肝奉至尊……"自己都小命不保了还想着李唐,以身许国,就是如此吧。

九年之后,杜甫栖身成都,一身风尘尚未褪去,满心创伤仍未痊愈,可一听到官兵收复了河南、河北,已经 54 岁的杜甫兴奋得像个孩子,更是幻想着可以一日千里,直达洛阳。

剑外忽传收蓟北,初闻涕泪满衣裳。
却看妻子愁何在,漫卷诗书喜欲狂。
白日放歌须纵酒,青春作伴好还乡。
即从巴峡穿巫峡,便下襄阳向洛阳。

与国家同呼吸、共命运，这或许就是杜甫为什么会随着时间的流逝而愈发让人敬重的原因——他的诗里不仅有祖国的大好河山，更有国家的兴衰荣辱、百姓的悲欢离合。但杜甫与李唐江山的缘分、与李亨的情分却是"情到深处人孤独"的。世人常说"心比天高，命比纸薄"，其实真正"薄"的从来都是"缘"和"情"，我本将心向明月，奈何，奈何……

安禄山从范阳起兵，经幽燕，取河北，兵至洛阳。李隆基依然有路可退，至于后来的"上穷碧落下黄泉"不过是做做样子。李亨更有路可退，甚至从某种意义上说是安禄山推了他一把，而且直接把他推到了龙椅上。在甘肃灵武，他朝向西北三叩九拜，叫了几声"太上皇"，就屁颠屁颠地脱下了太子服，黄袍加身了。达官贵人们也有路可退，他们既可以跟着老皇帝游山玩水，也可以跟着新皇帝讨逆天下。最不济，出点儿血，捐上几两银子，总之还可以继续吃香喝辣。

但有人无路可退。谁！杜甫就是其中一个！在投奔新君途中，杜甫被叛军抓获，押到长安。春日的长安城本该风和日丽、人来人往，但现在却是满目疮痍。杜甫不禁哀叹："国破山河在，城春草木深。感时花溅泪，恨别鸟惊心。"他想念家人但无能为力，只能哀叹"烽火连三月，家书抵万金"。

我习惯闭上眼睛，想象1300年前的长安城里，硝烟四起，须发斑白、枯瘦憔悴的杜甫在叛军的军营里愁眉不展、默默流泪的情形。他哀痛，为他心爱的大唐，为与他没有太大关系的江山。"少陵野老吞声哭，春日潜行曲江曲。江头宫殿锁千门，细柳新蒲为谁绿……人生有情泪沾臆，江水江花岂终极。黄昏胡骑尘满城，欲往城南望南北。"

与他一同被关押的王维，已经出任了伪职，但后来却由于他曾写了一首怀念李唐盛世的诗就得到了赦免。杜甫呢？在被关押长安期间不知道写了多少这样的诗，又换来了什么呢？放逐！与屈原一样的放逐。公元757年，他到达灵武，然后又随李亨到长安，再到华州，最后于公元759年辗转到了成都，两年间奔波千里，真不知道他一家老小是怎么熬过来的。

他本可以过偶像诸葛亮"苟活于乱世，躬耕于南阳"式的日子。

但是他不能。"居庙堂之高则忧其民,处江湖之远则忧其君。"公元761年,"安史之乱"渐渐平息,远在蜀地的杜甫,内心的煎熬却好像刚刚开始。

> 西山白雪三城戍,南浦清江万里桥。
> 海内风尘诸弟隔,天涯涕泪一身遥。
> 唯将迟暮供多病,未有涓埃答圣朝。
> 跨马出郊时极目,不堪人事日萧条。

他内心是惭愧的,惭愧自己由于身体的原因没能更好地报效朝廷。面对这个极为荒诞的理由,我竟然无力反驳。只是在诗的结句,杜甫才颇为含蓄地提到"人事"。坐稳龙椅的李亨早就把杜甫忘得一干二净了。

公元766年,杜甫孑然一身,漂泊到夔州。一年后的一日,他来到长江边的一处高台,心中积郁已久的情绪喷薄而出,吟诵出千古佳作——《登高》。

> 风急天高猿啸哀,渚清沙白鸟飞回。
> 无边落木萧萧下,不尽长江滚滚来。
> 万里悲秋常作客,百年多病独登台。
> 艰难苦恨繁霜鬓,潦倒新停浊酒杯。

杜诗皇皇,吾独爱《登高》。陈子昂在《登幽州台》中写道:"前不见古人,后不见来者。"其实杜甫就是"后来者"。虽然时光已经过去了两百年,但两位诗人内心的孤独与苦闷是相同的,那种铭刻在骨子里的"爱"是息息相通的。

只剩下酒了——李白还可以"举杯邀明月,对影成三人",而杜甫呢?一身病痛犹在,满目河山空远。

李白的诗中经常会有一掷千金的豪气,但杜甫不行。李白是商人出身,当时已经诗名满天下。杜甫生于没落的官宦世家,又不被世人重视，整日在温饱线上徘徊。李白有诗云"借问别来太瘦生",虽然有戏谑的成分,但杜甫的窘况还是从中可见一斑。

公元761年8月,成都暴风雨来袭。杜甫刚刚建好的茅屋,被吹得七零八碎。这座茅屋是他四处求亲友求来的。杜甫仰天大骂,怒吼道:"八月秋高风怒号,卷我屋上三重茅……床头屋漏无干处,雨脚如麻未断绝……"伟大的诗人是不会让情绪的发泄仅停留在自我层面上的,一定会上升到更为广阔的空间,乃至宇宙。"安得广厦千万间,大庇天下寒士俱欢颜!风雨不动安如山。呜呼!何时眼前突兀见此屋,吾庐独破受冻死亦足!"杜老夫子惊天动地的一吼,让历代读书人乃至吾辈都顶礼膜拜。弹指一挥间,千年岁月过。夜幕降临时,看万家灯火,想想自己历经磨难,仍与家人蜗居在方寸之间,岂不悲乎?

杜甫这样的寒士至少还有严武那样的仰慕者,而普通老百姓呢?皇帝跑了,朝廷换个地方仍能再立门户,可是老百姓怎么办?他们只能任叛军和官军屠杀。公元758年,唐军与叛军在安阳大战,唐军惨败,适逢杜甫从洛阳返回华州。"满目悲生事,因人作远游。"他走了一路,写了一路,把那些悲欢都定格在诗中。在这组被后世称为"三吏三别"的史诗中,我最喜欢《新婚别》,或许是这故事更具有悲剧的氛围。

"结发为君妻,席不暖君床。暮婚晨告别,无乃太匆忙。"两人还没有耳语,就不得不分开。你要去河阳打仗,我怎么办呢?杜甫以女子的口吻写道:"妾身未分明,何以拜姑嫜?"但这怨恨并非后悔,她非常坚定自己的选择,"鸡狗亦得将",她已经抱定了"嫁鸡随鸡,嫁狗随狗"的决心。但她也知道,此时虽为生离,实为死别。"君今往死地""与君永相望",她是明白的。但杜甫并没有让诗意仅在"怨妇"或"征夫"的圈圈内打转。他笔锋一转,缓缓道:"誓欲随君去,形势反苍黄。勿为新婚念,努力事戎行。妇人在军中,兵气恐不扬。"小小女子竟然有如此觉悟和境界,怎能不让人脸红?

公元759年,关中大旱。杜甫在《夏日叹》中写道:"雨降不濡物,良田起黄埃。飞鸟苦热死,池鱼涸其泥。"如果是正常年份,朝廷肯定会赈灾,但眼下前线吃紧,朝廷拿什么赈济灾民?灾荒本就容易引起战乱,现在更是火上浇油,"至今大河北,化作虎与豺"。感叹之余,他又把笔锋对准了朝廷，愤然问道："王师安在哉？"文人的笔锋利无比。

事实上，杜甫的日子并不比普通老百姓好多少。艾青说："为什么我的眼里常含泪水，因为我对这土地爱得深沉！"杜甫对底层百姓的"爱"也是如此，这种身份上的认同让他们在感情上更容易融合在一起。对李唐，他还有指责和失望，对百姓和苍生，他只有爱。

　　白也诗无敌，飘然思不群。
　　清新庾开府，俊逸鲍参军。
　　渭北春天树，江东日暮云。
　　何时一樽酒，重与细论文。

诗中的"白也"就是指李白。杜甫与李白总共见过寥寥几面，但这已足让杜甫欣慰。回忆起李白，他的内心是温柔的。他幻想着与李白把酒言诗。杜甫的温柔多与朋友有关。在那个乱世中，朋友是他为数不多的精神寄托。在《赠卫八处士》一诗中，杜甫动情地写道，"人生不相见，动如参与商"，"昔别君未婚，儿女忽成行"。尽管时隔多年，老朋友见面时还会开怀畅饮，"夜雨剪春韭，新炊间黄粱。主称会面难，一举累十觞"。明天二人又将分别，但有什么关系呢？今朝有酒今朝醉，明日愁来明日愁。在朋友面前，杜甫也能豪气冲天。

此诗中的"夜雨剪春韭，新炊间黄粱"历来为后人所称道。诗中感情的细腻，犹如十八九岁的小姑娘。尤其一个"剪"字，更是传神——一个小女孩，在春日的潇潇夜雨中，剪下细细的韭菜，多么温馨的画面。

　　舍南舍北皆春水，但见群鸥日日来。
　　花径不曾缘客扫，蓬门今始为君开。
　　盘飧市远无兼味，樽酒家贫只旧醅。
　　肯与邻翁相对饮，隔篱呼取尽余杯。

这首《客至》洋溢着浓厚的农家乐趣，也是杜诗中难得一见的欢愉之作。在成都草堂居住期间，除了这首《客至》，杜甫还写出了"自锄稀菜甲，小摘为情亲""挂壁移筐果，呼儿问煮鱼"等诗句。这些呢喃之语，在杜诗中尤为可贵。我们的"诗圣"，他的生活中也是有温情的。他的尘世不独有"朱门酒肉臭，路有冻死骨"，这对我们后人来说多少是些安慰。

虽然"国家不幸诗家幸"，但我们还是希望那些写出了美丽诗句的诗人们能被尘世温柔对待。我一直认为悲惨不应该是生活的主题，战乱更应该永远杜绝。宁愿读不到一句诗，也不想让诗人在水火中颠沛流离，因为那也意味着人间正遭遇兵荒马乱。

何曾识干戈?! 何必识干戈?!

公元768年，杜甫出巫峡，泛舟洞庭，辗转江南。秋日午后，他偶遇街头卖艺的李龟年。这位曾经侍奉李隆基和杨玉环的歌者，竟然沦落到如此下场，怎能不让人感慨？

岐王宅里寻常见，崔九堂前几度闻。
正是江南好风景，落花时节又逢君。

在时代的大幕里，个人的荣辱往往是可以忽略的。这听起来有些残酷，但也是没有法子的事情。落花时节，大唐盛世已经落下帷幕，曾经的辉煌与美好，都只能在回忆中一帧一帧地去找。今日的相逢，很有些"可能俱是不如人"的错觉，但毕竟我们还活着。

你看，这江南，还不是一样江花红胜火、江水绿如蓝？只是这桥边红药，年年知为谁生？

公元756年，长安狱中。已经临近中秋时节，杜甫本该陪伴在妻儿身边，可如今却身陷囹圄。一日夜间，冷月高悬，杜甫狱中望月，淡淡相思，寄往鄜州。

今夜鄜州月，闺中只独看。遥怜小儿女，未解忆长安。
香雾云鬟湿，清辉玉臂寒。何时倚虚幌，双照泪痕干。

你一个人在家中，独自守着这轮明月，这也是我此时在长安看到的明月。可怜孩子还小，尚不知道想念父亲。但是苦了你。雾湿云鬟，月寒玉臂，还要为我日夜担惊受怕。真不知道何时才可以拥抱着你，泪眼相看，共赏明月。独看，是坚强，所以无泪；双照，是欣慰，所以缠绵。古人曾称赞道："五律至此，无忝诗圣矣。"百年之后，李商隐流落蜀地，怀念妻子时用同样的手法写下了传诵千古的《夜雨寄北》。这或许就是唐诗的一种传承吧。

杜甫对妻子的爱是深沉的，也是朴素的。在言辞方面，他没有元稹那么"花里胡哨"，也没有苏轼那么哀婉欲绝，倒是有股潘岳的风情——淡淡的，淡淡的，淡到柴米油盐里。

> 峥嵘赤云西，日脚下平地。柴门鸟雀噪，归客千里至。
> 妻孥怪我在，惊定还拭泪。世乱遭飘荡，生还偶然遂。
> 邻人满墙头，感叹亦歔欷。夜阑更秉烛，相对如梦寐。

这首《羌村》是公元757年杜甫从灵武赶往老家鄜州时所写。那时是无法事先告知家里的，他到家时妻子刚好外出。当妻子回到家中时，惊喜地看见原本应在千里之外的丈夫竟然站在自己眼前——这个场景，在影视剧中我们经常看到，而所有的一切都不过是"妻孥怪我在，惊定还拭泪"这10个字的重放。元稹写了很多纪念妻子韦丛的诗，我最喜欢的始终是那句"贫贱夫妻百事哀"，此时此刻的杜甫与妻子杨氏不正是如此？她担心丈夫的安危，整日提心吊胆，可一看见丈夫，却又担心起来，担心丈夫为什么这个时候回来，是不是遇到了什么难处？

感情啊，感情啊，相思入骨还不屑一顾！

公元761年，杜甫带着妻子女儿寓居草堂。终于有了自己的房子、自己的家。房子啊房子，谁不想有自己的房子？在他们的爱巢中，杜甫留下了《江村》一诗。

> 清江一曲抱村流，长夏江村事事幽。
> 自去自来梁上燕，相亲相近水中鸥。

老妻画纸为棋局，稚子敲针作钓钩。
但有故人供禄米，微躯此外更何求？

老妻相伴，夫复何求？当时光流逝，她渐渐老去，看惯了风花雪月的你，是否还能低唤一声"老妻"？

杜甫是江。走近杜甫，犹如走到长江边，感受"逝者如斯夫，不舍昼夜"的气概。

杜甫是海。走近杜甫，犹如走到海边捡贝壳，能捡到的都是自己以为美好的，其实更美好的还在海里。

细草微风岸，危樯独夜舟。
星垂平野阔，月涌大江流。
名岂文章著，官应老病休。
飘飘何所似，天地一沙鸥。

这天地之间，如果还可以为"诗"找一个符号，那一定是杜甫。李白固然豪气潇洒，但毕竟是仙人，不接地气。杜甫离我们很近，就像鲁迅，时间越久，我们与他们的距离越近。

他们迟早有一天会融入我们的基因里，我期待着。

一城烟雨念苏州

下雨的时候，我总会想起韦应物，想起他的"春潮带雨晚来急，野渡无人舟自横"。这种静谧的自然美正是我中意的。闻名中唐诗坛的韦应物有一种魔力——抓住景物瞬间"神态"的魔力，他宛如一部行走的相机，随时抓拍他看见的天地和风景。

其实，韦应物生活的时代并不像他诗中所写的那么平和。20岁时，渔阳的战鼓声惊破了长安城的霓裳羽衣曲，也惊破了他和元苹姑娘的洞房春宵。这场改变大唐国运和大唐臣民命运的战乱持续了7年多。战乱结束时，韦应物眉宇间的风霜早已将昔日长安公子的风采湮没。唐帝国更是如此。战乱可以平息，硝烟可以散去，但曾经的荣耀、曾经的歌舞升平、曾经的安居乐业就只能在"桂殿嵚岑对玉楼，椒房窈窕连金屋""绿树村边合，青山郭外斜"等诗句中重温了。

田园牧歌还是兵荒马乱？韦应物选择了前者，"兵荒马乱"还是留给杜甫吧。我没有任何不敬的意思，我们谁都有权利在时代的洪流中找一方天地苟延残喘，而不是被它吞没而粉身碎骨，毕竟生活是自己的，命也只有一次。

（一）浪子回头：没有苦海，只有彼岸

"安史之乱"的确改变了韦应物的命运，但他这种改变不同于王维、李白、杜甫等人。安禄山与史思明的野蛮似乎刺激了韦应物，让这个二十来岁的年轻人一夜之间长大成人——长安城里少了个浪荡公子哥，多了个沉下心来读书的年轻人。

韦氏家族乃当时豪门大户。《旧唐书》中曾记载道："议者云自唐

以来，氏族之盛，无逾于韦氏。其孝友词学，承庆、嗣立力量；明于音律，则万里为最；达于礼仪，则叔夏为最；史才博识，以述为最。"韦应物无疑是含着金汤匙出生的，俨然又一个贾宝玉。不过他可比贾宝玉坏多了。史书虽然有为圣贤避讳的考量，但对于韦应物早年的行径也不得不给出了"横行乡里，乡人苦之"的八字评语。

公元752年，韦应物被唐玄宗召进宫中为贴身侍卫，时年15岁。所谓贴身侍卫不过是一个玩伴而已，就是陪李隆基、杨玉环逗逗乐子罢了。"梨花一枝春带雨"不过是白居易的想象，而韦应物可真的是在雨水下欣赏过"梨花"的。此时，33岁的杨玉环不仅是贵妃身份，更是一朵女人花艳得正浓的年龄。韦应物仰慕不已。

"与君十五侍皇闱，晓拂炉烟上赤墀。花开汉苑经过处，雪下骊山沐浴时。"韦应物的这首诗当然是写实的，此时的他就如同沉浸在唐玄宗与杨玉环醉生梦死故事中的少年，甚至幻想日子可以一直这么过下去。

没有谁可以心安理得地享受人世繁华而不付出任何代价。唐玄宗的代价是大唐江山和杨玉环的性命。公元755年，渔阳战鼓声震天，安禄山举起马刀杀向长安。大唐天子李隆基仓皇出逃，杨玉环香消玉殒于马嵬坡。这一连串的巨变把韦应物惊醒了，将他从大唐迷梦中彻底惊醒了：真正能保护自己的不是皇帝，也不会是其他人，只能是自己。荣华富贵不过是过眼云烟，自己必须强大起来。

怎么强大起来？读书！

韦应物立志读书。史载，韦应物常"焚香扫地而坐"，静心读书。他此时尚年轻，又本聪颖，且有书香门风的加持，一旦钻入书中，焉有不成功之理？

我常常想，如果不是"安史之乱"，韦应物会不会被丢弃在历史的"旧纸堆"里。我不确定。或许每个人的生命中都需要一场"安史之乱"，没有这么大的动乱，不足以撬动生命的轨迹而改变自我。

（二）浪迹天涯：我心安然，随遇而安

公元 763 年秋，"安史之乱"刚结束不久，韦应物就来到了洛阳，任洛阳丞。战乱中，洛阳被安禄山的大军攻破，曾经的名城现在已是千疮百孔，满目疮痍。"画阁朱楼尽相望，红桃绿柳垂檐向"如今只剩"国破山河在，城春草木深"。

面对这座城，韦应物心中的伤感或悔恨一点儿也不比"安史之乱"发生前少。为什么呢？他曾在《金谷园歌》中写道："祸端一发埋恨长，百草无情春自绿。"哪里埋下的祸端呢？又是何时埋下的呢？韦应物扪心自问。百草无情春自绿，更是透露出许多的无奈。50 年后，杜牧面对这满院的绿草，又叹道："繁华事散逐香尘，流水无情草自春。"

此后的十多年，韦应物就在洛阳与长安之间奔波，做着一些小官，过着那时代的中产生活。但是，公元 776 年，他妻子元苹的猝然离世，把他的小幸福一下子击溃了。中年丧妻的苦痛让韦应物的人生顿时黯淡下来，他也失去了在仕途上拼搏的理由和动力。公元 779 年，在妻子元苹去世后的第三年，韦应物辞去官职，在长安闲居，时年 43 岁。他有一首题为《幽居》的诗就是写于此时。

贵贱虽异等，出门皆有营。
独无外物牵，遂此幽居情。
微雨夜来过，不知春草生。
青山忽已曙，鸟雀绕舍鸣。
时与道人偶，或随樵者行。
自当安蹇劣，谁谓薄世荣。

我最喜欢"微雨夜来过，不知春草生"这一句。悄无声息的时间，悄无声息的岁月，一划而过，这是不着痕迹的美。

我猜不透韦应物后来为何又出来入仕了。"建中之乱"中他竟然升官了。"安史之乱"与"建中之乱"，都是韦应物生命中重要的转折点。

我不是史家,只是有些怀疑,为什么会这样?他人的兵荒马乱,却是他的人生机遇。

从公元781年到783年,韦应物由正七品升到正四品,一年一个品阶的升迁速度堪比坐上了火箭。他的足迹也从洛阳踏向了滁州。在离开洛阳之际,韦应物写道:"孤村几岁临伊岸,一雁初晴下朔风。为报洛桥游宦侣,扁舟不系与心同。"其中的"扁舟不系与心同"一句来自孟浩然的名句"扁舟共济与君同",又与李白的"明朝散发弄扁舟"有些渊源。总而言之,韦应物对南方之行是很有期待的。

他是应该有期待的!事实上,谈论韦应物时是无法避开滁州和苏州的。他留给滁州一首诗,留给苏州一座城。

《滁州西涧》太有名气了,应该算是中国写景诗的典范之作。

独怜幽草涧边生,上有黄鹂深树鸣。
春潮带雨晚来急,野渡无人舟自横。

王国维说这是"无我之境"。读这首诗时,读者只需闭上眼睛慢慢地想一想,就知道诗中的景色有多美:一个古老渡口,一条破旧的扁舟,悠闲地横亘在刚刚涨满春潮的河面上。此时人的确是多余的。

公元785年,48岁的韦应物离开滁州,前往江州任刺史。江州也是一个神奇的地方,在此地,白居易写出了《琵琶行》,韦应物写出了《初发扬子寄元大校书》。

凄凄去亲爱,泛泛入烟雾。
归棹洛阳人,残钟广陵树。
今朝此为别,何处还相遇。
世事波上舟,沿洄安得住。

韦应物的这首诗写得有些颓废,可能是年纪大了,心中自然也就没有那么多潇洒之意了。今朝此为别,何处还相遇?此等儿女情长,在王勃"海内存知己,天涯若比邻"面前显得阴柔。但王勃当时毕竟血气方刚，而韦应物已经须发斑白。半百之年的他看透了这人世间的事情，就如同这江上的扁舟，哪里容许自己做主呢？随波逐流，有时候并不是一件坏事。

所谓明智之举，或许也是世事所迫。阿Q没有什么不好，能开心地走下去就是胜利。韦应物等到了自己的胜利，因为前面就是苏州。

（三）苏州烟雨：择一城而终老

公元788年，52岁的韦应物升任苏州刺史。公元791年，54岁的韦应物卒于苏州官舍。他在苏州待了整整三年，就是这三年的时光将他与苏州这座城绑在了一起，这一绑就是一部史册。在苏州，白居易有白堤，苏轼有苏堤，但这丝毫抢不了韦应物的风头，因为韦苏州只有一个。

"韦苏州"这个称号，不仅仅是对他诗文的认可，更是对他政绩的称赞。老百姓是最善良的，只要做过有益于他们的事，他们就会把好官放在心里，供在庙里，写在史书里，千古留名。

> 身多疾病思田里，邑有流亡愧俸钱。

这句诗是韦应物留在苏州官舍的，也是韦应物留给后人的。他为自己没有尽到责任而空费俸禄自愧。

我们读书所为何来？不过是想做一些事情而已。但应该做哪些事情，不应该做哪些事情呢？很多人或许只记住了黄金屋、千钟粟和颜如玉，却忘记了生我们的土地和养我们的农民。

韦应物的惭愧无疑是一座精神的丰碑，我们是应该仰视的。

韦应物留给苏州很多诗词，在这些诗词中我们可以品味公元8世纪浪漫之都的神韵。

> 妾家住横塘，夫婿郁家郎。
> 玉盘的历双白鱼，宝簟玲珑透象床。

象床可寝鱼可食，不知郎意何南北。
岸上种莲岂得生，池中种槿岂得成。
丈夫一去花落树，妾独夜长心未平。

这首《横塘行》正是这种浪漫的注脚。诗中大胆的爱情宣言就算放到当今社会，也是属于"豪放"的了。诗中女子对丈夫的痴情与牵挂，在"玉盘""象床""莲花"等一系列意象中自然跳跃，真挚动人。

吏舍跼终年，出郊旷清曙。
杨柳散和风，青山澹吾虑。
依丛适自憩，缘涧还复去。
微雨霭芳原，春鸠鸣何处。
乐幽心屡止，遵事迹犹遽。
终罢斯结庐，慕陶直可庶。

这首诗为《东郊》，大概是韦应物外出游览时所作。诗中一切都是悠闲的、自由自在的。"依丛适自憩，缘涧还复去"，有一种"行到水穷处，坐看云起时"的自在；"微雨霭芳原，春鸠鸣何处"，透露着"泥融飞燕子，沙暖睡鸳鸯"的自然。

这首诗中最值得玩味的还是那句"杨柳散和风，青山澹吾虑"——此情此景，一切烦恼均可淡去。要是换作杜甫或杜牧等人或许就是借物言志了，但是韦应物不同，不管他的情如何浓，淡淡的景色都足以将之冲淡。

但韦应物笔下的风景也不是一成不变的。他有一首名为《西塞山》的诗就写得很有气魄。

势从千里奔，直入江中断。
岚横秋塞雄，地束惊流满。

诗中的气势犹如平地惊雷，不比王之涣的"白日依山尽，黄河入海

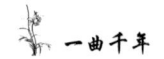

流"弱，也不比李白的"天门中断楚江开，碧水东流至此回"差。

韦应物是把自己融进了苏州城的。其实，每个人生命中都需要一座城池来安放灵魂。

（四）妻子元苹：爱如梅花，相思入骨

才子的妻子似乎不好做，或许是太容易遭受嫉妒，所以她们往往都是薄命的。

元苹嫁给韦应物的时候只有16岁，去世的时候也不过36岁，可这已经算是长寿的了。比她晚43年出生的韦丛，20岁时嫁给元稹，去世时只有27岁。真不知道元韦联姻是不是受到了上天的诅咒。与韦丛命运更为相似的是王弗，她嫁给苏轼的时候是16岁，去世的时候也是27岁。三百年的时空，宛若一段轮回，只是由"曾经沧海难为水，除却巫山不是云"变成了"十年生死两茫茫"！

这三个薄命女子，却留给了后世最多的叹息与牵挂，她们在自己夫婿的思念中永生。这听起来很是有些悲壮，但不过是苦命人的另一番注解而已。"贫贱夫妻百事哀""明月夜、短松冈"这些诗词就是她们的命。

元苹无疑是更为幸运的。她与韦应物虽然未能共白头，但也终究走过了二十个春秋、几千个日日夜夜。她去世后，韦应物亲自撰写墓志铭，也未再娶。韦应物去世后与她同穴而葬，生死相依。韦应物对她的思念一点儿也不比元稹对韦丛、苏轼对王弗的少。

元苹嫁与韦应物的时候，"安史之乱"刚刚爆发，韦应物还沉浸在他的盛世迷梦中。真不知道那段日子里元苹这个17岁的小女子是怎么面对的。但她还是安静地陪着韦应物度过了最为动荡的一段岁月——李隆基出逃，杨玉环被赐死。韦应物似乎一下子长大了。我不敢猜测元苹在韦应物的转变中扮演着怎样的角色，但可以断言，这些风波投射在韦应物的身上，无疑也投射到了元苹的心上。患难见真情！或许吧，正是这段患难岁月让韦应物对元苹矢志不渝。

以后的二十年是韦应物苦读与累积声名的二十年，但也是最为清苦

的二十年。韦应物在洛阳、长安等地奔走，在七品的官阶上徘徊。他们的日子应该没有韦应物诗中表达的那么安逸。"又况生处贫约，殁无第宅"，这句出自《元苹墓志》的话绝非虚话。

后来，韦应物做到了三品官，也有了封号，可这一切都与元苹没有关系了。元苹陪他走过了最为艰难的人生岁月，余生的辉煌却只能由他一个人享受了。

"每望昏入门，寒席无主，手泽衣腻，尚识平生，香奁粉囊，犹置故处，器用百物，不忍复视。"

"物是人非事事休，欲语泪先流。"没有她的荣华富贵，实在是没有什么滋味。爱情就像梅花，只有经历彻骨寒冬才能绽放出沁人心脾的香味。

可惜，韦应物的梅花，过早地凋谢了。在《送终》一诗中，韦应物痛不欲生。

生平同此居，一旦异存亡。
斯须亦何益，终复委山冈。
行出国南门，南望郁苍苍。
日入乃云造，恸哭宿风霜。

他的《伤逝》一诗，尽管没有元稹的《遣悲怀》那么出名，却真真切切，每每读之，都不免为之心动、为之心痛。

染白一为黑，焚木尽成灰。念我室中人，逝去亦不回。
结发二十载，宾敬如始来。提携属时屯，契阔忧患灾。
柔素亮为表，礼章夙所该。仕公不及私，百事委令才。
一旦入闺门，四屋满尘埃。斯人既已矣，触物但伤摧。
单居移时节，泣涕抚婴孩。知妄谓当遣，临感要难裁。
梦想忽如睹，惊起复徘徊。此心良无已，绕屋生蒿莱。

陶渊明说："亲戚或余悲，他人亦已歌。"但这悲与悲也是不同的，

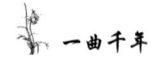

韦应物的"惊起复徘徊"是真真地悲到骨子里了。明代归有光曾写道："庭有枇杷树，吾妻死之年所手植也，今已亭亭如盖矣。"这与韦应物的"绕屋生蒿莱"可谓情通。夫妻情深，莫过如此。

（五）女儿出阁：天下父亲皆一般

元苹去世后，韦应物把对妻子的爱转移到他们的爱情结晶——女儿身上，尤其对于大女儿，韦应物更是疼爱有加。在大女儿出嫁时，韦应物依依不舍，写下了传诵千古的《送杨氏女》一诗。诗中的"杨氏女"就是他的女儿，因为嫁入杨家，所以有了新的姓氏。

韦应物看着女儿即将成为别人的妻子，眼泪哗哗地往下流。"幼为长所育，两别泣不休"，谁舍得将自己的"小棉袄"送给他人呢？但是他也没得选择，只得强忍悲痛，叮嘱道："贫俭诚所尚，资从岂待周。孝恭遵妇道，容止顺其猷。"他让女儿遵守妇道、相夫教子，不过是希望女儿幸福。

可是当女儿真的走出家门，当他回家看到空荡荡的屋子时，又忍不住哭了，尤其是又看到了小女儿。"居闲始自遣，临感忽难收。归来视幼女，零泪缘缨流。"两人抱头痛哭。对于小女儿来说，这个姐姐更像是母亲；对于韦应物来说，一旦小女儿长大后出嫁，那么这个家就剩他一个人了。

偌大的世界，如果没有亲人，我们拿什么抵御寂寞与悲伤？

韦应物给自己女儿选的夫婿当然是一流人物。据记载，韦应物的女婿杨凌出身豪门，敏而好学，为时人所重。后世柳宗元曾经夸赞道："少以篇什著声于时。其炳耀尤异之词，讽诵于文人，盈满于江湖，达于京师。"后来杨凌的儿子杨敬之更是位居三品。结下这门亲事，无论怎么说，韦应物都可以心安了。作为父亲，能为女儿做的，韦应物都做了。

（六）后记：择一城而终老，择一人而白首

公元 791 年，韦应物于苏州去世，时年 55 岁。

公元 796 年，韦应物与妻子元苹合葬。

择一城而终老，择一人而白首，韦应物做到了。

人世间的事情有时是非常简单的，我们活得不开心、不快乐，不是我们遇到的困难与苦难多，而是我们把日子过得太复杂了。其实，如果我们抛开比较、抛开世俗，我们真正需要的是什么呢？

一个人，一座城，足矣！如果再加上一卷唐诗、一卷宋词，那就是完美了。

韦应物的一生并不是幸福的。少年时为乡邻所骂，青年时经历战乱，中年时刚有成就却失去妻子，之后就是江南江北地漂泊，但这重要吗？他的诗一样是清新的、自然的、美的。他把辛酸与苦痛隐去，留下一个荒废已久的渡口、一叶悠闲自得的小舟、一座浪漫多情的城，还有一则墓志铭。是为记。

诗坛殉道者

苏轼一句"郊寒岛瘦"就把孟郊与贾岛牢牢地捆绑在了一起。这固然是苏大才子作为天才艺术家的独到总结，但又何尝不是一种无奈的调侃！孟郊与贾岛这两位仁兄堪称中国诗歌史上最苦情、最悲剧的存在，而且是死后连口棺材都买不起的那种。

在今人眼中，孟郊就是"孔乙己"般的书呆子，穷得连饭都吃不起了，还在琢磨茴香豆的"茴"字到底有多少种写法，用他自己的话说就是"一生空吟诗，不觉成白头"。贾岛半僧半道，就是骑着头破毛驴时，还在疯疯癫癫地比划着是"推"还是"敲"。"两句三年得，一吟双泪流"，算是他的"自画像"吧。

其实，这两位仁兄很是有点儿八竿子打不着。岁数上，孟郊比贾岛大了足足28岁，与韩愈平辈论交；贾岛对韩愈"执弟子礼"，是韩愈的学生，称孟郊一声"师叔"一点儿都不委屈。风格上，二人在当时已经名重天下，但孟郊是"五古"大家，贾岛却是"五律"领袖，各有所长。交情上，他们唱和甚少，勉强算是一般朋友，远比不了元稹和白居易之间的感情。他们唯一的共同点就是一个比一个苦情和悲剧！总之一个字，就是"惨"！作为很有成就的大诗人，实在是惨不忍睹。

（一）学而优则仕：孟县尉与贾主簿

万般皆下品，唯有读书高。对于穷人家的孩子来说，不读书着实没有出路。他们读书是冲着做官去的。孟郊与贾岛皆为贫家子弟，年少时孟郊曾在嵩山苦读，而贾岛则是在房山。没错，就是今天的北京市房山区，现在那里还有"贾岛庵"。

这两位似乎都不善于科考。孟郊考了多少次，已不可考，但可以确定的是他直到 46 岁才得中进士，差点儿上演了大唐版的"范进中举"。贾岛没考中，一辈子都没有考中。心高气傲的贾岛在心灰意冷之际，一时僧一时道，仿佛神志不清。但他还是想做官，甚至都还俗了，可始终饮恨科场。

其实，贫寒子弟就算考中又能如何？孟郊中进士后，几经周折才谋得了溧阳县尉这么个芝麻小官，但好歹也算是正儿八经的大唐公务人员。贾岛折腾了一辈子才求得遂州长江县主簿的职位。在唐代，一个县的主簿是什么官呢？准确地说，"主簿"不是"官"，而是唐政府的"辅助人员"。无论如何，贾岛也算是吃上皇粮了。他也不亏，硬是赢得了"贾长江"的雅号。

（二）郊寒

"自古圣贤尽贫贱，何况我辈孤且直。"前辈鲍照的诗句，孟郊一定是读过的，而且应该是刻在心里的。

孟郊的父亲是一名小官，但家中依旧清贫。所谓清官，大概就是清贫之官吧。非不能耳，实不愿耳。对于家中的窘况，孟郊在一首题为《怨别》的诗中曾有所描述。

> 一别一回老，志士白发早。
> 在富易为容，居贫难自好。
> 沉忧损性灵，服药亦枯槁。
> 秋风游子衣，落日行远道。
> 君问去何之，贱身难自保。

这或许是孟郊与心仪女子的临别赠言。贫穷的爱情往往是美好的，但更是令人心痛的。自己还要远行、还要奔波，拿什么给予她安稳的生活和幸福？

贱身难自保！盖自伤而哀鸣耳。在另一首《横吹曲辞·长安道》

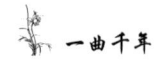

的诗中，孟郊将这种哀鸣化为控诉。

> 胡风激秦树，贱子风中泣。
> 家家朱门开，得见不可入。
> 长安十二衢，投树鸟亦急。
> 高阁何人家，笙簧正喧吸。

妻子、孩子在风中哭泣，作为丈夫的自己如何受得了？放眼望去，长安城内，高门大户林立，夜夜笙歌，醉生梦死。而自己呢？妻小都照顾不了！

我读此诗时，常想起杜甫那句"朱门酒肉臭，路有冻死骨"。杜甫是无奈地悲鸣，孟郊是无奈地酸楚，但其中的悲愤之气，溢于文字，令人嗟叹。

他的"孤且直"在《寄张籍》一诗中更是表现得淋漓尽致。

> 夜镜不照物，朝光何时升？黯然秋思来，走入志士膺。
> 志士惜时逝，一宵三四兴。清汉徒自朗，浊河终无澄。
> 旧爱忽已远，新愁坐相凌。君其隐壮怀，我亦逃名称。
> 古人贵从晦，君子忌党朋。倾败生所竞，保全归懵懵。
> 浮云何当来，潜虬会飞腾。

他是黑夜里的镜子，明亮清朗；他是正人君子，不屑朋党；他是潜水里的虬，自会飞腾。

他相信自己的才华，相信凭借自己的努力，当光芒来临时，他心里的那面镜子就会熠熠生辉；当风云际会时，他就会化身为龙，一飞冲天。

书生本色，一贫如洗，亦可骄傲如斯！

（三）岛瘦

贾岛是农家子弟，且家乡范阳又长年战乱，家中甚是贫寒。他精神上的"瘦"大概是源于长期的压抑与苦闷，身体上的"瘦"多半是营养不良造成的。

对于贾岛的早年生活，已经不可考，只能从后来的诗作中来推测他曾经的苦难过往。这首题为《客喜》的诗，大概就是他借他人酒杯浇自己之块垒。

客喜非实喜，客悲非实悲。百回信到家，未当身一归。
未归长嗟愁，嗟愁填中怀。开口吐愁声，还却入耳来。
常恐泪滴多，自损两目辉。鬓边虽有丝，不堪织寒衣。

老母亲非常想念自己的儿子，当知道儿子要从远方回来时，自然非常高兴。但当儿子真的回到家里时，又担心起来——家中粮食不够吃！"嗟愁填中怀"，这五个字对读者造成的冲击犹如巨浪拍岸。可哪有母亲不疼爱儿子的，虽然已经两鬓泛白，年迈的母亲还是强撑着为儿子织衣。明明该是儿子孝顺母亲的时候，可还让母亲为自己担忧！世界上最痛楚之事莫过于此。

贾岛的心，是会滴血的。他还有一首题为《冬夜》的诗，记录其漂泊江湖时的情形。

羁旅复经冬，瓢空盎亦空。泪流寒枕上，迹绝旧山中。
凌结浮萍水，雪和衰柳风。曙光鸡未报，嘹唳两三鸿。

我想，这样漂泊的夜晚他一定经历过很多。泪流寒枕上，会结冰吗？迹绝旧山中，还能等到天亮吗？他只能躺在床上，睁着眼，看雪花乱舞，等寒鸡啼鸣。

与孟郊一样，贾岛也是非常骄傲的人。穷且益坚，不坠青云之志。他心里是有一团火的，可惜，始终没有点燃。在一首题为《剑客》的诗中，他终于把心事说了出来。

十年磨一剑，霜刃未曾试。

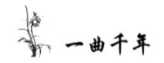

今日把示君，谁有不平事？

我们很难想象这会是贾岛写出来的诗，在他的《长江集》中这首诗也显得非常突兀。他是那么压抑的一个人，怎么可能如此痛快地表达自己的情感？大概这就是物极必反吧。他心中的压抑情绪在那一刻被彻底引爆了。那一刻，他自己就是那把宝剑——苦学了十年，却始终没有一试身手的机会。不是自己没有才能，实在是英雄无用武之地。今天他这把宝剑终于脱匣而出——皇帝啊皇帝，你看到了吗？

贾岛在为自己而鸣，可惜庙堂太高了，也太远了。

（四）形式主义者的诗道追求：极致与巅峰

诗，到了中唐时期，似乎能写的景与情、人与物、是与非等都被李白、杜甫们写完了。不要说青出于蓝，就是望其项背，都是一种奢望。此时白居易等人举起了"新乐府运动"的大旗，诗歌在他笔下成为讽喻朝政的工具。温庭筠没有白居易的雄心壮志，他选择躲进温柔乡，诗风趋于香艳旖旎，这也直接导致了五代"花间词派"的诞生，以至于影响到宋代柳永、秦观等诸位词家。

孟郊和贾岛也在探索，只是他们选择的是一条对诗进行提纯的不归路——炼字、炼句、炼意！这还不够，后来他们更是由"炼"进化到"造"造字、造句、造意。对于这种刻意而为或者为诗而诗的行为，我们现在有更为形象的说法——形式主义。

其实，这一切都是他们苦吟的必然结果。他们要想在遵循旧制的基础上写出新奇的东西，不想用前辈用过的词、用过的意，就势必要搜肠刮肚、绞尽脑汁地去想一些全新的字、全新的词、全新的景。如果没有，那就只能自己去造了。

孟郊有一首题为《怨诗》的诗，窃以为就是造字、造意的杰出成果。

试妾与君泪，两处滴池水。

看取芙蓉花，今年为谁死！

　　孟郊像一个冷静的第三者，默默地看着眼前的一对情侣难舍难分。"今年为谁死"，平平淡淡的五个字，却又如同晴天霹雳，让读者措手不及，心头不得不为之一颤。

　　他所有的努力就是为了这句话，为了这个"死"字！我不得不承认他成功了。

　　贾岛有一首题为《忆江上吴处士》的诗，窃以为也应属于刻意而为之的作品。

　　　　闽国扬帆去，蟾蜍亏复圆。
　　　　秋风生渭水，落叶满长安。
　　　　此地聚会夕，当时雷雨寒。
　　　　兰桡殊未返，消息海云端。

　　为了"落叶满长安"，贾岛虚构或者说重新解构了所有的场景。他就像一个剪辑师，围绕着他心里的"落叶满长安"，将这一帧一帧的画面不断地变换与重组。什么聚会，什么雷雨，什么杳无音信，都是虚幻，都是他"造"出来的。孟郊和贾岛于推敲和"苦吟"之间在造意的形式主义大道上越走越远，终至于极致。

　　极致即巅峰。对于他们刻意的遣词造句，对于他们刻意的为诗而诗，我们并不会觉得有多么突兀，反而觉得本该如此，犹如天然去雕饰一般。

　　孟郊有一首题为《偶作》的诗，构思非常精妙。

　　　　利剑不可近，美人不可亲。
　　　　利剑近伤手，美人近伤身。
　　　　道险不在广，十步能摧轮。
　　　　情爱不在多，一夕能伤神。

095

像这样的诗作，是不需要翻译的。我们不知道孟郊修改了多少遍，吟断了多少根胡须，但现在读起来，我们除了对诗人绝妙的构思顶礼膜拜外，更对其用词拍案称绝。

在词的使用方面，这首诗已经达到返璞归真的境界。

孟郊的《游子吟》也是返璞归真的神作。

> 慈母手中线，游子身上衣。
> 临行密密缝，意恐迟迟归。
> 谁言寸草心，报得三春晖。

似乎应该还有两句才对，但是他已经写出了"谁言寸草心，报得三春晖"，所以也就功德圆满了。

其实，无论什么事情，只要做到了极致，也就"趋于技"而"神乎其神"了。后世有无数人崇拜他们、学习他们、模仿他们，但是他们都只看到了孟郊和贾岛诗中的精妙，却忽略了他们对字词精心的推敲，最终掉进了形式主义的深潭不能自拔。这是属于他们两人的诗道巅峰之路，无法复制。

（五）贫寒士子的幸福时光：金榜题名与伯乐

对于古代贫寒士子来说，金榜题名与得遇伯乐无疑是非常值得庆贺的事。

孟郊是中过进士的。那时他已经46岁，自然不能再夸"十七人中最年少"，但还是高兴异常，并且成就了平生第一快诗——《登科后》。

> 昔日龌龊不足夸，今朝放荡思无涯。
> 春风得意马蹄疾，一日看尽长安花。

昔日种种窘迫都过去了。今朝金榜题名，心中积郁一扫而空。我要骑着快马，在春风中策马扬鞭，游遍长安城。印象中的快诗，除了杜甫的《闻官军收河南河北》外就是此诗了。这是孟郊悲催的一生中为数不多的高光时刻，尽管他只是高兴了几天就不得不为生计发愁，但至少长安城会记住曾经有一个中年人鲜衣怒马、仰天长啸而过。

贾岛是不会有这样的体验的。但他拜见张籍与韩愈时的心情，也是跃跃欲试，踌躇满志。

袖有新成诗，欲见张韩老。青竹未生翼，一步万里道。
仰望青冥天，云雪压我脑。失却终南山，惆怅满怀抱。
安得西北风，身愿变蓬草。地只闻此语，突出惊我倒。

这首题为《携新文诣张籍韩愈途中成》的诗真实记录了他去拜见两位诗坛领袖时的心情。

一步万里道，呵呵，平步青云，鲤鱼跃龙门！

可惜，终是一场空，也许"云深不知处"才是他的宿命。

（六）后记：诗囚与诗奴

相对于"郊寒岛瘦"，我还是更喜欢称呼他们为"诗囚"和"诗奴"。事实上，他们也的确把生命的全部精华奉献给了诗。对于孟郊和贾岛来说，生活中没有远方，只有眼前的苟且和心里的诗。

这一点，就算山穷水尽时他们都不曾放弃。他们坚守着自己对形式主义的追求，至善至美，不死不休。韩愈有诗云："孟郊死葬北邙山，从此风云得暂闲。天恐文章浑断绝，更生贾岛著人间。"诗囚诗奴，天生耳。

人总要留下些什么，不然岂不是白来这人世一遭？可要留下些什么呢？荣华富贵？权势利禄？孟郊选择做一名诗囚，贾岛选择做一名诗奴，用生命铸就他们心中的诗歌。

我们呢？是为记。

李贺是匹马

李贺是年轻的,死的时候是,现在也是。

古今中外的天才诗人似乎都不太长命。王勃如此,李贺如此。雪莱如此,济慈如此,徐志摩亦如此。但诗在命在,我更相信他们只是在那个时间点上换了一种存在的方式。对于李贺,我是情有独钟的,尤其是对他的《马诗》。在诗里,他化身为马,将自己的魂魄与理想都融入他对马的意念中,铸就永生。每每读起,都宛若李贺就站在面前,娓娓述说他的故事,然后我便情不自禁地闯入他的时代——那个伟大的时代。可当我缓过神后,心里又总是隐隐作痛,也许是为他,也许不是,谁知道呢!

(一) 李贺,一匹血统高贵的马

"龙脊贴连钱,银蹄白踏烟","此马非凡马,房星本是星",李贺笔下的马绝非凡马,而是血统高贵的龙马。这不正是他自己的写照吗?史书记载,李贺乃唐高祖李渊的叔父李亮(大郑王)的后裔,与当时的宪宗皇帝沾亲带故。李贺很看重自己的皇族身份,有诗云"唐诸王孙李长吉""宗孙不调为谁怜""为谒皇孙请曹植"。拥有高贵的出身,无论在何时,都无比重要。这与贪慕虚荣无关,毕竟谁不愿理想之路更平稳、更顺畅呢?

李贺很骄傲,他也有骄傲的资本——皇族身份,才华横溢。这本来该是一段流光溢彩的传奇。只是,本来啊,历史上有多少"本来"是可以再来的呢?

（二）李贺，一匹瘦骨嶙峋的马

"腊月草根甜，天街雪似盐"，"向前敲瘦骨，犹自带铜声"，这才是真实的生活。血统高贵又如何？能换钱吗？不能！既然不能，那就只能在寒冬腊月以雪当盐吃草根，只能饿得皮包骨头，只能被现实撞得头破血流。

现实，无论在哪个年代，都是非常残酷的。

这也是李贺的真实生活。李贺家境贫寒，贫寒到什么程度呢？他的父亲李晋肃做过"边上从事"这样不入品的官，后来好不容易升任"陕县令"，但不久就病逝，而此时李贺尚在襁褓。李贺在《送韦仁实兄弟入关》中写道："我在山上舍，一亩蒿磽田。夜雨叫租吏，春声暗交关。"在《勉爱行二首送小季之庐山》李贺又道："欲将千里别，我持易斗粟。"李家之贫寒、凄凉之状，于此可见。

有些诗句，其实是不用翻译的，我们只需要用心去品，就能品出诗人的心和他当时的境况。事实上，对于贫穷，每个人的感受是不一样的。但当我们将一些事件表面的东西都隐去或者虚化后，我们会发现对于我们生活的世界，我们所看到的、感受到的以及能理解到的只不过是冰山一角。贫穷，准确地说是贫富差距，应是人类社会面临的终极考验。

李贺的贫穷让他天生就营养不良，瘦骨嶙峋。一些书中这样描述李贺："自幼体形细瘦，通眉，长爪，长相极有特征。"唉，这不就是一匹瘦骨嶙峋的马吗？

（三）李贺，一匹志向远大的马

志向，在我们生活的时代是非常多元化的。但古人就没有这么幸运了。出身好的，一生下来就享受荣华富贵；出身不好的，则受苦受穷。但有一条上升通道可供下层之人晋阶，这就是读书入仕，这种人，他们有个特定的称呼——读书人。万般皆下品，唯有读书高。书中自有黄金

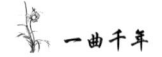

屋，书中自有颜如玉。读书是古往今来为数不多可以改变命运的方式。

"忽忆周天子，驱车上玉山。鸣驺辞凤苑，赤骥最承恩。"李贺写的是周天子，上的是玉山，而他的马也深受皇恩，可在凤苑中任意驰骋。这何尝不是他对自己未来的期望。他期望能为皇家效力。在他看来，这江山就是他们李家的，尽管这李家从来没有把他算在内。但或许在李贺看来，只有这样的志向才配得上他大唐皇族的身份。正因为此，他更希望建功立业。"大漠沙如雪，燕山月似钩。何当金络脑，快走踏清秋。"李贺所处的宪宗时代，盛唐气象已经渐渐远去，大唐王朝的权威与统治力也渐渐弱化，取而代之的是藩镇割据，战乱不断。作为皇族后裔，李贺希望投笔从戎。对大唐盛世的怀念，他肯定比我们这些旁观者和后来者更为深刻。他渴望复兴唐太宗时期的荣耀，更渴望能成为其中的一分子，也许在骨子里他更渴望证明自己绝对配得上身上的皇族血脉。我们天真的诗人尽管生活贫困，但依旧如前辈王勃所说的"穷且益坚，不坠青云之志"。

（四）李贺，一匹才华横溢的马

天才之上是鬼才。李贺就是鬼才。这位 27 岁就故去的大唐鬼才，用才华在大唐这一诗歌的王朝中为自己赢得了一席之地。他宛如一颗流星，迅速划过天空，但留下了耀眼夺目的光辉。"诗鬼"的称号尽管有些不太好听，但在五千年中华诗歌史上，也别无分号。

李贺七岁能诗。贞元十二年（796 年），七岁的李贺以《高轩过》一诗，令文坛领袖韩愈震惊，也让他名扬京洛。而后他更是一发而不可收拾，《雁门太守行》《李凭箜篌引》……佳作频出，传唱至今。

王国维先生论词的时候谈到了境界。窃以为诗也是分境界的。诗的境界也可以分为三种。第一种境界是天籁之作。诗句宛如天成，我们甚至无法想象他们是怎么推敲出来的，但就是美。每每读之，那种天然的美就会迎面而来，直击心扉，让我们钦慕他们的风采。比如李白的"君不见黄河之水天上来""云想衣裳花想容"……这些诗句用的都是最简单的文字，但其中蕴含的感情却是最自然、最浓烈的，让人着迷至今。

这就是天籁的魔力。李贺有些诗句也是如此，如"天若有情天亦老""雄鸡一唱天下白""石破天惊逗秋雨"等。尤其是"天若有情天亦老"一句，一直被模仿，从未被超越。此等天籁，就算天纵奇才，也只能偶尔得之，可遇不可求。第二种境界是神品之作。这类诗踏实厚重，融合了诗人的格局与阅历，形式上严谨厚重，风格上气象万千。如杜甫的"无边落木萧萧下，不尽长江滚滚来"，"尔曹身与名俱灭，不废江河万古流"，韩愈的"云横秦岭家何在，雪拥蓝关马不前"等，均可归于此。第三种境界是人品之作。这类诗是诗人努力坚持的结果，也是诗人在特定环境下迸发出的才华结晶。张继的《枫桥夜泊》就是典型代表。

"衰兰送客咸阳道，天若有情天亦老"，读此绝句，可饮三杯！

（五）李贺，一匹悲情的马

对于自己喜欢的人，谁都希望对方可以过得好一些。但往往事与愿违。人生不如意事十之八九，自古才子就命运多舛。所以，尽管这一段我不忍心写，甚至希望将此抹去，但如果抹去这段，那李贺原本就短暂的生命会变得更为残缺了。

李贺是悲情的，不仅因为他摊上了才子命运多舛的"天命"，更是因为他本可以有美好的前程和幸福的生活，只是因为小人作祟，只是因为非常可笑的事情，他却不得不潦倒一生。

李贺深得文宗韩愈赏识。能得到文坛领袖的认可对于这个渴望建功立业的年轻人来说，真的是太重要了。元和五年（810年），在为父亲守丧三年期满后，在韩愈的劝说下，李贺参加了科举考试。"春风得意马蹄疾，一日看尽长安花"，这是木讷的孟郊金榜题名后的扬扬自得。呵呵，金榜题名，读书人的梦想都在里面了。

公元810年初冬，李贺参加河南府试，作《河南府试十二月乐词并闰月》，一举得中，年底赴都城长安应进士举。一切都那么美好。在老师韩愈的大力提携下，这个出身高贵且惊才绝艳的年轻人看来即将成为大唐诗坛上冉冉升起的明星，乃至中流砥柱。可惜他的父亲叫"李晋肃"，而"晋"与"进"犯"嫌名"。如此荒唐的理由被妒忌他才华的小人利用。韩愈大声疾呼，四处辩解，但李贺还是被迫离开考场。这对他的打击有多大？他在《出城》中写道："关水乘驴影，秦风帽带垂……卿卿忍相问，镜中双泪姿。"这哪里是写诗，分明是泣血！

元和六年（811年），在韩愈的奔走下，李贺终于当上了官——奉礼郎，从九品。这是干吗的？就是什么都得干！干坏自己担，成绩是领导的。但毕竟吃上皇粮了。从公元811年到814年，他也算过上了三年安稳的日子。而这三年也让他对社会有了更深刻的认识，他的诗歌在境界上也有了更大的突破。家国不幸诗家幸，诚不余欺。

"恒从小奚奴，骑距驴，背一古破锦囊，遇有所得，即书投囊中。及暮归，太夫人使婢受囊出之，所见书多，辄曰：'是儿要当呕出心乃已耳！'"后辈李商隐的这段记载让我们对努力有了更深的理解。呕心沥血，呕心沥血。然而，他并没有多少心血可以如此拼搏。他的结局早就写好了，只是不知道哪一天画上句号。

元和十一年（816年），在升迁无望，妻子离世，甚至也许自己都感觉到时日无多的情况下，李贺强撑着回到故乡昌谷，整理诗作，不久病去，时年27岁。

（六）后记：李贺和他的爱情

特别希望李贺能有一个她，可以懂他的她，让他能在短暂不幸的生命中获得几许人世的温情。

> 井上辘轳床上转。水声繁，弦声浅。情若何，荀奉倩。
> 城头日，长向城头住。一日作千年，不须流下去。

据说，这首《后园凿井歌》是李贺写给妻子的情诗。

提水的辘轳在井台上转呀转。水声哗哗，绳索浅奏。这样的画面像什么呢？就像荀奉倩与他的妻子相亲相爱一般。

城头上的太阳，永远挂在城头上。这般相亲相爱的时光，一天就如同一千年。我希望太阳永远不要落下山，我希望我们永远地这样恩爱下去。

多么美好的情诗！李贺深爱着那个她，可惜红颜薄命，她竟先他而去。这很可能是压垮李贺的最后一根稻草。但这一切都不重要了。什么才是最重要的呢？他们爱过，认真地爱过，在那个烽烟四起的乱世，在那个以诗为命的时代。

我们这些生活在和平盛世的人，能不能像他们一样幸运，敢不敢像他们一样勇敢——遇见对的人，认真去爱?!

遇见对的人，认真去爱，是为记。

师者韩愈

唐朝近三百年，历经贞观之治、开元盛世、元和中兴，风流人物，璨若星河。但要说谁最牛？当属韩愈韩退之。

韩愈，这个可以称"子"的男人，堪称唐代第一牛人。他到底有多牛？看看"韩吹"的队伍有多长就知道了。诗坛巨擘白居易说韩愈"学术精博，文力雄健"，称韩愈有太史公司马迁之风。"诗豪"刘禹锡更堪称唐代"韩吹"盟主，"高山无穷，太华削成。人文无穷，夫子挺生"，直接视韩愈为"孔子"。一代宗师欧阳修称韩愈文"天下至工"。苏轼天纵奇才，更很少拍人马屁，可吹起韩愈来，也是前无古人后无来者——文起八代之衰，而道济天下之溺；忠犯人主之怒，而勇夺三军之帅！这个"韩吹"队伍还可以排很长很长，王世贞、王夫之、沈德潜、曾国藩……

韩愈，一介书生，凭什么让后世诸多牛人顶礼膜拜？他为什么这么牛？

（一）正师道振臂高呼

师者，所以传道受业解惑也。

什么是老师？孔夫子当了一辈子老师，但他好像也没有说明白。到底什么才是老师呢？韩愈说了，老师就是"传道受业解惑"！

何为传道？传授圣人之道，使圣人之学得以普照四方，得以永世流传。何为受业？传授生活之本领，让世人学得一技之长，让圣人开创的事业发扬光大。何为解惑？人谁无惑？朝闻道，夕死可矣。有惑，就要请教。就要遵循圣人之道"不耻下问"，就要"无常师"！

韩愈所处的中唐时期，藩镇割据之势渐起，所谓师道不过是谁兵多谁为之。朝廷之上，科场腐败，师道更是无人提及，谁权力大谁为之。师道不存，斯文扫地。韩愈拍案而起，这怎么可以？他高举孔孟之道的大旗，高呼"尊师重道"，犹如一道闪电照亮黑暗的中唐天空，一扫颓废与阴霾，到今日仍熠熠生辉。

谁可为师？非贵者，非富者，非掌权者——人人皆可为师，"闻道"先即可！谁人拜师？孔夫子等圣人尚"未有常师"，尚"三人行必有我师"，何况我等世俗之人？人人应以人人为师！

"是故无贵无贱，无长无少，道之所存，师之所存也。""闻道有先后，术业有专攻，如是而已！"一篇《师说》，成百代之师，韩愈不牛，谁牛？

（二）革文风以身作则

中唐时期的文风习六朝旧气，辞藻华丽，对仗工整，但言之无物。韩愈不能忍！他大声疾呼，文章不可这么写，一场持续百年的"古文运动"就此拉开序幕。

文章该怎么写？要用心写，用真心写。韩愈的诗文最大的特点就是真心，付满腔热情于字里行间，读其诗文犹如和师长面对面交谈。在《崔山君传》中，他感慨："彼皆貌似而心不同焉，可谓之非人邪？即有平肋曼肤，颜如渥丹，美而很者，貌则人，其心则禽兽，又恶可谓之人邪？"善恶岂能以相貌取之，韩愈一语中的！在《送董邵南游河北序》中，他更是为董邵遭遇不平而鸣，一片真心，流于笔端，处处可见。"燕赵古称多感慨悲歌之士。董生举进士，屡不得志于有司，怀抱利器，郁郁适兹土。吾知其必有合也。董生勉乎哉！"他自己又何尝不是屡试不第！这赤诚之心，使吾等不禁掩卷叹息。

韩愈的真心还体现在他对待学生方面。韩愈一生桃李满天下，李翱、李贺、孟郊、贾岛等人都是他的弟子。在《与孟东野书》中，韩愈更体现了对待学生亦师亦友的赤诚境界。

"与足下别久矣，以吾心之思足下，知足下悬悬于吾也……吾唱之而和者谁欤？言无听也，唱无和也，独行而无徒也，是非无所与同也，足下知吾心乐否也！"

这一段是思念之语，俨然已经超出师徒之情，近乎兄弟了。韩愈在自己学生面前就是一个大哥，最后更是拉起家常。

"李习之娶吾亡兄之女，期在后月，朝夕当来此。张籍在和州居丧，家甚贫。恐足下不知，故具此白，冀足下一来相视也。自彼至此，虽远，要皆舟行可至，速图之，吾之望也。"

最让我感动的还是那句"张籍……家甚贫"。张籍也是他的学生。此时此刻他还惦记着自己的学生，希望孟东野（孟郊）去看一看，能帮就帮一帮。张籍读此文，应哭也。

在一篇名为《进学解》的文章中，韩愈更是将真心发挥到了极致。他苦口婆心地劝解后辈要认真学习，用心写文章。更让人钦佩的是，韩愈文思若海，精妙之论，层出不穷。

"业精于勤，荒于嬉；行成于思，毁于随。"

"寻坠绪之茫茫，独旁搜而远绍。障百川而东之，回狂澜于既倒。"

真是让人迷恋文字之美。这篇文章更是造就了诸多成语，如"贪多务得""含英咀华""佶屈聱牙""同工异曲""动辄得咎""俱收并蓄""投闲置散"等等，可谓千古奇文。

韩愈的努力没有白费，持续百年的"古文运动"为中华文明做出了卓越的贡献，也成就了中华文化史上的八位作家——唐宋八大家。韩愈，作为"唐宋八大家"之首，你说牛不牛？

（三）对朋友赤诚相待

君子不平而鸣，韩愈就是不平而鸣的君子。对朋友忠肝义胆，无怨无悔。

著名诗人李贺因父亲李晋肃名字中的"晋"与"进"犯讳，而不得考进士。韩愈闻之，疾呼，岂有此理？所谓犯讳的世俗，在韩愈看来真真是可笑至极。他立即上书朝廷，更是写文驳斥。一篇《讳辩》，直接刺破所谓"犯讳"不过是妒忌贤能的面具，更是冒天下之大不韪，以"考之于经，质之于律，稽之以国家之典"的态度对所谓的"犯讳"进行了鞭笞。

他的师友孟郊，屡试不第，韩愈心知其苦楚，宽慰之余更是想方设法助其脱困。

> 长安交游者，贫富各有徒。
> 亲朋相过时，亦各有以娱。
> 陋室有文史，高门有笙竽。
> 何能辨荣悴，且欲分贤愚。

在这首《长安交游者赠孟郊》的诗中，韩愈情真意切地安慰孟郊、勉励孟郊，更鼓励孟郊，给予他最大的信心。他更是向各方积极推荐孟郊，"孟生江海士，古貌又古心。尝读古人书，谓言古犹今……顾我多慷慨，穷檐时见临。清宵静相对，发白聆苦吟"，一首《孟生诗》，洋洋洒洒，两百多字，字字真情，拳拳之心，字里行间，处处皆是。孟郊中举之后，韩愈比孟郊都高兴，唱曰："吾愿生为云，东野变为龙！"他是心甘情愿如此的。

韩愈的侄子十二郎，虽是其晚辈，但两人自幼一起玩耍，称兄弟亦不为过。十二郎先他而去，韩愈哭诉哀祭。

"吾少孤，及长，不省所怙，惟兄嫂是依。中年，兄殁南方，吾与汝俱幼，从嫂归葬河阳。既又与汝就食江南。零丁孤苦，未尝一日相离也。"追忆往事，痛心疾首。

"虽然，吾自今年来，苍苍者或化而为白矣，动摇者或脱而落矣。毛血日益衰，志气日益微，几何不从汝而死也！死而有知，其几何离；其无知，悲不几时，而不悲者无穷期矣。"感情至深，期待来生。

此时的十二郎已经不是韩愈的晚辈，而是他的兄弟。他见兄弟早去，又自伤身世，犹如风烛残年，便要交代后事；更期盼早去，与其团聚。文辞凄婉哀绝，不忍卒读。

(四）为社稷义不容辞

宁为百夫长，胜作一书生。

韩愈参军，孟郊作诗，云："坐作群书吟，行为孤剑咏。始知出处心，不失平生正。"又云："一章喻檄明，百万心气定。今朝旌鼓前，笑别丈夫盛。"

诚如孟郊所言，韩愈本可以建功沙场的。元和十二年（817年），韩愈随宰相裴度出征淮西。韩愈建议裴度偷袭蔡州，但裴度以为这只是书生之见，没有采纳。可后来李愬雪夜偷袭蔡州，一举拿下吴元济，平定了叛乱。此时，韩愈又建议裴度，曰："如今凭借平定淮西的声势，镇州王承宗可用言辞说服，不必用兵！"果不其然，韩愈修书一封，王承宗慑于兵威而举旗投降！

谁说这是书生之见？岂不知书生心中自有百万雄兵。项羽之败，乃败给刘邦乎？非也！败给张良也！

长庆元年（821年），韩愈转任兵部侍郎，适逢镇州王廷凑兵变，朝廷欲派人安抚，但无人敢前往，韩愈便挺身而出。君子岂可置国家于不顾？他韩退之，在国难面前，焉能退去？止，君之仁；死，臣之义。这就是韩愈的回答。

元稹叹乎，以为韩愈此行凶多吉少；皇帝唐穆宗也心惊胆战，怕韩愈出意外。为了江山社稷，虽虎地，吾往矣。在这首题为《镇州路上谨酬裴司空相公重见寄》的诗中，韩愈写道："衔命山东抚乱师，日驰三百自嫌迟。风霜满面无人识，何处如今更有诗。"他是坦荡的。他担心的是自己如果去晚了，会生意外，会有战事，会连累百姓。

我们常说"君子坦荡荡，小人常戚戚"，大概就是如此吧。因为君子心里装的是他人、是国家，而小人心里只有自己。

到镇州后，韩愈充分体现了一个君子的胆识与才智。对叛军将领王廷凑，他义正词严道："朝廷以为你有将帅之才，才命你为节度使，现在你连一帮小儿都管不住！真是枉顾天恩，让天下人小瞧！"对士兵，他晓之以理、动之以情，恩威并施，慷慨陈词，道："自古叛乱之军，不仅惹祸上身，更殃及妻小。朝廷亦知尔等皆忠君之士，尔等不知叛乱，更不会叛乱。一切回头是岸！"就这么三言两语，王廷凑服气了，士兵也服气了，均"任其吩咐"！

谈笑间，樯橹灰飞烟灭。大丈夫，当如是！

返回京城之际，韩愈亦是淡淡一笑，似乎一切都在其掌握之中。回到京城，他赋诗一首，甚是惬意。

别来杨柳街头树，摆弄春风只欲飞。
还有小园桃李在，留花不发待郎归。

一介书生，独闯龙潭，三言两语，天下安定，你说他牛不牛？

（五）为万民以命相搏

贞元十九年（803年），韩愈任监察御史。当时关中地区大旱，百姓流离失所，苦不堪言，灾区更是饿殍遍野。韩愈亲赴灾区，目睹百姓如此，痛心疾首。但此时京兆尹李实却瞒报朝廷，更说关中粮食丰收，百姓安居乐业。

韩愈焉能沉默？韩愈化愤怒为文章，一篇《论天旱人饥状》直达天庭。他知道，这一文未必有用。他也知道，这一文可能让他革职罢官，但是他不能退！果不其然，韩愈被反咬一口，被贬出京城。但有些事，他不能坐视不管。

元和十四年（819年），唐宪宗敬迎佛骨于长安，一时之间，朝野上下人人言佛。这怎么行？！"南朝四百八十寺，多少楼台烟雨中"啊！这事儿韩愈得管。他上《论佛骨表》，斥迎佛骨之荒谬，言"佛不足事"！更是怒怼唐宪宗，高寿者非因信佛，信佛者常多祸乱。韩愈深知此文一出，自己必定大难临头，在文末他写道："佛如有灵，能作祸祟，凡有殃咎，宜加臣身，上天鉴临，臣不怨悔。"他是无怨无悔的，尽管因此被贬出京任潮州刺史。从长安到潮州，何止千里？他出京城时，侄儿韩湘前来送行，韩愈于悲愤之际，写下这首名留千古的《左迁至蓝关示侄孙湘》，窃以为是韩诗第一。

> 一封朝奏九重天，夕贬潮州路八千。
> 欲为圣明除弊事，肯将衰朽惜残年！
> 云横秦岭家何在？雪拥蓝关马不前。
> 知汝远来应有意，好收吾骨瘴江边。

这首诗我常读之，每每读到"云横秦岭家何在？雪拥蓝关马不前"这一句时，总会不自觉地闭上眼睛，去想——大雪纷飞，韩愈立马蓝关。他回望长安，心头愁绪万千；远眺远方，前路茫茫。韩愈以文入诗，文章宏博，一如该诗，境界宽阔。被贬又如何？韩愈还是一腔热血。

任职之后，见有鳄鱼行凶，危害百姓，韩愈又作《祭鳄鱼文》，一句"鳄鱼其不可与刺史杂处此土也"，更彰显其消灭鳄鱼之患的信心。也许韩愈真是文曲星再世，文章动天，鳄鱼竟然从此远去，百姓更是欢呼，以为神也。为民请命，知其不可而为之，将生死置之度外，这就是韩愈。

（六）后记

世人常言"三不朽"，太上立德，其次立功，再次立言。

韩愈正师道、弘儒学，为百代之师，可谓功德无量；韩愈自动请缨，一介书生，独闯敌营，平定叛乱，可谓立功；韩愈文章千古，至情至性，可谓立言。

宋人张载有言，圣人者"为天地立心，为生民立命，为往圣继绝学，为万世开太平"。能当此赞誉者，中华民族历史上亦不过数人，但韩愈必在其列。

韩愈字退之，可他在百姓利益、国家利益面前何曾退过？这就是唐代第一牛人的境界与风格！

呜呼，大丈夫，当如是。是为记。

曲终人不散

"安史之乱"对于唐帝国的伤害是多方面的。

国力上，唐代宗李豫、唐宣宗李忱等也算励精图治，甚至出现了元和中兴、大中之治等所谓复兴景象，但大唐王朝再也找不回帝国往昔的荣光。他们更像是在祖宗留下的庞大华丽宫殿里修修补补，这宫殿看似坚不可摧，其实已经虚弱不堪，他们的种种努力也不过是将这份荣光尽可能地再延续一些时光而已。

诗坛更是如此。安禄山的马刀一下子斩断了大唐王朝的文脉，曾经璨若星河、人才辈出的大唐诗坛忽然陷入了沉寂。

是的，是沉寂，还不是死寂。

因为还是有人在用心写诗的。尽管这些人的才情与笔力再也找不回"盛唐气象"，再也写不出"豪情飞扬"，但他们还是坚守着李白、杜甫等人开创的诗坛大道，努力支撑着大唐诗坛，以期再现荣光。

他们中最具代表性的诗人是卢纶以及他的几个小伙伴，后世送了他们一个响亮的名字——"大历十才子"。

（一）大历十才子

公元763年，在郭子仪、李光弼诸将的努力下"安史之乱"得以平息。公元766年，唐代宗李豫改元大历，即大历元年。公元779年，受命于危乱之际的唐代宗李豫驾崩，太子李适继承帝位为唐德宗，次年改元建中。

在公元766年至779年间，即大历年间，李端、卢纶等人先后登上诗坛，他们才华横溢，志趣相投，或寄情山水、吟风弄月，或凭吊胜

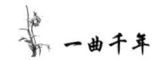

迹、忆古思今，且都屡有佳作，名重一时，为陷入沉寂的大唐诗坛注入了青春的力量和新鲜的血液。

李端、卢纶、吉中孚、韩翃、钱起、司空曙、苗发、崔峒、耿湋、夏侯审这十个年轻人，风流倜傥，相互唱和，于是，继"二王""三曹""四杰""七贤"之后，中国文化史上又迎来了"大历十才子"。

有一群这样出色的年轻人活跃于诗坛，真是后人的幸运。尽管李端、卢纶、韩翃、钱起、司空曙等人的生卒年月不甚详细，但资料还是有一些的，他们留下的诗也多一些。最遗憾的是苗发、崔峒、耿湋、夏侯审、吉中孚，对于他们我们知之甚少。诗仙李白一生写了上万首诗，但流传到今天的不过区区千首；王之涣也只留下了五六首诗；张若虚只有一首《春江花月夜》。也许有一天，我们会在敦煌的某个角落里发现他们的作品；也许这许许多多的天才佳作就静静地躺在宫殿里，等待着有缘人去开启。我们中华民族的文明也就是这么一点一点地传承下来的，也是这么一步一步地走到今天的。野火烧不尽，春风吹又生，这股韧劲是融进我们民族骨血里的。

时光不掩风流。他们曾经年轻过，曾经用自己的青春与热血在古时中国最令人神往的时代、在那个当时世界上最亮丽的城市，大声地吟唱过，潇洒地活过。他们是那个时代最为耀眼的明星，他们永远地留在了那个时代，永远地留在了我们这些后世人的记忆中。

（二）大雪满弓刀

卢纶是他们的带头大哥。范阳卢氏也是大户人家，但卢纶也患上了中国古代才子的通病——屡试不第。我们不知道他有没有像后辈罗隐一样"十试不第"，但大约最终还是没有考上。唉，这笔债，或多或少都要算到安禄山的头上。

科场失利的年轻人情绪总是不会太好，尤其是像卢纶这般才名早扬的人。于是，他跑到了终南山，躲了起来。

"落羽羞言命，逢人强破颜。"这句诗应该是他落第后的真实写照。唉，太郁闷了，羞于见人啊！更郁闷的是，他表弟司空曙都考上了进士。卢大才子哪里受得了这般刺激？但科场无情，中与不中，皆有定数。"十上不可待，三年竟无成。"时也！命也！

卢纶的情商很高。"方逢粟比金，未识公与卿。"这句诗读起来就有点儿令人忍俊不禁。为何？嘿嘿，未识公与卿，卢大才子你就说有哪些当朝公卿是你不认识的？是元载、王缙、常衮、李勉、齐映、陆贽、令狐楚这些曾位居宰辅的人，还是马燧、韦皋、皇甫温、鲍防、张建封、裴延龄这些地方大员？

凭借高情商，卢纶与朝中众人或封疆大吏交游甚密，有甚者更视其为座上宾。就这样，在诸位朋友的提携、推荐下，未取得功名的卢纶还是当上了官，而且还不小。初授乡尉，后为集贤学士、秘书省校书郎，最后竟然做到了监察御史。监察御史的品阶尽管不高，但权力大啊！

后来的事更体现了卢纶高超的情商——在眼见朝中无可为时，他转身去了边塞，参军了。这一去，大唐少了位善于经营的政客，却多了位豪情万丈的边塞诗人。

"宁为百夫长，胜作一书生。"前辈杨炯的这句诗他应该是读过的。"忽如一夜春风来，千树万树梨花开。"岑参的千古绝唱想必他也一定背得滚瓜烂熟。胸中藏着前辈们智慧结晶的卢纶，一踏入边塞，眼界更宽，格局更大，境界更阔，意境更深，气势更猛，心中的艺术才华也迸射而出，言语简练中隐约透露出几许盛唐气象。

> 林暗草惊风，将军夜引弓。平明寻白羽，没在石棱中。
> 月黑雁飞高，单于夜遁逃。欲将轻骑逐，大雪满弓刀。

这诗中的场景，宛如电影，至今读来都活灵活现。这诗中的气势，力透纸背，更给我们以虎虎生威之感。寥寥数字竟能产生如此的艺术功效，非大诗人不能为之！

作为十才子的带头大哥，就凭这两首诗，卢纶已经当之无愧。况且《塞下曲》可不止两首，他也不只仅有《塞下曲》。

> 行多有病住无粮，万里还乡未到乡。

蓬鬓哀吟古城下，不堪秋气入金疮。

这首题为《逢病军人》的诗也许更能展现卢纶的才华。28个字，写尽饥、寒、疲、病、伤，更揭示出社会的痛处和底层军人的不幸。谁才是病的？令人深思，有杜甫遗风。这首诗也常常让我想起范仲淹的"将军白发征夫泪"一词，清苦哀怨，为家为国，伟哉！

（三）孤灯未灭梦难成

李端，字正己。无论是"端"还是"正己"，他都有些名不副实。他年少成名，才思敏捷，但不思进取，付才华于风月；他出身高贵，于大历五年中进士，但偏偏思想颓废，醉心佛道。但凡他努力一点儿，带头大哥的位置，卢纶未必坐得稳。可惜啊！

早年李端曾拜皎然为师。皎然是谁？皎然是个和尚，而且是中国历史上赫赫有名的诗僧。他俗家姓谢，有个很牛气的老祖宗——谢灵运，也是中国山水诗的老祖宗。

"春生若溪水，雨后漫流通。芳竹行无尽，春源去不穷。野庐迷极浦，斜日起微风。数处乘流望，依稀侣剡中。"

这般清新脱俗的诗作是不是有些谢灵运的诗风？

他真如古龙先生笔下的妙僧无花一般了，让人神往。

可惜李端并没有学习到老师的自然清静，反倒是记住了虚无缥缈的神仙长生。

"余少尚神仙""少寻道士居嵩岭"，这些诗句就是明证。

中年时，李端步入仕途，但非常坎坷，以至于后辈诗人郑谷曾叹道："李端终薄宦，贾岛得高名。"但他还是在郭子仪的公子、当朝驸马郭暧（就是喝醉了酒对皇帝女儿大打出手的那位）的赏识下谋到了秘书省校书郎这一很多诗人都曾经担任过的职位，并在长安度过了一生大部分的时光，他的诗也大多于此间完成。

月落星稀天欲明，孤灯未灭梦难成。

披衣更向门前望，不忿朝来鹊喜声。

这首题为《闺情》的诗写得非常直接、大胆，或许原本大唐女子对感情之事就如此开明。"披衣更向门前望"，呵呵，还以为是在读柳永的词呢。

李端还有一首《拜新月》的诗："开帘见新月，即便下阶拜。细语人不闻，北风吹罗带。"诗人仅用 20 个字就完美地给后世留下了美女虔诚拜新月的画面，让人不禁掩卷神往。这就是艺术的魅力，李端也不愧为世人口中的"才子中的才子"。

（四）轻烟散入五侯家

清明前一两日，禁烟火，吃冷食，故曰寒食。

在韩翃那个时代，寒食节与清明节应该还是泾渭分明的。相比之下，寒食节是贵族化的节日，小资情调更浓，地位也自然更重要一些。但之后，它渐渐与平民化的清明节融合，以至于现在世人皆知清明，不知寒食。

但每至清明时节，我还是会不由自主地想起一首诗来。这首诗并不是杜牧"清明时节雨纷纷"的断魂之作，而是比杜牧早了百年的《寒食》，作者正是韩翃。

> 春城无处不飞花，寒食东风御柳斜。
> 日暮汉宫传蜡烛，轻烟散入五侯家。

暮春时，寒食节的东风吹拂着皇家花园中的柳枝。长安城里，柳絮飘飘，落红飞舞。夕阳西下，夜幕降临，皇宫里，宫娥太监们都忙着传送蜡烛。从皇宫里散发出的阵阵轻烟，就这样一缕一缕地随风散入王公贵族的家里。

是不是很美？是不是很小资？可惜后来清明吞并了寒食，此诗也被杜牧的《清明》压上一头。

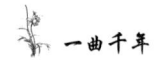

韩翃还有一首诗,是首情诗,从某种意义上来说,是具有开创性的。

　　章台柳,章台柳,昔日青青今在否?
　　纵使长条似旧垂,也应攀折他人手。

这首《章台柳》已经近乎晚唐温庭筠、北宋柳永的词。事实上,自韩翃后,以"章台柳"入诗或入词指代相思或情人就开始在文坛泛滥了。

这样深情的男子,哪个女子会不动心呢?据说韩翃的情人柳氏读完此诗,被情郎感动得稀里哗啦,随即回诗一首,以表心迹。

杨柳枝,芳菲节,可恨年年赠离别。

一叶随风忽报秋,纵使君来岂堪折!

此后,柳氏转身入了空门,青灯木鱼,以待韩翃。

多么美好的爱情故事!就是如此单纯的古人,却让我们这些自以为是的后人自叹不如。而相较于韩翃诗中流露出的怀疑,柳氏对感情的矢志不渝更让人钦佩!

柳氏的矢志不渝也等到了花开。韩翃没有负她!几经磨难,韩翃与柳氏这对有情人在唐肃宗的干预下,终成眷属,共同谱写了一曲凡尘俗世的爱情赞歌。

韩翃这个人,尽管没有留下什么惊天动地的诗作,却留下了一段感人肺腑的爱情故事。

才子佳人,偌大红尘,金风玉露,比翼双飞。人生有此,足矣!

(五)雨中黄叶树,灯下白头人

司空曙是卢纶的表兄,是一个"孤且直"的贫家子弟。他磊落有奇才,于大历五年进士及第,但能否当官并不仅仅依此,更需要达官贵人的推荐。司空曙不媚权贵,仕途可想而知。

"归国人皆久,移家君独迟。"好友苗发的这句诗,道尽司空曙的艰辛。

晚年的司空曙依然长期迁谪，甚至居无定所。有一天，他的表弟卢纶突然来到他的家里，这种惊喜大概就是杜甫所谓的"漫卷诗书喜欲狂"了。

古人见一面是相当不容易的。他们只有自己的两条腿，最多再加上一辆马车。再说当时战乱初定，社会并不太平，他们都是文弱书生，虽有官位护身，但人微言轻，能在异乡见上一面着实不易。

"家书抵万金"的滋味是我们这些人很难体会到的。

看到表弟到来，司空曙欣喜若狂，随即写下这首感人至深的诗——《喜外弟卢纶见宿》。

> 静夜四无邻，荒居旧业贫。
> 雨中黄叶树，灯下白头人。
> 以我独沉久，愧君相见频。
> 平生自有分，况是蔡家亲。

我读这首诗的时候常常想起200年后北宋诗人黄庭坚的一句诗："桃李春风一杯酒，江湖夜雨十年灯。"

司空曙与卢纶不仅是亲戚，更是好友。但时光匆匆，今日一见，两人竟然已经满头白发！下次相见，会是何时？司空曙不敢想。

"雨中黄叶树，灯下白头人。"树犹如此，人何以堪？树叶黄，冬将至。头已白，人生还有多少时光？

白居易在梦见去世的元稹时也曾写道"君埋泉下泥销骨，我寄人间雪满头"，与该诗隔空相对却情谊相通，诗人内心之凄苦，令人不忍卒读！

（六）曲终人不见

历史的车轮从来不会为谁而停留。走过去的就是走过去的。无论后来者说些什么或者感叹些什么，一点儿都不重要。对于古人来说，一切

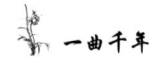

都是写好的,他们就静静地站在历史的角落里,等待有缘人去读他们,去理解他们。

诗就是他们的灵魂。虽然他们的躯体已经融入大地,归于黄土,但只要他们的诗还有人读,他们的灵魂就是永生的。我们常说"一抔净土掩风流",其实风流是掩不住的,也许会一时沉寂,但不会永远凋零。

就像这十个年轻人,他们尽管留下的资料不多,却依然是有血有肉的。他们热爱生活,努力生活;他们有自己的爱情,忠于自己的爱情;他们有自己的灵魂,尊重自己的灵魂。

我们还能苛求什么呢?曲终人不见,江上数峰青。是为记。

夜雪千年

刘长卿的诗写得很苦。这种苦不同于感伤他人或者自伤身世，而是一股深沉的悲凉和字里行间的孤傲。

他是如此的哀愁，以至于不屑哭诉，而是选择默默流泪。

黯然销魂，应该是吧。

更让人销魂的是，这位活跃于唐大历年间的大诗人，无论是在《新唐书》还是《旧唐书》中都被史家选择性地遗忘了。我不相信欧阳修等人没有读过他的诗、没有为他的故事感慨过，但他始终如同一个过客，在他人的故事里若隐若现，而自己就幽幽地站在历史阴暗的角落里，静静地等待有缘人，就像芙蓉山主人在等待那个风雪之夜的来客一般。

刘长卿，五言长城，你可知道那一夜的雪一下千年？

（一）卿本佳人

刘长卿是中过进士的，在唐玄宗时期，只不过安禄山与史思明的马刀斩断了本应属于他的金榜题名之荣光。他的进士是没有放榜的那种，所以也不会有游曲江、观大雁塔诸如此类的保留节目，他也更没有心情去骑马观花了。

我想他中进士之后首先要做的就是保命了，似乎历史上也从来没有如此悲催的进士。

安禄山的马刀之下，杨贵妃尚且小命不保，何况他一介书生？

但如果他曾经跟随玄宗皇帝一起出逃，并且还到了马嵬坡，我想他应该是见过杨贵妃"回眸一笑百媚生"式的倾国倾城之容，也应该见过

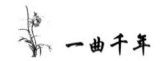

"宛转蛾眉马前死"式的生离死别之景。可惜我们查遍有关刘长卿的所有史料,包括他的诗,却始终看不到任何蛛丝马迹。

等他再次出现在人们眼前时,已经是唐肃宗时期,此时唐玄宗与杨贵妃也已经"在天化作比翼鸟"了,而他也摇身一变成为长洲县的县令。此后的一段岁月,他就在贬与被贬的边缘徘徊。而他的名字也像一个符号般,开始在韦应物、顾况、钱起、卢纶等同时代人的故事里时隐时现,直到唐德宗建中二年(781年),他的画面才清晰起来。

唐德宗建中二年,刘长卿到随州任刺史。随州刺史,这是刘长卿当过的最大的官。他在随州待了三年,就是这三年相对安稳且清晰的时光,让后世尊称其为"刘随州"。

随州跟他有什么关系呢?不过是当了三年的刺史而已。况且当时又逢"建中之乱",他这个随州刺史的境况估计也好不到哪里去。这一点儿倒是与韦应物很像,"韦苏州"的名号也是源于此。其实,不同于"韩昌黎""杜工部",他这个称号确实有些风马牛不相及。

晚年时,刘长卿应该去过江州,那个时候白居易还在洛阳求学,可惜他没有去浔阳江畔,也没有机会遇到那个会弹琴、会唱歌的女子,而是一个人终老江湖。

乱世书生不值钱。刘长卿生在了唐王朝最为混乱的那段岁月,卿本佳人,史书无传,生不逢时尔!

(二)飞扬跋扈为谁雄

刘长卿之所以史书无传,我个人猜想还有另一层原因——他太狂了,而且毫不掩饰地狂。

他的五言诗写得很好,自己也很得意,就自己给自己取了个名号——"五言长城"。

读书人哪有这么吹捧自己的?尤其是在唐朝,你说自己诗写得好,尤其是五言诗,呵呵,你问过李白、问过王维、问过孟浩然吗?!就算在当时,你想过杜甫与韦应物的感受吗?

刘长卿做的更狂的事还在后面。刘长卿诗名甚著,时人有"前有沈、宋、王、杜，后有钱、郎、刘、李"之说。对于沈佺期、宋之问等人，他大概是碍于前辈的颜面，不好直说，但对于郎（郎士元）、李（李嘉祐）他就没有那么客气了。

一句"何得与余并驱"固然痛快，但恐怕也得罪了不少人，尤其是他们的师长门生，甚至于天下读书人。为何？识时务者为俊杰。可偏偏刘长卿不识时务——盖其不愿尔。

世间事，难与不难，在于愿与不愿。所谓盛情难却，难却的从来不是盛情，不过是心中那一份私念罢了。

> 泠泠七丝上，静听松风寒。
> 古调虽自爱，今人多不弹。

这首《听弹琴》，也许最能表达他的心境。

看似简简单单一句"今人多不弹"的感慨，实则一语双关：既表达了对"当今流行乐胡曲"的不屑，又讽刺了人心不古、君子不在的世俗。

古调当然是《高山流水》般的美妙，当然是《广陵散》般的高洁，这些才是他刘长卿的心头肉，这些才不污他刘长卿的耳朵，至于其他，不听也罢。

是啊，当今流行乐，不听也罢。

他就是这么狂妄地站在世俗的对立面，不随波逐流，更不屑同流合污。古人用"性刚"来形容他，大概也是这个意思。

唉，谁愿意给一个如此狂妄的人立传呢？那不是坏了读书人的规矩吗？刘长卿，这可是你自找的啊！

（三）"五言长城"非自诩

南北朝时期，宋国大将檀道济功高震主。宋文帝刘义隆害怕他拥兵自重，就把他骗到京城，以莫须有的罪名将其满门抄斩。檀道济在临刑前大声呵斥道："乃坏汝万里长城。"他自称为抵御敌军的万里长城。

果不其然，杀了檀道济之后，宋文帝很快就做了亡国之君。

刘长卿，字文房，后世称刘随州，不过我想他更喜欢自己给自己取的称号——长城，五言长城。

在五言诗里，他就是万里长城。这是何等的自傲？但他也的确有这个资本。

他的五言诗，韵味悠长，寓意高远，并常常带有一种不言自明的哀伤，成就远在"大历十才子"等人之上。

> 流落征南将，曾驱十万师。
> 罢归无旧业，老去恋明时。
> 独立三边静，轻生一剑知。
> 茫茫江汉上，日暮欲何之。

这首名为《送李中丞归汉阳别业》的诗，读起来就让人感到格外沉重。美人自古如名将，不许人间见白头。这位李将军，南征北战，战功赫赫，但归家养老时才发现自己原来一无所有。

廉颇老矣，尚能饭否？恐怕皇帝从来没有担心过你是否吃得下饭，而是你是否还有利用价值！更为可悲的是，这位老将军至少还可以怀念一下曾经与"明君"共事的岁月，而自己呢？这世道人不如狗，能活下去就不容易了，还怎敢祈求什么"明君"！

轻生一剑知！

老将军手握跟随自己征战一辈子的宝剑就如同握着自己的生命——只有它懂自己了。那曾经的青春岁月，曾经的醉卧沙场，曾经的出生入死，如今就只有它了。

诗人的剑呢？刘长卿只有一支笔，他紧紧握住了这支笔。对于诗人来说，有支笔就够了。

> 摇落暮天迥，青枫霜叶稀。
> 孤城向水闭，独鸟背人飞。
> 渡口月初上，邻家渔未归。

乡心正欲绝，何处捣寒衣。

这首题为《馀干旅舍》的诗中，我最喜欢"孤城向水闭，独鸟背人飞"这两句。城已经是孤城，鸟已经是独鸟，人呢？乡心正欲绝啊！这句诗与隋炀帝杨广的"寒鸦飞数点，流水绕孤村"和宋秦观的"斜阳外，寒鸦万点，流水绕孤村"在意境上似乎有传承。但刘长卿似乎更惨一点——连独鸟都离他而去，就留他一个人在这座城里空守一轮明月。

但他最著名的五言诗还是那首《逢雪宿芙蓉山主人》。

日暮苍山远，天寒白屋贫。
柴门闻犬吠，风雪夜归人。

这场雪，在刘长卿留给后人的记忆里，一下就是千年。也许，他不曾想到，他下意识的一句"风雪夜归人"却赚足了世人的眼泪与感慨，大概生活都是不易的，在哪个时代都是这样——他们看不见日出，看不见日落，为了生活，他们努力地活着！

我忽然想到，原来辛酸的滋味从来没有改变过。刘长卿的辛酸与我们的辛酸更是息息相通的。

风雪夜归人！尽管有风雪，尽管是深夜，但我们还是得回家。

刘长卿回的还不是家——我们的诗人在那个风雪夜是如何入睡的啊？也许，我甚至可以肯定，那一夜诗人听了一夜的风雪，那一夜诗人写了一夜的风雪，那一夜诗人无眠。

（四）怜君何事到天涯

刘长卿不仅擅长五言诗，其七言诗也相当有水平。

李穆是刘长卿的女婿，翁婿之间常有唱和之作。刘长卿有一首题为《酬李穆见寄》的诗即为此类。

> 孤舟相访至天涯，万转云山路更赊。
> 欲扫柴门迎远客，青苔黄叶满贫家。

这首诗读来甚是亲切，诗人对远道而来的李穆流露出深深的爱意与关切。最后一句尤为传神，"青苔黄叶满贫家"，贫家好客啊！同时期的大诗人杜甫在有客人来访时也曾写道"樽酒家贫只旧醅"，同样的一个"贫"字，也都表达了同样的心情。

刘长卿一生大部分时间是在贬谪的路上度过的，他有一首《重送裴郎中贬吉州》的诗，我很是喜欢。

> 猿啼客散暮江头，人自伤心水自流。
> 同作逐臣君更远，青山万里一孤舟。

这首诗，写景兼具李白"两岸猿声啼不住，轻舟已过万重山"与"孤帆远影碧空尽，唯见长江天际流"之景，写情兼具王昌龄"平明送客楚山孤"与杜甫"不尽长江滚滚来"之情，更有股"百年多病"的深沉。

客人散去，诗人在江边独立，江水悠悠，滚滚而去，猿声四起，动人心魄。此时的刘长卿俨然就是杜甫笔下的"天地一沙鸥"。

"人自伤心水自流"，乃天然偶得之句，非大诗人不能为之。宋代大才女李清照将此句与李白的"抽刀断水水更流"、罗隐的"今朝有酒今朝醉"一并化用，写出了千古词句："花自飘零水自流，一种相思，两处闲愁。此情无计可消除，才下眉头，却上心头。"

刘长卿最好的七言诗当然还是那首《长沙过贾谊宅》。在我看来，这首诗是可以与杜甫的《登高》、崔颢的《黄鹤楼》等并列的。

> 三年谪宦此栖迟，万古惟留楚客悲。
> 秋草独寻人去后，寒林空见日斜时。
> 汉文有道恩犹薄，湘水无情吊岂知。
> 寂寂江山摇落处，怜君何事到天涯。

这三年来，作为一个贬谪的臣子，我一直天南海北地漂泊，没想到现在竟然在湘楚大地长沙有了暂时的容身之所。楚地，自古就是客人悲伤的地方，屈原、宋玉，还有你贾谊，哪一个不是悲伤之人？

秋日的下午，游人都已经散去了，我才敢来拜访你。

山林里，秋风萧萧，夕阳深照。汉文帝已经是一代明君了，可他对待你又是何其寡恩刻薄！把你贬到这么个荒无人烟、瘴气肆虐的地方。

湘水无情啊，但同是天涯沦落人的我，又怎能不懂你的悲伤！

此时，寂寞冷清的深山里落叶纷飞。我在你的家里久久徘徊，悲伤不请自来。

贾生啊贾生，你究竟为什么会天涯飘零？

"可怜夜半虚前席，不问苍生问鬼神！"明君尚且如此，何况今日乱世！

最后一句明为问贾谊，实为替自己呐喊：我刘长卿何错？我的错，不过是有才尔！不过是不愿意同流合污尔！

（五）后记：以诗为传

对于一个诗人来说，什么才是最重要的？是史书中的传记吗？我想不是。他们最珍贵的当然还是自己的诗，只要有人读他们的诗，有人懂他们的精神，在史书中有没有那段文字，其实一点儿也不重要。

太史公撰《史记》，藏之于明山，道理大概也是如此。

二十四史，皇皇巨著，几人曾读？史书立传，多如牛毛，几人曾知？我们现在读唐人的诗，又何时在乎过它们是写于玄宗还是德宗？

其实，每个人心中都有一部"史记"。

当我们高兴时，我们高呼"漫卷诗书喜欲狂"；当我们离别时，我们感慨"海内存知己，天涯若比邻"；当我们悲伤时，我们哀叹"怜君何事到天涯"……

总有一份记忆、一句诗，在生活中跟随我们，如影随形。也许是在不经意的一个场景下，也许是街头某个人的"提醒"，也许是在某一个时节或日子，这诗就会一下子涌入脑海，我们也会脱口而出。

那同样的几个字，李白先说，杜甫先说，白居易先说，刘长卿先说，其实有什么关系呢？他们是天才，但在那一刻我们与他们的心最近。他们也从史书的高楼里缓缓而来，他们的形象也在早已泛黄的旧纸堆里渐渐清晰，光彩夺目。

还有什么传记会比这更美的吗？

诗，是他们的命，他们的骄傲，他们的灵魂，更是他们的传记。以诗为传，诗人本色。是为记。

春江花月夜

张若虚和他的《春江花月夜》,犹如梵高和他的《向日葵》,生前寂寂无名,身后光芒万丈。事实上,直到宋代张若虚和他的这首诗才为世人所知,此时距张若虚的时代已经过去了三百年。再三百年,明代胡应麟对张若虚的认识又有了提高。又三百年,王闿运称之为"孤篇横绝,竟成大家";闻一多赞之曰,"这是诗中的诗,顶峰上的顶峰"。经历了千年岁月,张若虚和他的《春江花月夜》终于被推上了神坛。

等待是痛苦的,但也是充满希望的。有泥土,有种子,春天就会来,花儿就会开。张若虚无疑是幸运的,他等到了他的诗熠熠生辉的那一天。

张若虚生活在中国历史上最让人羡慕的时代——开元盛世。与同时代的孟浩然一样,新旧《唐书》中都没有给他立传。但从贺知章的传记中"知章与越州贺朝、万齐融,扬州张若虚、邢巨,湖州包融,俱以吴、越之士,文词俊秀,名扬于上京"的记载也足以让我们对他的生活有所了解——张若虚当时就已经名重一时,这对他多少也是种补偿。

这多少让我心里有些安慰。毕竟如果写出那么华丽诗句的人,真的饿死街头或者碌碌无为,怎么说都是一件很遗憾的事。

(一)春:海上明月共潮生

这首诗的第一个字就是"春",这也奠定了这首春之夜曲的基调——自然、朝气、乐观、希望。

> 春江潮水连海平,海上明月共潮生。
> 滟滟随波千万里,何处春江无月明!

春潮浩浩汤汤，把江面与海面连成一片。这就是自然的力量。这种力量在韦应物那里是"春潮带雨晚来急，野渡无人舟自横"，在白居易那里是"孤山寺北贾亭西，水面初平云脚低"，在苏轼那里是"竹外桃花三两枝，春江水暖鸭先知"。张若虚的眼界显得更宽阔一些，或许是因为这股春潮的力量吧——他把目光投向了大海。

大海上一轮明月冉冉升起，在波涛汹涌之间，在潮涨潮落之际……面对此情此景，当朝宰相张九龄曾咏出"海上生明月，天涯共此时"的佳句。他们是同一个时代的诗人，对于这样美好的句子我们没有必要探究谁先咏出，或许这本来就是诗人共有的慧根。

想象是诗的灵魂。眼前的景色终究是有尽头的，但心里的景色是无限制的。所以，李白在诗里可以"白发三千丈"，可以"疑是银河落九天"；杜甫在诗里可以"即从巴峡穿巫峡，便下襄阳向洛阳"。此刻的张若虚就展现了顶级诗人的水准，他开始放飞自我，尽情想象。月光下，波涛翻滚，此起彼伏，绵绵千万里。而此时此刻，天下所有的春江都在月亮照耀之下，月色在波浪之上熠熠生辉。

这是何等的想象与气魄！杜甫曾有"星垂平野阔，月涌大江流"的绝句，但从整体上而言，杜甫诗句的境界过于刚猛，与张若虚的这句"滟滟随波千万里，何处春江无月明"相比，少了一点儿柔美。并且杜甫的景色中只有长江，而张若虚的心里是天下所有的"江水"。

一部伟大的作品或者一首伟大的诗作，作者所关注的绝对不仅仅是自己，而是更为广阔的天地和人生。张若虚的心里是升起一轮明月的，这明月高高地挂在他的心里，映照在天下的江水里，摇曳多姿，光彩夺目，宛若春天的田野，绿意盎然，繁花似锦，生机勃勃。

春潮孕育的希望，溢出江面，流向四方。

（二）江：江月何年初照人

孔子面对浩浩荡荡的长江，忍不住叹息"逝者如斯夫"；杜甫于秋日江边登高望远，发出"无边落木萧萧下，不尽长江滚滚来"的感慨。人类看似伟大，可在自然面前，其实非常渺小。长江可以永久奔腾，月亮可以永久妩媚，人类呢？这世界上的匆匆过客只有我们这些自认为伟大的人类。

张若虚的认识远比我这后来者更为清醒与透彻。

江天一色，孤月高悬。张若虚神游太虚，不禁问道："江畔何人初见月？江月何年初照人？"是啊，这江畔的第一缕月光是谁先看见的呢？这江畔的第一缕月光是什么时候开始照耀世人的呢？科学家说，时间没有过去、没有未来，有的只是现在。但那些走过的路、说过的话、做过的事、爱过的人，明明都写在脑海里，难道都是虚幻？

今日我们依然可以站在张若虚曾经站立的位置观月，但不知月亮是否还能记起千年前曾经有一个年轻人如此深情地注视着它？张若虚毕竟是张若虚，他的疑问其实在心里早就有了答案。

"人生代代无穷已，江月年年只相似。"世人一代接着一代无穷无尽，江上的月亮也是永恒的。有些东西变了，有些东西没有变，但由唐到宋，由宋到明，再到清，究竟哪些东西没有变呢？

是天上的月亮吗？我不知道。张若虚也在追问。

"不知江月待何人，但见长江送流水。"

你在等谁呢？千年的时光还不够吗？难道真要山无棱、天地合才肯罢休？

后世苏轼面对明月把酒高问，"不知天上宫阙，今夕是何年"。都说岁月无情，可正是这无情的岁月给我们留下了如此多的美好。是的，在岁月的洪流中，我们终将是浪花一朵，但这并不可怕——只要我们用心活过，那朵浪花，或许很小，甚至转瞬即逝，但也是独一无二的，也会绽放属于它的美好。

就像张若虚，有一首诗就够了。

（三）花：可怜春半不还家

花并不是这首诗的主角，而是绿叶，这有点儿像孟郊的"春风得意马蹄疾，一日看尽长安花"。

江流宛转绕芳甸，月照花林皆似霰。
空里流霜不觉飞，汀上白沙看不见。

江水蜿蜒，在花丛中流淌；月色迷蒙，映照在开遍鲜花的树林，飞溅的水珠儿跳跃着、闪烁着。月色如霜，轻舞飞扬，洲上的白沙和月色融合在一起，早已经分不清哪里是白沙哪里是月色。我读这句诗的时候，会猛然想起元稹"取次花丛懒回顾，半缘修道半缘君"的句子。看上去完全沾不上边的两种景象，在我心里竟然也能完美地契合。为什么呢？"月"是佳人，"江"是公子——他如此蜿蜒地流淌不过是为了月的温柔！不知江月待何人？难道月色飞舞不就是为了一酬"江"这个知己？年年岁岁，岁岁年年，这才是永恒。

诗中第二个"花"字已经是梦境了。"落花"并不算是多好的兆头——落花有意流水无情，杨花落尽子规啼，落花时节又逢君，飞雨落花中……这些有关"落花"的句子多多少少都有些伤感。而本诗中的"落花"无疑也是这个路子，这也可能是这首诗众多意象中唯一遵循旧制的地方。

"昨夜闲潭梦落花，可怜春半不还家。"

春天都已过去大半了，你怎么还不回来呢？是不愿意回还是不能回？

"可怜无定河边骨，犹是春闺梦里人。"

很多诗句是不能放在一块儿读的，不然就太过悲伤了。但还能怎么样呢？如果是不愿意回，岂不是彼此徒生悲凉。

"相恨不如潮有信，相思始觉海非深。"

最不屑一顾的，不过是相思而已——你的相思，他的不屑一顾。

（四）月：愿逐月华流照君

月亮应该是诗人最好的朋友了，历史上凡是叫得出名号的诗人都写过有关月亮的诗句，佳作也是层出不穷。

"举杯邀明月，对影成三人。"李白太寂寞了，找不到人喝酒就拉上了月亮。

"多情只有春庭月，犹为离人照落花。"张泌自己多情，无处托付，只得寄托到月亮身上。

"香雾云鬟湿，清辉玉臂寒。"杜甫在战乱中望着月亮，想念妻子，想念妻子的美。

"嫦娥应悔偷灵药，碧海青天夜夜心。"这是李商隐的感叹。

"今宵酒醒何处？杨柳岸，晓风残月。"这是柳永的苦楚。

所以，如果张若虚写月亮时翻不出花样，不仅拾人牙慧，搞不好还会砸招牌。

张若虚的"月"有什么花样呢？张若虚的"月"犹如一位多情的女子——不知江月待何人。她静静地等待自己的情郎，在江水边，在明月楼。"可怜楼上月徘徊，应照离人妆镜台。"这一句倒是与张泌的"月"有些相通。真是情不知何起，一往而深。

"玉户帘中卷不去，捣衣砧上拂还来。"这句诗把无形的"相思"有形化，就是张若虚的第二个"花样"。她心中的思念，他心底的相思，帘子卷不去，捣衣捣不丢。后来南唐李煜的"剪不断，理还乱，是离愁。别是一番滋味在心头"从表达手法上看与其是一致的。这种手法也让李清照写出了"此情无计可消除，才下眉头，却上心头"的佳句。

"此时相望不相闻，愿逐月华流照君。"真正的爱是希望对方幸福，张若虚诗中的这位女子就是忘我的。她想象着此时此刻与自己的意中人同望一轮明月，虽然没有他的消息，但是她却托月亮寄去相思，希望这月光伴随着他。这里不仅仅是思念，更是祝福。"我寄愁心与明月，随君直到夜郎西""但愿人长久，千里共婵娟"，哀愁、思念与祝福等种种复杂的情绪都融合到月色中，最终化为祈祷，祈祷他平安。真正的爱都是相同的，无非是他过得比自己好就足够了。

（五）夜：何处相思明月楼

春潮涌动，江水不息。夜色深沉，思绪飞舞。

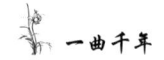

谁家今夜扁舟子？何处相思明月楼？

由天地到人间，张若虚继续追问。哪家的游子今晚坐着小船在漂泊？什么地方有人在明月照耀的楼上相思？

如此夜晚应该一家团圆，可惜还有人漂泊在外。既然有人漂泊那就有人相思。刘长卿一句"风雪夜归人"把游子的悲伤写得淋漓尽致，晏殊一句"昨夜西风凋碧树，独上高楼，望尽天涯路"把闺中人的思念刻画得入木三分。

张若虚的追问又可贵在哪里呢？他不是写自己。刘长卿是写自己，晏殊也是写自己，可张若虚不是。这种"为赋新词强说愁"似的感情表达看起来略显平淡，但人类最可贵的就是"感他人之悲，为他人之悲"。这种"怜悯"或者"仁者之心"才是社会不断进步的根源。

"鸿雁长飞光不度，鱼龙潜跃水成文。"这一句与李商隐的"蓬山此去无多路，青鸟殷勤为探看"异曲同工。只是张若虚把思念托付给了"鸿雁"，李商隐选择了"青鸟"。鸿雁飞不出月光，但好在还有鱼龙相助，它们跳跃时泛起的波纹随着江水远去，绵绵不绝。

这应该是整首诗中最不容易理解的一句。虽然鸿雁无法传书，但是只要有心，这流水、这月色也一样可以把思念送达。这更像是张若虚给自己的一个回答或者解释。远离家乡的游子，故乡苦等的家人，虽然相隔千里，却仍然牵挂着彼此。这牵挂是可以融入月色或者水中的，毕竟月亮只有一个，全天下的水也是相通的。

水与相思本来就是一体的意象，只是后来李煜的"恰似一江春水向东流"、李清照的"花自飘零水自流"等太过出名，水的意象也"相思渐少，恨意渐多"。

月明之夜，无论春还是秋，无论古还是今，思念或者愁绪都一样泛滥。

（六）张若虚：春江之畔，明月之下

春、江、花、月、夜，这五种意象在诗中早就融为一体，不可分割。因为它们都在张若虚的心中。这个春江之畔、明月之下的年轻人，用温暖的心，把它们融化，融合。

江水流春去欲尽，江潭落月复西斜。

江水带着春光将要流尽，水潭上的月亮又要西落。这种"流尽"，是一个轮回，是一个开始，而不是"流水落花春去也"的哀鸣。诗中的"复"有"山重水复疑无路，柳暗花明又一村"的意思，江水与月色都是永恒的。

斜月沉沉藏海雾，碣石潇湘无限路。
不知乘月几人归，落月摇情满江树。

这才是真实的张若虚，他从神游中回归现实——斜月已经慢慢下沉，慢慢在海雾里消失；而自己与家乡（潇湘）的距离也越发遥远。今晚不知有几人能乘着月色回家，只有那西落的月亮摇荡着离情，洒满了江边的树林。

无论我们走多远，这世上总有一块地方让我们牵挂，让我们不顾一切地回望和思念。那就是家。那里有生养我们的天地，有生养我们的爹妈。这一刻，张若虚没有了神游太虚的仙气，没有了悲天悯人的仁者之心，有的只是一个游子对家乡的思念。这样的回归，返璞归真，让这首诗接了地气，也让此前的想象有了底气与根源。

（七）后记

人事或者人生终究不是空的，更不是虚的，一点儿也不像张若虚的名字。所有的事情都是实实在在的，过去的、正在发生的、尚未发生的，都是如此。只是有些我们知道，有些我们不知道。不用渴求什么都知道，毕竟时间有限，我们要把握的就是我们所知道的。珍惜当下，珍惜每一个瞬间，或许那一个瞬间就是生命的永恒。我们虽然知道没有哪一个冬天不可逾越,虽然知道没有哪一个春天不会来临,但是当冬天远去,春天来临,谁还会在春江花月中记得那些雪地中逆行的脚印和背影?

有些故事值得我们永远传唱。而最温暖人心的,往往是那些不经意的瞬间,就像张若虚夜游长江的那个晚上,其神龙一现的风采让世人顶礼膜拜,如痴如醉。

一曲千年,瞬间永恒。是为记。

那一夜的风情

我常幻想,如果自己生活在大唐,该是怎样的场景?

会不会守在桃花潭边,去向李白讨杯酒喝,听一曲"桃花潭水深千尺,不及汪伦送我情";或者作为一名随从跟着王维去一趟西域,看一看"大漠孤烟直,长河落日圆";或者流连于浔阳江畔,能不能碰上白居易不重要,重要的是可以欣赏"犹抱琵琶半遮面"的风情。

我们念念不忘的,正是我们求之不得的。或许是城市里的钢筋混凝土太过僵硬,或许是手机、电脑对我们的牵绊太多,我们身上似乎有无穷的琐事和枷锁,以致于麻木。

不如古人,高兴时喝酒写诗,不高兴时喝酒写诗,与朋友分别时喝酒写诗,与朋友相聚时喝酒写诗,升官时喝酒写诗,贬官时喝酒写诗……

但如果真的可以生活在大唐,寒山寺是一定要去的,不为别的,就为那钟声,为那渔火,还有张继。

我实在搞不清楚,那晚的张继究竟经历了什么,竟然让他这个"不入流"的诗人写出了如此美妙的千古绝唱?

(一)张继:史书中的一道残影

张继和张若虚差不多是同一类人,都是因为写了一首好诗才得以留名青史。张若虚还稍微好一些,毕竟在当时他就已经有了"吴中四士"的名号,而张继如果不是《枫桥夜泊》这首诗,估计也就只能在刘长卿诗文的注释中刷一刷存在感了。

张继在史书中只留下一道残影。这残影比他的好朋友刘长卿要模糊许多。他们两个应该都是唐玄宗天宝年间的进士,很可能就是安禄山起兵的那一年,也就是公元755年。寒窗苦读,一朝得中,本来是喜庆的事情,可惜他们很可能还没有等到放榜,安禄山就在范阳举起了马刀,指向长安,指向李唐王朝。那年的张继应该是二十五六岁的样子(史书中没有记载他的生卒年,所以只能推测),他本该有个美好的前程,只是这场战乱不仅改变了大唐国运,也改变了众多诗人的命运,包括张继。此后唐诗再也没有"君不见黄河之水天上来"的豪气,只剩下"百年多病独登台"的孤愤。李白、杜甫、王维、王昌龄等大诗人尚且不得不随波逐流,在战乱中漂泊,何况他一个寂寂无名的读书人!

张继就是一个来自襄阳的普通读书人。虽然他也写诗,但唐朝的读书人哪有不写诗的?他的诗在刘长卿眼里可能是宝贝,但在当时却的确非常一般。毫不客气地说,他就是一个十八线的小诗人,诗坛中打酱油的。

尽管我们不知道这一段时光张继做了什么,但还是能想象得到:一个读书人,找一个角落,在兵荒马乱中祈祷度日。他有一首题为《洛阳作》的诗,应该是写于洛阳被官军收复之后,他要去征西府中任职之时,从中我们多少可以窥探这位读书人的日常生活。

> 洛阳天子县,金谷石崇乡。
> 草色侵官道,花枝出苑墙。
> 书成休逐客,赋罢遂为郎。
> 贫贱非吾事,西游思自强。

这首诗实在乏善可陈。结尾的"贫贱非吾事,西游思自强"表明一下心迹,也无非是落魄书生的自我安慰或者阿Q式的自我开解。

但他后来真的升官了,先是检校郎中,后为盐铁判官,主管洪州财赋,也算是谋到了肥差。只是好景不长,他到洪州不久就与世长辞了。

刘长卿是张继的好朋友,在得知张继去世后,他写有《哭张员外继》一诗。这首诗很长,如同他们的友谊一般。

抚孤怜齿稚，叹逝顾身衰。
泉壤成终古，云山若在时。
秋风邻笛发，寒日寝门悲。
世难愁归路，家贫缓葬期。

如果说《枫桥夜泊》是张继才情的丰碑，那这首诗就是他人品的墓志铭。他主管地方财赋大权，可竟然连身后事都无钱料理，还留下孤儿寡母无依无靠，这个读书人的品格，实在令人钦佩。

他们这些读书人才是历史的基石。尽管没有华丽的浮名，没有世人的赞誉，可他们默默坚守着读书人的品格和尘世的道义，他们过得很清贫，却用一生写就了一个大大的"人"字。也许只有这样的人才能写出《枫桥夜泊》那么美丽的诗，也只有这样美丽的诗才能配得上这样的人。

张继去世后不久，他的夫人也在当地去世，大概是合葬了吧。刘长卿在《哭张员外继》中有一句自注，云"公及夫人相次没于洪州"，有知己如此，夫复何求！

（二）寒山寺：缘，求之不得

"南朝四百八十寺，多少楼台烟雨中。"

寒山寺建于南朝梁武帝时期，这位喜欢佛学的帝王没有留下多大的历史功绩，好在还有几座寺院，供人追忆那段"阿弥陀佛"的岁月。

当然，刚开始它还不叫"寒山寺"，而是一个有些拗口的名字——妙利普明塔院。这个名字，实在太过于佛化了，也太过拗口。唐贞观年间，有位僧人来到这寺院，后来这僧人的名字渐渐地取代了寺院的名字——僧人叫寒山，寺院也成了寒山寺。

寒山是唐朝著名诗僧，并且还是中国少有的用白话文写诗的大诗人，在国内可能声名不显，但在日、韩，甚至北美，都享有盛誉。

朝朝花迁落，岁岁人移改。

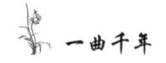

今日扬尘处，昔时为大海。

这首诗，纯白话，但其中所含沧海桑田的错觉与万事万物的自然代谢很值得人玩味，并透露出些许禅意。

妙利普明塔院，在姑苏城外，默默地度过了百年的岁月，终于等来了妙僧寒山，于是它也有了新的名字。也许这就是佛家所说的缘分吧。

但就算如此，在中国的一众名山古寺中，寒山寺仍然是排不上名号的。少林寺、白马寺、法门寺等无论是历史传承还是文化厚度都不是当时的寒山寺所能比的。但寒山寺终究是与佛有缘的，是注定要受佛祖眷顾的。

犹如断桥等来了白素贞与许仙，寒山寺也终于等来了它的有缘人。这个有缘人是读着"孔子"和"孟子"来的，但实际上他是念"阿弥陀佛"还是曰"子不语怪力乱神"，一点儿都不重要，重要的是他来了——寒山寺，姑苏城外矗立了两百年的寒山寺，终于等来了它要等的人。

其实，不仅仅是万事万物，就是作为万物之灵的人，一生若能等到一个有缘人，也是要跪谢上苍的。

张继，这个宦游的书生，在一个月色朦胧的夜晚，乘坐一条小船，晃晃悠悠地来到了姑苏城外。

一座落魄的寺院，一个漂泊的读书人，就这么"金风玉露一相逢，便胜却了人间无数"。

缘，求之不得。该来的总会来的。蓦然回首，那人却在灯火阑珊处。

鹳雀楼遇见王之涣，黄鹤楼遇见崔颢，滕王阁遇见王勃，岳阳楼遇见范仲淹，大概就是这样吧。

张继似乎只留宿了一晚，但这就够了。其实，他只要写下这首诗就够了。

这首题为《枫桥夜泊》的诗如同画龙点睛一般赋予寒山寺以灵魂和精神，从此寒山寺不用再仰望少林寺与白马寺，那悠扬的钟声更是有着穿越时空的魅力，让世人着迷。

如果幸运是上天注定的，幸福需要佛祖加持，那在对的地方、对的时间遇上对的人就是我们莫大的福缘。

只是你珍惜了吗？缘，求之不得，得之须珍惜。

（三）枫桥夜泊：那一夜的风情

我们把时间往前推 1300 年，把地点定在苏州。

长江宛若一道分割线，北边是安禄山起兵之后的"国破山河在，城春草木深"，南边尽管没有了"千里莺啼绿映红，水村山郭酒旗风"，但依然还算人间天堂。

秋日里，张继的小舟在长江上摇摇晃晃。

小舟上就他和老艄公。老艄公在船头，很是熟练地操控着小舟。张继在船尾。一卷诗书，一碟花生米，一壶花雕，一个人，品尝。

清风徐来，撩动他的衣袖。

流水悠悠，拨动他的心弦。

曾经的少年如今已经满脸沧桑、鬓角斑白，却还不得不为生计奔波。

他想起了他的妻子。惭愧，没有让她跟自己过上好日子。

他想起了他的朋友刘长卿。这或许是他仕途中唯一的温暖。

他在随州怎么样了？张继小饮一杯，愁绪漫无边际。

夕阳的最后一抹余晖彻底坠入了另一个轮回。月亮悄悄爬上天际，开始新的征程。

"客官！"老艄公喊道，"一会儿我们就要靠岸歇息了！"

张继点了点头。其实无所谓的，反正都是漂泊，码头还是江中，又有什么区别。

小船终于在码头慢悠悠地停靠下来。老艄公打了个哈欠，摆了摆手就去歇息了。张继呢？他一点儿睡意也没有。

月亮升起又渐渐落下。

突然从远处传来阵阵乌鸦的叫声，甚是凄凉。

"月明星稀，乌鹊南飞。"张继轻叹道，"曹孟德也是雅人啊！"

已是深秋，月色中，霜华漫天飞舞。枫叶萧萧，黯然销魂。岸边灯火点点，大概是未眠的渔家吧。灯光下，江水粼粼，泛出奇异的光。

张继站在船头，把目光由岸边移向远方——那里就是寒山寺吗？

可惜啊，寒山已经坐化了！张继心里还是有些遗憾的。对着黑漆漆的山头，在风中，留下一声叹息。

夜深月褪色，风寒人未眠。

岸边的灯火渐渐地少了，几点灯火时隐时现，像是很快要睡着一般。

怎么睡得着啊？

江西洪州？呵呵，又是千里之遥。他无奈——

就在此时，从寒山寺的方向，一阵悠长的钟声响起，划破夜空，宛若一道闪电，击中了正陷入无限伤感的张继。他心头一震，诗意涌来，于是赶紧拿出纸笔，一蹴而就——

> 月落乌啼霜满天，江枫渔火对愁眠。
> 姑苏城外寒山寺，夜半钟声到客船。

叫什么名字呢？张继在琢磨。

他看见一座小桥，桥边枫叶摇动，心里不禁一动，于是就有了《枫桥夜泊》这个名字。

没有惊天地也没有泣鬼神，就在那么一瞬间，张继精准记录了周围的事物和自己的感觉，并且将这一切完美地融合在一起，让他的愁绪在寒山寺的钟声里弥漫千年。

这就是缘分到了吧——不知道是张继等来了寒山寺，还是寒山寺等来了张继。总之，那一夜的风情，无人知晓；那一夜的风情，令人回味。

（四）余味：幸运的张继

《唐诗品汇》中将张继归为"接武"一级，其实就是认为张继在唐代诗坛是个"不太入流"的诗人。他所留下来的诗虽然也有四十来首，比王之涣都要多，但除了《枫桥夜泊》，其他的诗真是乏善可陈。

《枫桥夜泊》这首诗比张若虚的《春江花月夜》幸运，它自诞生之日就引起了世人的重视和喜欢，并且随着时间的推移越发显赫，以至于让人不得不重视它的作者——张继。就这样，张继幸运地在中国诗歌史上拥有了无可置疑的一席之地。

但我不相信这只是偶然之作。就像王勃，闯入滕王阁聚会，还成就了千古名篇《滕王阁序》。这个世界上，没有那么多偶然，很多看似偶然的背后，都有着无可辩驳的必然。没有谁真的可以很偶然地就得到幸福与美满。只是世人只看到了偶然。那背后的艰辛，背后的坚持，背后的虔诚，只有自己知道。

那个夜晚，还有很多人在枫桥边留宿，但为什么偏偏是张继名垂千古？我更相信这是一种积淀，就像修行——只有经历日日夜夜的苦修，在机会来临时，才会开悟。

张继还有一首诗，题为《感怀》，我很喜欢。

调与时人背，心将静者论。
终年帝城里，不识五侯门。

世俗的一切都与自己无关，自己只需静下心来把自己的事情做好。功名利禄、荣华富贵，我不需要；达官贵人、豪客巨贾，我也不去攀附。

我知道自己要做什么！这就是张继一个普普通通的读书人读出来的大道理——知道自己要做什么，然后就是坚持，再坚持，或许下一秒，机会就会来临。人生的悲剧不在于没有机会，而是在机会来临时抓不住。一旦抓住了，说不定就能名留青史；一旦抓不住，也就只能抱憾终身了。

可是，名留青史，为什么不呢？是为记。

酷吏李绅

李绅，一个在唐朝并不算太出名的诗人，却留下了非常著名的两首《悯农》，流传至今。

《悯农》（一）
春种一粒粟，秋收万颗子。四海无闲田，农夫犹饿死。

《悯农》（二）
锄禾日当午，汗滴禾下土。谁知盘中餐，粒粒皆辛苦。

这 40 个字为李绅赢得了"悯农诗人"的雅号。他写下这两首诗时不过 30 岁，正值拼事业、出成绩的年纪。他本该与他的同龄人兼好友白居易一样成为中唐诗坛耀眼的明星，可惜——白居易为诗入魔，成为唐代诗坛上仅次于李白、杜甫的存在；而李绅却经不住权力的诱惑，为权入魔，成为权力的傀儡，坠入深渊，留下千古骂名。

一念天堂，一念地狱。一念之间，就是彼岸，回不了头的彼岸。

（一）官二代李绅

唐代宗大历七年（772 年），李绅出生于湖州的一个官宦世家。他的太爷爷李敬玄曾在武则天时代任中书令，他的爷爷李守一与父亲李晤都曾当过县令。县令虽然品阶不高，但也是一方父母官。尤其是他父亲李晤任职的乌程、晋陵等地，乃江南鱼米之乡，自古富饶天下，李绅即便不是含着金汤匙出生的，也是妥妥的世家公子。

李绅6岁时，他的父亲李晤死于任上，此时我们能看到真真切切的豪门恩怨——李绅和母亲相依为命，孤儿寡母难免不被同族欺负。尽管未曾沦落到如李商隐般去抄书赚钱，但也不像往昔般富贵风流。幸运的是李绅有一位好母亲。这位未曾在史书上留下名姓的伟大女性为了儿子能安静地读书，不仅亲自教，更给儿子找了一处远离世俗的寺庙。或许正是念着母亲的良苦用心，寄居寺庙的李绅异常刻苦。为人子者，又怎能让母亲失望？史书记载，少年李绅经常在苍松翠竹间刻苦读书。不仅读，他还尝试写诗，甚至在佛经上写。由于亵渎神佛，李绅最终被赶出了寺庙，无处可去。此时他的母亲应该已经离世，大概是由于少年的骄傲之心吧，他并没有回李家——没有了母亲，那个家也就不是家了。

李绅开始漂泊流浪。

李绅留下的诗作并不多，对于这一段经历我们所能知道的也有限。但流浪的生活能好到哪里去？"野悲扬目称嗟食，林极翳桑顾所求"，这是后来他富贵后路过浙西时所写的作品，多多少少也有些昔日漂泊的影子。

随着母亲的离世，李绅官二代的日子就此画上句号。可李绅并没有忘记母亲的教导，没有忘记读书——这个年仅15岁的年轻人，朝着长安，朝着他曾祖父那个一人之下万人之上的位置，一步一步，坚定地走了过去。

如果一直这么走下去该多好！那时的大唐诗坛，其实也在迎接着他。

（二）诗人李绅

公元762年，楚王李豫在"安史之乱"中被推上天子宝座，史称唐代宗。安禄山、史思明等人的这场叛乱不仅重伤了大唐王朝的元气，更打断了中华诗歌发展的文化血脉，此后相当长的一段时间内，大唐诗坛变得黯淡无光、万马齐喑。

李白、杜甫、孟浩然、王维等人已经离世，他们共同开创的盛唐气象，只能在旧纸堆里重温；韩愈、柳宗元、杜牧、李商隐等尚未出世或长成，诗坛正在等待或呼唤新的盟主，以期重振辉煌。白居易固然天资卓越，也已凭借"野火烧不尽，春风吹又生"的天才之作在诗坛崭露头角，但毕竟他还只是个16岁的少年，未来如何，殊难预知。大唐诗坛竟然不得不靠所谓的"大历十才子"等二流甚至三流诗人强撑着。虽然也有"一夜征人尽望乡"的佳句，但李益等人再也找不到他们前辈的那种干云豪气了。

人才凋零，竟然如斯。诗坛寂寞，可见一斑。此时的诗坛不仅需要人才，更需革新。唐德宗贞元二十年（801年），李绅赴京应试，虽然考场失利，却结识了白居易和元稹。中唐时代最牛的三个天才就这么相会，一起站在了诗坛革新的风口浪尖。他们无疑是历史的幸运儿，历史也毫不吝啬地给予了他们足够的机会。白居易举起"新乐府运动"的大旗，李绅、元稹积极响应，一场轰轰烈烈的诗歌革新运动开始了，从此大唐诗坛由仙圣佛鬼走向人间。

李绅的《乐府新题》二十首就是这场诗歌运动的成果，也是他对自己前半生的总结。他由富家公子沦落到四海为家、颠沛流离之际，让他有机会接触到底层人民，感受他们的痛苦，体会他们的辛酸。哀民生之多艰！此时的李绅刚烈正直，满腔热血。正是如此，他才吟诵出让他享誉千古的不朽之作——《悯农》二首，这也一举奠定了他"悯农诗人"的诗坛地位。李绅流传下来的作品并不多，但他的诗始终有一些最真诚的感慨。"苛政尚存犹惕息，老人偷拜拥前舟"；"假金方用真金镀，若是真金不镀金"。这些诗句无不是最真实感情的表达。可惜最后他却变成了那个他批评的、痛恨的"苛政者""假金者"，而诗歌也最终沦落为他谋求荣华富贵的工具。

"谈笑谢金何所愧，不为偷买用兵符"；"笙歌罢曲辞宾侣，庭竹移阴就小斋"……我不知当他推杯换盏、美人在怀之际，是否还记得"谁知盘中餐，粒粒皆辛苦"，是否还记得"四海无闲田，农夫犹饿死"？

最终，他活成了自己最讨厌的样子，变成了自己最憎恨的那个人，悲乎！那是他曾经的呐喊！可惜，他，太健忘了。

（三）政客李绅

作为政客的李绅要比作为诗人的李绅出色许多，他也最终坐到了他太爷爷曾经坐过的位置——中书令。

唐宪宗元和元年（806 年），27 岁的李绅高中进士，补国子监助教。此时他仍然是一个热血青年，敢于直面权贵，敢于仗义执言。

> 垄上扶犁儿，手种腹长饥。
> 窗下抛梭女，手织身无衣。
> 我愿燕赵姝，化为嫫女姿。
> 一笑不值钱，自然家国肥。

据说这是李绅以"悯农"为题而作的第三首诗。相较于广为流传的其他两首，这首诗并没有那么高的知名度，但就"歌诗合为事而作"而言却很是契合。尤其是最后一句，"一笑不值钱，自然家国肥"，更是直指农民贫苦的根源——大唐王朝。敢直视社会弊端，可见青年李绅的鲜血还是滚烫的。

只是这一切都随着公元 815 年大唐政坛上的一件大事而改变了。唐宪宗元和十年，当朝宰相武元衡被刺身亡，震惊朝野，这也成为很多人命运的转折点。时任左拾遗的白居易坚持上书要捉拿凶手，但因"越权"被贬任江州司马。次年（816 年），心灰意冷的白居易就在江州成就了千古诗篇《琵琶行》，奠定了一代诗宗的地位。受够了冷眼、白眼和漂泊的李绅转身投入李德裕门下，于元和十四年（819 年）升任右拾遗，成为"李党"头目。自此他与白居易分道扬镳，渐行渐远。白居易一步一步攀上诗坛高峰，他一步一步沦落为彻头彻尾的政客！

命运就是这么不可捉摸。尽管我们努力反抗、努力抗争，但有时候好像一切都是上天写好的剧本，我们永远不知道哪个点、哪个选择会把我们带向怎样的人生彼岸。

彼岸是天堂还是地狱，只有走过去才知道。对李绅来说，他选择的

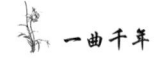

当然是天堂。朝中有人好做官。古训不会错。其间，他也曾因李德裕等人失势受过一些波折，但宦海沉浮本就平常。从唐文宗太和四年（830年）到唐文宗开成五年（840年），短短平常年间，李绅就像开了挂般从寿州刺史一路升到中书侍郎（同中书门下平章事）、尚书右仆射、门下侍郎，敕封赵国公。只用十年，李绅就完成了华丽的转身，这简直是做梦一般的传奇。只是他再也写不出"四海无闲田，农夫犹饿死"的诗句来。所谓理想，能换几两银子？新乐府运动不提也罢。

（四）奸人李绅

学而优则仕。学好文武艺，货于帝王家。

读书当官，好好读书当更大的官，无论是在古代还是现世，都不是该被指责的事情，与社会的主流价值取向也并不背离。再说，不当官，尤其是大官，怎么实现自己济世为民的理想？

济世为民，我不知道这是不是李绅当官的初衷。或许是吧。如果是，李绅走上政客之路，其实也没什么错。毕竟不是什么人都可以成为李白或者白居易。但李绅变坏了。扔掉诗书并不可怕，可怕的是他连同读书人的本色也一并扔掉了。李绅忽然之间变得陌生起来，或者说隐藏在他内心深处的邪恶被突然唤醒了，他一下子变成了另一个李绅——奸人李绅。

为友不良曰奸。据《云溪友议》记载，有一崔姓官员，乃李绅同科进士。古时，同年之谊对于读书人来说是非常珍贵的。崔同学入住旅馆后，其仆人与城里百姓发生了冲突。这本是小事，可不承想，李绅得知这个仆人是崔家的后，竟然将其处以极刑。这还不算完，他又派人把崔同学也抓了来，训斥道："你之前既然认识我，来到这里为何不来拜访我啊？"崔同学完全吓蒙了，不停地叩头赔罪，李绅还是不依不饶，最后赏了他20大棒，才算了结。可怜的崔同学被送到秣陵时，整个人瘫痪在地，却不敢哭一声。

为官不仁曰奸。李绅为官酷暴。在他曾经痛恨的苛政之下，其治下百姓苦不堪言，纷纷外逃。当有下属告知此事时，你猜李大官人怎么说？李绅说："你用手捧过麦子吗？麦粒都在下面，只有麦糠才会被风吹跑。都是一帮贱民，理他作甚？这事儿，就不要再来烦我了。"好一副奸人的嘴脸！若李母泉下有知，岂不羞愧乎？

草菅人命曰奸。唐武宗会昌五年（845年），时年74岁的李绅出任淮南节度使。此时有人举报扬州江都县尉吴湘贪污公款、强娶民女。李绅不分青红皂白就将吴湘拿下，判以死刑。但此案疑点颇多，惊动朝廷后，武宗皇帝令御史崔元藻复查。崔元藻发现，吴湘贪赃固然属实，但涉及钱财并不多，而强娶民女之事却是子虚乌有，罪不至死。尽管如此，在李绅的坚持下，吴湘还是被送上了断头台。后人指出，李绅之所以一定要吴湘的命，多半是因为吴湘的叔父吴武陵曾经得罪过李吉甫，而李吉甫乃"李党"魁首李德裕的父亲。李绅公报私仇、草菅人命，这不仅仅是奸，更是嚣张到了极点。

此时，李绅已经彻底被权力蒙住了心、遮住了眼。在权力之下，他如同小丑般飞扬跋扈！天道昭昭，正义永远不会缺席。唐武宗会昌六年（846年），李绅在扬州病去，终年75岁。次年，即唐宣宗大中元年（847年），因位列"酷吏"，李绅被"削绅三官，子孙不得仕"。

（五）后记

对于李绅，我是迷惑的、惋惜的。我甚至不忍心揭开他奸人的嘴脸，如果只是读他的《悯农》该多好。

认识一个人是残酷的，尤其是当你发现你认识的这个人与平日里表现出的完全是两副面孔的时候，你会觉得不寒而栗。是的，我是有些害怕的。能不害怕吗？一面为民请命，一面作威作福，这是典型的两面派啊！李绅就是如此。当他投靠"李党"后，就彻底入魔了，权欲滔天，肆无忌惮。或许他以为他选择了天堂，其实他是走进了地狱。

一世功名，转身即空。卿本佳人，奈何为贼！

我们无从得知他是怎么搭上"李党"的，也许是一封信，也许是一顿饭，也许只是一句话。但就在那一刻，他内心那颗悯农的种子就蒙上了灰尘，一步一步沦为邪恶的妖物。

不是世人善忘，而是世人太善良。对于李绅这个大奸人，世人还是更多地记住了他的诗，记住了他曾经为底层百姓呐喊过的良心。此时，我耳边又响起"锄禾日当午，汗滴禾下土。谁知盘中餐，粒粒皆辛苦"的童谣声，忍不住黯然伤神。是为记。

曾经沧海

元稹一生逃不过三个人。

一是妻子韦丛。他把最好的诗都留给了她。"曾经沧海难为水，除却巫山不是云"，这已经被用到烂大街的诗句，却蕴含着他对韦丛的无限深情。

二是崔莺莺。他爱过莺莺吗？或许吧。但当曾经的刻骨铭心变成炫耀的谈资时，再说爱过，岂不滑稽？

三是白居易。他和白居易也是绝配，在中国历史上很难找出可以与他们比肩的朋友了。

他这一生诗名甚著，骂名也甚著。正所谓"元和以后，诗章学浅切于白居易，学淫靡于元稹"。遭后人如此非议，悲乎？幸乎？

（一）十七人中最少年

唐德宗贞元九年（793年），中秋刚过，朝廷举办进士、明经科，一时长安士子云集。开考前夕，长安东街，云来酒楼二楼雅座有两位年轻人正在对饮。

"子厚兄，"一人说道，"以你的才华，明日考场魁首还不是你囊中之物！"言罢，他举起酒杯，"咱们先干一杯，待子厚兄金榜题名，我们再去大醉一场！"说完，哈哈一笑，一饮而尽。

对面的年轻人脸色一红，露出几分羞赧之色，但也端起酒杯，道："梦得兄谬赞！"

这两位正是进京应试的柳宗元与刘禹锡，二人交情甚深。

此时，邻座的一位年轻人突然起身，径直走来，冲柳宗元道："敢

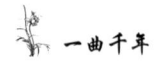

问可是河东柳公子?"

柳宗元忙放下酒杯,转身就看见一个与自己年龄相仿的年轻人正望着自己。那年轻人尽管衣着朴素,却给人以沉稳实诚之感。

"正是在下。"柳宗元道。

那年轻人眼神中闪过一丝惊喜,忙道:"在下白居易。早闻柳公子大名,今日得见,真是……"

"离离原上草,一岁一枯荣。野火烧不尽,春风吹又生!"没等白居易说完,刘禹锡就高声念出一首诗。念完之后,他冲白居易呵呵一乐,道:"这诗写的不错,不但顾大人喜欢,老刘也喜欢!"

"可是刘梦得刘兄?"白居易忙拱手道。

刘禹锡随即点头。

此时,与白居易一起的两个年轻人也走了过来。一个瘦瘦的,身材短小;另一个大概十五六岁的模样,很是稚嫩。

"公垂兄,子厚兄与梦得兄在这呢。"白居易颇为兴奋地冲那个身材短小的年轻人说道。

"哦,原来是李兄!"柳宗元忙往前走了一步行礼道。

李绅很是自负地抱拳还礼。那个稚嫩的小伙子看无人搭理他,就往前迈了一步,冲刘、柳二人道:"在下元稹。"

"你也是来应试的?"刘禹锡笑道。

元稹沉声道:"那是当然。只是我年龄小,只能考明经科。不能与诸位兄长同榜,遗憾之极!"

元稹话音刚落,刘禹锡哈哈一笑,喊道:"老板,一碟花生米,二斤牛肉,三坛杏花村,今日不醉不归!"

柳宗元见他年纪虽小,却生就一副潘安之貌,神清气爽,且谈吐不凡,不禁暗道:"后生可畏。"

21岁的刘禹锡、21岁的白居易、21岁的李绅、20岁的柳宗元、15岁的元稹,在李白、杜甫已经远去、李商隐、杜牧还未出世之际,他们携手登上了唐代诗坛,开始书写属于他们的时代和风流。

此次,元稹明经科及第,刘禹锡与柳宗元得中进士,李绅与白居易则名落孙山。5年后,白居易卷土重来,金榜题名。慈恩塔下,26岁的白居易高呼"慈恩塔下题名处,十七人中最少年"。而曾经的那个少年元稹去了哪里呢?

温柔乡,英雄冢,人不风流枉少年。

(二)夜合带烟笼晓日

唐德宗贞元九年,15岁的元稹明经科及第。少年天才,名震长安。可惜啊,长安居之不易。元稹也没有借明经科这条捷径谋得一官半职。

当现实不能支撑我们的理想时,怎么办?读书!多读书!努力地多读书!元稹就是如此。闲居京城的这几年,元稹寒窗苦读,以待时机,跃入龙门。

唐德宗贞元十五年(799年),21岁的元稹诗名渐隆,但始终未能步入仕途。无奈之下,他只好寓居蒲州(今山西临猗县临晋镇),在河中府当差。

他有一远房表亲在蒲州,乃当地大户崔家。崔家有女名莺莺,豆蔻年华,亭亭玉立,元稹对其一见钟情。"罗绡垂薄雾,环佩响轻风……宝钗行彩凤,罗帔掩丹虹。"元稹妙笔生花惊叹于莺莺之美。"言自瑶华浦,将朝碧帝宫",元稹更视其为天人。

但崔家表妹对于元稹的追求似乎无动于衷,根本不像元稹自己说的那样"戏调初微拒,柔情已暗通"。但没有办法啊,元稹人帅,又有才,还有功名在身,再加上这情诗一首一首地写,哪家小姐能经得住这么撩?

"深院无人草树光,娇莺不语趁阴藏。等闲弄水浮花片,流出门前赚阮郎。"像这样题为《春词》的情诗,元稹不知道给崔小姐写了多少首。

"转面流花雪,登床抱绮丛。鸳鸯交颈舞,翡翠合欢笼。"

软磨硬泡之下,元稹终于得偿所愿,抱得美人归。

如果才子佳人长相厮守,自是一段佳话。但元稹从未忘记自己的理想——当官,当大官!总之,他要当官!或许他从来没有爱过莺莺,只是当时太寂寞了。

贞元十八年（802年）冬，元稹决然地舍弃莺莺，再入长安，并于次年求得校书郎的官职。"侯门一入深如海，从此萧郎是路人。"如果事情就此结束，最多就是"人生若只如初见"的哀愁，可惜元稹竟然将这段经历当风流段子讲于他人，更污蔑莺莺乃妲己、褒姒之流。

"大凡天之所命尤物也，不妖其身，必妖于人。使崔氏子遇合富贵，乘宠娇，不为云为雨，则为蛟为螭，吾不知其变化矣。昔殷之辛，周之幽，据万之国，其势甚厚。然而一女子败之。溃其众，屠其身，至今为天下僇笑。予之德不足以胜妖孽，是用忍情！"

元稹，实在欺人太甚矣！

后来他又想起莺莺，还想再跳一曲"鸳鸯交颈舞"。

"还将旧时意，怜取眼前人！"莺莺甩了这个负心人一记响亮的耳光！痛快，痛快！

多年之后，他再次想起莺莺。诗曰："殷红浅碧旧衣裳，取次梳头暗淡妆。夜合带烟笼晓日，牡丹经雨泣残阳。"这算后悔吗？算道歉吗？也许吧。但无论怎么说，在莺莺面前，他元稹不会那么坦然。

（三）贫贱夫妻百事哀

贞元十九年（803年），元稹出任秘书省校书郎。但与柳宗元、刘禹锡等人的出身世家不同，元稹生在一个小地主之家，靠他家那点儿家底想找个好的靠山，恐怕并不是容易的事，不然的话他也不会抛弃莺莺了。

他唯一的资本就是自己——英俊潇洒、才华横溢的自己。

古往今来，以联姻的方式让自己少奋斗20年甚至更久，也没有什么可被指责的。

元稹是幸运的，上天眷顾了他。通过婚姻，他不仅找到了好靠山，也找到了懂他、怜他、爱他的那个她。元稹又是不幸的，懂他、怜他、爱他的她只陪了他六年就撒手人寰。

她叫韦丛，东都洛阳留守韦夏卿之女。她 27 岁的人生在丈夫对她的思念中熠熠生辉，亦让后人羡慕甚至嫉妒。

有唐一代，从来没有哪一位诗人写这么多诗给自己的妻子，且篇篇精美。在此方面，或唯有清代纳兰性德可与元稹并论。

韦丛去世两年后，他痛哭，他哀伤。

> 谢公最小偏怜女，自嫁黔娄百事乖。
> 顾我无衣搜荩箧，泥他沽酒拔金钗。
> 野蔬充膳甘长藿，落叶添薪仰古槐。
> 今日俸钱过十万，与君营奠复营斋。

世上悲事莫过于此——我贫困潦倒之时，你不离不弃，含辛茹苦；我飞黄腾达之时，你已经不在人世。

痛兮，痛何如哉！哭兮，长歌当哭！

韦丛去世 5 年后，元稹睹物思人，悲从中来。

> 昔日戏言身后意，今朝都到眼前来。
> 衣裳已施行看尽，针线犹存未忍开。
> 尚想旧情怜婢仆，也曾因梦送钱财。
> 诚知此恨人人有，贫贱夫妻百事哀。

"贫贱夫妻百事哀"，元稹用笔，何其毒也！七个字如刀，刀刀刺入心尖。痛彻心扉，痛不可言！此等写尽深入夫妻彼此灵魂的诗句，若非爱得深、痛得深、念得深，焉能为之？

韦丛去世十年之后，他仍难释怀。

> 闲坐悲君亦自悲，百年都是几多时。
> 邓攸无子寻知命，潘岳悼亡犹费词。
> 同穴窅冥何所望，他生缘会更难期。
> 惟将终夜长开眼，报答平生未展眉。

我无意为元稹翻案,他对崔莺莺做的种种,也无法翻案。但若说元稹不痴情,若说元稹对韦丛假惺惺,我则第一个反对。尽管在韦丛去世后的十年间,他一样吟诗作对,一样招蜂引蝶,但他心里还是想着与韦丛死能同穴。

尽管他做不到他所说的那样"惟将终夜长开眼,报答平生未展眉",但他对韦丛的一往情深、生死相许,却不容置疑。

(四)醉舞诗狂渐欲魔

元稹未入魔,入魔的是白居易。但元稹的诗一样很有魔性。也许在读诗的时候,我们应该暂时忘掉崔莺莺、忘掉薛涛、忘掉所有那些负面的东西,我们只读诗。

> 寥落古行宫,宫花寂寞红。
> 白头宫女在,闲坐说玄宗。

这首题为《行宫》的小诗只有20个字,但悲切寂寥之意满溢。一入宫门,终老宫内。时光对于这些宫女来说何其残忍!白头宫女,也曾有过豆蔻年华。后来的杜牧曾道"天阶夜色凉如水,卧看牵牛织女星",与此诗一起读,令人悲伤不已。

> 秋丛绕舍似陶家,遍绕篱边日渐斜。
> 不是花中偏爱菊,此花开尽更无花。

陶渊明爱菊,元稹也爱菊。这首《菊花》诗,比陶渊明的"采菊东篱下"少了些许悠然,但多了份霸气。

元稹也是会"发诗疯"的,在《放言五首》中他就狠狠地疯了一把。

> 近来逢酒便高歌,醉舞诗狂渐欲魔。

> 五斗解酲犹恨少，十分飞盏未嫌多。
> 眼前仇敌都休问，身外功名一任他。
> 死是等闲生也得，拟将何事奈吾何。

读这首诗，我常可以读出盛唐气象，读出"李白斗酒诗百篇"的洒脱，读出"醉卧沙场君莫笑，古来征战几人回"的悲壮，读出"诗与生死无关，诗高于生死"的豪气。

此刻的元稹，宛若李白附体，他痛饮狂歌，他飞扬跋扈。也许这才是真正的元稹，真性情，真汉子，真名士！

（五）直到他生亦相觅

元稹与白居易的关系有多好？天知道！

和乐天，梦乐天，酬乐天，寄乐天，闻乐天，得乐天，见乐天……元稹的诗集中，"乐天"字眼随处可见。《唐才子传》中用了8个字形容元白之交："爱慕之情，可欺金石！"南宋杨万里更直接说："再三不晓渠何意，半是交情半是私。"是"私情"的"私"啊！

> 残灯无焰影幢幢，此夕闻君谪九江。
> 垂死病中惊坐起，暗风吹雨入寒窗。

一句"垂死病中惊坐起"，惊煞世人，写尽感同身受之意，写尽友谊，写尽生死。

元稹啊元稹，白居易不去江州，琵琶谁人听？

由于两人经常被贬，聚少离多，于是两人就约定在固定的驿站题诗——就是这样的"你侬我侬，卿卿我我"。

元云："邮亭壁上数行字，崔李题名王白诗。"

白叹："唯有多情元侍御，绣衣不惜拂尘看。"

元稹想念韦丛，作诗云："料得孟光今日语，不曾春尽不归来。"

白居易"争风吃醋"，答曰："两处春光同日尽，居人思客客思家。"

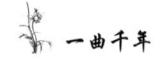

白大诗人,你的湘灵呢?你的小蛮呢?

这二人甚至还有心灵感应。一日,元稹梦到与白居易共游曲江,醒来后,作诗云:"梦君同绕曲江头,也向慈恩院院游。亭吏呼人排去马,忽惊身在古梁州。"恰恰此时,白居易正在曲江游玩,想起了元稹,作诗云:"花时同醉破春愁,醉折花枝作酒筹。忽忆故人天际去,计程今日到梁州。"

元稹对白居易的感情到底有多深呢?天知道!

梦不到白居易,他哭诉:"山水万重书断绝,念君怜我梦相闻。我今因病魂颠倒,唯梦闲人不梦君。"看到白居易的书信,他兴奋非常:"远信入门先有泪,妻惊女哭问何如。寻常不省曾如此,应是江州司马书。"他更希望这段友谊可以生生世世不断:"无身尚拟魂相就,身在那无梦往还。直到他生亦相觅,不能空记树中环。"来生我们怎么办呢?我们一定要记住彼此的样貌,一定要找到彼此。

此种情语,说是男女海誓山盟,亦不为过。

唐文宗大和五年(831年),元稹猝然离世,白居易痛不欲生,亲自撰写墓志铭,以祭挚友。多年之后,已近古稀之年的白居易又梦到了元稹,此时白发苍苍的白居易老泪纵横,诗云:"君埋泉下泥销骨,我寄人间雪满头。"不忍读,不忍读!

(六)后记

人生得一知己,足矣。

元稹一生,有知音白居易,一生唱和,生死与共,让他的灵魂可以在诗的国度里自由飞翔;有知己韦丛,患难与共,不离不弃,让他的身躯始终有一处温柔的港湾可以停留。白居易和韦丛,给了元稹在红尘乱世中最初的与最终的温情,堆砌成元稹的精神家园,支撑他生或死。

人生如此,夫复何求?

"曾经沧海难为水,除却巫山不是云。"能读到这般美丽而有魔性的诗句,我们又何必追寻到底是薛涛还是韦丛呢?

美好与幸福一样,都是可遇不可求的。得之,吾幸;不得,吾命。

是为记。

诗魔记

独上乐游园,四望天日曛。

白居易,字乐天,唐代诗坛三巨头之一。三巨头中,他的诗算是比较平和冲淡的,就像北京街头的"白牛二",十来块钱一瓶,厅堂里的贵人喝其情怀,标榜接地气;街边摊上百姓喝其清爽,就图个便宜。

因此,写诗甚接地气的白乐天,不仅中国百姓喜欢,据说在日本也深受欢迎。

所以,白居易成不了仙,仙是住天上的,离尘世太远;他也成不了圣,圣是立在庙里的,要百姓跪拜。他就站在尘世里,用他的笔,写尘世的故事,写民众的悲欢离合。

生活中,我们可能遇不到李白、找不到杜甫,但蓦然转身,却能发现白居易就在那灯火阑珊处,淡然地看着我们。

同是天涯沦落人,相逢何必曾相识。

既然同为沦落天涯之人,何必在乎相逢?既然相逢,何必多此一问?

智者乐水,仁者乐山,唯独白居易乐天!

(一)朝阳照耀生红光

野火烧不尽,春风吹又生。

"长安米贵，居大不易。"唐肃宗时的著作佐郎、诗人顾况喜欢提携后生晚辈，当眼前的这个瘦瘦的年轻人把自己的诗呈上时，他笑着送了这八字评语。片刻之后，顾况就后悔了，叹曰："有句如此，居天下有甚难，老夫前言戏之耳！"

让顾况后悔的就是这两句诗——野火烧不尽，春风吹又生。此诗一出，后世以"草"入文者，无出其右。后辈诗人孟郊的"谁言寸草心，报得三春晖"，南唐后主李煜的"离恨恰如春草，更行更远还生"，尽管都赋予了草更多的情感，但终究缺少一股精神——白居易诗中所表达的生命顽强不息的精神。

后来，白居易在洛阳住了下来，而且谋得了一份差事，日子过得似乎还不错。

"牡丹芳，牡丹芳，黄金蕊绽红玉房。千片赤英霞烂烂，百枝绛点灯煌煌。"此时的白居易看看花、写写诗，很是悠哉。

> 宿露轻盈泛紫艳，朝阳照耀生红光。红紫二色间深浅，向背万态随低昂。映叶多情隐羞面，卧丛无力含醉妆。低娇笑容疑掩口，凝思怨人如断肠。

这些"春光乍泄"的诗句虽然是写牡丹，但是不是更像一副闺阁享乐图？人不风流枉少年啊！年轻时的白居易辞章华丽，"淫"诗旖旎不输元稹。其实这一点儿也不奇怪。要知道，他可有个大名鼎鼎的弟弟——白行简。一篇《天地阴阳交欢大乐赋》，前无古人，后无来者。想必兄弟二人私下切磋不少，都是风月高手。

那个时代，你只是风流，皇帝老儿自然懒得管你，但你要惹他，他却不会轻易容你！白居易不明白啊，还以为皇帝真喜欢自己的诗呢，岂不知大多数帝王都是叶公好龙，养才子只是锦上添花而已。

一丛深色花，十户中人赋！

唐宪宗李纯读这句诗的时候，脸上一定火辣辣的——白大才子狠狠地甩了他一个耳光：税赋重啊！苛政啊！昏君啊！

皇帝这下坐不住了——你白居易写诗就老老实实写诗，老子提拔重用你，不是让你骂老子的。你还不爽啊？不爽那就给老子滚远一点儿！

（二）江州司马青衫湿

江州，今为江西九江，在长安千里之外。唐宪宗这一脚可是够狠的，直接把白大公子由黄河踢进了长江。

那时的九江恐怕不像现在一般是旅游胜地，白居易自然也不是来旅游的。要不然正在病中的元稹，听到此消息后，也不会硬撑着身子爬起来，哭道："垂死病中惊坐起，暗风吹雨入寒窗。"

唐宪宗元和十年（815年），白居易离开长安，赶赴江州任职。那个时候，不像现在交通便利，可朝发夕至。

>天阴一日便堪愁，何况连宵雨不休。

白居易出发的时候正值北方的秋季，等他到江州时已经是来年的隆冬岁尾。白居易犹如渡劫，心里一片荒凉，面对陌生的江南春色，他想起了曲江，想起了长安。

>去年杏园花飞御沟绿，何处送春曲江曲。
>今年杜鹃花落子规啼，送春何处西江西。

在这首题为《送春归》的诗句里，白居易可没有刘禹锡"病树前头万木春"的豪情，而是满腔的悲伤，甚至于绝望。

>好去今年江上春，明年未死还相见。

哀莫大于心死。白居易这棵黄河边上的柳树被远远地移植到长江边，他不知道自己还能不能撑到明年，还能不能看到明年的春天。诗人的心是敏感的,他只能哭诉——如果明年不死,我还来江边看春天。

白居易在万般绝望之中与春天定下了生死之约。

我们应该庆幸,白居易还是挺住了。他那随遇而安的性格使得他就算是痛苦也不会太过长久。这一点他比李贺、李商隐等人强太多,他们都把苦闷在心里,越积越深,而白居易听听小曲、喝喝小酒,过两天可能就没事了。

深秋某日,白居易借送朋友之机,搞了一条船,要顺便去看看"无边落木萧萧下",消解"载不动许多愁"。

傍晚时分,秋风渐长,秋意渐浓,江岸两侧的荻花都冻得瑟瑟发抖。秋风中一阵琵琶声传来,如泣如诉,千转百回,幽怨欲绝。正与友人举杯小酌的白大公子一下子就听入迷了。

此穷乡僻壤之地竟然也有如此天籁?不知是怎样的女子方能弹出此音。

见白大人如此痴迷,小厮们焉有不识相之理。——"谁家姑娘,还不过来给我们大人助兴?"

"千呼万唤始出来,犹抱琵琶半遮面。"人家姑娘害羞啊,你说见就见啊?

已是微醺的白居易在夜幕、月色、荻花、江水、秋风、酒气、离别、美女、音乐、经历等的刺激下,以他天才般的想象力,化无形为有形,变腐朽为神奇,造就了一段千古绝唱。

> 嘈嘈切切错杂弹,大珠小珠落玉盘。
> ……
> 银瓶乍破水浆迸,铁骑突出刀枪鸣。
> 曲终收拨当心画,四弦一声如裂帛。
> 东船西舫悄无言,唯见江心秋月白。

白居易如同古龙笔下的绝世高手,将所有的意境综合了起来,终于向诗坛发出他那惊天动地的一击。这境况,有些诗人一辈子都未必能遇上!遇上了,自有名篇,自有佳句。"春江潮水连海平,海上明月共潮生。""月落乌啼霜满天，江枫渔火对愁眠。"……等等无不如此。

一曲结束，白居易与姑娘开始深入交流。原来眼前这位姑娘也是从京城漂泊至此，并且还曾经是风尘女子，只是年纪大了，才嫁作商人妇。

商人啊，钱他懂，女人他却不懂！

> 门前冷落鞍马稀，老大嫁作商人妇。
> 商人重利轻别离，前月浮梁买茶去。

白居易的眼泪都流下来了，心疼啊！他仰天长叹，为什么美好的我们却都沦落天涯？既然我们沦落天涯，这苍天又何必让我们相遇相识！
江州司马青衫湿——
哭就哭吧，别忘了赶路。哭就哭吧，相逢何必曾相识！

（三）春来江水绿如蓝

从唐宪宗元和十五年（820年）到唐敬宗宝历二年（826年），这五六年间，白居易大部分时间都在苏、杭两地任职，在江南过上了一段美好生活。

> 江南好，风景旧曾谙。日出江花红胜火，春来江水绿如蓝。能不忆江南？

这首《忆江南》就是白居易对那段岁月最好的怀念。
江南当然好，景色美。
他可以"山寺月中寻桂子，郡亭枕上看潮头"，他可以"可怜九月初三夜，露似珍珠月似弓"，他可以"乱花渐欲迷人眼，浅草才能没马蹄"。
这个时候的白诗清新脱俗，一点儿也没有人间凡尘的味道。"满面尘灰烟火色，两鬓苍苍十指黑"这等与元稹、李绅等人搞"新乐府运动"时的诗句,早已经装订进了《白氏长庆集》中,束之高阁,以传之后世。

江南最美的当然不只是风景,还有美人,多情的美人。

> 借问江潮与海水,何似君情与妾心?
> 相恨不如潮有信,相思始觉海非深。

这首《浪淘沙》不知是写给哪家小娘子的——潮水有涨有落,你走了就不回来了,可你把人家的心也带走了!

> 海底飞尘终有日,山头化石岂无时。
> 谁道小郎抛小妇,船头一去没回期。

这才是白居易嘛。

> 汴水流,泗水流,流到瓜洲古渡头。吴山点点愁。
> 思悠悠,恨悠悠,恨到归时方始休。月明人倚楼。

白居易也算是给妻子写过情诗的——半是情诗半是告诫,姑且算是情诗吧。诗云:"陶潜不营生,翟氏自爨薪。梁鸿不肯仕,孟光甘布裙。君虽不读书,此事耳亦闻。"其实就是一句话:你要嫁鸡随鸡,嫁狗随狗,相夫教子,做个贤妻良母。其他呢?没有了!

但他总算还有些良心。"生为同室亲,死为同穴尘。"糟糠之妻,生同室、死同穴。白居易的书总算没有白读。

(四) 春随樊子一时归

老不正经,或可曰返老还童。老年的白居易就有些不太正经,或曰太顽皮。

唐文宗大和元年(827年),白居易回到长安。此时白居易已经55

岁，官也熬到了秘书监。此后的岁月里，白居易在长安与洛阳之间过着半隐半官的生活。他与元稹、刘禹锡等人约约小酒、写写小诗，生活过得悠闲得很。

某日，深冬时节，长安城阴云密布，白居易犯了酒瘾，他就给朋友刘十九写信，诗云："绿蚁新醅酒，红泥小火炉。晚来天欲雪，能饮一杯无。"哥们儿，我已经备好酒菜了，就等你来喝两盅了！——这种生活气息极浓厚的诗作，读起来非常美妙。尤其是冬日里，读此诗，更是可一扫阴霾！古时读书人间的情趣，由此可见一斑。

只有酒还不行，还得有音乐美女助兴！

菱角执笙簧，谷儿抹琵琶。
红绡信手舞，紫绡随意歌。

这首《小庭亦有月》字字透露出老白的扬扬得意。对于这位文坛领袖的夜夜笙歌，皇帝老儿更是懒得搭理——玩就玩呗，别再指着鼻子骂俺就行！

白居易晚年最有名的两位侍女是樊素和小蛮，那可是一等一的美人。

"樱桃樊素口，杨柳小蛮腰。"一个樱桃小口，一个小蛮腰，左拥右抱，享尽齐人之福，羡煞世人啊！难得的是这两位姑娘不但冰雪聪明，心里还都念着白居易，知冷知热的，刘禹锡看着艳羡不已。"终须买取名春草，处处将行步步随"，真是"虎视眈眈"啊！

白居易是不舍得把她们两个卖掉的，但岁月不饶人啊，最终，他遣散侍女，资以粮钱，让她们寻找自己的幸福去了。

此后，年迈的白居易又想起了这段风流过往，诗云："病共乐天相伴住，春随樊子一时归！"

多么美好的岁月啊！白大诗人，此生不虚！

（五）碧纱窗下绣床前

白居易最愧对、最难忘的还是湘灵。
"郎骑竹马来，绕床弄青梅。同居长干里，两小无嫌猜。"
湘灵与他是青梅竹马，两小无猜。
唐德宗建中二年（781年），为躲避建中之乱，9岁的白居易被父亲送到宿州符离安居。他的邻家有一个小女孩叫湘灵，比他小4岁，此后很自然地成了白居易在陌生地方的心灵寄托，两人也情愫暗生。
15岁时，湘灵已生得亭亭玉立，是闻名乡里的大美人。白居易对她也是痴迷不已。

> 娉婷十五胜天仙，白日姮娥旱地莲。
> 何处闲教鹦鹉语，碧纱窗下绣床前。

白居易用这样的诗句描述湘灵的美，表达自己的爱。两人花前月下，海誓山盟，更是自然而然。可惜白居易的母亲根本看不上农家女湘灵，认为他们门不当户不对。白居易是个孝子，无奈之下，只得让湘灵等他。
这一等就是10年！10年啊，人生能有几个10年！10年间，豆蔻少女也已青春不再。

> 泪眼凌寒冻不流，每经高处即回头。
> 遥知别后西楼上，应凭栏干独自愁。

他也痛苦，他也想念，但是他始终没有勇气求母亲成全。终于，他等到了机会——10年后，白居易金榜题名，跪在母亲面前，要求迎娶湘灵。白母断然拒绝，并逼其与杨氏成婚。母命难违，白居易最终还是娶了杨氏。
湘灵呢？她思念着白居易，苦等着他！

白居易呢？他无时无刻不在思念着湘灵！

> 夜半衾裯冷，孤眠懒未能。
> 笼香销尽火，巾泪滴成冰。
> 为惜影相伴，通宵不灭灯。

命运并没有放过这对苦命的鸳鸯——又一个10年之后，白居易被贬江州，途径宿州符离，又见到了湘灵。感觉像是做梦的白居易在诗中写道："我梳白发添新恨，君扫青蛾减旧容。应被傍人怪惆怅，少年离别老相逢。"

此时，白居易虽然已经娶妻，可湘灵依然独守闺阁等着他；白母也已经去世多年，横亘在两人之间的大山已经不复存在。我想，只要他一句话，只要他白居易简简单单的一句话，湘灵一定会二话不说就跟她的白哥哥走的。但白居易仅仅用一句"应被傍人怪惆怅"就把湘灵打发了。

湘灵的心都碎了。

白居易你怎么忍心这么对待等了你这么多年的女子？你口口声声说喜欢、说想念，原来一切都是假的！

你真的爱过湘灵吗？你许下的誓言还记得吗？

> 愿作远方兽，步步比肩行。
> 愿作深山木，枝枝连理生。

再一个10年之后，白居易回京途中再次经过符离，他还想再看看湘灵，可惜湘灵已经看透红尘，遁入空门。

在湘灵修道的山门外，白居易伫立了很久。

谁都没有资格让另一个人等他一辈子。湘灵等了一辈子，等得发白了，泪干了，心枯了，最终还是一个人，木鱼青灯，了此残生。

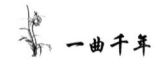

（六）后记

唐武宗会昌六年（846年），白居易于洛阳去世，享年75岁。唐宣宗李忱写诗追忆，曰："浮云不系名居易，造化无为字乐天。童子解吟《长恨》曲，胡儿能唱《琵琶》篇。"

李忱还是懂白居易的，一篇《长恨歌》，一篇《琵琶行》，犹如双璧，深刻在中国诗歌史上。高山仰止，景行行止。

玉容寂寞泪阑干，梨花一枝春带雨。
……
天长地久有时尽，此恨绵绵无绝期。

白居易恨什么呢？

是为玄宗与杨妃？也许是吧。但或许他只是恨自己。他一生写诗甚多，但用"恨"字却甚少。这是第一次用，第二次是与湘灵久别重逢后，他叹道："我梳白发添新恨，君扫青蛾减旧容！"

他能恨谁呢？

他只能恨自己——看似情场高手，实乃爱情懦夫。

幸福是需要勇敢一点儿的。是为记。

孤独钓客

有些人，我们读他们的文章时都会情不自禁地感到自己的渺小，自叹不如，甚至惭愧。高山仰止，景行行止。柳宗元就属于这类人，他也是鲁迅先生心里中华民族历史上脊梁式的人物。

柳宗元就像一个孤独的行者，在时代的风口浪尖上，坚守着自己的理想与道德，寄苦闷于山水，寓深情于万物，为后世读书人树立了一座道德的丰碑。

苏轼说："所贵乎枯谈者，谓其外枯而中膏，似淡而实美，渊明、子厚之流是也。"

欧阳修说："天于生子厚，禀予独艰哉。超凌骤拔擢，过盛辄伤摧。苦其危虑心，常使鸣声哀。投以空旷地，纵横放天才。山穷与水险，上下极沿洄。故其于文章，出语多崔嵬。"

严羽说："唐人惟子厚深得骚学。"

此等评语，柳宗元当之无愧。

（一）面壁十年图破壁

柳宗元是正宗的世家公子，一点儿水分都没有的那种。

柳宗元所属的河东柳氏，乃河东郡望，与河东裴氏、河东薛氏并称河东三大世家。柳氏一门，人才辈出。远的如柳元景、柳世隆等风流人物不提，就大唐一朝，柳宗元的堂高伯祖柳奭曾为宰相，父亲柳镇也曾任侍御史等朝廷要职，大书法家柳公权是他的叔父辈，传唱至今的诗作"岁岁金河复玉关，朝朝马策与刀环。三春白雪归青冢，万里黄河绕黑山"则出自他的同辈兄弟柳中庸。

相较于父族，柳宗元的母族范阳卢氏更是誉满天下。自汉末卢植开创范阳卢氏一脉后，至唐中期，范阳卢氏在正史中有名者九百余人，更有"八相佐唐"的千古佳话。正是源于此，范阳卢氏才得以与清河崔氏、太原王氏、荥阳郑氏齐名，成为古代中华四大名门望族之一。禅宗六祖惠能，高唱"得成比目何辞死，愿作鸳鸯不羡仙"的"初唐四杰"之一的卢照邻，"大历十才子"的带头大哥卢纶及大明儒将卢象升等都出自范阳卢氏。

也许正是结合了父族与母族最优秀的文化基因，才造就了我国文化历史上杰出的天才柳宗元。事实上，柳宗元也的确无愧于如此优秀的血脉传承。

唐代宗大历八年（773年），柳宗元生于长安。4岁时，在母亲卢氏的教导下启蒙，从此走上了读书的道路。对于这段时光，对于母亲卢氏，柳宗元是刻骨怀念的。

> 海畔尖山似剑铓，秋来处处割愁肠。
> 若为化得身千亿，散上峰头望故乡。

散上峰头望故乡，他望谁呢？没有母亲的故乡，哪里还是故乡？

虽贵为世家公子，柳宗元的少年时代却过得并不安逸。

唐德宗建中二年（781年），成德节度使李宝臣父子起兵，本就风雨飘摇的唐王朝又陷入长达4年之久的战乱。为避战乱，柳宗元不得不远奔夏口去投奔他的父亲柳镇，后又随柳镇到了江西。在江西时，柳镇带着柳宗元宦游四处，体验生活。

刚正不阿的柳镇是一个敢于直面世事去解决问题的人。此时的柳宗元虽然年幼，但战乱中底层百姓的痛苦他是能感同身受的。父亲的教诲与现实的悲惨让长大后的柳宗元可以有勇气去呐喊去抗争，这是他勇气的来源。

唐德宗贞元二年（786年），柳镇回长安任职，柳宗元也回到了他出生的地方。

当这个14岁的少年再次踏入长安城时，也许躲在父亲身后的他是沉默的。但他自己怎么都不会想到，当他再次离开这座城市时，整个大唐都是沉默的。

长安啊长安，你可知道自己究竟错过了什么吗？！

（二）指点江山，激扬文字，粪土当年万户侯

唐德宗贞元九年（793年），柳宗元进士及第，时年21岁。李绅、罗隐等人也都顶着"才子"的帽子，但看看人家柳大公子，考个进士简直跟玩儿一样。

贞元十二年（796年），柳宗元为父守丧期满后任职校书郎。在唐朝，似乎有点儿才华就可以做个"校书郎"，但无论如何，总算是入身公门，吃上皇粮了。

在唐朝，考取进士固然令人春风得意，但能否当官还得另说，更重要的是得有部门要你，说白了——拼人脉。孟郊也是进士出身，高中之后更是高唱"春风得意马蹄疾，一日看尽长安花"，其实没过几日他就没有心思看花了——他得养家糊口啊。后来孟郊饿得更瘦了，便再也写不出那样轻快的诗句来了。

唐王朝为此设立了博学宏词科。贞元十四年（798年），26岁的柳宗元应试博学宏词科，一考即中，授集贤殿书院正字，从九品，成为名副其实的大唐官员，正式步入政坛。

也许志趣相投吧，这一时期柳宗元认识了一个改变他一生命运的人——王叔文。太子侍读的身份，让很多人都不得不对他高看一眼，甚至存在幻想，再说王叔文也是饱读诗书、满腹经纶之人。

贞元二十一年（805年），唐德宗驾崩，太子李诵继承帝位，即唐顺宗，王叔文以"帝师"的身份开始主持朝政。身为礼部员外郎的柳宗元正是王叔文集团的核心人物之一。

他们这帮年轻人，凭着一腔热血，倚仗新帝，高呼削弱藩镇势力，加强中央集权，要求整治贪官污吏，整顿税收，废除宫市。

指点江山，激扬文字，粪土当年万户侯——中国历史上赫赫有名的"永贞革新"开始了。

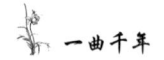

（三）出师未捷身先死

公元 800 年左右的唐王朝，是什么样子呢？

此时，由李渊、李世民等开创的大唐王朝已经 180 余岁，帝国曾经的荣光只能在旧纸堆里闪现。他更像一个步入晚年的老人，虽然曾经英雄了得，但也不得不承认"廉颇老矣"。尤其是安禄山、史思明这两人又用长长的马刀在这个老人本就有些虚弱的身体上狠狠地捅了两下——唐王朝失血严重。

王侯将相，宁有种乎？皇帝轮流做，今日到我家。自古以来，还不是谁兵强马壮谁说了算！垂垂老矣的中央朝廷让一些有野心的地方实力派看到了机会，"建中之乱"更像试探或只是个小插曲而已。

贞元十五年（799 年），淮西实力派吴少诚趁陈许节度使曲环病死，开始攻打临颍、许州一带，意图扩大地盘。唐王朝旋即派兵来讨，可惜一败再败，最后干脆下诏赦免了吴少诚的全部罪行，并正式任命他为淮西节度使，加封为检校仆射，唐顺宗时更加封其为同中书门下平章事。

贞元十六年（800 年），徐州、泗州、濠州节度使张建封病去，其部下借机叛乱。无奈之下，朝廷只得把对付吴少诚的"良策"再用一次。不就是要官吗？给你就是了。

此时的大唐王朝犹如西周末年一般，已经是一只纸老虎，也确实需要一场革新。

藩镇割据的危害，饱读诗书的王叔文等人自然能看到。吏治的腐败，他们这帮读书人更是深有体会。柳宗元这样的世家公子尚且不说，王叔文周围的吕温、李景俭、韩晔、韩泰等人都是出身贫寒之家，多多少少都曾是腐败的受害者。

王叔文与皇帝让他们看到了希望。他们迅速靠拢在王叔文身边，书生气十足地"你当宰相、我当将军"，开始了革新。其实，他们投靠王叔文的动机是可疑的。柳宗元、刘禹锡一片赤诚，无可置疑，但其他人就未必如此了。可能不过是盼望着大树底下好乘凉，盼望着能借机当大官光宗耀祖罢了。

现实是残酷的，你动他们的利益，他们就要你的命。无论你的动机如何，他们的"蛋糕"是不容许动的，道理就这么简单。况且，自古以来，改革者又有几个能落得好下场？商鞅被用上了自己设计的车裂之刑，张居正死了还被鞭尸，王叔文们更注定要输得一败涂地。

180 天，这就是"永贞革新"，比康梁等人的"百日维新"似乎强了一点儿。180 天后，公元 805 年 8 月 5 日，唐顺宗被迫禅位给太子李纯，即唐宪宗。李纯当皇帝后干的第一件事就是处置王叔文等人。随着唐顺宗禅位、王叔文被赐死，以及柳宗元等人被贬谪，声势浩大的"永贞革新"也就这样迅速地如潮水般退去。也许时间实在太紧迫，我们现在看不到柳宗元离开长安时的心境，只能从他被贬后的诗句里去追寻当时大唐政坛的波诡云谲。

"窜逐宦湘浦，摇心剧悬旌。始惊陷世议，终欲逃天刑。"这是柳宗元被贬永州后所作《游石角过小岭至长乌村》中的四句，此时的柳宗元也许已经放下心事，但这不足二百天的惊心动魄，给他心灵带来的冲击或伤害却是永远都难以消解的。

"宦情羁思共凄凄，春半如秋意转迷。山城过雨百花尽，榕叶满庭莺乱啼。"这首作题为《柳州二月榕叶落尽偶题》的诗作，通篇充满肃杀之意，可能是他当时心境最好的写照。

总之，柳宗元的京官生涯已经结束了，剩下的就是随着长安城的一道道圣旨即四处流浪漂泊了。

（四）怒向刀丛觅小诗

大文人当官，哪有不被贬的？区别也就是被贬多少次，被贬多远而已。王昌龄被直接发配到了不毛之地岭南（后来苏东坡也被贬到了那里），杜甫最困难的时候被赶去看仓库，韩愈被扔到了阳山……

永贞元年（805 年）9 月，柳宗元被贬为邵州刺史；11 月，又被贬为永州司马。接到圣旨时，柳宗元尚在赶往邵州的路上，不得不转向永州。

我想，历史应当记住这一刻，至少永州的历史应当记住，柳宗元被

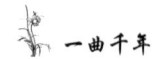

贬何其不幸，但天降才子于永州，永州又何其幸也！永州这一块文化荒漠，随着柳宗元的到来，也在中华民族文化史上留下了极其浓重的一笔。

永州位于湘南，瘴气肆虐。"司马"本是当时地方行政长官的副职，但柳宗元这个永州司马却鸡肋得很，说白了不过是被流放看守的囚犯而已。但柳宗元才名远播，且河东柳氏与范阳卢氏都是豪门世家，地方官倒也不敢刻意为难，无所事事的柳大公子就趁机在这个破地方游山玩水以消磨时光。

冬日，他寒江独钓，愤然道："千山鸟飞绝，万径人踪灭。孤舟蓑笠翁，独钓寒江雪。"这孤独，后无来者。

夏日，他驻足江边，悠然道："渔翁夜傍西岩宿，晓汲清湘燃楚竹。烟销日出不见人，欸乃一声山水绿。回看天际下中流，岩上无心云相逐。"最后两句所表现出的惬意，赞赏者佩服得五体投地，不屑者以为画蛇添足。

平日里，他更是探幽寻访，"永州八记"赋予了永州真正的灵魂。

处江湖之远逍遥自在的柳宗元似乎渐渐淡忘了庙堂之上的人事纷争，但如果仅仅如此，他亦不过一个出色的文学家而已——他心里还有牵挂。

"永州之野产异蛇：黑质而白章，触草木尽死……呜呼！孰知赋敛之毒有甚是蛇者乎！"

赋敛之毒甚于蛇，柳子厚何其"厚"也！有些事他忘不了，只是不得不如此而已。后人范仲淹曾道，"居庙堂之高则忧其民，处江湖之远则忧其君"，大概他们是同一类人吧。

元和十年（815年），柳宗元被召回长安，结束了他在永州十年的生活。这十年不仅是柳宗元短暂的一生中最为快乐的十年，也是永州历史上最辉煌的十年，更铸就了永州永远的名片。

（五）俯首甘为孺子牛

唐宪宗是很有才干的，但是对于王叔文这帮人，他始终心有芥蒂。

元和十年（815年）三月，刚刚抵达长安的柳宗元再次被贬，这一次是柳州。

与他一同被贬的还有刘禹锡，他们两个如同白居易与元稹一般，都是同呼吸、共命运的好朋友。得知刘禹锡被贬播州后，柳宗元不顾皇帝对自己的不忿，立即上书要求与刘禹锡调换，理由很简单，播州太远，条件太艰苦，而刘禹锡还需要照顾自己80岁高龄的母亲，而他孑然一身，无所谓。

这就是友谊，这才叫兄弟。后来尽管未调换成功，但刘禹锡还是换到了连州，也许上天注定柳宗元属于柳州。

"十年憔悴到秦京，谁料翻为岭外行。伏波故道风烟在，翁仲遗墟草树平。直以慵疏招物议，休将文字占时名。今朝不用临河别，垂泪千行便濯缨。"在与刘禹锡分别时，两人相互鼓气，柳宗元愤然写下该诗，便直奔柳州而去。

到柳州后，柳宗元无法忘记他的朋友、他的兄弟。这首《登柳州城楼寄漳汀封连四州》，真是字字滴血。

城上高楼接大荒，海天愁思正茫茫。
惊风乱飐芙蓉水，密雨斜侵薜荔墙。
岭树重遮千里目，江流曲似九回肠。
共来百越文身地，犹自音书滞一乡。

与刘禹锡一样，柳宗元并没有屈服，也没有颓废，而是一心一意地将自己的才华、自己的政治抱负全盘赋予柳州。

他修孔庙，升学堂，传道授业；他除迷信、破旧俗，教导百姓革新生产；他大胆取消奴婢身份，尽可能降低赋税；他还带领百姓广植柑橘——短短几年，柳州大治。

"永贞革新"失败了，可他还是用柳州证明了自己的政治才华，更对那些打击他的政敌们予以最响亮的回应。可惜时间太短了。元和十四年（819年）十一月初八，柳宗元于柳州病逝，时年47岁，此时唐宪宗召他回长安的诏书还在路上。

（六）后记

柳宗元，字子厚，他的确配得上一个"厚"字。为人子者，无愧于父母祖上，可谓厚孝；为人臣者，无愧于君王朝廷，可谓厚忠；为人友者，无愧于兄弟手足，可谓厚仁。

当我们这些后人，徜徉于永州或者流连于柳州，观柳侯祠，诵《扑蛇者说》，讲"黔驴技穷"之时，方觉柳子厚，愈品愈厚！

柳宗元与妻子杨氏，青梅竹马，感情甚笃，不幸的是婚后仅4年杨氏就病去，此后柳宗元未再续娶他人，与亡妻一生一双人。

"……独狠不幸获托姻好，而早凋落，寡居十余年……恨痛常在心目……"

子厚情厚如此，不忍卒读，是为记。

诗豪记

刘禹锡大抵算是上承李白下启苏轼式的诗人。

读他的诗,应当备上一壶老白干,再来点儿摇滚乐什么的,当他诗中的豪气扑面而来时,大饮一口,高呼"爽"!这个劲儿就对了,这才不枉刘禹锡"诗豪"的名号。

刘禹锡还常常让我想起一个人——海明威笔下那个孤独的老者,他与大海奋战了一辈子,海水可以吞没他,却从未将他征服。刘禹锡也是如此。杀了他,不过是让他引刀成一快;想让他投降,嘿嘿,别做梦了!

任凭风吹浪打,我自闲庭信步,这就是一代"诗豪"刘禹锡。

(一)白银盘里一青螺

我不得不承认有些东西的确是天生的,比如刘禹锡的豪气。汉高祖刘邦一曲"大风起兮云飞扬……安得猛士兮守四方"可谓豪情万丈,这股精神竟然时隔800年又传到了刘禹锡身上。

唐代宗大历七年(772年),刘禹锡出生于江南嘉兴。他祖籍洛阳,乃汉中山靖王刘胜之后。

大历七年真是我国文化史上值得大书特书的一年,刘禹锡、白居易、李绅、崔护等大才子都是在此年出生。或许正是天才们联袂下凡,才使得才子们扎堆出现,造就了大唐这一诗歌的盛世王朝。

刘禹锡出生在一个标准的小官僚之家,爷爷、父亲都是地方小官,但江南富饶,刘家自然也吃喝不愁。刘家虽不是柳宗元家那般的豪门世族,但也不是杜甫、李贺、李商隐等人可比的。总之,刘禹锡可以安心

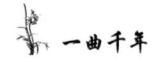

读书，且他本就天资聪颖，又勤奋好学，很早便能诵读儒家经典，亦可吟诗作赋。名扬天下的诗僧皎然与灵澈游历江南时，就对刘禹锡的才华颇为惊叹，忍不住亲自指点。

家境不错，又是天才，又有名师，又很勤奋，真该刘禹锡成名啊！

湖光秋月两相和，潭面无风镜未磨。
遥望洞庭山水色，白银盘里一青螺。

据说，这首《望洞庭》是刘禹锡少年时随父亲游历时所作。偌大的洞庭湖在少年刘禹锡眼里不过是卧在盘子里的一只青螺而已，看样子还不够他一口吃的。曾经沧海难为水，刘禹锡心怀天下，又哪里看得上这小小的一洼水池？

鹦鹉洲头浪飐沙，青楼春望日将斜。
衔泥燕子争归舍，独自狂夫不忆家。

这首《浪淘沙》应该也是刘禹锡早期的作品。写完该诗，他就直奔洛阳而去，"独自狂夫不忆家"，洛阳才是他的舞台。

九曲黄河万里沙，浪淘风簸自天涯。
如今直上银河去，同到牵牛织女家。

过了黄河就是洛阳。站在黄河边，刘禹锡遥望洛阳。风起时，他折扇纶巾，衣衫飘飘，轻声道："洛阳，我来了。"

（二）沉舟侧畔千帆过

唐德宗贞元六年（790年），18岁的刘禹锡来到洛阳，并在洛阳一带游学备考，很快崭露头角，震惊士林。

唐德宗贞元九年（793年），21岁的刘禹锡进士及第，与20岁的柳宗元同榜，并于同年登博学宏词科。

这两位来自南方的天才渐渐地走到了一起，也交织在一起，死亦不休。其实，少年时，刘禹锡生活的苏州与柳宗元所在的江西并不算遥远，两位年龄相差仅一岁的天才少年也许早就神交已久，但古人并不像我们现在有手机、有微信，所以古人特别相信"有缘千里来相会"。

此时 25 岁的韩愈已经声名鹊起，也比他们早一年中了进士，自然就成了他们的大哥。不久，白居易、元稹也加入了他们的圈子。唉，真想看看他们的朋友圈，你来我往地互赞，一定精彩纷呈。

可惜啊——

"永贞革新"就像雕刻在刘禹锡与柳宗元生命中的一道疤痕，无论怎么绕都始终绕不开。这道疤痕把他们的命运一下子分成两段——一段是风流倜傥的公子小哥之乐，一段是命运多舛的天涯骚客之旅。

改革是改革者的墓志铭，可是执笔者又是谁呢？

永贞元年（805 年），"永贞革新"失败，刘禹锡被贬出京，初为远州刺史，后为远州司马。戴罪之身，刺史与司马，又有何区别？只不过是政敌们再多羞辱、再多折腾他们一次罢了。相较于习惯了沉默思考的柳宗元，刘禹锡可是个"刺儿头"，他眼里揉不得半粒沙子，想让他就此作罢、忍气吞声，根本办不到。

>　　巴山楚水凄凉地，二十三年弃置身。
>　　怀旧空吟闻笛赋，到乡翻似烂柯人。
>　　沉舟侧畔千帆过，病树前头万木春。
>　　今日听君歌一曲，暂凭杯酒长精神。

这首题为《酬乐天扬州初逢席上见赠》的诗作于唐敬宗宝历二年（826 年），此时距刘禹锡第一次被贬已经过去了二十余年，期间他又被贬朗州（今湖南常德）、连州（今广东清远）、夔州（今四川奉节）及和州（今安徽和县）。这二十多年，刘禹锡可谓天南海北地转了一大圈，也许他的政敌们觉得折腾了这么久，他所谓的傲气、所谓的豪气早就消磨殆尽，可惜他们错了。

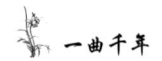

刘禹锡压根儿就没有服输过——

白居易感慨"亦知合被才名折,二十三年折太多",刘禹锡却哈哈大笑道:"沉舟侧畔千帆过,病树前头万木春。"

一叶沉舟怎么能抵挡千帆竞发,一木之病怎么能压得了万木争春?!我老刘不怕你们,不服来啊,我老刘就在这儿呢,我等着你们!

写这句诗的时候,他的好友柳宗元已经去世多年,可"永贞革新"却还如大石头一般压在他们身上。柳宗元没有屈服过,刘禹锡也没有屈服,并且他还要告诉他的朋友、告诉他的敌人:我老刘就是要跟你们斗到底!

为了朋友、为了心中的理想,就算泰山压顶,也不过微微一笑。

呜呼,此处,怎可不大饮三杯?!

(三) 前度刘郎今又来

刘禹锡的精神还表现在他根本就没有把那些政敌放在眼里,尽管他们视自己为眼中钉、肉中刺。在这场实力并不相称的战役中,刘禹锡不会放过任何还击甚至羞辱敌人的机会。尽管机会不多,但每一次刘禹锡都直击要害,那赤裸裸的蔑视更是让政敌们食不知味、寝不能安。

唐宪宗元和九年(814年),此时"永贞革新"已过去数年,宪宗皇帝李纯才在裴度等人的劝说下召刘禹锡与柳宗元回京。由于武元衡等政敌的仇视,柳宗元很快就被赶到了柳州。刘禹锡虽然暂时在京城住下了,但不安分的老刘哪里会甘心——在玄都观,他向敌人开了第一炮!

紫陌红尘拂面来,无人不道看花回。
玄都观里桃千树,尽是刘郎去后栽。

这首《玄都观桃花》又名《元和十年自朗州至京戏赠看花诸君子》。这一下就有意思了。玄都观的桃花是很好,那又怎么样,还不是俺老刘走之后才栽种的?!嘿嘿,时无英雄,使竖子成名!你们这帮家伙,别看一个个人模狗样的,那是因为俺老刘没在,有俺老刘在,哪里轮得上你们作威作福？这一炮，瞎子都知道是冲谁去的。这下不仅是武元衡，就连宪宗皇帝都坐不住了。宪宗皇帝心道，既然不能为我所用，那就不如赶远一点儿，眼不见心不烦，于是一道圣旨就把刘禹锡扔到了播州（后改为连州）。

可历史还是给了刘禹锡在玄都观开第二炮的机会。唐文宗大和二年（828年），56岁的刘禹锡被召回洛阳，此时距他初次被贬已经过了23年之久。"永贞革新"已经过去那么多年了，甚至世人都应该忘记了，可惜他的政敌没有忘，刘禹锡也没有忘。有些事情，发生了，就是发生了，谁都不会忘记，只是看谁先提起而已。

又是春日，他又来到玄都观。

百亩庭中半是苔，桃花净尽菜花开。
种桃道士归何处，前度刘郎今又来。

这篇题为《再游玄都观》的诗作或许最能体现刘禹锡不屈不挠的斗志和精神。

怎么样，我老刘又回来了！你们呢？还不是树倒猢狲散！

诗中透露出的战斗精神与乐观天性让人很难将此与一个年近60岁的老人联系起来，诗中充斥的蔑视更是让许多人如坐针毡。与人斗，其乐无穷。生命不息，战斗不止。我刘禹锡就是要跟你们斗！

话尽管刺耳，但刘禹锡毕竟已经是一个老人，还是一个诗名远播的老人。文宗皇帝想必也看明白了，就让他发发牢骚吧，毕竟憋屈了一辈子，无所谓了。以后的刘禹锡官越做越大，最后做到了"太子宾客"，虽然是闲职，却更显德高望重。

晚年的刘禹锡再次去了玄都观。这一次他选择在冬天去，自然就没有看见桃花。在漫天的飞雪中，刘禹锡写道："好雪动高情，心期在玉京。人披鹤氅出，马踏象筵行。照耀楼台变，淋漓松桂清。玄都留五字，使入步虚声。"火药味明显淡了许多，是啊，他老刘再牛气终究还是抵不过岁月。

（四）道是无晴却有晴

刘禹锡的豪气不仅仅体现在他坚持理想的斗士精神上，还体现在他积极乐观的心态上。尽管他大半生都是在贬谪的路上飘零，但我们在他的诗中却看不到丝毫的惆怅与悲哀。他始终积极乐观地看待生活、看待世界，真正达到了，"不以物喜不以己悲"的境界。

> 自古逢秋悲寂寥，我言秋日胜春朝。
> 晴空一鹤排云上，便引诗情到碧霄。

自宋玉以来，"秋天"似乎就成为悲伤或萧瑟的化身。大诗人李白在秋风四起时亦曾叹道："秋风吹不尽，总是玉关情。"杜老夫子更是"万里悲秋常作客"。刘禹锡的好友白居易也有"秋雨梧桐叶落时"的感慨。后主李煜更是哀鸣"春花秋月何时了"。但刘禹锡的这首《秋词》却一扫悲秋之感，赋予秋日更为宽广的境界，并把这种境界上升到做人的态度上，用秋日晴空万里喻指人生的胸怀与豪气，振奋人心。此时他正被贬朗州，乃戴罪之身，能有此语，更是难能可贵。

观我之物，著我之色，寥寥数语，尽显风流。以诗煮酒，刘诗当之无愧。

刘禹锡一生多次被贬，但享71岁的高寿。相比之下，李商隐享年46岁、柳宗元享年47岁，他们境况相差无几，所不同者大抵心态耳。

人终究还是要看开一点儿。

刘禹锡的确看得开。他每到一个地方就去琢磨当地的民风、民俗、民歌，尤其对民歌情有独钟。他一生流浪大江南北，眼界甚宽，每到一地，当地民歌也自然地被他引入诗中。这些看似俗语化的诗作，却成为了诗向词演变的发端。刘禹锡虽无心插柳，但功不可没。

> 杨柳青青江水平，闻郎江上唱歌声。
> 东边日出西边雨，道是无晴却有晴。

"我在杨柳青青的江水边,听见阿哥在唱歌。他心里到底怎么想的?就像这天气说是晴天吧,江西边却下着雨;说是雨天,这江东边还出着太阳。真难捉摸。"情窦初开的青年男女不就是这样吗?刘禹锡一词写尽风流,乃至后世大文豪苏轼都不得不反其道而为之,写出了"笑渐不闻声渐悄,多情却被无情恼"的著名词句。

"东边日出西边雨,道是无晴却有晴",其实人生亦如此。风雨与彩虹不可兼得,但不经历风雨,又怎么可以在蓦然回首时得见天边的彩虹。

(五) 飞入寻常百姓家

如果以剑客喻诗人,李太白可为酒剑仙,逍遥自在,风流倜傥;杜老夫子可为王重阳,剑气厚重,典雅方正;白居易可为风清扬,返璞归真,举重若轻;刘禹锡可为杨过,剑走偏锋,睥睨天下。刘禹锡的咏史诗就是其纵横唐代诗坛的独门绝技。

刘禹锡曾在公元824年至826年间任职于金陵和州。当地历史遗迹甚多,这自然没有逃脱刘禹锡的"魔掌"。在刘禹锡那支神奇的大笔下,这些沉寂多年的古迹如同注入了灵魂,一下子活了起来。

山围故国周遭在,潮打空城寂寞回。
淮水东边旧时月,夜深还过女墙来。

这首《石头城》,犹如崔颢的《黄鹤楼》一般,引后世膜拜,但从未敢言超越。

"潮打空城寂寞回",一个"回"字,是"回归"也是"回家",让潮水一下子有了生命,成了过往历史的见证者。潮水还在,但曾经繁华的金陵城却已经空空如也。沧海桑田,物是人非,刘禹锡只用了区区7个字就写完了。

大诗人白居易读了此诗,顿时技痒,也想来一首。虽然是好朋友,但自古文无第一。可是白大诗人思来想去还是吃瘪了,最终哀叹道:

"吾知后之诗人不复措辞矣!"几百年后,大才子苏轼提剑来战,一句"山围故国城空在,潮打西陵意未平"虽然也属上乘之作,但还是被刘禹锡杀得片甲不留。苏大才子一生喜欢和诗,且往往都是碾压对手,没想到这次被刘禹锡秒杀了。

我最喜欢的是刘禹锡另一首咏史诗——《乌衣巷》。

朱雀桥边野草花,乌衣巷口夕阳斜。
旧时王谢堂前燕,飞入寻常百姓家。

一只燕子,穿过旧时王谢之堂,飞入寻常百姓之家。历史兴替,沧桑巨变,尽收笔下。

所谓豪门世族、荣华富贵,都不过是过眼云烟。潜台词是什么呢?我刘禹锡根本不在乎这些东西,也只有你们才会挖空心思地去追求。刘禹锡对政敌的鄙视真是彻底,刘禹锡对政敌的不宽恕也可见一斑。

明朝才子唐伯虎亦曾感叹道:"不见五陵豪杰墓,无花无酒锄作田。"虽异曲同工,但就深度而言,不如刘作。

据说,刘禹锡根本没有去过金陵。可杜牧还没有去过杏花村呢。有诗读、有酒喝就够了,理他作甚?!

(六) 后记

我们读诗,读什么呢?我想我们更应该读的是诗中的精神。

刘禹锡一生中大部分时间是在被贬的路上,但他对生活的热情始终一如既往。这种深情化作豪情,支撑他积极乐观地去生活去战斗。如今和平盛世,有些人动不动就高呼"压力山大",进而崩溃,其不愧呼?!难道我们连同生活战斗下去的勇气都没有了吗?

生活艰难困苦时,请君多读刘禹锡。是为记。

天涯逐客

小杜风流。

小杜即杜牧，唐朝著名诗人，与李商隐并称"小李杜"。虽然戴了顶"小杜甫"的帽子，却没有老杜那样的"苦大仇深"。他风流成性，不拘小节。

杜牧一生大概只做了两件事情，一是拜访前贤遗迹，二是流连秦楼楚馆。酒杯在手、美人在怀时才顺便写写诗。如此这般亦能称雄诗坛，名留千古，真是夫复何求！

（一）甘罗昔作秦丞相

唐德宗贞元十九年（803年），杜牧于京兆万年（今陕西西安）出生，是当朝宰相杜佑之孙，太子司议郎杜从郁之子，是不折不扣的豪门公子。

杜氏，书香世家，祖上杜预，是两晋时期一代儒将，"律以正罪名，令以存事制"的论断，流传至今；唐初著名诗人杜审言也曾吟出"云霞出海曙，梅柳渡江春"等佳句，他的孙子杜甫更是诗坛巨擘，其也为杜预之后。杜佑这位当朝宰相也是满肚子墨水，一部《通典》，可媲美太史公。

杜牧才华横溢。他自幼聪慧，除修琴棋书画外，亦醉心于军事政治，尤好《孙子兵法》。

15岁，杜牧作《孙子》注解十三篇，名震朝野；后献平虏计，为李德裕所用。一个10多岁的孩子，别说注解《孙子兵法》，就是能把字认全，都是很神奇的了，竟还能献策朝廷！将门世家无犬子，自古英

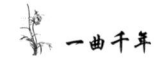

雄出少年，人啊，不服不行。

23岁，杜牧观阿房宫，作《阿房宫赋》。"秦人不暇自哀，而后人哀之；后人哀之而不鉴之，亦使后人而复哀后人也。"

25岁，杜牧作《感怀诗》一首，洋洋洒洒，六百余字。"高文会隋季，提剑徇天意。扶持万代人，步骤三皇地。"寥寥数语，追忆开国往事，令人神往。"旄头骑箕尾，风尘蓟门起。胡兵杀汉兵，尸满咸阳市。"感叹"安史之乱"，民生悲苦，唏嘘不已。"至于贞元末，风流恣绮靡。艰极泰循来，元和圣天子。"这马屁拍的，唐宪宗李纯心里还不痒痒的？

更绝的还在后面，杜公子竟叫起屈来。"韬舌辱壮心，叫阍无助声。聊书感怀韵，焚之遗贾生。"我空有良策却报国无门，只能在这儿发发牢骚，只能将之烧给贾谊做纸钱了！刚才还夸得溜溜的，现在一下子又转了过来，一唱三叹，峰回路转。报国之心拳拳，这个时候的杜公子哪里像是留恋秦楼楚馆之人？

> 甘罗昔作秦丞相，子政曾为汉辇郎。
> 千载更逢王侍读，当时还道有文章。

出将入相，道德文章，这才是杜公子嘛！

（二）流水无情草自春

读书人的理想都是玻璃做的，一碰即碎。

寒窗苦读也好，锦衣玉食也罢，一旦在书中读出了理想，不中为悲，高中亦苦。

以杜牧的惊才绝艳，考个进士自然是易如反掌。他的那篇《阿房宫赋》太牛了，主考官都俯首膜拜，进考场不过是走过场而已。唐文宗大和二年（828年），26岁的杜牧果然得中进士。此时朝廷正深陷"牛李党争"，但杜牧毕竟是宰相杜佑之孙，两党都颇为忌惮，他也因此谋得了清闲的官位。

能在世事纷扰之时，求得一份安逸，对于一般人来说已经是天大的美事。但杜牧读书不是为求安逸的，书里写的天下是铭刻在他心里的。

好在洛阳遗迹甚多，足够他消解块垒。位于洛阳西北角的金谷园，乃西晋权贵石崇旧居，亦是杜牧玩游之所。

> 繁华事散逐香尘，流水无情草自春。
> 日暮东风怨啼鸟，落花犹似坠楼人。

"坠楼人"即石崇爱妾绿珠，为报石崇，她纵身一跳，香消玉殒。繁华早就过去，但绿珠的香魂却融入了土地，附在青草上，春来依旧在。

前辈诗人韦应物也曾在此留下"百草无情春自绿"的诗句，"流水无情草自春"似乎脱胎于此，但窃以为"草自春"更有"人事沧桑，浩浩汤汤"的深沉。

后来已经看透尘世的杜牧在游历桃花夫人庙时又想起了绿珠，作了《题桃花夫人庙》一诗。

> 细腰宫里露桃新，脉脉无言度几春。
> 至竟息亡缘底事，可怜金谷坠楼人。

桃花夫人即息夫人，后世纷纷指责息国因其而亡。但事实究竟是怎样的？杜牧不信，只是惋惜，惋惜那些如同绿珠一般的刚烈女子。

我想，杜牧反复咏叹这个为知己纵身一跳的小女子是有深意的——绿珠是刚烈的，有情有义。他杜牧呢？也是刚烈的，有情有义，只是他没有遇到他的石崇，只是世上早已经没有了金谷园。

他能做些什么呢？想想年轻时的那些豪言壮语，终于还是"焚之遗贾生"了。

杜牧出将入相的理想或许就是在金谷园中逐渐瓦解的。晚年时，杜牧不惜将《孙子》注解等文章烧毁——既然理想破灭了，还留着这些东西有何用？那些曾经呕心沥血所作的锦绣文章，就像刺进他心里的针，多留一刻，就多深一寸、多伤一分。

真正的读书人，是宁为玉碎，不为瓦全的；真正的读书人，是可为知己者死，不屑偷生苟且的！

刚烈，是读书人骨子里的东西。

流水无情草自春，去了金谷园，碎了理想，杜牧开始自我放逐。

（三）烟笼寒水月笼沙

不同于屈原自沉汨罗江，杜牧的放逐更显得自由一些。其实，死亡虽然决绝，但并不能解决所有的问题。人活着，只要不是苟且，还是可以做一些事情的。杜牧不仅仅活着，而且活得很滋润。政治上的幻灭又不是世界末日，这世界还有很多值得留恋的地方。

这也是他与另一位咏史高手刘禹锡相通的地方。纵览唐代诗坛或者中国诗坛，就咏史而言，他和刘禹锡一时瑜亮，各领风骚。刘禹锡豪情万丈，着手全局，慷慨悲歌世事沧桑；杜牧柔中带刚，细微切入，婉婉诉说物是人非。

唐武宗会昌二年（842年），杜牧由礼部员外郎外放至黄州，任黄州刺史。

黄州今为湖北黄冈一带，黄冈赤壁正是当年孙、刘大战曹操之地。杜牧既然来了，焉有不去之理？

折戟沉沙铁未销，自将磨洗认前朝。
东风不与周郎便，铜雀春深锁二乔。

夕阳西下，杜牧伫立江边，长风四起，衣衫飘飘。

江水悠悠，水波粼粼间，战戟隐约可见。

杜公子弯腰捡起了一杆战戟，很是认真地清洗干净，上面的字迹还可以看出是赤壁大战所留。

他皱眉，他哀叹。

周瑜啊周瑜，要不是这东风帮了你一把，大乔、小乔恐怕真要被掳走，锁进铜雀台做曹操的压寨夫人了。

好风凭借力，送我上青云。我也需要这东风啊！

宋人苏轼也曾任黄州刺史，到此游览时更是留下了《念奴娇·赤壁怀古》一词，感慨"江山如画，一时多少豪杰"！

这一诗一词穿越时空，交相辉映，可谓双璧。

黄州离金陵不远，且都属于长江沿岸，自古通航。一日，杜牧乘船途经金陵，在秦淮河停泊。

夜幕降临，杜公子伫立船头。秦淮河上，青烟四起，微风荡漾，游船交错，歌声悠悠，杜公子不禁陷入沉思。

烟笼寒水月笼沙，夜泊秦淮近酒家。

商女不知亡国恨，隔江犹唱后庭花。

顷刻间，这首《泊秦淮》已成。

由水月到酒家，由酒家到歌女，由歌女到亡国之音——《后庭花》，处处细微，层层推进，步步为营，字字虐心。

这盛世，看似繁华，但如果继续这样醉生梦死，恐怕很快就会"后人而复哀后人也"。

与刘禹锡的"潮打空城寂寞回"相比，"隔江犹唱后庭花"，着眼更小——歌女而已，靡靡之音，但更增加了对世事的感伤和对现实的忧患。

刘氏就像一个老人，历经沧桑，看透人事，静静地欣赏着历史的变迁；杜氏像一个年轻人，心有不甘，却无可奈何，只能声嘶力竭地呐喊。

"山外青山楼外楼，西湖歌舞几时休？"后世南宋读书人林升更是干脆——这样唱下去、跳下去，还能蹦跶几天？

唉，心系家国，不顾生死，读书人的命啊！

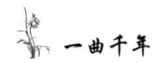

（四）十年一觉扬州梦

秦楼楚馆是杜牧另一个放逐之地。

秦楼楚馆，青楼也。逛青楼，在古代士人或者有钱的读书人之间，乃寻常之事。当时官府有官伎，豪门有家伎，均色艺双全，吟风弄月，不在话下。更有甚者，声名远播，非寻常人可见。苏轼曾有词道"燕子楼空，佳人何在，空锁楼中燕"，这燕子楼就是元和名伎关盼盼的闺阁。

唐文宗大和七年（833年），杜牧来到扬州，关盼盼虽已经香消玉殒，但扬州城乃风月天堂，杜牧自然也不愁去处。

娉娉袅袅十三余，豆蔻梢头二月初。
春风十里扬州路，卷上珠帘总不如。

在一次宴会上，已过而立之年的杜牧邂逅了一位青春美貌的少女。临别之时，杜公子化柔情于笔端，写下了这首脍炙人口的诗作。

杜牧还有一首赠别诗，云："多情却似总无情，唯觉樽前笑不成。蜡烛有心还惜别，替人垂泪到天明。"只是不知道这一次多情的杜公子又伤了哪家的姑娘？苏轼名作"多情总被无情恼"云云，盖源于此。

扬州城美女如云，杜公子自然一时一刻都没有闲着。3年后，当他离开扬州时，曾有人拿出一个大箱子，里面放满了纸条，杜牧这一桩桩的风流韵事都被记得清清楚楚。多年后，杜牧追忆起扬州旧事，作《遣怀》，感慨良深。

落魄江湖载酒行，楚腰纤细掌中轻。
十年一觉扬州梦，赢得青楼薄幸名。

黄粱一梦的扬州啊，不堪回首的荒唐岁月，自己呢？此时的杜牧是无奈的，但更是苦涩的。

赢得青楼薄幸名！是啊，杜牧渴望青史留名，没有想到却是青楼留名。人生荒诞如斯，我辈能奈其何？

但他并没有后悔，因为那才是真实的自己。在《寄扬州韩绰判官》中他曾写道："青山隐隐水迢迢，秋尽江南草未凋。二十四桥明月夜，玉人何处教吹箫？"最让他怀念的还是那扬州城二十四桥的明月，还是那数不胜数的美女。

300年后，南宋大词人姜夔到此凭吊杜牧。他站在二十四桥旁，对着一轮冷月，哀唱道："二十四桥仍在，波心荡，冷月无声。念桥边红药，年年知为谁生？"

呜呼！淮左名都繁华地，葬尽英雄书生魂！

（五）天阶夜色凉如水

论到爱情诗，有唐一代，杜牧若称第二，大抵是无人敢称第一的。与他并称的李商隐，固然也是此中高手，尽管也是佳作频出，但无奈李商隐之诗多晦涩难懂，远不如杜牧之诗明快通俗。

感情，还是说清楚得好，不然伤人伤己，悔之晚矣。

　　鸳鸯帐里暖芙蓉，低泣关山几万重。
　　明镜半边钗一股，此生何处不相逢。

这首题为《送人》的诗作就写的清清楚楚。闺阁中昨日缠绵的余温尚在，但情郎却要走了。千里迢迢，无论此生身在何处，我们一定会再次重逢的。

此诗是万不可和"犹是春闺梦里人"放在一起读的。

与诗中的痴情女子相比，《叹花》更具传奇色彩。

　　自是寻春去校迟，不须惆怅怨芳时。
　　狂风落尽深红色，绿叶成阴子满枝。

这首诗还有一个名字的《怅诗》，盖惆怅之作，相当于李商隐的"无题"。

相传，杜牧任职湖州时曾看上一位美女，甚是中意，于是就许下"十年之约"，约定10年之后前来娶亲。此后杜牧宦海浮沉，接连出任黄州、池州及睦州刺史，尽管他一直要求再去湖州，可10年之间始终无缘。直到14年后，杜牧才得以再回湖州。当他再去找寻时，曾经的小女孩已经嫁为人妇，并为人母。可这个小女孩也是整整等了他11年啊！杜牧伤心之余，就写了这首犹如电影一般的诗作。

绿叶成阴子满枝，那个她，那个她……

与杜牧同时代的诗人崔护也曾有过一段相似的经历，一曲"人面不知何处去，桃花依旧笑春风"至今传唱。

唉，大抵幸福的感情，都是在对的时间、对的地点遇到对的人，差一点点都不行。

杜牧还有一首情诗，题为《秋夕》，也相当有画面感。

银烛秋光冷画屏，轻罗小扇扑流萤。
天阶夜色凉如水，卧看牵牛织女星。

偌大的皇宫内，已经深夜了，一个小宫女还坐在台阶上，痴痴地看着天上的牛郎与织女星。

这看似美好的画面，却不知隐藏了多少悲苦。"侯门一入深似海"，这个小女孩再也找不到她的"萧郎"了。其实，普天下的女子，又有几个可以"得一人而白首"？

似此星辰非昨夜，为谁风露立中宵？相思入骨，不屑一顾。

（六）后记

多情的杜牧对于妻子裴氏却甚是薄情的。他一生写诗无数，更是给许多女子都写过诗，甚至包括薛涛、关盼盼、杜秋娘等青楼女子，可唯独在诗中难觅裴氏的身影。

也许他只是娶了她而已。

在著名的《张好好诗》一诗中，杜牧用情颇深，写尽感触。张好好不过是一个歌伎，两人亦是萍水相逢，可杜公子还是如同白居易一般"洒尽满襟泪"。

可裴氏呢？对于这个枕边人，对于常常读自己丈夫写给其他女子情诗的枕边人，杜牧竟然一个字都未曾提及。

豪门联姻，嫁给你，难道怪她？但这却成了她一生悲剧的根源。杜公子，你在吟风弄月之际，心中可曾有愧？

所谓幸福，不过是"怜取眼前人"。可能她不懂你，可你不说，她怎么懂？也许你原本就不愿意让她懂你而已。是为记。

隐　痛

李商隐是痛苦的。这痛苦正如他的名字一般，隐藏在他华丽的文字背后，让人每读一遍就情不自禁地痛一次，为他绝世的风华，为他不为人懂的悲苦。如同幽居空谷的绝世美人，他不稀罕尘世，却又逃避不了尘世的牵绊，只能静静地站在历史的角落，风情若隐若现。

（一）无题，无题

李商隐写了许多"无题"诗。也许是懒，他连题目都懒得去想、懒得去琢磨。其实有没有题目又有什么关系，反正世人也看不懂。知我者，谓我心忧；不知我者，谓我何求。"身无彩凤双飞翼，心有灵犀一点通。"古龙还是懂他的，把这美妙的诗句化为绝世的武功。可懂他的人终究还是太少了。不被理解，对任何人来说都绝对不会是件很愉快、很值得骄傲的事情，李商隐也不例外。

唐代诸位大诗人中，白居易的诗应该算是比较好懂的了。相传他写完诗后会读给老婆婆听，修改或重写直到老婆婆听懂为止。传闻虽然未必是真的，但白乐天之用心良苦也可见一斑。相较于杜甫，李白的诗作大部分是朗朗上口且比较容易读懂的。"小时不识月，呼作白云盘""桃花潭水深千尺，不及汪伦送我情" "故人西辞黄鹤楼，烟花三月下扬州"……这些诗句朗朗上口，通俗易懂。相比之下杜甫的诗就需要费些心神了，毕竟在"诗圣"之外他还有"诗史"的雅号。"却看妻子愁何在，漫卷诗书喜欲狂"，如果不知道当时的背景，还以为杜老夫子要做高官了呢。"尔曹身与名俱灭，不废江河万古流"，这更需要一定的文史知识积淀了。

隐痛

可李商隐呢？人生一题，人生无题，这就是李商隐。

> 昨夜星辰昨夜风，画楼西畔桂堂东。
> 身无彩凤双飞翼，心有灵犀一点通。
> 隔座送钩春酒暖，分曹射覆蜡灯红。
> 嗟余听鼓应官去，走马兰台类转蓬。

有人考证，这首《无题》作于李商隐进士及第后在长安任职校书郎时期。此时李商隐已经结婚，所以对于有些人所说这是为情人而作，我甚是鄙视。相较于古人，我们现代人对婚姻或爱情的认知不是更深了，而是更方便了、更自由了、更享受了，也更肤浅了。难道不是吗？从一而终，永远不应被嘲笑，也永不过时。我更相信这是李商隐自己的臆想——渴望理解，尤其是渴望在政治上被接纳的想象。这无疑是李商隐的隐痛。

举进士第前，李商隐与牛僧孺的嫡系——礼部尚书令狐楚交好，被令狐楚视为得意门生。进士及第后，李商隐娶了泾原节度使王茂元的女儿。王茂元是谁？他是当朝宰相李德裕的好友。作为王茂元的乘龙快婿，李商隐很自然地被归入"李党"一派，也很自然地被"牛党"视为"背叛师门"的叛徒。背叛师门的罪名有多大？李商隐一介书生可承当不起。牛、李之间，李商隐无处可逃，无从辩解。可他心里明白，他就是李商隐，一个会写诗，一个想为朝廷、为百姓做些事情的人。他没有什么党，他也不需要什么党。

他是君子，君子朋而不党。李商隐希望自己可以自由飞翔，希望有人与他心有灵犀，尤其希望当朝皇帝能看到他的努力。他在给自己辩解，这无法言说的痛楚让他只能朦朦胧胧地去写。难道他还能休妻不成？那样不就彻底成了小人？他是不屑的。再说妻子王氏本就是大家闺秀，温淑贤良，两人甚是恩爱。

他是君子，君子可欺之以方。我们的诗人大都是天真的，天真地以为自己用诚心、忠心和才能就能换到锦绣前程。可庙堂之高，又哪里是他们能想象得到的。或许江湖之远，才是诗人的最终归宿。晚年的李商隐终于看明白了，这个朝廷不值得他付出，这个时代也不值得他托付，可惜那已经是《锦瑟》的故事了。

李商隐呢？"相见时难别亦难，东风无力百花残。春蚕到死丝方尽，蜡炬成灰泪始干"，泪已干，痛已尽，"可缓缓归矣"。

（二）锦瑟，李商隐的自我挽歌

> 锦瑟无端五十弦，一弦一柱思华年。
> 庄生晓梦迷蝴蝶，望帝春心托杜鹃。
> 沧海月明珠有泪，蓝田日暖玉生烟。
> 此情可待成追忆，只是当时已惘然。

有人说这是首爱情诗，是李商隐写给自己昔日情人的，而"锦瑟"正是情人的名字。"此情可待成追忆，只是当时已惘然。"这不正是对昔日情人的追忆吗？也有人说这是他追忆妻子的。李商隐和妻子的感情很深厚。妻子王氏去世后，李商隐多年后亦难忘怀。"荷叶生时春恨生，荷叶枯时秋恨成。深知身在情长在，怅望江头江水声。"他的这首悼亡之作，虽没有元稹的"曾经沧海难为水，除却巫山不是云"那么华丽、那么为世人所熟知，但在用情方面李商隐却远非元稹可比。《锦瑟》一诗中，以"琴弦"代"情弦"，追忆了与妻子恩爱的时光，一往情深。还有人说这是李商隐的自述。自感人生多苦楚，苦楚进入诗中来。他写到庄生梦蝶，写到杜鹃啼血，写到沧海月明，写到蓝田日暖。一句一典，每一个典故都透露出才情无法施展的悲苦。这不就是李商隐自己吗？更有甚者，说这是首爱国之作。李商隐是想为朝廷做些事情，但也仅此而已。还是明代王世贞坦诚痛快。他在《艺苑卮言》中说："然不解则涉无谓，既解则意味都尽，以此知诗之难也。"什么意思呢？不去解释也就那样了，如果解释可能就没有意思了。唉，太难了。

一首诗能有如此多元化的解释，这固然是李商隐的骄傲，但又何尝不是悲哀？我更相信这是李商隐给自己设置的面纱。有了这层面纱，李商隐就可化身李义山，把真实的自己隐藏在背后。他的苦就如喝进心里的酒，有多少化作汗水，有多少化作泪水，有多少化作心血，连他自己都不明白，难道还奢望别人明白吗？他少时清苦，勤于读书，更是一位"码字先锋"。但他绝不甘于此。大和三年（829年），李商隐结识了诗坛领袖白居易，并受礼部尚书令狐楚赏识。开成二年（837年），李商隐进士及第，时年24岁。美好的前程似乎已经唾手可得，却因婚姻一事无端陷入"牛李党争"。更可悲的是，他从来没有获得过任何一党的认可，一生都在夹缝中求生存，终生也只是做过"校书郎"和"县尉"这样不入流的小官。

心高气傲的李商隐能怪谁呢？怪妻子？他不能！怪自己？他不愿！只能怪那些小人。"鸾皇期一举，燕雀不相饶。"他控诉那些小人，尽管这丝毫无法减轻他的苦楚。他的妻子也陷入深深的自责，自觉有愧于李商隐，终在唐宣宗大中五年（851年），撒手人寰。此时李商隐已近40岁。中年丧妻，诚可哀哉！此诗写于妻子王氏去世后的第6年，也就是公元857年。他本可以有远大的前程，却满腔苦楚无处诉说。也许可以假设，如果他没有娶王氏又该如何？但是当看到他写给王氏的那些深情的诗作，我又实在不忍心做这样的假设。李商隐也从来没有后悔过与王氏的结合。这首诗就是明证。

"美好的年华，总会过去，让人怀念。我也曾经痴迷权贵，也曾经妄想报效朝廷。现在总算明白了，这一切不过是虚幻，这红尘来去亦不过一场梦。什么才是真实的呢？就是与你共度的那些日子。我从来没有怨过你。我真正后悔的就是没有认真把握相聚的时光。"

"'沧海月明珠有泪，蓝田日暖玉生烟'，这是我们的诺言。剩下的时光，我将守着我们的诺言，直到回到你的身边。"

什么情人锦瑟，什么自伤，什么爱国，通通不是。这就是首挽歌——是李商隐写给自己的挽歌。谁能比自己更懂自己？与其让别人写，不如自己写。至于后人，管他呢，懂的人自然会懂，不懂的说再多也不会懂。一年之后，即妻子王氏离世7年之后，唐宣宗大中末年（858年），李商隐在郑州病故，年仅46岁。

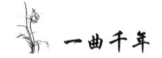

（三）李商隐的快乐时光

我们总要找个地方把我们的灵魂安放。屈原选择了汨罗江，如此决绝，非一般人可为之。陶渊明躲进了桃花源，有酒有菊，人生足矣。尽管蜀中房价不菲，杜甫还是弄了两间草堂。在浣花溪畔，饱餐风霜的杜老夫子还是吟出了"泥融飞燕子，沙暖睡鸳鸯"这样难得温柔的诗句。

李商隐呢？他的桃花源、他的草堂又在哪里？童年时的李商隐是清贫的。他10岁丧父，姐妹众多，又身为长子，这境况能好到哪里去？我想他的第一段快乐时光应该是从24岁那年开始的。唐文宗开成二年（837年），李商隐进士及第。次年，李商隐迎娶泾原节度使王茂元的女儿王氏，结婚成家。唐文宗开成四年（839年），李商隐顺利通过授官考试，出任秘书省校书郎，不久调任弘农（今河南灵宝）县尉。金榜题名，洞房花烛，升职加薪，人生美事，莫过于此。李商隐进士及第后的心情如何，由于资料匮乏，我们不得而知。而与他并称的杜牧，在进士及第后曾道："东都放榜未花开，三十三人走马回。秦地少年多酿酒，已将春色入关来。"心情之畅快，意气之风发，可见一斑。所谓指点江山，不外如是。

"君问归期未有期，巴山夜雨涨秋池。何当共剪西窗烛，却话巴山夜雨时。"这首充满情调的《夜雨寄北》是旅居蜀地的李商隐写给妻子的回信。此时他们虽已结婚多年，但感情如初，无论是在唐朝还是在今日，这都难能可贵。

美好的日子竟然如此不堪一击。从唐文宗开成五年（840年）到唐宣宗大中五年（851年），短短的11年间，李商隐不仅仕途坎坷，母亲、妻子还相继舍他而去。尤其是妻子的去世，更是让李商隐备受打击。他曾写道："秋霖腹疾俱难遣，万里西风夜正长。"这已经是哀鸣，哪里还有快乐可言？但生活还得继续。唐宣宗大中五年秋天，受西川节度使柳仲郢邀请，李商隐赴四川任职。唐宣宗大中九年（855年），他随柳回京，任盐铁推官。品阶虽低，但待遇甚好。在这六七年的时间里，李商隐尽管忍受着母亲、妻子离去的悲痛，但过得还算安稳。他早年曾经学道，此时为排遣心中抑郁，又开始学佛。道也好，佛也好，只不过求解脱耳。

李商隐心中尽管仍有"恨"与"情"，但更多的是对妻子的思念。不久，李商隐于郑州病故，他的灵魂终于找到了安放之所——终老故里。

（四）后记

李商隐，晚唐著名诗人，字义山，号玉豁（溪）生，又号樊南生，原籍怀州河内（今河南沁阳），祖辈迁荥阳（今河南荥阳市）。李商隐，善骈文，与杜牧并称"小李杜"，与温庭筠合成"温李"。他的诗构思新奇，风格秾丽，在李白、杜甫的基础上将唐诗推向新的高峰。白居易曾对其言："希望我在死后能够投胎当你的儿子。"可见李商隐在诗坛地位之高。

"岂到白头长只尔，嵩阳松雪有心期。"择一城而终老，得一人而白首，人生足矣。是为记。

罗隐的锋芒

罗隐，隐得住满腔酸楚，隐不住一身锋芒。

"采得百花成蜜后，为谁辛苦为谁甜？"罗隐当自己是蜜蜂，世人却当他为马蜂，更给他戴了顶"毒舌"的帽子。所谓毒舌，不过是他以心作弦，化诗为箭，射穿不公，刺透虚伪，如此而已。

他内心是有一把火的，这把火隐藏在他那张卡西莫多似的丑脸下，在他浓烈的诗句里熊熊燃烧。

"劝君不用分明语，语得分明出转难。"罗隐啊罗隐，或许你不知道，千百年来，说真话都最难。

（一）十上不第

唐文宗大和七年（833年），罗隐生于江南杭州官宦之家。同年，李漼生于神都西安帝王之家。

唐宣宗大中十三年（859年）初，罗隐入都应试，不第。同年八月，李漼即帝位，为唐懿宗。

君臣有如此大的渊源，风云际会间，如果能成就千古佳话，那足够后世大大书上一笔的。可罗隐偏偏没有考中。不仅如此，他连续考了7年，结果都是一样，不中！但罗隐还是充分发挥了"科举虐我千百遍，我待科举如初恋"的不服输精神，又坚持考了几年，无奈还是不中。"十二三年就试期"的诗句绝不仅仅是自嘲，更是无奈。"十上不第"，呵呵，这种典故，流传千古啊。

是科举考试太难吗？唐朝时，考进士的确不是件容易的事情。孟郊54岁考中，激动得大喊"春风得意马蹄疾，一日看尽长安花"。但科举似乎也不是一件很难的事情。陈子昂考了两三次，就考中了。王勃16岁时就幽素科及第。王维更厉害了，随便一考就是状元。所谓货比货得扔，人比人得死。但考场素来无情，才子词人，白衣卿相，盖自伤也。

陈子昂、王维这些前辈能中，秦韬玉、于武陵这些同辈也能中，为什么罗隐考不中？是他的才华不够吗？唐才子众多，如果非要排个名次，罗隐可能连前二十名都无法入选。但是如果把晚唐或者唐末那段比较混乱的历史单列出来，罗隐足可以入围三甲，甚至独占鳌头。在唐末诗坛，罗隐可谓一枝独秀。

秦韬玉仅凭借"苦恨年年压金线，为他人作嫁衣裳"就风流一时，而罗隐的"采得百花成蜜后，为谁辛苦为谁甜"一点儿不遑多让。甚至在意境上，窃以为秦诗仍处于"有我"之境，而罗诗已达"无我"之境，更胜一筹。

"今朝有酒今朝醉，明日愁来明日愁。"罗隐的这句诗很多人都以为是李白之作。如果将此诗与李白的名句"抽刀断水水更流，举杯消愁愁更愁"或"呼儿将出换美酒，与尔同销万古愁"等相较来看，罗诗虽然略显直白，但那股精神、那股豪气、那股劲儿却是不遑多让。

"国计已推肝胆许，家财不为子孙谋。"读这样的诗句，我们很难想象是出自千年前的罗隐之手。这三观就算放在如今也还是正气得很，在当时更显难得可贵。

除了诗外，罗隐的讽刺小品文更是独步古今。时人所谓"谗书虽盛一名休"的《谗书》即为罗隐所著，该书在小品文方面成就很高。鲁迅先生在《小品文的危机》中曾称赞该书"正是一塌糊涂的泥塘里的光彩和锋芒"，也对罗隐的才华进行了充分肯定。

他只是考不中而已，与才华无关，也许真是"时来天地皆同力，运去英雄不自由"吧。

（二）云英未嫁

"陌上人如玉，公子世无双。"这是古人对才子的标准描述。但我们却很难将"风流倜傥"这样的话语与罗隐联系起来。不客气地说，罗隐

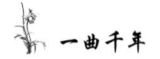

很丑。他若不是才华出众，又勉强算是官二代，那他就是现代社会中典型的"矮矬穷"了。

　　罗隐究竟有多丑呢？当朝宰相郑畋比较欣赏罗隐的才华，对他自然也高看一眼。在郑宰相的影响下，他的千金竟然喜欢上了罗隐，准确地说是暗恋。这场无端的暗恋，本该成就一段佳话。在这位大门不出、二门不迈的郑小姐眼里，罗隐罗公子那就是才华横溢、玉树临风、风度翩翩、温柔多情之人。在通讯不便的时代，郑小姐只能尽可能多地收集罗公子的诗，日夜诵读，以解相思，但始终无缘相见。知女莫如父，女大不中留。郑畋知道了女儿的心思后，就想顺水推舟招罗隐为婿，以便促成这段姻缘。于是，一日，郑宰相就约罗隐到府中做客。郑小姐便娇羞地躲在帘后窥视。都说一见杨过误终身，可这位郑小姐却恰恰相反。看到了罗公子的长相后，郑小姐的小心脏真是受不了——太丑了！完全与她幻想的如意郎君是两个人！所谓"叶公好龙"，此后郑小姐连罗隐的诗都不稀罕读了。如果罗隐知道事情真相，以他的毒舌本性，真不知道会写出啥样的诗来怼这位郑小姐。罗隐对自己昔日情人云英还留下一个褒贬不一的成语——云英未嫁，还真是不负"毒舌"之号。

　　情人啊？谁没有过呢？如果现在她站在我们面前，我们是一笑而过，还是一句"好久不见"，抑或是擦肩而过，默看她静静离去？相忘于江湖，相忘于江湖。只是江湖的风浪太大，随时都会将我们淹没。罗隐似乎从来没有这么想过。当他与云英分别12年后再次重逢，尚未功成名就的罗大公子面对尚未嫁作人妇的云英，这样写道：

　　　　钟陵醉别十余春，重见云英掌上身。
　　　　我未成名卿未嫁，可能俱是不如人。

　　12年前，罗隐科场失意，于穷困潦倒之际在钟陵县得遇歌妓云英。此时云英正值二八年华，才色双绝，对罗隐更是一见倾心（就此一点，云英姑娘就胜过郑家小姐不少）。才子佳人，幽期佳会，吾辈心向往之！12年后，罗隐仍旧科场失意，又一次路过钟陵县，也许冥冥之中自有定数——他又遇到了云英。此时的云英，虽然也还婀娜多姿，但仍寄身风尘。

她以为，以他的才华，早就应该功成名就。

他以为，以她的美貌，早就应该嫁入豪门。

可惜——

她惊讶于他的布衣之身。

他诧异于她的风尘之道。

两个大大的问号和感叹号，让我们不得不感叹生活有时候比电影更有喜感。为什么会这样呢？哎，可能是我们真的都不如别人吧！一点儿自嘲，一点儿自伤，一点儿无奈，一点儿怀疑，一点儿委屈，还有两行热泪，一腔酸楚……

我们努力地拼搏，与自己较劲儿，与命运剑拔弩张，可为什么还是过着不如他人的生活？难道幸福真的只是奢望，真的注定与我们无缘？我不信！

罗隐也不信，他的幸福虽然来得晚，但终归还是来了。而云英呢？人老珠黄门冷落，"老大嫁作商人妇"，大抵如此。那位郑小姐呢？谁在乎呢？如果不是她曾经暗恋罗隐，估计史册上连这么一点点记载都不会留下。生命本来就是不公平的！

（三）落第才子

落第不可怕，很多人都曾落第过，但也一样能做官，一样能名留青史。落第后抱怨也不可怕，很多人都曾抱怨过，包括罗隐，但抱怨之后还不是老老实实地继续努力学习、努力考试？

但也有人不怕落第，落第反而激起了自己更高的志向，比如黄巢。

> 待到秋来九月八，我花开后百花杀。
> 冲天香阵透长安，满城尽带黄金甲。

写完这首诗，黄巢就扔掉"四书""五经"，转身拾起《孙子兵法》，顺势揭竿而起。唐僖宗李儇乾符二年，即公元875年（唐懿宗李漼于公元

201

873年去世后，他的儿子李儇继承皇位，史称唐僖宗，改元乾符），时年55岁的黄巢召集众人响应王仙芝，举起大旗，正式向这个不录取自己的朝廷宣战。

  罗隐此时正在长安过着优哉游哉的座上宾生活。42岁的罗隐尽管屡试不第，但才华却是实打实的。凭借真材实料，罗隐深受达官贵人如当朝宰相郑畋等人的赏识，可谓豪门夜宴，日日笙歌。这座上宾的生活也多少消解了落第的苦恼。但这一切都在黄巢举起大旗的那一刻戛然而止。

  同是天涯沦落人，相逢何必要相杀？我们无法得知罗隐心里会怎么问候黄巢，但以他一贯的毒舌本性，肯定不会有什么好话。但无论如何，罗隐都不得不离开长安，一路流浪到池州，最终在池州刺史窦潏的资助下，避居九华山，直到8年后（883年）黄巢起义渐渐平息之际，他才离开池州。在此期间，他寄身佛学，这可能也是他在乱世中唯一能做的。

  离开池州之际，罗隐留下了《别池阳所居》一诗。

> 黄尘初起此留连，火耨刀耕六七年。
> 雨夜老农伤水旱，雪晴渔父共舟船。
> 已悲世乱身须去，肯愧途危迹屡迁。
> 却是九华山有意，列行相送到江边。

  一句"已悲世乱身须去，肯愧途危迹屡迁"，道尽心酸。一年之后的六月十五日，即唐僖宗中和四年或黄巢金统五年（884年），黄巢兵败，在狼虎谷被杀。风雨飘摇的大唐王朝总算保住了，为此唐僖宗改元"光启"。光启三年（887年），罗隐在吴越王钱镠处安定下来。自此，55岁的罗隐开始了幸福的晚年生活。

  生活有时候是有些荒谬的。罗隐和黄巢，两个原本不相干的人，一个人却硬生生地被另一个人拖着走了很长一段时光。对于命运的安排，似乎除了默默接受，真的无能为力，等待不可知的未来。

（四）大罗金仙

世人视罗隐为神仙，而且是大罗金仙，他的《两同书》更是一部经典的道家神仙著作。既然是神仙，那当然要降妖除魔了，罗隐的《广陵妖乱志》更被后世信徒认为是其亲身经历（也有说此书为唐廷诲所著）。

其实妖不就是人吗？贪婪成性者，草菅人命者，以权谋私者，指鹿为马者，陷害忠良者，虽有人形也说人言，但其心早已经入魔，皆妖也！神仙一说固然荒诞，但至少说明罗隐还是做了些好事的，不然他也成不了人们口中的仙。毕竟人这一辈子，还是要留下些什么的，不消说供后世凭吊，也是需留给子孙一些念想的。在我看来，一部《白氏长庆集》是抵不过一座白堤的。

罗隐是敢于向世俗不良之气宣战的。在《谗书》中有一篇《题神羊图》的文章。

"上古尧舜时代有神羊，触角是直的，还可以明辨是非。但后人在画羊时却将羊角的形状画成弯弯的，并以为这样才是神羊。"

"哼！尧舜时代的羊和今天的羊有什么区别？！只不过那时候的羊纯朴憨厚，现在的羊贪婪狠毒罢了。所以，羊角还是那个羊角，只是世人的心堕落了！"

罗隐是真心地同情底层人民，他敢用他的笔为他们呐喊。

> 尽道丰年瑞，丰年事若何？
> 长安有贫者，为瑞不宜多！

这是罗隐笔下的《雪》。长安城里的贵族们当然希望冬天多下雪，那样不仅仅是好兆头，更可以借此吟诗作对。但是长安城里的贫苦者呢？这些无家可归的人，在雪天怎么办？这瑞雪还是不要太多才好！朱门酒肉臭，路有冻死骨。我相信这一刻罗隐在精神上与杜甫是相通的，因为他们的心都是赤诚的。

罗隐是勇于仗义执言的。他勇于用他的笔为弱小者喊冤。

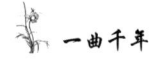

家国兴亡自有时，吴人何苦怨西施。
西施若解倾吴国，越国亡来又是谁？

在这首名为《西施》的诗中，罗隐就毫不客气地指出，自己的国家灭亡了，要找自己的毛病，不能把屎盆子扣到一个小女子头上。千百年来，世人多怨美人误国，岂不知误国者君上也！罗隐这首诗，甚是解气。

三千年后知谁在，是啊，别说三千年，就算三年，也是如此。但只要你做了好事，做了有益于社会、有益于人民的事情，人民就会把你捧上神坛，让你化作大罗金仙，祭奠你，想念你。

都江堰在，白堤在，苏堤在，岳阳楼在……总有些东西是可以不朽的。

（五）后记

读罗隐的诗时，我常常想起卡西莫多，或者读《巴黎圣母院》时，我也会不自觉地想起罗隐。

他面相丑陋，但内心光明。

并不是所有人都能拥有潘安、宋玉般的容颜，但所有人都可以选择罗隐式的内心。这些人才是我们社会的良心。他们用自己心中的火，为世人增添了一丝温情。

我是相信好人有好报的。

公元910年，罗隐去世，终年78岁。人生七十古来稀，罗隐也成了有唐一代比较长寿的诗人。而此时已经是五代后梁开平四年，曾经叱咤风云的大唐帝国已经灭亡了3年，贞观之治，开元盛世，都烟消云散了。

所怀今已矣，何必恨东流。

我们是可以选择做个好人的，就像罗隐。

末世书生

（一）烟花三月别扬州

　　唐咸通十二年（871年），春夏之交，淮左名都，竹西佳处，有一个男子淡然地立在岸边。

　　他的袍子，大概是反复洗过的缘故，已经泛白，但还算干净；他的脸，大概是经历颇多，已经有些沧桑，但仍算年轻。

　　他站在江岸边，从江上吹来的风，很是不安分地掀起他的长袍，猎猎作响。只是这声响显得特别小，淹没在波浪声中，连他自己都听不见。杨花在他周围飞舞，大部分都飞到江里，附在水面，随波逐流，最终的归宿，也许是大海，也许是鱼腹。有一些杨花飞到他的脸上，他的眉头皱得更紧了，但他也只得耐着性子时不时地用手擦拭。

　　他叫郑谷，是进京赶考的书生。尽管此时挖下唐帝国坟墓第一锹土的庞勋起义已经过去两年多了，但他仍惊魂甫定。

　　扬子江上，一叶叶扁舟在浪尖出没，有些小船说不定下一刻就真的会被风浪吞噬，消失不见。

　　"郑兄！"听到有人喊他，郑谷忙收回心神，转过身，却见一个书生模样的年轻人不知何时已经来到他的身后。他微微一笑，脸上的沧桑也顿时减少了几分。这可能就是朋友的温情之效吧。

　　他们给了彼此一个拥抱，然后就沿着江边慢慢地走，慢慢地走。到渡口的路并不长，远没有一生那么长，他们却想走出一生的感觉，走到太阳变成了夕阳，斜斜地染红了波浪。

　　"海内存知己，天涯若比邻。"他们应该读过的。

　　"沉舟侧畔千帆过，病树前头万木春。"他们应该也一定说过。

朋友的船还是融入了那一叶叶扁舟之中。风正一帆悬，是啊，风平浪静才好。

此时笛声响起，悠悠的，幽幽的，是谁为谁而奏？一夜征人尽望乡，也是这样的笛声吗？

郑谷站在岸边凝望，"孤帆远影碧空尽，唯见长江天际流"。郑谷的眼泪没有绷住，流了下来，滴在风里，吹在江里，随着朋友的船去到天涯海角。

从渡口到客栈的路也不长，但已经足够他吟出一首诗来。

> 扬子江头杨柳春，杨花愁杀渡江人。
> 数声风笛离亭晚，君向潇湘我向秦。

你去潇湘，我向长安。长安啊，那个让自己伤心的地方，自己又要回去了。

也许这一次应该是最后一次了——

畅游曲江池，题名大雁塔，难道我郑谷就没有那个命吗？

（二）粉黛临窗懒，蝴蝶宿深枝

郑谷暂时的确没有那个命。尽管如此，他的小日子过得应该还不错。司空图口中的"一代风骚主"在前半生把大部分精力用在了吟风弄月上面。

陶渊明爱菊，"采菊东篱下，悠然见南山"；白居易爱牡丹，"明朝风起应吹尽，夜惜衰红把火看"。但这些人更多的是闲情逸致之作，唯独郑谷不是。他非常爱小动物、小植物。竹子、柳树、莲花、燕子等等，当然还有为他赢得雅号的鹧鸪。他的诗更有一股童话的意味，宛如一个童话世界，根本看不到时代的动乱与悲苦。这真是唐代诗坛一道独特的风景。欧阳修在幼时就曾经背诵过不少郑谷的诗，但无奈后来"小甜甜"变成了"牛夫人"，欧阳修对郑谷的评价也由"极有意思"变成了"格调不高"，且几成定论。

其实，做一个天真的诗人不是挺好吗？不是所有的人都要做杜甫的，尽管后来郑谷无意中把自己活成了杜甫。

> 春风用意匀颜色，销得携觞与赋诗。
> 秾丽最宜新著雨，娇饶全在欲开时。
> 莫愁粉黛临窗懒，梁广丹青点笔迟。
> 朝醉暮吟看不足，羡他蝴蝶宿深枝。

苏轼曾论王维之诗，"诗中有画，画中有诗"。郑谷的这首《海棠》无疑也是可以归入此类的。

春风新雨后，海棠娇艳欲滴。一个"懒"字，尤其传神。这海棠，就像一个慵懒的美人，临窗而立。那神韵，那风情，画不出的。还有蝴蝶，在海棠里双宿双飞。

我有时更相信这是一首爱情诗，是写给他的情人的。春季雨后的清晨，郑谷站在窗前，窗外的海棠正含苞待放，屋中的情人正慵懒卧床。妙笔生花，艳而不俗。

> 宜烟宜雨又宜风，拂水藏村复间松。
> 移得萧骚从远寺，洗来疏净见前峰。
> 侵阶藓拆春芽迸，绕径莎微夏荫浓。
> 无赖杏花多意绪，数枝穿翠好相容。

郑谷的这首《竹》很有生命力。无论世间的哪个角落，它们都可以生根发芽。山间，它们硬过石头；村里，它们遍地开花；庙宇，它们萧瑟清静；园林，它们曲径通幽。它们无意苦争春，甘心做绿叶。其实，人生又何尝不是如此？逆境、顺境，挺过去，也许就柳暗花明又一村了。百花争艳，不过一季春，而竹子却是四季常绿的。

世人都喜欢他笔下的鹧鸪，我却独爱他这首《雁》。

> 八月悲风九月霜，蓼花红淡苇条黄。

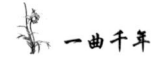

石头城下波摇影，星子湾西云间行。
惊散渔家吹短笛，失群征戍锁残阳。
故乡闻尔亦惆怅，何况扁舟非故乡。

但一个远行归家的人，在秋天看见孤雁南飞，听到阵阵哀鸣，他心里的酸楚恐怕不亚于那位渔家。

诗中有一个"戍"字，特别值得人深思。郑谷生活的年代战乱不断，再加上各种水灾、蝗灾，百姓流离失所，饿殍遍野。唐王朝随时都可能大厦将倾，烟消云散。这孤雁何尝不是代指无家可归的百姓。雁为秋风所困，人呢？战争与天灾远比秋风更可怕。末世人不如雁，雁还能去南方躲一躲寒冬，而人却只能苦苦地等着不知道什么样的未来。

扁舟非故乡，哪里还有什么故乡？诗人站在船头南望，望极天涯不见家！

末世雁，有南方。末世人，无家归。

（三）人到中年事事悲

郑谷最终还是考上了进士，但这已经是唐光启三年（887年）的事情了，与扬子江畔的杨花不经意间已经分别了16年，此时的郑谷也早过了而立之年。

原本以为这次可以安定下来，可惜长安城里仍然兵戎相见。唐僖宗，这位钟爱马球与斗鸡的皇帝，在奔波与荒淫中度过了他颇为荒唐且短暂的一生，但他总算是死在了长安。他死之后，他的弟弟李晔继位，为唐昭宗。

唐昭宗景福二年（893年），郑谷终于步入仕途。此时他已过不惑之年，标准的中年人，但也总算在长安安定下来。

中年人是最怕过春节的。自己年长了一岁，父母老了一岁。一切都是不可阻挡的，所有的恋恋不舍或豪情壮志都会在中年之后消磨殆尽，而不得不接受命运的摆布。

> 漠漠秦云淡淡天，新年景象入中年。
> 情多最恨花无语，愁破方知酒有权。
> 苔色满墙寻故第，雨声一夜忆春田。
> 衰迟自喜添诗学，更把前题改数联。

春节前夕，郑谷写了这首《中年》。他想的最多的是什么呢？是老家的宅子和土地。这种对家的依恋在年月的增长中最为明显。尽管唐昭宗是有大志的，尽管郑谷也是有大志的，但他已经40多岁了，唐帝国也已经摇摇欲坠、病入膏肓，根本不是一两个人就能改变的。

不如归去，可能这就是郑谷在新年之际的心愿。

愁破方知酒有权。人到中年，就算无愁，也是需要时不时地喝上一两杯的。何况忧愁如此，酒已经无法消解了。

> 强健宦途何足谓，入微章句更难论。
> 谁知野性真天性，不扣权门扣道门。
> 窥砚晚莺临砌树，迸阶春笋隔篱根。
> 朝回何处消长日，紫阁峰南有旧村。

这首《自遣》也应是郑谷寓居长安时所作。他对于仕途已经是无所谓的态度，甚至开始信道。或许多多少少有些自嘲的意味，但诗人对"叶落归根"的感知却越来越深刻。如果说在《中年》时，郑谷还只是想家，而现在他却是想着回家归隐了。

事实上也的确如此。公元903年，朱全忠引兵杀入长安，郑谷见李唐王朝回天乏术，气数已尽，就毅然南归，回到家乡宜春，过上了隐居的生活。

（四）乱世诗书不值钱

郑谷所处的唐王朝早已经千疮百孔、摇摇欲坠。自裘甫、庞勋等拉开唐王朝末世的序幕以来，黄巢、秦宗权等人也相继揭竿而起，再加上李唐皇权内乱,事实上从公元850年开始,大唐帝国就进入了危在旦夕的状态。水灾与蝗灾更是雪上加霜,而百姓就是处于这样的水深火热之中。小皇帝一个接一个,打马球、斗鸡、沉迷女色,样样精通。但治理国政,还是算了吧。权贵者,更是醉生梦死,尤其是那些宦官,何曾顾惜过百姓,不过是有一天就享乐一天罢了。

在唐僖宗逃亡蜀地时,郑谷是跟着的。百姓的死活他是看在眼里的,作为一名热血书生,他虽然无能为力,但写写诗还是可以的。他毅然拿起自己的笔,记录百姓的生死,让他们的生命显得更有价值一些。

> 荆州未解围,小县结茅茨。
> 强对官人笑,甘为野鹤欺。
> 江春铺网阔,市晚鬻蔬迟。
> 子美犹如此,翻然不敢悲。

诗中的"子美"就是杜甫,这一刻郑谷就是杜甫。江里的鱼,吃光了;地里的野菜,吃光了,日子还能怎么过?希望,有希望吗?

> 传闻殊不定,銮辂几时还。
> 俗易无常性,江清见老颜。
> 夜船归草市,春步上茶山。
> 寨将来相问,儿童竞启关。

这哪里有希望?"儿童竞启关",为什么?因为大人早死光了!

长安之外如此,长安城内也是如此。回到长安之后,郑谷去探访亲戚,沿途所见,让他"悲凉不可言"。"访邻多指冢,问路半移原。"他想找个问路的,但是遍地荒坟,哪里还有什么人家?"苦涩诗盈箧,荒唐酒满尊。"好在他要拜访的人还在,但是也只能以诗煮酒了。战争留下的创伤,还隐约可见。"远霭笼樵响,微烟起烧痕。"痕迹,战争的痕迹,留在房梁上,刻在人心里。

杜甫说"家书抵万金",郑谷的感觉也是一样的。在《久不得张乔消息》一诗中，他写道："天末去程孤，沿淮复向吴。乱离何处甚，安稳到家无？树尽云垂野，樯稀月满湖。伤心绕村落，应少旧耕夫。"可惜他是看不到家书的，只能默默地去想、去猜。

生活在和平年代的人，比如我们，是无法理解这样的情感的。我们只能祈求和平，祈求永远和平。如果和平祈求不来，那我们就要勇敢地站起来，捍卫我们拥有和平的权利，为了我们的后人，我们也必须站起来。

乱世人命不如狗，乱世诗书不值钱。虽说乱世出英雄，可我宁可不要这样的英雄！

（五）云台犹闻鹧鸪声

唐哀帝天祐元年（904年）秋，江西宜春城外来了位老人。他两鬓斑白，风尘仆仆，一身沧桑。

站在家乡的土地上，郑谷老泪纵横。"我回来了！"已经诗名满天下的郑谷哭着跪拜在地。与其他落叶归根、功成名就的书生一样，他摇身一变，成了教书先生，在自己的读书堂中边读书边教孩子。一切又回到了他天真的诗作中，此前种种犹如"黄粱一梦"。

郑谷能躲在老家读书、教书，但是唐帝国却躲不过去，也无处可躲。公元907年，被唐僖宗赐名"朱全忠"的朱温逼迫唐哀帝禅让于他，代唐称帝，改国号为梁，改元开平，史称后梁。至此，近300年的大唐帝国画上了句号。

当朱温称帝的消息传到江西宜春时，郑谷也已经给自己选定好了坟墓。他是不可能不追随李唐的。长安没有了，他所依靠的还有回忆。死，其实并不可怕。世人谁不知终有一死。他郑谷死也是为唐而死。

公元910年，在罗隐去世后不久，郑谷去世。大唐诗坛，我们的唐诗，唐帝国最后的一抹余晖也消散了。尽管不够壮美，尽管甚为凄凉，但已经足够让我们骄傲。

唐诗是不死的，诗人是不死的。郑谷的灵魂化作了一只鹧鸪，吟唱至今。

暖戏烟芜锦翼齐，品流应得近山鸡。
雨昏青草湖边过，花落黄陵庙里啼。
游子乍闻征袖湿，佳人才唱翠眉低。
相呼相应湘江阔，苦竹丛深日向西。

就在此时，窗外忽然传来了一两声鸟鸣，是鹧鸪吗？或许是吧。我相信是的！

你听见了吗，郑谷？你的鹧鸪在叫你呢。

不死项羽

（一）项羽：生死一念之间，争论延续千年

中国人讲究盖棺定论，无论生前如何，一旦死去，也应该得到些许的尊重与安宁。可项羽从来没有安宁过。从他在乌江亭边横刀自刎的那一刻起，这位生前威名赫赫的西楚霸王，就陷入了无穷无尽的"口水仗"之中，以至于两千多年之后的今日，依然有人为他争论不休。

争论的焦点只有一个：如果他渡过乌江，能不能卷土重来？

有人认为项羽不应该自刎，而应该卧薪尝胆，知耻后勇，卷土重来。主张这一观点的代表性人物是杜牧。杜牧是唐代著名诗人，咏史诗尤为出色，有"东风不与周郎便，铜雀春深锁二乔""旧时王谢堂前燕，飞入寻常百姓家"等名句传世。他在游览乌江时，有感于项羽之事，作《题乌江亭》一诗。

> 胜败兵家事不期，包羞忍耻是男儿。
> 江东子弟多才俊，卷土重来未可知。

杜牧在青少年时就研读《孙子兵法》，更曾上书朝廷，出谋划策。所以，在诗中他以军事家的角度说道，胜败乃兵家常事，不用太过于介怀，而真正的男子汉更是要有足够的容忍与知耻而后勇之心。他这么说不是没有道理。战国时期的大军事家孙膑双腿残废后也不曾放弃，与项羽同时期的大将军韩信更是曾经忍受胯下之辱。因此杜牧感叹，江东还有很多青年才俊，你（项羽）本就是依靠江东八百子弟起兵的，如果重新回到江东，卧薪尝胆，休养生息，来日卷土重来，也不是没有可能。

有人认为即使项羽渡过乌江,想卷土重来也是不可能的。这种观点与杜牧等人所持观点是截然相反的。持这种观点的代表性人物是宋代政治家王安石,就是被革命导师列宁评为"中国十一世纪改革家"的那位拗相公。王安石不仅在政治上成就斐然,在文学上也很有建树,与韩愈、苏轼等人齐名。

王安石在游览乌江时,看见了杜牧的题诗,嗤之以鼻,随即写了一首诗,予以还击。这首诗就是《叠题乌江亭》,意思就是压在杜牧的诗上。

百战疲劳壮士哀,中原一败势难回。
江东子弟今虽在,肯与君王卷土来?

王安石毕竟是杰出的政治家,一下子就找准了关键:士兵的精神状态和当时的军事政治形势。连年征战,将士们早已经疲惫不堪了,他们心里对战争的承受能力已经到了崩溃的边缘。战争的主动权也已经不在项羽这边了,失去了中原等战略要地,战争的局势很难再挽回。于是王安石的结论来了:就算江东子弟还在,他们是否还愿意与你(项羽)再次出征?"天下苦秦久矣",恐怕没有谁还愿意继续打仗,尤其在刘邦已经统一天下、逐渐安定的局势之下。

除了上述两种针锋相对的观点,还有一种观点独树一帜,他们认为项羽不过江东,正是英雄气概的体现——宁为玉碎,不为瓦全,死也要死得慷慨激昂。这种观点的代表人物是李清照。李清照是两宋之际的大词人,是婉约派的宗师,有"此情无计可消除。才下眉头,却上心头""知否,知否,应是绿肥红瘦"等佳句流传。

她在《夏日绝句》一诗中写道:"生当作人杰,死亦为鬼雄。至今思项羽,不肯过江东。"一个弱女子竟然也能写出如此慷慨的诗歌,真是巾帼不让须眉。在李清照看来,人活着自然要有一番作为,就算死也不能太窝囊,要堂堂正正。所以,她认为项羽就算战死,也绝对不能灰溜溜地回到江东苟且偷生。如果把这首诗放在金兵南侵之时,那就更具现实意义了。

现在看来，项羽在乌江亭边，死还是不死，都挺难的。正如莎士比亚所说的："To be or not to be, that is the question!"（此处采用朱生豪先生翻译）

（二）自刎的项羽：一个人的故事，一众人的狂欢

项羽是死了的。尽管他的尸体被他人分割后拿去换功名利禄，但这一切的痛苦都是由后人帮他承受的。他已经死了，无所谓全尸不全尸了。

至于虞姬，他终于能与她生死相依了。

甚至这个女子是否真的存在都是问题。我更相信这是太史公或者后人因对项羽的怜悯而想象出来的人物。这也符合英雄配美女的文化传统。

我们都希望大英雄身边有这么一位温柔可人的美人，她是英雄的港湾，也是英雄的点缀，最后的死亡更是英雄氛围的渲染。试想，如果没有虞姬，那西楚霸王的死岂不是太无趣了些？被敌人一直追，一直追，追到乌江边，上天无路入地无门，最后不得不抹脖子。哎，这也太可怜了！

这可是西楚霸王，曾经横扫天下的一代战神，怎么可以落得如此窝囊的下场？若果真如此，刘邦都不会太过于兴奋。项羽越英雄，刘邦就越有底气。

怎么办？那就给历史添点儿料吧。

垓下，风萧萧，杀声震天。

只是这杀声是汉军传出的，是来追杀他项羽的。

项羽环顾四周，众将士已经疲惫不堪，别说战斗了，就是风一吹，都可能随时倒下。

他的发髻已经凌乱，在风中飘散。

还有虞姬的红色裙摆。

"啊——"项羽仰天长啸。

虞姬梨花带雨，但眼神却充满坚定。

"项王，让妾身再为你歌一曲吧！"虞姬说罢，便在帐前翩翩起舞。一时间，红衫飘飘，宛若天女下凡。

项羽见状，也大声歌曰："力拔山兮气盖世，时不利兮骓不逝。骓不

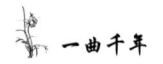

逝兮可奈何，虞兮虞兮奈若何？"

曲终人散，虞姬倒在了项羽怀中。鲜血比衣服还要红、还要耀眼。但这萧萧疾风，并没有一丝怜悯。只有逼近的战鼓声为这个可怜的女子送行。

……

项羽看了一眼跟随自己征战多年的江东子弟——他知道这是最后一眼了。

夕阳如血，漫天的血。

他也忽然感到一丝疲惫——他已经大闹一场，现在他需要悄然而去。

于是，他走进乌江亭——

虞姬死了，项羽死了，而且是以如此悲壮的方式。刘邦高兴了，天下人都高兴了。

项羽用一个人的死亡，成全了天下人的狂欢。

霸王别姬，多好的故事，多美的传说，就算乌江水干涸了，故事还在，传说还在。

（三）渡江的项羽：卷土重来，黄粱美梦

历史没有假设，但我还是想假设项羽渡过了乌江。

项羽渡过了乌江，又能怎么样呢？带领江东子弟卷土重来？呵呵，这不过是杜牧等人的一厢情愿。事实上，已经不可能。

主观上，项羽身上有两个弱点，注定他会功败垂成。

项羽太迷信武力，且嗜杀。他出身于军事世家，迷信武力还情有可原，但是嗜杀呢？那就是骨子里的问题了。打仗没有不死人的，但所有的生命都值得尊重，尤其是志在天下的人更应该珍惜每一个人的生命。而项羽呢？他根本就是视人命为草芥。公元前206年，他坑杀秦军降卒20余万。自古以来，杀降都是兵家大忌，但是他仅仅因为担心秦军降卒会捣乱，就毫不犹豫地举起屠刀，实在残忍。20万的兵力啊，就这么坑杀了。同年，他攻占咸阳后，选择了屠城。与此相比，刘邦的"约法三章"不知道要仁慈多少倍！

项羽刚愎自用，且不守信。像他这般依仗武力称霸天下的人，刚愎自用似乎也没有什么好奇怪的。但想要统治天下，又怎么可以一意孤行？鸿门宴上放走刘邦就是他刚愎自用的典型表现，却还以仁义道德为借口，其实不过是妇人之仁罢了。后来更是弃用范增，导致军中谋士纷纷离去，陈平更是直接投奔了刘邦。这种自毁长城的做法，不失败才怪。至于他不守信的故事，更是多了。他背弃"先入咸阳为王"的约定，又暗中设计杀害义帝，为天下所忌。我们常说"人无信而不立"，项羽一步步把自己逼上了独夫之路。

客观上，一是天下大势已经发生了根本性改变，已经不具备再次起兵的条件。项羽之所以起兵成功，并且能迅速称霸天下，不过是借了"天下苦秦久矣"的东风，沾了楚国贵族的光，当然也有他个人的魅力与努力的因素在。需要指出的是，经过这么多年的征战，天下人（包括士兵）对战争的忍耐已经达到了极限。他们现在需要的是和平，是安稳地过日子，而不是继续征战。再看看此时的汉军，刘邦废除秦国苛政，约法三章，已经开始推行休养生息的政策。得民心则得天下，"唯恐刘邦将来不为秦王"这句足以说明此时民心已经偏向刘邦。

二是江东也不具备支撑项羽再次起兵的物资基础。项羽失败的一个重要原因就是战争所需的物资供应不上。他占领土地似乎只是为了占领，根本没有治理和恢复生产的意识。以战养战，作为临时性的策略还可以，长期如此，资源就会枯竭，失败则不可避免。或许项羽只有纯粹的军事思维，他脑子里只有刀剑，没有人民。就算此次再回到江东，而江东才多大地方？如果能知错，如果能改正，也最多是割据一方，这还得看刘邦的眼色讨活。所谓"卧榻之侧岂容他人鼾睡"。届时，割据一方恐怕都是项羽的一厢情愿，最终不过是让江东子弟再经历一场战争罢了。

卷土重来，呵呵，"纸上谈兵"尚可，事实上已无可能。

（四）后记：项羽不死

于乌江畔，死，有尊严地死是项羽最好的出路。

我们不可想象项羽被押上刑场，我们不可想象项羽战死在其他战将之手，我们更不可想象项羽死在无名小卒的乱刀之下——他不可以那么死。

他是英雄，是大英雄，是"力拔山兮气盖世"的大英雄，是中国历史上唯一的霸王，所以他"生当作人杰，死亦为鬼雄"。有尊严地死，并不是每个英雄都能做到的。项羽做到了，或许这是他唯一还能为自己所做的事。把那个圆圈画完整，然后把所有的事情留给后世。

"夫秦失其政，陈涉首难，豪杰蜂起，相与并争，不可胜数。然羽非有尺寸，乘势，起陇亩之中，三年，遂将五诸侯灭秦，分裂天下，而封王侯，政由羽出，号为'霸王'。位虽不终，近古以来未尝有也。"

太史公的这段话，每每读来，总能感到项羽绝世的英雄气概撼动苍穹。虽然时光已经过去两千多年，但他的风采依然令人神往。

项羽不死！是为记。

建安离殇记

天下才有一石，曹子建独占八斗。

曹子建即曹植，是可以与李白、苏轼并列的旷古奇才。但才子多轻狂。李白是"天子呼来不上船"，苏轼是"老夫聊发少年狂"，曹植倒不需要用这样的激烈方式彰显自己，因为他本身就是"月没参横，北斗阑干"的主儿，是"同天地之规量兮，齐日月之辉光"的料儿。但他老爹曹操好像并不喜欢这一套。对于这类所谓的"狂人"，曹操的做法倒也简单：杀了就是！

建安二十二年（217），在曹操外出期间，曹植竟然耍起了酒疯——他借着酒性，驾着曹操的专车，打开司马门，在曹操专属的道路上纵情驰骋。此等"坑爹"的行为，就算在今日也会被口诛笔伐。但他毕竟不是杨修，不是祢衡，不是孔融，曹操的屠刀终究不能砍到自己的儿子头上。曹植保住了头颅，政治生命却画上了句号。同年十月，曹操立曹丕为世子，曹植的忧伤人生自此开始。

那年的冬天，邺城连降大雪，格外寒冷。曹植的心无疑也如冰窖一般，但相比与他同时代的才子们——广陵陈琳、山阳王粲、北海徐干、汝南应玚、东平刘桢等人，他无疑幸运许多。他毕竟等来了来年的春天，而他们却永远留在了那个寒冷的冬天。

时年冬，北方瘟疫，亡者无数。来年曹丕在与吴质的书信中写道："亲故多离其灾，徐、陈、应、刘，一时俱逝。"

建安二十二年，建安风骨，风去，骨存。

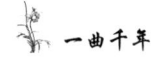

（一）放逐：曹植的余生

公元 217 年之后，曹植只剩"余生"。

有些余生，是大彻大悟后的回归。如韦应物，"安史之乱"爆发后，他幡然醒悟。原先种种的顽劣与不堪，竟然是如此的可笑，实在浪费上天的造化，于是有了后来的"韦苏州"。王维也是如此。战乱结束后他决然地从庙堂走向山林，选择了"明月松间照，清泉石上流"的生活。什么才是真的，什么才值得我们耗费宝贵的生命去追求？这可以没有标准，但不能没有答案。

有些余生，却是自我放逐后的沉沦。曹植即是如此。失去世子的竞争机会后，他更加放浪形骸，沉溺于酒杯。公元 219 年，曹仁为关羽所困，曹操命曹植前去营救。这本是他打翻身仗的好机会，可惜他却喝得酩酊大醉，不能领命。或许，此刻的曹植已经心如死灰。而此时千里之外的蜀地，有一个十来岁的男孩子，他正梦想着有朝一日能跟着丞相一统天下。但多年之后他还是坦然地接受了命运的安排，只不过他比曹植快乐许多，因为他叫阿斗，乐不思蜀的阿斗。

接受命运的安排甚至被命运打败，我并不觉得是什么可耻的事情，毕竟我们皆凡人。能抗争命运的，或是祖逖、岳飞式的英雄，或是黄巢、李自成式的枭雄。对于我们这些凡人来说，老婆孩子热炕头的生活已经足够。如果一定要把凡人都变成英雄，无论对个人还是时代，都可能是一场悲剧。

读书人自有读书人的骄傲，即使被放逐，也会挺起胸膛，何况曹植本来就有一颗高贵的头颅。公元 220 年，曹丕废权自立，曹植穿汉服哭丧。对于此等叛逆之举，曹丕举起了屠刀，屠杀了曹植至交丁仪的满门，然后把他赶出了京城。曹植这位被遗弃的王子，开始了流浪的余生。

在一首题为《野田黄雀行》的诗中，他这么描写自己的孤独和无助，"高树多悲风，海水扬其波。利剑不在掌，结友何须多"。这种心情屈原也有过，诚如他在《九章·哀郢》中写的，"心婵媛而伤怀兮，眇不知其所蹠""心不怡之长久兮，忧与愁其相接"。大抵天下愁情皆一致，只是换了江水与风声。

想必屈原的《湘夫人》曹植是读过的，对于那样神奇的艳遇，他也一定幻想过。公元 222 年，31 岁的曹植见到了自己的"湘夫人"，他称之为"洛神"。

"……睹一丽人，于岩之畔……翩若惊鸿，婉若游龙……髣髴兮若轻云之蔽月，飘飖兮若流风之回雪……"

1800 年后，当我们再读这些文字，仍然会被他的描绘所震撼——这该是怎样的美丽与风情?! 这可能比"绝代有佳人，幽居在空谷"更引人遐想。

"……余情悦其淑美兮，心振荡而不怡。无良媒以接欢兮，托微波而通辞……"

或许，我们可以说这不过是这位落魄王子的幻境，但无论如何他都给后世留下了一段美丽的传说。

公元 232 年冬，曹植在忧郁中离世。想必那年的冬天也是格外寒冷，一如公元 217 年。

"春暖花开"原来是句祝福。

（二）驴鸣：王粲的春天

阜长莺飞二月天。

公元 217 年的春天不知道是否也是这般样子。但在那个动荡的年代里，想必也没有人会在意哪些花儿先开，哪些花儿凋零。至少曹操不会在意，他想的是"周公吐哺，天下归心"。

公元 216 年，曹操南征孙权，王粲随行。此次征战，曹操损失惨重。《三国志》记载："军士大疫。（司马）朗躬巡视，致医药，遇疾卒。"次年二月，北归途中，"（王粲）道病卒"，时年 40 岁。在这场发生在军中的瘟疫中，史册上有名有姓的死难者毕竟只是少数，多数死难者不过是个数字，甚至连个数字都算不上。诚如鲁迅先生说的，历史"正如煤的形成，当时用大量的木材，结果却只是一小块"。

对于那个时代，王粲，这位被誉为"建安七子之首"的大才子，曾经写道："出门无所见，白骨蔽平原。路有饥妇人，抱子弃草间。"更可悲的是，面对此等惨状，王粲也只能"喟然伤心肝"而无能为力。这种无力感，在杜甫的诗中常能感觉到："存者无消息，死者为尘泥……久行见空巷，日瘦气惨凄。"或许一个真正的诗人是不屑于赞美他的时代的，他更冀望站在时代的对立面，发出卑微的怒吼！

《登楼赋》是王粲最有名的作品，这一点儿也与杜甫很像。同样是秋天，同样是长江，杜甫拖着病躯，面对悠悠江水，发出了"无边落木萧萧下，不尽长江滚滚来"的感慨。王粲呢？这位于杜甫之前的先行者，在长江边，也是长歌当哭。

"……览斯宇之所处兮，实显敞而寡仇。挟清漳之通浦兮，倚曲沮之长洲……"

"……遭纷浊而迁逝兮，漫逾纪以迄今。情眷眷而怀归兮，孰忧思之可任？凭轩槛以遥望兮，向北风而开襟……"

情可由境而生，但境从来都不是情的藩篱。王粲的怀才不遇之感，在滔滔江水中奔涌而出，以至于今日我们都能触摸到文字间那股深沉的家国之情。

寂寂江山摇落处，怜君何事到天涯？

公元208年，王粲归顺曹操。在曹操身边，王粲找到了他的春天。他在《从军诗》一诗中写道："所从神且武，焉得久劳师。相公征关右，赫怒震天威。"或许每个读书人心中都深藏着一粒策马沙场的种子，一旦春风化雨，这粒种子就会迸发出无穷的生命力。王粲如此，后世的陈子昂、高适、范仲淹、王阳明等人也无不如此。

"宁为百夫长，胜作一书生！"在生命的最后一刻，王粲还是在军营中。读书人向来看淡生死，尤其是对于死得其所的事情，更是不会吝惜自己的生命。

江南的二月应该草长莺飞，但北方的春天要到三月甚至四月才会有些韵味，可惜王粲已经看不到了。

公元217年二月，王粲，在那年的春天来临之前，凋零。

王粲特别喜欢听驴叫，于是世子曹丕在其墓前率众人学起了驴叫。唉，古人的情谊真不是我们这些人能够理解的，却真诚得让人向往。

（三）隐者：徐干的爱情

发生在军中的瘟疫应该蔓延的很广，身处穷巷的徐干也没能逃脱。建安二十二年（217）的二月，徐干染疾而卒。

徐干，字伟长，山东寿光人。史载，他"轻官忽禄，不耽世荣"，又说他"潜身穷巷，颐志保真"，虽"并日而食"，但也"不以为戚"。这种不过多地追求物质，听从内心感受，坚持过自己日子的生活方式倒是很有现代范儿，准确地说，应该是很潇洒的了。或许吧，只有他这种独立的范儿，才能写出那种"损世之有余，益俗之不足"的《中论》之文。

相对于这些鸿篇大论，我更感兴趣的是他关于"爱情"的诗。在建安诸子中，徐干对女性或者说对感情的关注应该是最深的。

他曾经给妻子写过一首诗，这在中国古代诗歌史上也并不多见。在这首题为《清河见挽船士新婚与妻别作》的诗中，徐干先是感慨与妻子离别的苦楚，诗云"与君结新婚，宿昔当别离。凉风动秋草，蟋蟀鸣相随"，有些"寒蝉凄切"的意境。在诗的结尾，徐干写出了他对妻子的承诺，"岁月无穷极，会合安可知。愿为双黄鹄，比翼戏清池"。无论在哪个时代，这样的爱情都是值得赞叹的，都是让人羡慕的！

徐干还有一首题为《室思》的诗。诗中，他化身闺中女子，诉说对丈夫的思念。"自君之出矣，明镜暗不治"，夫君不在家，自己连梳妆都懒得去做了；"思君如流水，何有穷已时"，自己对丈夫的思念犹如这流水，无穷无尽。这样的意境在后来的诗词中被反复应用，无论是李煜的"人生长恨水长东"，还是柳永的"唯有长江水，无语东流"，似乎都能从徐干的这首诗中找到蛛丝马迹。

在题为《情诗》的诗中，徐干更是把他心中的爱情表述得淋漓尽致。"君行殊不返，我饰为谁容""绮罗失常色，金翠暗无精""嘉肴既忘御，旨酒亦常停"。我们很难想象这些诗句是出自公元200年左右的三国时代。在那个杀伐不断、战乱不绝的时代，哪里会容许如此美好的爱情？但徐干却给我们留下了遐想的空间。

我不喜欢给诗词加持太多的装饰品。我们就那么读那些文字，不是很好吗？

"重新而忘故，君子所尤讥。"徐干，果然是一位干干净净、伟岸的男子！

（四）鹰扬：陈琳的气度

公元200年，袁绍讨伐曹操，陈琳作《为袁绍檄豫州文》，把曹操连同他的祖宗三代都骂了个遍。相传此时曹操正苦于头风，卧病在床，可读罢陈琳的文章，不由得惊出了一身冷汗，猛然坐起，头也不疼了。这情形大抵与武则天读了骆宾王的那篇檄文后差不多，原来好文章不但可以下酒，还可以治病。

这篇文章也让曹操惦记上了陈琳。公元204年，陈琳归顺，曹操得偿所愿。自此到公元217年病故，陈琳一直在曹操军中效力，曹操的军国书文也多出自他和阮瑀之手。对于他，曹操尤为器重；对于他的文章，曹操也常常"不能为之增减一字"，称他为"曹营第一支笔"恐亦不为过。

长期的军中生活，让陈琳的文章平添一股豪放的气度，犹如军中鼓手。在骂曹操的檄文中，他写道："书到，荆州便勒见兵，与建忠将军协同声势。州郡各整戎马，罗落境界，举师扬威，并匡社稷，则非常之功，于是乎著。"字里行间的摧枯拉朽之势，力透纸背，最后再来一句"其得操首者，封五千户侯，赏钱五千万"，也难怪曹操为之惊叹了。

在一篇题为《神武赋》的文章中，陈琳很是捧了一把曹操的臭脚，赋曰："旆既轶乎白狼，殿未出乎卢龙。威凌天地，势括十冲。单鼓未伐，虏已溃崩。"呵呵，如果曹军果真如此威猛，恐怕也没有孙权、刘备啥事了，但陈琳笔力之雄健、笔锋之坚韧，现在读之，仍感震撼。

对于陈琳的气度，曹植用了"鹰扬"这个词来形容。唐代温庭筠在路过陈琳墓时也赞道："词客有灵应识我，霸才无主独怜君。"鹰扬和霸才，这或许是对陈琳最好的褒奖。

所谓建安风骨，如果只有骨头，没有风情，那就有些太硌手了。陈琳的风情不是曹植、徐干般的儿女情长，而是心怀天下苍生。在《饮马长城窟行》一诗中，他写道："生男慎莫举，生女哺用脯。君独不见长城下，死人骸骨相撑拄。"怎么才能结束这一切？那就是天下一统！

从书中能读出自己的人，已经不多；从书中能读出天下的人，更是少之又少。然而，在那个时代，在那个动乱不堪的时代，曹操读出了天下，诸葛亮读出了天下，陈琳也读出了天下。

（五）后记：不会缺席的春天

与王粲、徐干、陈琳同为"建安七子"的刘桢和应场也没能在那场瘟疫中幸免。公元217年的那个冬天，真的有些阴冷，至今想起它仍让人不自觉地瑟瑟发抖。

但他们还是在历史上铭刻下了属于他们的骄傲——建安风骨。但这风骨绝对不只是他们几个人的，而是属于那个时代的，是属于那个时代每一个人的。所谓慷慨悲凉，不过是悲剧过多；所谓雄健深沉，不过是忧思过深。

其实，我宁愿舒心地看行云流水，也不愿多写一个悲壮的文字。

公元217年，司徒王朗添了个女儿，取名王元姬。这个女孩子长大后嫁给了一个叫司马昭的人，生了个儿子叫司马炎。约50年后，司马炎代魏称帝，建立晋朝，史称晋武帝；再15年，天下大治，人间小康，曰"太康盛世"。

公元217年，在建安才子的离殇中也孕育了人世的希望。希望始终是美好的。百年后，世上再无建安，人间已是春色。

春天，的确不会缺席，永远不会。是为记。

魏晋时期的自由和癫狂

山林终究不是归宿，只不过是画地为牢。

阮籍，或者说以他为代表的"竹林七贤"，在山林里徘徊了许久，最终还是不得不走出来。

人总是要活着，无论是平淡还是疯狂。

当然，他们也可以选择如嵇康一般死去。但死亡这种一辈子只能一次的事情，无论谁都需要细细思量。

他们的父辈如阮瑀等人心里还有一个天下，但他们早已经是天下的弃子。

生或者死，放逐或者疯狂，都不过是配合当权者上演的一场大戏而已。

是的，戏子！痛饮狂歌，裸奔，长啸……是演给自己也是演给他人的一场戏。

当大戏落幕，一切归于平淡时，就像阮籍的后人也会选择悠闲的生活，继承他们阮氏家族的音乐天赋，发扬他们阮氏家族的狂饮传统，做一个乱世的良民。

这就是魏晋——一个动乱的时代，一个生命无处安放而精神也无处安放的时代。

（一）阮瑀：张良遗风，谋定天下

> 离绝以来，于今三年，无一日而忘前好。亦犹姻媾之义，恩情已深；违异之恨，中间尚浅也。孤怀此心，君岂同哉？每览古今所由改趣，因缘侵辱，或起瑕衅，心念意危，用成大变。若韩信伤心

于失楚,彭宠积望于无异,卢绾嫌畏于已隙,英布忧迫于情漏,此事之缘也。孤与将军,恩如骨肉,割授江南,不属本州,岂若淮阴捐旧之恨?

这篇《为曹公作书与孙权》是阮瑀代曹操写给孙权的战斗檄文,有警告有劝告,张弛有度,为千古名文。

阮瑀师从蔡邕,名气甚大。对于志在"周公吐哺,天下归心"的曹操来说,眼皮子底下有如此人物,怎会轻易放过?但凡有才华的人多多少少都有点儿性格,阮瑀自然也不例外。他多次拒绝曹操的召见,甚至还躲进了大山里。

躲山里就安稳了吗?迂腐!曹操只用一把火,一把远没有赤壁之战那么大的火,就让阮瑀乖乖地缴械投降了。他或许也是被曹操的诚意打动了。

阮瑀做了曹操的司空军谋祭酒官,其实就是谋士兼秘书。曹操又从袁绍那里搞来了陈琳,此后曹营的文书基本上都被阮瑀和陈琳二人包办操持了。

阮瑀才思敏捷,辞彩华章,一挥而就。史载:"太祖尝使瑀作书与韩遂,时太祖适近出,瑀随从,因于马上具草,书成呈之。太祖揽笔欲有所定,而竟不能增损。"

当时的"建安七子"中,王粲先归附于刘表,陈琳先辅佐袁绍,后皆投靠曹操;阮瑀、徐干、应玚、刘桢一直深受曹操及曹丕父子的器重;孔融是个例外,坚持效忠于汉室。此外,郭嘉、荀彧效忠于曹操,诸葛亮、庞统受命于刘备,鲁肃、张昭辅佐孙权,天下最优秀的读书人都不约而同地选择了谋士这个职业。

中国历史上从来没有哪一个时代能像三国时期一样,读书人纷纷出世,择选明主,谋定天下。古人曰,修身治国齐家平天下,诚斯言也。

这种风气是有传统的。汉初,张良"运筹帷幄,决胜千里",为大汉江山立下了不世功勋,为后世读书人树立了典范。大汉立国之后,晁错、杨雄、司马相如、贾谊等人无不是以书生身份,指点江山,辅弼朝政。

再上溯到战国时代,商鞅、李悝、孙膑、吴起、苏秦、张仪等人更是凭

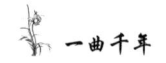

借胸中所学，将天下大事玩弄于股掌之中。

谁不想成为"张良"呢？大风起兮云飞扬！

（二）阮籍：明哲保身，苟活于林

阮籍是阮瑀的儿子，生于公元210年，卒于公元263年。在50余年的生命中，他用惊世的才华和疯狂的举动给后世留下了诸多遐想。

阮籍生活在曹魏与司马氏水火不容的时代。所谓"司马昭之心，路人皆知"，何况聪明如阮籍。他自诩"少年学击剑，妙伎过曲城"，但眼前却是尔虞我诈、波诡云谲的乱局。在冰冷冷的刀剑面前，笔与纸，脆弱不堪。

他能怎么办？

鲁迅先生曾经写道："当我沉默着的时候，我觉得充实；我将开口，同时感到空虚。"阮籍大概就是如此，他不能说话，只能痛哭长啸。

相传，阮籍会驾着马车四处跑，没有方向，跑到哪里算哪里。然后马停了，他就停下来，怆然道："时无英雄，使竖子成名！"然后就是长啸，无休止地长啸。

但他也得活着，活着就得合作，与权力合作。先是在公元242年，他被迫出任曹魏集团中蒋济的掾属；公元247年，任曹爽的参军；公元249年，司马懿杀掉曹爽，阮籍又被迫出任司马懿的从事中郎……

像他这样被迫当官的人，"竹林七贤"中不乏其人，比如刘伶，比如向秀。当然，也有不合作的，比如嵇康！对于这样的不合作者，司马氏倒也简单，"引刀成一快"嘛。

夸谈快愤懑，情慵发烦心。
西北登不周。东南望邓林。
旷野弥九州，崇山抗高岑。
一餐度万世，千岁再浮沈。
谁云玉石同，泪下不可禁。

魏晋时期的自由和癫狂

阮籍的痛苦与无奈都融化在他的《咏怀》诗中。他开始选择逃避，宁愿做一个酒鬼，宁愿做一个疯子。

司马昭想和阮籍结为姻亲，阮籍焉能不知道他的用意，于是他选择了酒，将自己彻底灌醉，而且一直醉下去。整整60天，他就在烂醉如泥中度过，根本不给提亲人任何机会。最终司马昭无奈道："这个醉鬼，算了，算了。"

刘伶更是以酒闻名。他常常坐着鹿车，带一壶酒，使人扛着锹跟着，说："如果我醉死了就把我埋了。"我们常说醉生梦死，刘伶则道："我以天地为栋宇，屋室为裈衣，诸君何为入我裈中？"

如果做酒鬼还不够，那就做疯子。阮籍在为母守丧期间，酒照喝、肉照吃，对于"不孝"的指责，他更是无视。阮籍的侄子阮咸，也是"竹林七贤"之一，他曾与猪对饮，在猪圈中大醉。刘伶更厉害，听说朝廷的使者来了，就大喝一场，裸奔而出。

他们还有最后一招——消极对抗。阮籍自请步兵校尉一职，虽是军职，却无实权，还处于司马氏的监控之下，实乃苟活的美差事；嵇康死后，向秀一头扎进了庄子里，完全不理政事；王戎选择在司徒的位置上终老。

日出而作，日落而息，谁不想岁月悠悠？

但有时候，不行的，由不得，由不得！

曹魏表面上尊重知识分子，实际上杀起人从来不手软。孔融、杨修等人先后成为刀下之鬼。在杀人或者杀读书人方面，司马氏比曹魏更是有过之而无不及，潘岳、陆机、张华都被诛杀三族，还有嵇康。

嵇康在《与山巨源绝交书》中写道："吾昔读书，得并介之人，或谓无之，今乃信其真有耳。性有所不堪，真不可强。今空语同知有达人无所不堪，外不殊俗，而内不失正，与一世同其波流，而悔吝不生耳。"

他不愿意做山涛，他不愿意被他人污染了精神，还大呼"痛快"！

嵇康死了，阮籍、阮咸、向秀、王戎、刘伶这群惊弓之鸟，只能疯疯癫癫地苟活于人世。

时无英雄，使竖子成名！

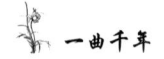

（三）阮孚：所谓名士，偏执伴狂

阮咸有两个儿子，一个叫阮瞻，一个阮孚。

阮瞻如阮瑀，"性清虚寡欲，自得于怀。读书不甚研求，而默识其要，遇理而辩，辞不足而旨有余"。陶渊明应该是学他的，好读书而不求甚解，虽逢乱世，也能安身立命。

阮孚如阮咸和阮籍，偏执伴狂。

阮孚喜欢喝酒，但喝酒需要钱，怎么办呢？晋明帝赏赐的金貂被他拿去换了酒。"诗仙"李白曾道"五花马，千金裘，呼儿将出换美酒"，大概也源于此事。为了喝酒，他的口袋里总会备上一两枚铜钱。人家问他为什么，他说："但有一钱看囊，恐其羞涩。"

阮孚还有个癖好，就是收集木屐。史载，"祖约（祖逖的弟弟）少好财，阮遥集好屐，并常自经营，同是一累，而未判其得失。有诣祖，见料视财物。客至，并当不尽，余两小簏以置背后，倾身障之，意未能平。或有诣阮，正见自蜡屐，因叹曰：'未知一生当着几纳屐？'神甚闲畅。于是胜负始分也"。

祖约爱财尚知道背人，阮孚爱木屐人都不背，其专注可见一斑。后来晋明帝去世之时，问臣下谁可以收留他的宠姬宋祎，众人低头不敢言，阮孚却坦然应之。

其实，没有理想未必是一件坏事。就像东晋当权者，偏安一隅，在司马炎"太康之治"的庇护下，过着自己的小日子。前秦苻坚倒是胸怀大志，最终却被谢安收拾得服服帖帖，落得个亡国的下场！

阮孚他们这些读书人就在小朝廷的羽翼下逍遥快活。

他们也想学前辈不入仕，比如阮孚一开始是回绝了司马越的，谢安也是后来在谢氏家族有了危险才入仕。

他们也学前辈归隐，比如陶渊明。

但他们唯一学的像前辈的地方是喝酒。据传王羲之的《兰亭集序》不就是喝酒喝出来的吗？

今朝有酒今朝醉，明日愁来明日愁。

所谓风花雪月，不过是三杯两盏淡酒！所以啊，无论什么世道，只要一杯小酒尚在，人生就有乐趣。

（四）酒：不醉不狂，无酒不欢

> 对酒当歌，人生几何！譬如朝露，去日苦多。
> 慨当以慷，忧思难忘。何以解忧？唯有杜康。

曹操一曲《短歌行》和一句"天下英雄唯使君与操耳"的感叹翻开了魏晋的"酒"时代。

人生怎可无酒？刘伶有一篇《酒德颂》，曰："有大人先生者，以天地为一朝，万期为须臾，日月为扃牖，八荒为庭衢。行无辙迹，居无室庐，幕天席地，纵意所如。止则操卮执觚，动则挈榼提壶，唯酒是务，焉知其余？"

人生不过是一场大醉，酒醒之后，重新来过就是。

无酒何以解忧？阮籍在《大人先生歌》中写道："天地解兮六合开，星辰陨兮日月颓，我腾而上将何怀？"与其这般思量，不如一醉方休。

无酒何以伴狂？刘伶喝醉了才敢裸奔，阮籍喝醉了才能长啸，阮咸喝醉了才与猪狂饮。李太白也只是喝醉的时候才敢让高力士为自己脱靴子，高呼"但愿长醉不复醒"。所谓癫狂，酒疯耳。

无酒何以抒怀？嵇康去世后，向秀饮酒作《思旧赋》。"竹林七贤"中，他本谨言慎行，但也抵挡不住酒的诱惑而一吐心声。

> 昔李斯之受罪兮，叹黄犬而长吟。
> 悼嵇生之永辞兮，顾日影而弹琴。
> 托运遇于领会兮，寄余命于寸阴。
> 听鸣笛之慷慨兮，妙声绝而复寻。
> 停驾言其将迈兮，遂援翰而写心。

王羲之也是在微醺之际才写出了天下第一行书——《兰亭集序》。陶

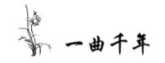

渊明更是把酒当做生活的必需品，无酒不欢，其《饮酒一诗》表露心迹。

> 秋菊有佳色，裛露掇其英。
> 泛此忘忧物，远我遗世情。
> 一觞虽独尽，杯尽壶自倾。
> 日入群动息，归鸟趋林鸣。
> 啸傲东轩下，聊复得此生。

无酒，哎，活着还有什么意思？

（五）音乐：颓废中的呐喊

贯穿曹魏和两晋的是酒与音乐。如果酒是肉体的麻醉，那音乐就是精神的放逐。

阮瑀的老师蔡邕是位音乐大家。据传，他在听客人弹琴时，忽然惊呼："琴声中有杀气！"原来是弹琴的人看见一只螳螂正要扑向鸣蝉，蝉将飞未飞。这场景触动了弹琴者的恻隐之心，引发琴声中的杀机。虽然只是一瞬间，但还是被蔡邕捕捉到了。

名师出高徒，阮瑀的音乐造诣自然不低。阮瑀曾多次拒绝曹操征召，曹操心有不忿，就想找机会挫挫他的锐气。有一次，曹操故意把阮瑀安排在乐队之中，想让他也当一次南郭先生。谁承想阮瑀和弦而高歌，曰："奕奕天门开，大魏应期运。青盖巡九州，在东西人怨。士为知己死，女为悦者容。恩义苟敷畅，他人焉能乱。"

这一曲造就了他们阮氏家族两百年的尊荣。

阮籍是阮瑀的儿子，在音乐上更是青出于蓝，他所代表的"正始之音"是魏晋时期音乐的灵魂，堪称一代宗师。

阮籍和嵇康都喜欢弹琴。自俞伯牙与钟子期开始，这琴就成为圣洁高贵的象征。唐朝刘长卿曾感叹道："古调虽自爱，今人多不弹。"嵇康弹的是《广陵散》，阮籍弹的是《咏怀》。

> 夜中不能寐，起坐弹鸣琴。薄帷鉴明月，清风吹我襟。
> 孤鸿号外野，翔鸟鸣北林。徘徊将何见？忧思独伤心。

这很有"冠盖满京华，斯人独憔悴"的感觉。

阮籍弹琴时常夹带长啸，声声不息。如果累了，就此睡去，或许醉去。

在音乐方面，阮咸的成就也是非常大的。阮咸精通音律，善弹琵琶，现在还有一种类似于琵琶的乐器就叫"阮咸"，可见其在音乐方面影响之深远。唐朝诗人李商隐曾经赞道："仲容铜琵琶，项直声凄凄。"可惜与《广陵散》一般，早已成绝响。

同一时期，向秀喜欢吹笛子，刘伶喜欢痛饮狂歌……

魏晋交替时期社会动乱，他们连明天是否能活着都不确定，更别说谋定天下了。朝不保夕的日子加剧了他们内心的危机感和幻灭感。他们真实的渴望只能在音乐中神龙一现。

音乐成为他们发泄情绪的渠道。既然肉体不能解脱，那就让精神放逐，给灵魂以自由。

其实，周边的世界并没有改变太多。不幸的是现在已经没有了竹林，没有了音乐，在钢筋混凝土的丛林里，冷冰冰的，甚至灵魂都已经成了奢侈品。

我钦佩他们的勇气，因为，我，始终是个妥协者。

像一个小人，是的，小人。

（六）后记：1700 多年前的死和生

民不惧死，奈何以死惧之？

嵇康是不怕死的。

公元 263 年，司马昭下令将嵇康处死。临刑前，他把儿子嵇绍托付给了山涛。这很让人意外。因为他与山涛早就绝交了——《与山巨源绝交书》，墨迹未干。

"巨源在，汝不孤！"嵇康留下这 6 个字，安然赴死。

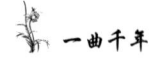

为什么不是阮籍？为什么不是向秀？

刑场边，太学生哀号一片。

刑场上，嵇康在琴前正襟危坐，《广陵散》悠悠，从他纤细的指尖传出。

曲毕，嵇康把琴放下，毫不伤感，唯叹惋："袁孝尼尝请学此散，吾靳固不与，《广陵散》于今绝矣！"

言罢，嵇康从容引首就戮，年仅39岁。嵇康死后，山涛视嵇绍如己出，将其抚养成才，终不负所托。

历史如同翻书一般，不经意间就过去了1700多年。有时候，我常幻想能闯一趟曹营，访一次竹林，听上一曲《广陵散》。

死和生，本来就是循环。是为记。

红颜逝水

（一）知己：可遇不可求

公元400年，临近中秋，长江上秋风渐紧，秋意渐浓。无边落木萧萧而下，滚滚长江无语东流。

金陵（今江苏南京），现在还是叫建康更为合适。昔日商旅络绎不绝，游人如织，琴瑟歌声缭绕的金陵城，如今虽然已是佳节将至，却透露着一股慌乱，弥漫着伤感甚至死亡的气息。

信奉五斗米道的孙恩和他的信徒已经兵临扈渎垒下，对准了金陵。

袁崧还在喝酒，从太守府到城东南的雨花台，他一直在喝。不喝酒怎么打仗？孙恩那个邪魔歪道，还能把他这个孔门子弟如何？正所谓"子不语怪力乱神"！

雨花台外，一处荒冢，杂草横生。

袁崧就卧在杂草中间——城里人早就习惯了他们太守的疯狂之举。或许太守越是如此，他们才越觉得心安。

袁崧早就抱定了与金陵城共存亡的决心。

喝醉了，就唱歌，大声地唱歌。放浪形骸，不就是如此吗？人生苦短，行路多艰，无论王公贵族还是贩夫走卒，无论大家闺秀还是风尘女子，最终还不是跟自己身下这荒冢一般，都化作泥土？

"宋祎，你说是不是？"他高声问道。

宋祎？宋祎是谁？那荒冢的残碑上还隐隐约约能看出"宋祎"两个字。

难道这是她的葬身之所？

袁崧哈哈大笑——孙恩，你都打了老子一个多月了，老子还不是酒照喝、歌照唱?!

　　风声呼啸而去,从长江岸到长江里;落叶急速追下,从长江岸到长江里。

　　袁崧扔掉酒壶,放声高唱——

> 璇闺玉墀上椒阁,文窗绣户垂罗幕。
> 中有一人字金兰,被服纤罗采芳藿。
> 春燕差池风散梅,开帏对景弄禽爵。
> 含歌揽涕恒抱愁,人生几时得为乐。
> 宁作野中之双凫,不愿云间之别鹤。

　　歌罢,袁崧颤颤巍巍地站起身,摇晃着走下荒冢。可刚走几步,他就忍不住停下来,回头,荒冢依旧萧瑟;再走几步,再回头,恍惚间有美女巧笑倩兮;继续走,继续望,直到再也看不到,成为永别!

　　公元401年,孙恩攻破扈渎垒,袁崧战死。

　　那一次痛饮狂歌成为他与宋祎的诀别诗。那个中秋节,那轮冷月,一照扈渎垒上的铠甲,一照雨花台上的荒冢。

　　都是寂寞——宋祎葬在这里已经好多年了,袁崧陪了她多年,以后她有的是时间品尝寂寞。

　　毕竟,知己终究是可遇不可求。

(二) 相逢：人生若只如初见

　　洛阳,金谷园,流水幽幽草自春。

　　潘安和杨容姬总是最惹眼的一对,也是最令人羡慕的一对。他们两人的手似乎从来没有分开过。左思就比较安静了,只是喝闷酒,连他身后的丫鬟都不敢正眼看他。

　　绿珠安静地站在石崇身后——只有石崇让她跳舞的时候她才去跳舞。女为悦己者容,这一点儿她是知道的。现在石崇在笑盈盈地喝酒,不经意间拂过她手指的暖意,如同春风一般温柔。

有黄莺在枝头欢快地叫着——

石崇蹙眉，眉宇间凭空多出一道天堑。

绿珠凝眉，风情汇聚成一道潺潺溪流。

但绿珠身后的小女孩却甚是害怕，脑门子上的汗珠子都渗了出来。

绿珠大概是发现了小女孩的紧张，有意无意地送过去一丝微笑。这多少让小女孩安心了些。

此时，仆人匆匆赶来，在石崇耳边轻声说了些什么，却见石崇撇了撇嘴，站起身来，看起来有些不情愿。就在石崇起身之后，只见两位衣冠锦绣的贵公子联袂而来。见他们进来，潘安、左思等人忙过来迎接。石崇连走几步，朗声大笑道："茂弘兄，处仲兄，今天怎么迟到了？按潘兄的规矩，可是要罚酒三杯哦！"

"茂弘"是王导的字，"处仲"是王敦的字，他们是堂兄弟，都是琅琊王氏的后起之秀。

王敦淡淡道："喝酒嘛，我今天就免了。"说罢就找了个位置往下一坐，宛如入定。

王导笑着拱手向石崇等人还礼，然后才在王敦旁边坐下。

"哼！"石崇心道："喝不喝，恐怕由不得你！"

王敦刚坐下，就有歌姬端着酒杯前来。王敦皱眉，视若无睹，一言不发。

石崇一看，心里甚是不快，却悠然道："看来处仲兄是不喜欢那位歌姬啊？！"

他话音刚落，那位歌姬的神情忽然一惊，似乎想起了什么极为可怕的事情——劝酒斩美人，这是石崇的规矩。只是这规矩已经多年不用，也渐渐地被人淡忘了。

石崇甚是随意地挥了挥手，侍卫们立即上前，把那个歌姬拉去斩了。

绿珠身后的小女孩犹如惊恐的小鹿，不由自主地往绿珠身边靠拢。

又一位歌姬颤颤巍巍地端着酒杯走了过来。王敦还是一言不发，连眼睛都未眨一下。那个歌姬直接跪了下来，可惜，她面前的是王敦。

"哼"！石崇冷哼一声，又挥了挥手。

杨容姬已经躲到了潘安的身后，左思心里也忍不住叹息。但这是石

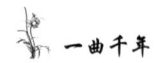

崇的地盘，谁敢说话？

又有歌姬端着酒杯来了，但王敦依旧无视。

"喝杯酒嘛，干吗不喝？"走出金谷园，王导问道。

"他自己的人，他想杀，随便！干我何事？"王敦平静地说道。

那个人，好凶，好凶！

从此，躲在绿珠身后的小女孩每次知道王敦过来，都会假装生病——她怕自己也会被叫去给他敬酒。

她叫宋祎，绿珠的养女，那一年8岁。

（三）祭奠：城楼上，你的头颅高悬

秦淮河里，夜色弥漫，游船悠悠，王敦坐在游船里饮酒。

船头有一女子，手持玉笛——金谷园中的小姑娘已经出落得闭月羞花。当然，她也有了另一个身份——王敦的小妾。

宋祎看得出，王敦有心事，不然他不会一个人喝酒。

许久，王敦又饮了一杯，才缓缓道："吹支曲子吧。"

月亮渐高，夜色渐浓，河上的游船也就他们这一条了。

宋祎横笛。杏花疏影里，吹笛到天明。

每一支曲子都有吹尽的时候，哪怕再想听，也得从头再来；每一个夜晚都有天亮的那一刻，哪怕再想挽留，也终究徒劳无功。

岸边似乎传来阵阵哭声，若有若无，大概是远征的男人回不来了；岸边还有喝骂声，不知道是哪家的公子又喝多了；岸边还有叫卖声，都这个时候了，还有人有心情出来买东西吗？

"有人说我迷恋女色。"王敦起身，走到宋祎身边，牵着她的手，轻声说道。

王敦的手很厚，犹如他的名字"敦"。

"你不是的。"宋祎摇头，柔声说道。

"我知道我不是，你也知道我不是！"王敦说到这里，停顿了片刻，最终还是把心里的话说了出来，"可他不知道！"

宋祎知道，王敦口中的"他"就是司马绍，也是当今的皇帝。

"将军。"宋祎依偎在王敦胸前。

王敦拍了拍她的肩膀,柔声道:"我决定了!我知道我会后悔,但我已经决定了!"

"我懂。"宋祎道。这个很凶的男人对自己却是很好的,若不是他,她早就被孙秀给抢了去。

"委屈你了!"王敦的声音中有些无奈,有些悲怆。

宋祎摇摇头,说道:"不委屈,侍奉皇帝怎么会委屈?"

一声叹息,惊扰了一轮冷月。

此日,王敦遣散歌姬,将宋祎送到了宫中。侯门一入深似海,从此萧郎是路人。

公元324年7月,起兵叛乱的王敦病死于姑苏军中。司马绍下令把他的头颅送到建康,悬挂在朱雀桥上示众。

七月流火,月近中秋。

宋祎带着酒,王敦最爱喝的酒,在深宫里遥望着城南朱雀桥的方向。

那个面容已经僵硬的男人,那个已经没有生命气息的男人,空洞的双眼冷飕飕地看着水中的月,只是他再也看不到她的笑。

冷——七月的天空也冷得很。

宋祎吹起了笛子——那晚秦淮河上,她吹给王敦听的,就是这一支曲子。

那一晚的建康城啊,笛声悠悠,彻夜不绝。

第二年,也即公元325年,晋明帝司马绍突然病故,年仅27岁。

相传晋明帝和宋祎日夜缠绵,最终纵欲过度而亡。

(四)礼物:我被赏赐给了一个叫阮孚的男人

司马绍是想杀掉宋祎的。在他弥留之际,似乎明白了王敦的用意,但他舍不得。

一切都是自己选的。做皇帝很好吗?待在深宫很好吗?自己就要解脱了,也让她解脱吧。

她连选的权力都没有。做人啊——

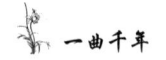

阮孚走了出来，他求司马绍把宋祎赐给自己。

大名士啊，司马绍没有丝毫犹豫就应允了。有这样的大名士肯接纳宋祎，那是再好不过了。

宋祎当然也知道阮孚。当朝的吏部尚书，放荡不羁，风流潇洒。

白发青丝，岁月暗换。宋祎跟随阮孚的时候已经年近四十，甚至更大一些。但这都不是问题，至少在阮孚眼中不是问题。关于她和阮孚的点点滴滴，史书上没有记载。但阮孚把宋祎领回家后，就很少关心政事了。

其实跟着谁有什么关系？对于这个男人的惊世骇俗之举，在深宫时她就有所耳闻。他喜欢喝酒，她就给他买酒，更不会忘了每天都在他口袋里放上几枚钱，生怕囊中羞涩，生怕他喝不上酒。他喜欢弹琵琶，或许也会给她弹，只是她的笛子，早已深藏。知音已去，笛声有谁听？

宋祎会把他珍爱的木屐整理得妥妥当当……

做一个妻子不是挺好吗？相夫教子……既然没有孩子，那就安心地做他背后那个女人，不好吗？秦淮河，乌衣巷，王敦，司马绍，活着才是最重要的。

阮孚没有活到50岁。很多人比如阮籍、阮咸、嵇康，同样没有活到50岁，当然还有司马家的那几位皇帝。但生命的价值从来不是以时间的长短来衡量的，时间也是有密度的。

只是对于宋祎来说，阮孚的离开却是她人生旅程的另一个开始。

只是谢尚会是她的最终归宿吗？

（五）余生：好一场寂寞的生

谢尚的名气更大。他们谢家怎么都比阮家厉害。他的堂兄谢安是当朝太傅，他自己又是镇西大将军，权势自然没得说。

谢尚幼时就有"坐中颜回"的美誉，阮孚也说他"清畅似达"，类似旷达。令人不解的是，谢尚为什么要在阮孚去世后收留宋祎？这个女人身上到底有什么样的魔力？她已经年近五十了，人老珠黄，曾经的荣光早就是明日黄花了。

为什么呢？南朝刘义庆的《世说新语》中有一则记载，或许多少能解开疑惑。

《世说新语·豪爽第十三》载：桓宣武平蜀，集参僚置酒于李势殿，巴、蜀缙绅，莫不来萃。桓既素有雄情爽气，加尔日音调英发，叙古今成败由人，存亡系才。其状磊落，一坐叹赏。既散，诸人追味余言。于时寻阳周馥曰："恨卿辈不见王大将军。"

"王大将军"就是王敦。此刻桓温正值人生巅峰，但在世人看来仍不及王敦。宋祎曾经是王敦的女人啊，还侍候过皇帝。对于这样一位"传奇"女子，她本身就"奇货可居"，象征意义甚大。

同样是《世说新语》的记载：宋祎曾为王大将军妾，后属谢镇西。镇西问祎："我何如王？"答曰："王比使君，田舍贵人耳。"镇西妖冶故也。

"谢镇西"就是谢尚，他的官位是镇西大将军。他问宋祎自己与王敦比如何？宋祎说，在你面前，王敦就是个山野村夫。

在现任面前如何评价前任，宋祎给出了标准答案。这样的答案，谢镇西怎么会不满意？但这样的答案，宋祎会心痛吗？

反正是要活着，活着而已。

鲁迅先生说，他从来不屑于以最大的恶意来揣测中国人。其实我也希望自己是小人之心。或许谢尚是真的欣赏她吧。那个时代，礼乐礼法崩塌了，但自由来了。

但与自由结伴而行的往往不是什么太好的东西。阮孚喜欢裸体狂奔这样的行为艺术，而谢尚呢？据说他喜欢穿女人的衣服，尤其是花花绿绿的那种。

谢尚还有一个爱好就是舞蹈——他太喜欢跳舞了。我曾经想象过宋祎吹笛、谢尚狂舞的场景，可惜两个加起来已经过百岁的人，不知道还有没有那样的兴致。

终究宋祎的生活过得究竟怎么样？无从考证，应该衣食无忧吧。

青阳二三月，柳青桃复红。
车马不相识，音落黄埃中。

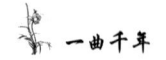

据说这是谢尚的诗作。看来在癫狂之余，他还是一个蛮有情调的人，只是不知道这情调比王敦如何。但无论如何宋祎应该都不会太过寂寞。

寂寞，从那晚的秦淮河开始，她就习惯了寂寞。他的头颅高悬在朱雀桥上，她的心也早已跌入了地狱。

多年之后，宋祎故去，谢尚将她葬于雨花台。

好一场寂寞的生啊！

（六）后记：策马奔腾

公元300年，金谷园。

石崇知道孙秀的大军很快就到，但此刻他连跑的心思都没有了。又能去哪里呢？金谷园就是他的家，这里有绿珠。

绿珠还在跳舞。

如虞姬一般。她要把最好的舞姿留给石崇，然后安心地死去。

死，她早就想好了。对于眼前的这个男人，自己唯有死，才能保住他的尊严。

宋祎就站在石崇身边，她强忍着不让自己的害怕表现出来。

孙秀进来了。他连看石崇一眼都没有——在他眼里，石崇根本就已经是一个死人了。

死人有什么好看的？

至少没有绿珠好看，至少没有宋祎好看。

"将军！"绿珠冲石崇拜了三拜，纵身跳下高楼。

宋祎惊恐，石崇侧目，孙秀抽搐。

孙秀大袖一挥，士兵便上前把石崇押走了。孙秀看了宋祎一眼，眼神充满贪婪，似乎恨不得一口吞下宋祎。

宋祎瑟瑟发抖。

她被带到了府门外，不远处就是孙秀的府邸。

"这个人，我要了！"忽然有人沉声道。

孙秀一愣，愤而转身，凝视。却见一位相貌堂堂的年轻人正悠然地坐在马背上。

"王小黑！"孙秀厉声道，"你知道你在干什么吗？她是反贼！"

"反贼？"那个青年淡淡道，"我喜欢！"言罢，不等孙秀回话，就一拍马背，径直掠去。士兵们哪敢阻拦，只能眼睁睁地看着宋祎被他拉到马背上，扬长而去。

王敦，小名阿黑。宋祎坐在马背上，慢慢地闭上眼睛……如果能一直如此策马奔腾该多好？是为记。

花样美男

西施、王昭君、貂蝉、杨玉环是我国古代历史上著名的"四大美人"。而对于美男子虽也有类似的排名，但争论颇多。这也难怪，谁让中华民族得天独厚，美男子层出不穷呢。

商末的伯邑考，史书上称其"长相俊美"。战国时期屈原的弟子宋玉，也是器宇轩昂，神采奕奕。西汉时期的司马相如更是让卓文君牵肠挂肚，容貌想必也是一流。三国时期的陈思王曹植，被刘勰称之为"体貌英逸，俊才云蒸"。

但如果要选个第一美男子，上述诸君以及后世的秦琼、秦观、唐伯虎等人恐怕都难以服众。

那有可以"貌压群雄"的人物吗？有！当然有！这就是本篇的主人公——潘安。在潘安的颜值面前，其他人都被比下去了。

潘安本名潘岳，因"诗圣"杜甫曾有"恐是潘安县，堪留卫玠车"的诗句，所以后人又称之为潘安。这位被公认的我国历史上的第一美男子，最终竟然被篡政的司马伦诛杀三族。

（一）美丽传说：穿越时空的征服

对于潘安的美，《晋书》中使用了"美姿仪"三个字来形容。或许潘安的容貌已经超越了文字所能描述的范畴，也只能用"美"这个字了，所谓"惊为天人"也属此类。为突出这种"美"，《晋书》还记载了一个小故事。这个小故事的主角是潘安。

"……少时常挟弹出洛阳道，妇人遇之者，皆连手萦绕，投之以果，遂满车而归。"

这就是"掷果盈车"的典故。

当时的洛阳妇人，无论老幼，一听到潘安驾车外出，皆蜂拥而至，纷纷以花果投车。尤其是文中"妇人"一词，更是佐证了潘安的魅力——老少通杀。

潘安的美，不仅仅是当时，在后世也是公认的。

潘安有个小名叫"檀郎"，这也成为后世女子心中"情郎"或"意中人"的代名词。晚唐大词人温庭筠在《苏小小歌》中写道："吴宫女儿腰似束，家在钱唐小江曲。一自檀郎逐便风，门前春水年年绿。"在温庭筠笔下，比潘安晚生200多年的南朝钱塘第一名妓苏小小也为潘安所倾倒。南唐后主李煜风流倜傥，才华横溢，坐拥大小周后，后宫佳丽云集。李煜早年词风香艳，曾云："烂嚼红茸，笑向檀郎唾。"700年后，潘安的颜值依然在线。明代奇书《金瓶梅》中也有描述："何时借得东风便，刮得檀郎到枕边。"都过去一千年了，潘安还是众多闺阁女子的梦中情人。事实上，到了清代仍有人写道："竹响似行人，檀郎回顾频。"可见潘安的美并没有在历史中慢慢消散，而是美名长留，令人遐想。

我们常感叹"若有诗书藏在心，岁月从不败美人"，但百年沧桑，青丝白发，诗书或许在，红颜早随风；更常感慨"美人自古如名将，不许人间见白头"，但将军白发尚能饭否，美人迟暮门前冷落。诚如国学大师王国维所说的："最是人间留不住，朱颜辞镜花辞树。"这一切都会在时光中被遗忘，尽管无可奈何，但花依然落去。

但潘安似乎是个例外。虽然身为男儿身，他的颜值却在历史的积淀中越来越令人神往。

他的颜值，穿越时空，征服了你我他。

（二）潘江陆海：明明可以靠脸，却偏偏要凭实力

如果是当今小鲜肉横行的时代，潘安或许只需要一个媚眼，就可以吸金无数。其实，就算把时间推移到1700多年前的西晋，潘安依然可以轻轻松松做一个岁月静好的美男子，但他不屑这样。

潘安的才华与颜值一样出色。或许从某种意义上说，正是他的才华

让他不至于沦为历史的花瓶,让世人对他的爱恋平添几许敬重。

潘安有一个别称——"花县令",这个"花"可不是"花花公子"的"花",而是对他政绩的肯定。史书记载,潘安曾在河阳任县令。河阳位于黄河北岸,潘安到任后结合当地地理环境,号召百姓栽种桃树,不久该县就桃花遍地,美艳四方。遇到有百姓纷争,潘岳就命其共同浇灌桃树,在共同协作中平息纷争,这就是历史上有名的"浇花息讼"。

百姓喜爱和怀念潘安"化纷争于美好"的神奇,于是就用"河阳一县花"或"花县令"等代称潘安,后世也以此喻指"地方之美"或"地方官善于治理"。且由于潘安容貌出众,于是中国历史上第一个"花样美男"就此诞生。南北朝文学家庾信曾在《枯树赋》中赞叹道:"若非金谷满园树,即是河阳一县花。"唐代大诗人李白也曾在《赠崔秋浦三首》中云:"河阳花作县,秋浦玉为人。地逐名贤好,风随惠化村。"

潘安的政治遗产犹如他与百姓种植的桃树,年年岁岁,岁岁年年,在河阳,在黄河岸边,静候春风。

我时常幻想可以到潘安的河阳去看看桃花,与潘安在桃花林中喝上几杯,体验一番"浇花息讼"的美好。这凡尘浮世,真的没有太多可供后世凭吊的传奇;这钢筋混凝土的城市丛林中,也早已经容不下几株桃花。

潘安的文采同样惊人,后人将其与同时代的文学家陆机并称为"潘江陆海"。南朝文学评论家钟嵘在《诗品》中将其诗列入"上品",曰"陆才如海,潘才如江";唐初才子王勃在《滕王阁序》中也曾写道:"请洒潘江,各倾陆海云尔。"

潘安曾作《秋兴赋》,辞彩华章,感情真挚。

"……月朣胧以含光兮,露凄清以凝冷。熠耀粲于阶闼兮,蟋蟀鸣乎轩屏。听离鸿之晨吟兮,望流火之余景。宵耿介而不寐兮,独展转于华省。悟时岁之道尽兮,慨俯首而自省。斑鬓彭以承弁兮,素发飒以垂领。仰群俊之逸轨兮,攀云汉以游骋……"

作此文时潘安虽才30多岁,可由于仕途不顺,已两鬓斑白,后世遂称之为"潘鬓"。白居易曾感叹道:"多于贾谊长沙苦,小校潘安白发生。"李煜被囚时也曾写道:"沈腰潘鬓消磨。"

越吟因病感,潘鬓入秋悲。

现在也是临近中秋,早上秋风渐长,晚上寒意愈浓,我心中的悲凉大抵与潘安一般,已近不惑,却一事无成,时光在自己身上只剩下日渐稀少的头发和日益臃肿的身材,奈何奈何!

(三)望尘而拜:潘安的屈膝终成权力的炮灰

我时常读书,每当读至赵高、李林甫、秦桧、严嵩、阮大铖等人时也会忍不住咬牙切齿,恨不得早生些时日与他们斗个天翻地覆、你死我活。但冷静之后却又觉得自己实在可笑,如堂吉诃德一般荒诞,不可理喻。

他们有什么错呢?谁不喜欢权力呢?谁不喜欢站在舞台中央供世人膜拜呢?

在权力面前我们都是俗人——对于潘安望尘而拜的举动,我们没有任何资格去指责。其实,在权力面前,要么臣服,要么放逐,别无他选。

"岳性轻躁,趋世利,与石崇等谄事贾谧,每候其出,与崇辄望尘而拜。"

这段记载出自《晋书·潘岳传》,大概意思是说潘安这个人比较急躁、趋炎附势,与当时的富豪石崇交好,谄媚于权贵贾谧(当朝皇后贾南风的亲外甥)。每逢贾谧外出,他与石崇看见马车扬起的尘土就开始下拜。

卿本佳人,奈何为贼?但有些事情,吾辈做不了或者不愿意做,其他人却能做并且甘之如饴。只是白瞎了潘安如此好的文采、如此好的皮囊,况且他还刚刚因攀附权贵而差点儿丢了小命。

西晋太熙元年(290年),外戚杨骏(晋武帝的岳父)趁晋武帝司马炎大限之际自任太子太傅,独揽朝政,且残暴不仁、四处树敌。司马炎去世后，司马衷继承帝位，是为晋惠帝，贾南风为皇后，但大权依然在杨骏手中。此时潘安身为太傅府主簿，正是杨骏的亲信。

公元291年，贾南风等人发动政变，诛杨骏三族。作为杨骏亲信的潘安由于在外地公办等原因很是侥幸地躲过一劫，但他并没有因此而吸取教训，反而很快与石崇一起投入贾谧怀抱，这也为他被诛三族埋下隐患。

贾南风乃一代淫后，其淫乱后宫、专权独断的作风日益引起司马伦等人的不满。公元299年，为继续把持朝政，贾南风竟然起了谋害太子（司马遹）的心思。据传，贾南风曾经密召潘安进宫，让潘安以太子的口吻自供罪状。贾南风与潘安的关系本就扑朔迷离，以贾南风好色的本性，想必潘安很难逃脱她的魔掌，况且潘安对攀附贾家也是乐在其中。公元300年，贾南风的"倒行逆施"最终导致司马伦等人的"八王之乱"。此后司马伦专权，屠杀贾氏一族，诛潘安三族。

一代才子最终成为权力的炮灰，这固然有咎由自取的成分，但也实在可惜。没有办法，我们活在这世上，有些网是躲不开的。就算知道可能会粉身碎骨，但有时也不得不赌上一把。

（四）不孝有三：敷衍母亲的孩子注定以悲剧收场

"谁言寸草心，报得三春晖。"

"我若是贪恋荣华富贵，不肯听从母意，那算什么儿子呢？"

诗句是唐代诗人孟郊写的，下面那句话是潘安辞官奉母时的言辞。两者虽然相隔了700余年，但其中的感情却没有丝毫的差别，因为母亲从来都是始终如一地站在孩子这边。孩子是她们的天，孩子是她们的地。

潘安父亲早逝，他任职河阳时就接母亲到任所侍奉。他在河阳广植桃树。春暖花开，风和日丽之时，他就搀扶母亲到林中赏花游乐。

一年，他母亲染病思归故里。潘安得知母意，随即辞官奉母回乡。上官再三挽留，于是就有了上面潘安所说的那句话。回到家乡后，他耕田、种菜、卖菜，亲手煮母亲爱吃的食物。他还喂了一群羊，每天取羊奶给母亲喝。在他的精心护理下，母亲得以安度晚年。

我有时候宁愿潘安的故事就此画上句号，让他们永远停留在河阳的桃花林，停留在家乡的羊群中，而不是为历史"第一美男子"这样的虚名所累。

这样不好吗？陪母亲看日出、看日落，她老去，你养她。况且他还有一位爱他的妻子。这样的田园牧歌宛如上古的传说，看一眼都心动。

可惜潘安那样的人又怎么能甘于安守田园？任谁有那样的颜值、那样的才华都不会如此。就算他愿意，他人也不允许。

永熙元年（290年），潘安因才华出众出任杨骏太子太傅府主簿，成为杨骏亲信。知儿莫若母，眼看潘安在权力场中越陷越深，他母亲就多次规劝他不要攀附权贵，要安分守己。潘安每次都敷衍了事，虽然口头答应，但仍然越陷越深。杨骏被诛，潘安却躲过这一劫。或许上天有感于其母，给了他一次改过自新的机会，可惜他没有抓住。

10年后，当他被押赴刑场时，他的母亲、他的兄弟、他的侄子，无论老幼，也一并被押送刑场。不知道此时的潘安心中可有愧疚？害得老母亲不能善终，害得满门抄斩，潘安，你可还记得黄河岸边亲手种植的桃树？

在刑场上，潘安遇到了老朋友石崇。

"安仁，何以如此？"石崇原以为潘安会躲过一劫，却没有想到他会与自己一起上路。

潘安倒是很淡然："可谓'白首同所归'！"

昔日二人在金谷园游玩时，潘安曾作诗云"投分寄石友，白首同所归"，却不承想竟然一语成谶。

可惜了潘安这个大孝子，可枉待母亲教诲的孩子怎么会有好下场？

（五）潘杨之好：这样的男子绝种了

如果一个男子既容貌出众，又才华惊人，且痴情专一——那这样的男人早就绝种了——自潘安被杀的那一刻起就绝种了。

"余十二而获见于父友东武戴侯杨君。始见知名，遂申之以婚姻。"

这段文字出自潘安的《怀旧赋》，是他思念妻子的作品。潘安年少时就以聪慧著称，被称为"奇童"（我国历史上神童有许多，但奇童仅此一个），12岁时就深受戴侯杨肇（杨君）赏识，杨肇更是索性把女儿杨容姬许配给了他。这个看似有些孟浪的决定不经意间竟然促成了一段千古佳话——潘杨之好。

河阳时，潘安陪母亲看桃花，杨容姬陪他；荥阳时，潘安耕田侍奉母亲，杨容姬陪他；丢官闲居时，他作《闲居赋》，她为他添香；金谷园中，绿珠翩翩起舞，石崇等人左拥右抱，而潘安身边永远只有一个她。

后来她先于潘安离开人世，可潘安身边再也没有出现过其他女人——她的地位无可取代。

元稹笔下写着"曾经沧海难为水，除却巫山不是云"，但心里还是默念着薛涛；苏轼深情感叹着"十年生死两茫茫，不思量，自难忘"，但还是温柔地握着王朝云的手。

从一而终的美好或许从来就是传说——但潘安证明了这不是传说。

我们现在已经不知道杨容姬是何时去世的了（有说是在潘安50岁时），但潘安的文字还是把我们带回了他们的故事中。从此，中国的诗歌中有了一类特别的存在——悼亡诗，写给去世妻子的情书。

荏苒冬春谢，寒暑忽流易。之子归穷泉，重壤永幽隔。
私怀谁克从？淹留亦何益？俛仰恭朝命，回心反初役。
望庐思其人，入室想所历。帏屏无仿佛，翰墨有余迹。
流芳未及歇，遗挂犹在壁。怅恍如或存，回遑忡惊惕。
如彼翰林鸟，双栖一朝只。如彼游川鱼，比目中路析。
春风缘隙来，晨霤承檐滴。寝息何时忘，沉忧日盈积。
庶几有时衰，庄缶犹可击。

这些诗句远没有元稹的"诚知此恨人人有，贫贱夫妻百事哀"那么出名，更远不及苏轼的"十年生死两茫茫"那么让人痛彻心扉，甚至不及贺铸的"梧桐半死清霜后，头白鸳鸯失伴飞"那么悲苦，但我读的时候却常有读梁实秋先生的《槐园梦忆》的感觉——质朴的文字中处处充满回忆，充满深情。当我们把所有的记忆都过滤或压缩后，最难忘的始终不过是柴米油盐。这才是生活，没有风花雪月，不需要举案齐眉，生活中的点点滴滴才是最美好的爱情。

可惜，很多人不懂；可惜，很多人根本不愿意去懂。

（六）后记：摇曳在酒杯中的一抹风流

潘安自创的"遂各赋诗，以叙中怀，或不能者，罚酒三斗"的规矩。30年后，被王羲之拿了去，于是就有了那篇神奇的《兰亭集序》。

我们的文化与风流故事也就是这么延续下来的。

才子、美人与酒的故事及传说——掷果盈车、花样美男、浇花息讼、沈腰潘鬓、白发悲秋、望尘而拜、金谷俊游、潘江陆海、潘杨之好……宛若摇曳在酒杯中的一抹风流，清澈晶莹，沁人心脾，历久弥新。

金代文学家元好问曾有诗云："心画心声总失真，文章宁复见为人！高情千古《闲居赋》，争信安仁拜路尘。"文人何必为难文人呢，记住他人的美好，就这么难吗？是为记。

兰亭前后

公元344年，23岁的晋康帝司马岳突然卒于宫中，年仅2岁的太子司马聃继位，史称晋穆帝。次年即公元345年，改元"永和"，是为永和元年，这个年号一直用到公元356年，持续12年之久。

永和九年（353年），阳春三月，当朝丞相王导的侄子、会稽内史王羲之邀请朝中名流孙绰、谢安等人，在绍兴兰亭集会，饮酒赋诗，赏春作乐。

像这样的聚会，在他们这些人中本是司空见惯的。但偏偏这一次，酒后的王羲之写出了神作《兰亭集序》，让这场聚会在历史上熠熠生辉。

"是日也，天朗气清，惠风和畅。仰观宇宙之大，俯察品类之盛，所以游目骋怀，足以极视听之娱，信可乐也。"

"或取诸怀抱，悟言一室之内；或因寄所托，放浪形骸之外。虽趣舍万殊，静躁不同，当其欣于所遇，暂得于己，快然自足，不知老之将至。及其所之既倦，情随事迁，感慨系之矣。"

王羲之的伤春可没有李后主"春花秋月何时了"的悲苦，很是有些"为赋新词强说愁"的意思。

但小皇帝司马聃治下的东晋王朝，真的是海晏河清吗？

（一）王与马，共天下：不安分的王敦

王敦与晋元帝司马睿之间的"窗户纸"直到公元321年才捅破。

司马睿知道王敦早晚会造反，王敦也知道自己功高震主。尽管如此，

两人还是在公元 320 年合力上演了一出君臣和睦的大戏。但有些事情是改变不了的，比如皇帝猜忌武将，尤其是有功劳还大权在握的武将。对于"兔死狗烹"的狗血剧情，后人不但不会觉得视觉疲劳，反而会特别感兴趣。

王敦当然是"大"人。他身兼大将军、江州牧等职，又为汉安侯，统领大军，所辖州郡内自收贡赋，与皇帝所差的就是一把龙椅而已。从弟王导领中书监，把持内政，司马家的大晋王朝有一大半都在他们琅琊王氏手中。

"王与马，共天下"，会让任何一位皇帝都寝食难安。

司马睿固然没有北伐收复中原那么大的野心，但同样也没有"用人不疑，疑人不用"那么宽的心胸。那本就是"过把瘾就死"的时代，皇帝轮流坐，今年到我家。王敦为什么不可以给自己添上一把龙椅？但他面前还横亘着一个祖逖，对这位闻鸡起舞、一心北伐，誓言"不能清中原而复济者，有如大江"的猛将，王敦甚为忌惮。公元 320 年前后，王敦兵临建康。祖逖怒斥道："阿黑（王敦小名）怎敢如此放肆！你（王敦使者）回去告诉他，让他赶快滚回去。如果迟了，我就亲率三千兵马，把他赶回去。"王敦立刻服软了，乖乖地回去了。公元 321 年，祖逖病故。此时谁还能阻止王敦？果然，次年王敦就打出"清君侧"的大旗，起兵反晋。

这可能是历史上最为滑稽的造反。为什么呢？

造反是要株连九族的。王敦起兵之时，朝中人臣就劝告司马睿诛杀王氏家族。可司马睿哪敢啊？如果王氏家族都起来造反，他就真完了。不过王导是明白人，他亲率族人向司马睿负荆请罪。司马睿借坡下驴，君臣和睦。

王敦攻入建康以后，自居丞相、江州牧、扬州牧，进爵武昌郡公。他大骂王导说："你不听我的话，几乎灭族啊！"王导翻翻白眼，根本没当回事儿。王敦干生气，没辙！

说实话，真不知道这场叛乱是不是琅琊王氏自导自演的夺权闹剧。

王敦攻下建康但没有称帝，而是选择专权。直到公元 323 年，司马睿去世后，太子司马绍继位，他才想起来自己也是可以当皇帝的。但第一个站出来反对他的是谁呢？正是他们王氏家族内部的人。在得知他想谋权篡位后，他的侄子王允之，他的兄弟王导、王舒立即把消息透露给了司马绍。

可怜的王敦就这么稀里糊涂地被自己人给卖了！公元324年，王敦在行军途中突然病死。群龙无首之际，他的那帮所谓的心腹也很快倒戈。这场叛乱最终以王敦被开棺戮首而画上句号。

王敦自始至终都没有完全得到琅琊王氏的支持，为什么呢？"王与马，共天下"，这两股旗鼓相当的势力都想着偏安一隅，怎么会允许有人打破这种平衡？谁动谁死！王敦死后，天下还是王与马的。

（二）有作为的小皇帝：桓温和他的北伐

公元339年，当朝太傅、丞相王导病逝，再续琅琊王氏荣耀的担子一下子落到了年仅18岁的王羲之身上。此时的王羲之已经被太尉郗鉴选为东床快婿，俨然东晋朝廷上一颗冉冉升起的政坛新星。比他早一步崛起的是桓温。桓温的父亲桓彝在平定王敦之乱中发挥了重要作用。此时桓温尽管只有27岁，但已经官居琅琊内史，身兼辅国将军，还娶了晋明帝司马绍的女儿南康公主，是名副其实的皇亲贵胄。

与王羲之相比，桓温更偏好政治。公元344年，司马岳去世后司马聃继位，一年之后桓温就升任安西将军、荆州刺史，持节都督荆司雍益梁宁六州诸军事，并领护南蛮校尉，实际上掌握了长江上游的兵权。

他会是另一个王敦吗？天知道。但为人豪爽、姿貌伟岸、风度不凡，又志在匡济天下、一心要完成祖逖未竟事业的桓温看起来有着更为远大的抱负。

公元346年，桓温上书朝廷，要求讨伐西蜀。这场讨伐充分体现了桓温作为天才军事家的眼光——成汉大军本在江南设防，但桓温却早就亲率步兵经过"难于上青天"的蜀道迂回到了成都城郊。成汉军队不得不紧急回撤，但桓温眼中只有成都。擒贼先擒王，果然成都城破，成汉灭亡。

公元354年，没有了成汉等后顾之忧的桓温开始北伐。二月，他亲率

4万大军出江陵，自襄阳入均口，取道淅川直取武关（今陕西丹凤境内）。四月，桓温抵达灞上。史载："温进至霸（灞）上，健以五千人深沟自固，居人皆安堵复业，持牛酒迎温于路者十八九，耆老感泣曰：'不图今日复见官军！'"

公元356年，桓温再次北伐，收复洛阳和金墉城。公元369年，桓温第三次北伐，讨伐前燕。但此次他碰上了燕国战神慕容垂，大败而归。

桓温的历次征伐，无论怎么说都是那段不堪回首的历史中最激动人心的事情。50年后宋武帝刘裕北伐，也只落得"元嘉草草，封狼居胥，赢得仓皇北顾"；800年后，南宋大诗人陆游临死前仍哀叹："王师北定中原日，家祭无忘告乃翁！"

北伐，北伐，多少英雄出师未捷，多少英雄抱憾终身！

如果桓温的故事就停留在公元370年该多好！因为在剩下的时光里，桓温真的成了另一个王敦：功高震主，废帝立威，剪除异己……然后突然病死！两人连死的方式都是如此相似，或许司马懿在天之灵仍在庇护他的后人。

其实，我更喜欢桓温的另一个故事。第二次北伐时，桓温途经金城，看见自己早年担任琅琊内史时栽种的柳树已经有10围那么粗壮，不禁感慨道："木犹如此，人何以堪！"他攀着树枝，捉住柳条，不禁泫然泪下。

木犹如此，人何以堪？！任英雄气概滔天，终究还是挡不住时间的温柔一刀！但人非草木，岁月中层层涟漪携带的淡淡忧伤和些许无奈，或许才是人生的真谛。

（三）旧时王谢堂前燕：谢安的风采

建康城上还是司马家的王旗。

秦淮河畔，乌衣巷里，朱雀桥边，谢安的府邸与王羲之的府邸，比肩而建。

东晋望族，除了司马家与琅琊王家，就数他们谢家了。谢安的父亲谢裒曾任吏部尚书，他的堂哥谢尚曾官拜征西大将军，他还有个弟弟叫谢石。桓温倒台后，晋军中能叫得上名号的，也就是谢石了。

谢安生于公元320年，比王羲之大一岁，他们自幼就是东晋朝野的知名人士。可惜这两个人都不太喜欢政治，他们最爱干什么呢？吃喝玩乐加清谈，总之有些不务正业。

谢安不愿当官的想法比王羲之还坚决。朝廷让他做著作郎，他就托病推辞，后来索性到山阴会稽隐居。就这样，躲到山阴会稽的谢安与王羲之等一众朋友过上了"出则渔弋山水，入则言咏属文"的日子。

谢安尽管人在江湖，但在庙堂的名声却越来越大。时任会稽王的司马昱曾道："安石既与人同乐，必不得不与人同忧，召之必至。"果不其然，公元359年，谢万随桓温北伐时遭遇惨败，谢家地位受到威胁，谢安即刻挺身而出。多年后，终于迎来了他的人生巅峰——淝水之战。

公元383年，前秦皇帝苻坚兴兵百万，剑指东晋。偏安一隅的小朝廷哪里见过如此大的阵仗，一时之间朝野震惊。王敦年轻时曾在石崇"劝酒斩美人"的规矩之下"连拒三杯"而面不改色，谢安比他还潇洒。谢石、谢玄等人已如同热锅上的蚂蚁，这位"江左风流宰相"却根本没有把苻坚的百万大军放在眼里，而是一个人游山玩水去了。

大丈夫真是山崩于前而面色自若。

十一月，在谢安的统筹下，大将刘牢之奇袭前秦，大获成功。

十二月，双方决战于淝水。

"坚与苻融登城而望王师，见部阵齐整，将士精锐。又北望八公山上草木，皆类人形，顾谓融曰：'此亦劲敌也，何谓少乎！'怃然有惧色。"

正是苻坚的疑神疑鬼成就了谢安。此役东晋以七万兵力对前秦十五万兵力而大获全胜，创造了冷兵器时代的战争奇迹。胜利传来时谢安正在下棋，一句"小儿辈遂已破贼"，真是风轻云淡，潇洒无比。

但他真是如此冷静吗？也不尽然！"既罢，还内，过户限，心喜甚，不觉屐齿之折，其矫情镇物如此。"真是表面心如止水，内心早已翻江倒海。

淝水之战的胜利把谢安和谢家都推到了巅峰，但同时也招来了司马氏的猜忌。

谢安会走上王敦、桓温的老路吗？

很庆幸，他没有！舞刀弄枪哪有美人在怀痛快？公元385年，谢安主动交出兵权。

王敦争了，桓温也争了，可最终争得了什么呢？

风流总被雨打风吹去，但有一种风采却会永远在史册中熠熠生辉。拿得起，放得下，走得潇洒，谢安真大丈夫也，无愧于后世"雅量而有胆识"的评价。

（四）神话时代：葛洪与干宝的故事

当王羲之与谢安等人在兰亭集会的时候，葛洪已经年近七十。虽说人生七十古来稀，但对葛洪这位老神仙来说，年龄从来不是什么问题。他此刻正在罗浮山中，一卷经书，几杯淡酒，看花开花落，云卷云舒。

桓温的北伐，谢安的入世，王羲之的书法……这些凡尘俗子的故事连他的耳朵都进不去。

他更在意怎么成仙。鲁迅先生曾有《魏晋风度及文章与药及酒之关系》，其中的"药"，就是葛洪的看家本领。他在《抱朴子》一书中对"炼丹"有着精彩的论述，更是当下修仙小说的"圣经"。

他最厉害的还是医术。他说："古之初为道者，莫不兼修医术，以救近祸焉。"在众人都认为疾病是"天谴"的情况下，葛洪已经指出疾病不过是"疠气"所致。他的研究范围甚至还包括天花、狂犬病、肺结核、吸血虫病。

对于这样潇洒的人物，历代之人是将其视为神仙的。与他同时活跃的还有一位大神。这位先生虽然不是神仙，但我们现在听到的神话故事很多都与他有关。他就是干宝。

干宝曾经做过司马睿的著作佐郎，不过最后辞官专心写小说去了。

他写了董永，则有了现在的《天仙配》；他写了《东海孝妇》，是《窦娥冤》的源泉。他把自己的小说集命名为《搜神记》，真是恰如其分。在那个乱世，他为后人构建了一个神秘的世界，有神仙、有妖怪，令人着迷！没有他，我们的世界真就少了许多有趣的东西。

有传言说，《封神榜》也是他写的。谁知道呢？反正神仙鬼怪的事情，他肯定比其他人更清楚。

东晋当然不是一个令人向往的时代，但这又有什么关系呢？我们无从选择生在哪个时代，生在什么样的家庭，但我们可以选择的也有很多，比如我们喜欢什么，我们想要成为什么样的人，我们想给这个世界留下些什么——选择真的有很多。或许人生最大的不幸就是将自己的不幸归结于时代和家庭！

（五）后记：应运而生

王羲之或者谢安，无疑都是"投胎好手"。无论在哪个时代生在那样的家庭都是非常幸运的。但这也只是开始。豪门大户的恩恩怨怨、生生死死，亦令人扼腕叹息。

王羲之并没有将这样的不幸与自己联系起来。他在 18 岁时就做了太尉郗鉴的东床快婿。但他对政治实在没有多大的兴趣，一心沉醉于书法。

成亲后，王羲之有了个女儿叫王孟姜，嫁给了刘畅；孟姜生了个女儿，嫁给了谢玄的儿子谢焕；他们生了个儿子，叫谢灵运。于是，在王、谢两大家族优秀基因的加持下，在那场聚会的 30 年后，即公元 385 年，谢灵运横空出世。

骄傲高贵的谢灵运占尽了东晋王朝王、谢家族的最后一抹风流。他任永嘉太守时，悠然地写道："池塘生春草，园柳变鸣禽。"是啊，时间会把所有的事情都轻而易举地改变甚至带走，无论你喜欢与否。就像这荒废的池塘，也会青草萋萋，也会群鸟叽叽。就像那王、谢的风流，也会"潮打空城寂寞回"。

那座石头城，那座建康城，那座金陵城，还有那条桨声灯影里的秦淮河——都逃不过头顶上的那一轮明月。

该来的总归要来，该走的迟早要走。

唯独我们应该应运而生。是为记。

苏小小记

南朝四百八十寺，多少楼台烟雨中。

在杜牧的诗中，南朝应该是充满"阿弥陀佛"的极乐世界，事实上高呼佛号的人的确很多，但更多的是流浪人间的孤魂野鬼。那实在是一个非常糟糕的时代。国人心中所有能意淫出来的龌龊、荒诞之事，都多多少少能在那两百年的历史中找到影子或根源。

"遥望建康城，小江逆流萦。前见子杀父，后见弟杀兄。"相较于此，李世民在玄武门干的那点儿破事，根本就不值一提。

但是，就算在那个混乱不堪的时空里，依然有人能清醒地写出一撇一捺这个堂堂正正的"人"字来。

她坐在油壁车里，在西泠桥畔，端详着人世，留下脉脉温情。

她给自己取名"小小"——是的，她年纪的确很小，死的时候也只有22岁，但她又一点儿也不小，南朝往事早已经湮灭在历史的尘埃里，而她还在西湖边微笑。

（一）妾本钱塘江上住：油壁车，劳光彩

钱塘自古繁华，有三秋桂子，十里荷花。

公元500年，孤山上还没有那么多梅花，也没有那么多仙鹤，有的是一汪冷清的湖水和湖中孤山横斜的倒影，还有孤山下的西泠桥以及许许多多的读书人。尤其是春日里，当阳光洒在湖面，当春风吻过孤山，这些读书人更是很早就来到西泠桥两侧，不为别的，只为等一个人。

苏小小太喜欢西泠桥了，以至于几乎每日都会乘坐油壁车前来。

当她的马车驶出西村，驶出她亲手种植的松柏林，慢悠悠地驶在通

往西泠桥的古道上时，她总会半卷珠帘，让阳光透进来，也让她绝世的风情散出去。

她会很悠闲地闭上眼睛，然后在心里默默计算行程，或者就等婢女们把自己唤醒。有时她也会看看外面的世界——到处都在打仗、到处都在死人的世界里，大抵只有这一块湖水是安静的。

她的马车一驶出松柏林就会有人欢呼——是年轻人，是痴迷她的年轻人。她喜欢听见这样的欢呼，有时候她也会轻轻地招一招手，甚至不经意地抛去一个媚眼。如果是这样，那些年轻人就更是心花怒放，热情高涨了。

这还不算什么。当她跨下油壁车，走上西泠桥的那一刻，湖面都是沸腾的。

她站在西泠桥上，凝望湖面。湖面如镜，倒悬她的倩影。

她站在西泠桥上，仰望孤山。孤山如月，映照她的相思。

西泠桥、油壁车、苏小小，这独特的意象就这么雕刻在中国文学史上，宛若戴望舒《雨巷》中"丁香般的惆怅"，宛若张继《枫桥夜泊》中"夜半钟声到客船"式的哀愁。

她会一直站到夕阳西下。当夕阳把湖面染成枫色，把孤山隐去，她也会望一望夕阳的余晖。她清瘦的脸庞也会飞来一块红云，也许正是天边少的那一块。

哎！是谁在轻轻叹息？

苏小小蹙眉，裙衫被风掠起。她缓缓地走向自己的油壁车，把孤独都走成了一道风景。

当油壁车缓缓驶过，有歌声悠悠传来。

妾乘油壁车，郎骑青骢马。
何处结同心，西陵松柏下。

"小姑居处本无郎"，只是谁是她的郎呢？

（二）酒里春容抱离恨：帘卷香风透，美人为谁留

遇见阮郁不知道是苏小小的幸运还是不幸。但我更愿意相信，如果再让苏小小选择一次，她还是会不顾一切地坠入与阮郁编织的情网。

阮家从魏晋时代就是世家，阮郁的父亲阮道就是当时齐的宰相。祖上如阮瑀、阮籍、阮咸、阮孚无一不是声名赫赫。但他们的声名更在于癫狂与才华，唯独与风流无关，就算阮孚与宋祎的故事也很难称得上是"韵事"。但这一切恐怕都不是苏小小所在乎的。或许一旦缘分来的时候，就只能投降和沉沦。

她眼中只有他，他眼中也只有她，这就够了。

他骑着青骢马，她乘坐油壁车，在西泠桥畔，他们双宿双飞，羡煞世人。

但这却气坏了阮道。苏小小无论多么出色，终究还是风尘女子，就算她不是一般的风尘女子，终究也是小户人家，这怎么配得上他们阮家？

这样的困境，三百年后的白居易也遇到过。他苦恋湘灵却不得，真不知道他题写"苏家小女旧知名，杨柳风前别有情"时心底是何种滋味。这样的困境，六百年后的陆游也遇到过。他与表妹唐琬的爱情故事远不是一句"曾是惊鸿照影来"那么波澜不惊。世人都太小看爱情了，所以都认为轰轰烈烈的才是真爱，平平淡淡的只是凑合。或许世人太喜欢神话了，神话里祝英台是可以变成蝴蝶的，杜丽娘也是可以起死回生的，但爱情里什么都有，就是没有神话。

阮郁还是回到了金陵，骑着他的青骢马，由西湖回到了秦淮河。两个原本不相干的人，纵有前世千般纠缠，亦不过是孽缘。

他的人生里再也没有了西泠桥，再也没有了油壁车，再也没有了苏小小。有的只是回忆，最美的回忆——

那天的阳光真好。苏小小的油壁车在春色里游走。

断桥上，他骑着青骢马，晒着阳光。

油壁车经过断桥时，惊吓到青骢马。青骢马猛地一颠，他顿时摔了下来。他很狼狈地从地上爬起，刚要发怒，却看到了她的眼睛。

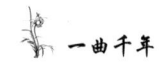

如西湖水波一般的眼睛，迷煞世人。

苏小小端坐在香车中，微笑，充满歉意。

"在下阮郁，请问姑娘芳名？"他早就忘记了愤怒，用尽一生的温柔，轻轻问道。

"我叫苏小小。"

苏小小——

油壁车渐行渐远，阮郁还念叨着这个名字，傻呆呆地如中蛊一般。

她的蛊，他愿深种心间。

（三）桥头生遍红心草

苏小小将与阮郁的爱情葬在了松柏林。当月满西楼时，她也会深深地凝望那片松柏林，不经意间滑过的眼泪，算是对他们爱情的祭奠。"寂寥红粉尽，冥寞黄泉深。"那不是最好的爱情，却是最刻骨铭心的。

阮郁走后的那年秋天，西泠桥上忽然出现了一个酷似阮郁的年轻人。他衣衫破旧，神情落寞。

那是从金陵来寻苏小小的阮郁吗？

可惜——

当苏小小跳下油壁车的那一刻，她就知道那不是阮郁。阮郁的模样，已经雕刻在她的心里，无须替代，也无法替代。

他叫鲍仁，是上京赶考的落魄书生。或许是惜才，或许是念着旧情，苏小小慷慨解囊，资助鲍仁去应试。

苏小小的名声也传到了官府之人的耳朵里。时任上江观察使的孟浪就很是欣赏她。但是他这个人终究不如周邦彦，更比不上赵佶，他从骨子里还是看不起苏小小，所以只是派人去"请"，而不是亲自去"访"，结果就是连续吃瘪。最终苏小小被请来，他又想找回面子，就指着园中的梅花让她题诗。苏小小不亢不卑，从容吟道"梅花虽傲骨，怎敢敌春寒？若更分红白，还须青眼看。"什么意思呢？苏小小的潜台词就是：我一介草民怎么敢违抗您的命令，只是我也有自己的尊严，您尊重我，我自然也就尊重您。

六百年后，一个名叫严蕊的歌妓在酷刑前亦曾写道："不是爱风尘，似被前缘误。花落花开自有时，总赖东君主。去也终须去，住也如何住！若得山花插满头，莫问奴归处。"如果可以待月西厢，谁又愿委身青楼？

做人求的是什么呢？尊重！天潢贵胄如何，贩夫走卒如何，还不是同样的一个"人"字。

（四）绿杨深处是苏家

与其相信苏小小是被冤枉而死，我更愿意相信她是病死的。没有痛苦地突然病发，在那片松柏林里，在她心爱的油壁车里，与她挚爱的尘世告别。

"我别无所求，只愿死后埋骨西泠。"据说这是苏小小的遗言，也就是按照这个遗言，应试登第的鲍仁将苏小小葬在西泠桥畔，并竖碑，题曰"钱塘苏小小之墓"。从此，在孤山下，在西湖边，多了户"苏"姓人家，中国的文人们也多了座精神家园。

三百年后，一个名叫李贺的书生，流落江南。他一生悲苦，但生性高洁。在苏小小墓前，他对着这位隔代的知音，悲歌——

> 幽兰露，如啼眼。无物结同心，烟花不堪剪。
> 草如茵，松如盖。风为裳，水为佩。
> 油壁车，夕相待。冷翠烛，劳光彩。
> 西陵下，风吹雨。

这位被后人尊为"诗鬼"的大唐鬼才，在苏小小墓前，没有了丝毫"鬼气"，诗中反而处处透露出不食人间烟火的"仙气"。

风为裳，水为佩。李贺心中的仙子纯洁如斯。

再过五十年，花间词宗温庭筠拜访苏小小墓，作词云："买莲莫破券，买酒莫解金。酒里春容抱离恨，水中莲子怀芳心。吴宫女儿腰似束，家在钱唐小江曲。一自檀郎逐便风，门前春水年年绿。"这位词风香艳的大才子，在苏小小墓前，也正经了许多。

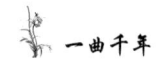

到了宋金时期，离苏小小的时代已经过去了六七百年，所谓的南朝都已经成为故纸堆里的陈芝麻烂谷子，可还有人记得她。元好问，这位堪称金国乃至元代第一才子的大文学家，游历江南之时，也不曾忘掉苏小小。

"槐阴别院宜清昼，入座春风秀。美人图于阿谁留，都是宣和名笔内家收。莺莺燕燕分飞后，粉淡梨花瘦。只除苏小不风流，斜插一枝萱草凤钗头。"元好问敬重苏小小什么呢？不风流！"风流"这个词已经被用烂了，一个"不风流"的红尘女子反而显得如此可贵。

到了清代，隐居在钱塘江边的随园主人袁枚竟用"钱塘苏小是乡亲"之句作为私印。此时钱塘江边，有白居易留下的白堤，有苏轼留下的苏堤，还有岳飞墓，但说起本家，袁枚还是很自豪地提到了"苏小小"。

现在她仍静立在西泠桥畔，听钱塘江潮起潮落，看人世间沧海桑田。她宛如中国文人的一个梦，一个纯粹的梦。在梦里，他们可以与她谈诗品茶，可以与她君子之交。有人说她是中国的"茶花女"，其实不是。"茶花女"终究太过于"世俗"，而她却如盛开的莲花，在中国文人的梦里，亭亭玉立，永不凋零。

（五）后记：风为裳，水为佩

昨夜风起，京城的气温陡然下降，昨日还枝繁叶茂的白杨树，忽然就变得光秃秃了。

我躲在暖气房里，看风晃动树枝，又将树上掉落的叶子卷起，或许顷刻间那些叶子就被吹到了不远处的运潮减河里，然后被河水淹没，或者被鱼儿吞掉。

我会幻想来一场雪，一场大大的雪，在阳光流溢的冬日里。然后我会守在窗前，就像现在我欣赏落叶一般，慢慢品味这座城市被大雪弥漫的浪漫。

最后我再祈祷自己也做一个梦，一个只属于读书人的梦。在梦里，会有一个女子轻歌。

"妾本钱塘江上住，花落花开，不管流年度。燕子衔将春色去，纱窗几阵黄梅雨。"

这女子，风为裳，水为佩。风生，水起，流光四溢。是为记。

杨广遇见隋炀帝

自孔子周游列国，以"仁"游说诸侯始，后世孔门弟子心里都有一盘棋，棋盘上赫然写着两个大字——天下。于盛世，著书立说，为往圣继绝学。司马迁著《史记》、刘徽作《九章算术语》、张仲景论伤寒……中华文脉得以长盛不衰。逢乱世，辅佐明君，为后世开太平。李斯作《谏逐客书》，秦国储人才，成始皇灭六国之利器；张良佐高祖，决胜千里之外，开大汉江山；文景之治，盛世之始，晁错之《论贵粟疏》与贾谊之《治安策》，功不可没。

他们为将可平乱，为相可大治，为帝呢？

杨广，美姿仪，少聪慧。当世大儒韦师、张虔威、张衡等人一生拱卫左右、悉心栽培。

13岁，大隋初创，杨广拜晋王。

20岁，杨广统率高颎、贺若弼、韩擒虎等猛将，饮马长江，灭陈国，平定江南。

35岁，杨广登基，史称隋炀帝。

杨广这位孔门弟子，终于一步步登上了龙椅宝座。天下这盘大棋，他又该如何落子？

（一）夺嫡：天才演员的华丽演出

政坛就是一个舞台，所谓粉墨登场，就是这个道理。在这个舞台上，没有谁比谁更高尚，也没有谁比谁更卑鄙，所不同的只不过是你究竟是指鹿为马的始作俑者，还是鼓掌呐喊的旁观者。

这里面有一个很特别的角色——太子的兄弟！演好了，荣华富贵自不必说，取而代之的也大有人在；演砸了，郁郁而终算是运气不错，满门弃市的也不绝于史册。曹植本色出演，七步成诗，固然惊才绝艳，但最终也是积郁成疾，英年早逝；弘昼装疯卖傻，没事就给自己办个丧礼，在皇帝哥哥弘历的爱护下，享尽清福。杨广这时充分展现了一个演员琢磨角色与观众的灵气，用他天才般的表演，轻而易举地除掉了他大哥太子杨勇——李世民尽管从杨广那里学了不少东西，甚至有些还堂而皇之地拿走了冠名权，但这方面他连杨广的一点儿皮毛都没有学到。

夺个太子之位，还打打杀杀搞玄武门之变，这等小儿科之事，我想杨广是不屑干的！

他知道自己的大哥文采斐然，风流倜傥，燕瘦环肥，美人无数。他更知道独孤皇后是个传统且爱管闲事的女人，她对妾室怀孕之事甚是憎恨。杨勇雨露均沾，爱妾云氏连生三子，不巧的是太子妃此时却突然离世。这笔账就这么不清不楚地被独孤皇后记到了杨勇的头上。杨广这个时候在干啥呢？他在禁欲啊！杨广在禁欲，他常年与萧妃在一起，一副清心寡欲的样子。独孤皇后一看，这孩子不错，不爱女色！陈叔宝就刚刚毁在张丽华手里，前车之鉴啊。

杨勇，身居东宫，他日登基，有点儿小资情调是可以理解的。他平日就喜欢在自己的马鞍上、铠甲上点缀只小鸟、画上朵小花。这种轻奢本也不算什么，可在独孤皇后看来就是奢靡的苗头。这哪里行？宋齐梁陈的奢靡之风，是绝对不能要的，连萌芽都不行，她不能给大隋留下任何隐患。杨广就不一样了。他衣着简朴，起居简单，并且今日去拜访韩擒虎讨教军国大计，明日去拜访张衡谈论民生国策。无论在朝堂还是大街，对群臣都毕恭毕敬，恪守礼数，温良如玉，一副翩翩君子模样。

两相对比，老太太开始动摇了。杨广趁热打铁又使出了"会哭的孩子有奶吃"这一屡试不爽的招数。他跑到老太太那边，哭诉杨勇嫉贤妒能要陷害他，想要除掉他。他的军师张衡等人则在左右煽风点火。老太太被彻底拿下了。剩下的事情就好办了。为什么呢？杨坚怕老婆啊！

大隋开皇二十年（600年），杨坚废杨勇，改立杨广为太子。

杨广用一场华丽的表演不费一兵一卒就取代杨勇成为太子。但他不能演一辈子，他终究要做回自己。继承帝位之后，他毫不犹豫地假传杨坚旨意，赐死杨勇，随即又处理了杨秀等人，杀伐果断，手段霹雳，帝王心术，运用自如。

此时独孤皇后已经于两年前去世，世上再也没有谁可以阻挡他了，他也不需再表演。

（二）征伐：指点江山的霸业之路

《史记》《汉书》，他是看过的，秦皇汉武的故事他也肯定耳熟能详。在坐上龙椅之前，杨广也一定无数次地站在大隋的地形图前认真审视过。指点江山，开疆扩土，一统天下，威仪四方，看齐秦皇汉武，然后留名青史，或许这些他早就想好了，也早就策划好了，所缺的不过是一个机会而已。现在机会有了，他已经坐上了皇帝宝座，还有什么比实现自己的理想更能让人兴奋呢？

有野心的书生是很可怕的，更可怕的是这个书生现在还是皇帝！但他还是不够耐心，可能是他已经等不及了。称帝之后，他很是顺利地灭掉吐谷浑、拿下契丹、降服流求、讨伐占城、征服安南。然后他就把目光投向了高句丽。

卧榻之侧，岂容他人酣睡！高句丽一旦攻下，划入大隋版图，其功勋定可超越秦皇汉武，成为名副其实的千古一帝。这个诱惑，对于杨广来说实在太大了。

大业八年（612年），杨广决定出兵高句丽。百万大军挥师北上，一代名将来护儿剑指平壤。可惜由于是超远距离作战，兵士水土不服，粮草补给困难，虽然大军曾一度兵临平壤城下，但最终还是惨败而返。

杨广的书生之气在这场大败中显露无疑。他下旨要求隋将在做决定的时候都要禀报于他。那可是千里之外啊，战场情况瞬息万变，将在外就该军令有所不受。杨广啊杨广，你读秦皇汉武之传，为什么就不看看《孙子兵法》？！

一次不成，那就再打一次。大业九年（613年），杨广再次发兵远征高句丽。可惜在双方僵持阶段，后院起火——杨玄感起兵攻打洛阳。杨广只得撤兵，再次饮恨。可他并不甘心，大业十年（614年），杨广第三次攻打高句丽。此时国内的情况更为糟糕，连年征战，将大隋刚刚积累的一点儿元气消耗殆尽。好在高句丽更是疲于战争，最终送来降表，但对于杨广来说，这仍不能算大胜。

高句丽的"投降"让杨广的霸业就此停下了脚步。如果不是他纸上谈兵，第一次征伐时来护儿可能就解决问题了。如果他能再等几年，多休养生息几年，也自然能够将高句丽完全拿下。

第三次远征高句丽之后，李密等人先后举兵反隋，杨广再也没有心思和精力去争霸天下了。他的霸业，也永远地停留在了他曾经策划的蓝图里。

他终究还是没有秦皇汉武的格局——没有格局的霸气，注定与项羽一般，一败涂地。

（三）独夫：号令天下的赌徒心态

普天之下莫非王土，率土之滨莫非王臣。

也许是夺取太子前太过隐忍，杨广称帝后各种欲望一下子膨胀开来。越是群臣反对，他越是要做；越是天下百姓反对，他越是要搞。愈演愈烈之下，他就变成了神挡杀神、佛阻弑佛的独夫。

他要证明自己是对的，他要证明自己比杨勇强，他要和天下臣民赌这口气。

他要扩建皇宫，他要迁都洛阳。他更要从洛阳乘坐龙舟巡视江南，所以他需要一条运河，一条直通江南的运河。

据载，隋朝当时的人口不过700万，而他修宫殿、修龙舟、修运河要动用多少人呢？每月两三百万劳力，10年间（605—614年）累计征召超过1000万劳力，这其中还不包括四处征讨时的兵源补充之数。

杨广不是富二代，就算富二代也不能这么干。

可惜他就是要干！天下死于役，他不怕，这天下就是他的。

为配合巡游需要，他四处修建离宫——显仁宫、江都宫、临江宫、晋阳宫、西苑……独孤皇后恐怕是要死不瞑目了！

大业五年（609年），杨广西巡，他要做天下共主。从陕西西安，到甘肃陇西，穿过祁连山，到达张掖，走这条线路，就是今天也是一个巨大的挑战。但杨广做到了，而且做得很漂亮。在张掖，他宴请27国君主，君临天下，四方臣服，尽显中华上国之威仪。唐太宗对此都羡慕不已，"大业之初，隋主入突厥界，兵马之强，自古以来不过一两代耳"。

此时的杨广一定在扬扬自得，认为自己乃千古一帝，千古一帝！

杨广更是三游江都。他喜欢江都，喜欢天堂，喜欢美女。只要他喜欢，他就要做。这或许就是他的道理，也是权力的道理。三次江都之行，人吃马喂，挥霍严重，以致于富饶的江南都难以支撑。大诗人李商隐曾有一首题为《隋宫》的诗，直言不讳地抨击他。

紫泉宫殿锁烟霞，欲取芜城作帝家。
玉玺不缘归日角，锦帆应是到天涯。
于今腐草无萤火，终古垂杨有暮鸦。
地下若逢陈后主，岂宜重问后庭花。

当年可是你领兵灭的陈国，陈叔宝怎么灭亡的你是最清楚的，为何这么快就重蹈覆辙？

一个赌徒，一个手握天下生死的赌徒，是不会有任何顾忌的。当高颎、贺若弼、宇文弼被押上刑场的时候，杨广也就真的再也听不到任何反对的声音了，他也真的成了千夫所指的独夫。

皇帝是可以做孤家寡人的，但不能做独夫。朝中虽然没有了反对的声音，但他的江山早已经兵戈四起，杀声震天了。

江山是你的江山，百姓是你的百姓，臣子是你的臣子，你可以杀死他们，但为何要一再跟他们赌气？跟自己过不去的人是可怜的，也是幼稚的。

你不用证明什么，他们需要的只是一个安稳日子！偏偏这是你给不了的。

（四）棋子：兵临城下的醉生梦死

"百无一用"说的是书生，"手无缚鸡之力"说的也是书生。书生大多也是胆小怕事的。胆量这个东西，平日里的吹嘘是不算数的，当一个人面临失败甚至死亡时，其胆量才会真的表现出来。

殷纣王至少还有胆量去死——把自己烧死。陈叔宝就只能躲在枯井里，被别人捉去砍头。杨广呢？他也是没有胆量自我了结的胆小鬼。

大业十三年（617年），李渊引兵长安，杨广已经预知事不可为。他连反抗的意志都没有，而是抓紧时间扩充后宫，以供享乐。史载，他曾对镜大呼："好头颈，谁当斫之。"一代雄主，竟然引颈以待！

他是想过死的，可能毒药什么的都准备好了。但宇文化及兵变时，他却化装逃跑了。可惜他再也找不回曾经华丽的演技了。被叛军擒获后，他才想起来他应该死得体面一些，于是乞求自杀。此时叛军焉能许他？最终一代雄主竟被人活活勒死。

杨广啊，如果你真能如殷纣王一般自焚于丹阳宫，也不枉你一世枭雄。你终究还是一个书生，哪怕穿上龙袍、坐上龙椅，还是一个胆怯的书生。你把天下当棋盘，岂不知天下弃你如棋子！

（五）才情：一个书生的根本倚仗

杨广有才，就诗文而言，窃以为不让李后主。两个亡国之君，在这方面却真实地显露出最具才气的一面，这或许也是他们最根本的倚仗。

> 寒鸦飞数点，流水绕孤村。
> 斜阳欲落处，一望黯消魂。

这首题为《秋思》（又作《野望》）的小诗就出自杨广之手。萧瑟素淡的原野，寂寥和孤独的意境，置于盛唐之时，亦不遑多让。后人秦观有词，"斜阳外，寒鸦数点，流水绕孤村"正是由此脱胎而来。

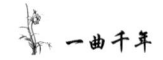

杨广还有二首《春江花月夜》，虽然没有张若虚那首出名，但"春江花月夜"这5个字的版权，是谁也否定不了的。

> 暮江平不动，春花满正开。流波将月去，潮水带星来。
> 夜露含花气，春潭漾月晖。汉水逢游女，湘川值两妃。

无论写景、写情都完全不像是出自杨广之手。

杨广最著名的当然还是那首《饮马长城窟行》。

> "……树兹万世策，安此亿兆生。讵敢惮焦思，高枕于上京。……借问长城侯，单于入朝谒。浊气静天山，晨光照高阙。释兵仍振旅，要荒事万举。饮至告言旋，功归清庙前。"

读来真是讽刺，一个四处征讨的战争狂人，竟然如此地赞叹和平。此时的杨广俨然皇帝身边的书生，看皇帝巡视四海，禁不住歌功颂德。或许这才是他真正的蓝图，战争只是他实现蓝图的方式而已。

杨广的诗还有一个最大的特点，就是在诗中看不到丝毫的帝王气息，这一点李后主亦不如（后主词多为亡国之音）。他的诗有浓厚的书卷气，这才是书生本色，也是杨广的本色。

（六）后记：绝对权力

书生是可以治国的，所谓"半部《论语》治天下"，就是这个道理。

书生也是可以做皇帝的，宋仁宗赵祯就做得挺好。他没有什么欲望，更没有什么野心，并且他还能克制自己的欲望。孔夫子说"克己复礼为仁"。可惜杨广不但不克制自己的欲望，反而于大权在握后欲望无限膨胀。

欲望遇见权力已经是祸端。杨广遇见隋炀帝，是无限的欲望遇见绝对的权力。这个天才的诗人，在绝对权力的支配下，成为残暴的独夫，注定只能以悲剧收场。唐初全国人口不足 500 万，比隋朝立国时足足减少 200 万！数字何其冰冷！

杨广，尽管你攻城略地、开疆扩土，尽管你修建大运河，尽管你改革官制、开创科考，尽管你尊儒重道、弘扬圣学，但治下民不聊生，一个"炀"字，绝非妄评！

入夏以来，我亦常流连于通州大运河畔。岸边，杨柳依依，儿童喜乐，帐篷杂立；运河上，水波荡漾，野鸭嬉戏，游船悠悠。所谓盛世唯在民心。是为记。

燕子楼记

我是蛮羡慕关盼盼的。就像我们,百年之后谁还会记得?都不如天上的云,散了聚,聚了散,总是会有再来的时候。我们常说岁月变幻,其实变幻的从来不是岁月,而是人世。

关盼盼不一样。现在还是有很多人偶然会想起这位美丽的女子。作为一名风尘女子,她的故事从唐代一直流传到现在,而且还会继续流传下去,这样的成就纵使在为王侯将相作传的《二十四史》中也是可以熠熠生辉的。

(一)人生若只如初见:风袅牡丹花

大唐贞元二十年(804年)秋,徐州。

燕子楼前,秋风萧萧。关盼盼的披风和秀发微微荡漾。她凝视着远方,似乎看见那个人正一步步地赶来。

书桌上,墨迹未干。宣纸上娟秀的字体,亭亭玉立,宛若静立窗前的她。

> 时难年荒世业空,弟兄羁旅各西东。
> 田园寥落干戈后,骨肉流离道路中。
> 吊影分为千里雁,辞根散作九秋蓬。
> 共看明月应垂泪,一夜乡心五处同。

她读这首诗时常常读出泪水来。如今自己早已是孑然一身,若非张愔这个知音人,或许她也……

真不知道他究竟经历过多少风霜苦难才能写出如此揪人心肠的诗句。

叹息悠长，凋零如叶。

有人来报，那人已至。

关盼盼神情一颤，芳心一抖……

那人正是北上的白居易。

"离忧不散处，庭树正秋风。"白居易带着对湘灵的满腔离恨从宿州符离老家赴长安上任。秋风萧萧，尽是离声；乡关何处，举目皆愁。

他无心赴宴，但张愔的面子却不得不给。张愔不仅是徐州刺史，还是已故司徒张建封的儿子。张愔也未必是真心请他，但为博美人一笑，几杯水酒，又算得了什么。

所谓酒宴，举杯换盏，谈笑风生，终究不过是逢场作戏罢了。世人争破头，也不过是争一个戏子的角色而已。

张愔举杯，白居易回敬。酒过三巡，张愔醉意蒙眬，微眯双眼，双手轻轻一拍，盼盼闻声缓缓而出。行至大厅中央，翩然起舞，婀娜婉转，香风阵阵，恰是仙子下凡。

白居易一怔，没想到此地竟然也有如此才艺出色的女子。他心里一痛，犹如刀割，湘灵的影子铺天盖地般袭来。

湘灵！他暗呼。

舞停，酒尽。关盼盼款步上前，为白居易斟酒。白居易一饮而尽。今朝有酒今朝醉，明日愁来明日愁。

美人微醉，最是风情，何况又是在自己偶像面前。关盼盼时而轻歌，时而曼舞。

酒到浓处是情，情到浓处成诗。

　　醉娇胜不得，风袅牡丹花。

明朝酒醒大江流，满载一船离恨向长安。白居易乘兴而去，空余燕子楼。此后余生，人生若只如初见，方知盼盼是盼盼。

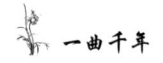

（二）最难忘却：燕子楼中思悄然

我常想，城市上空安静的云彩是不是从大唐上空飘过来的。毕竟曾经有那么一段时光，露似真珠月似弓，春来江水绿如蓝，让后人无限遐想。或许再过千年，我们这个时代也会有人遐想。但这一点儿都不重要，至少对于我们来说是这样的。最重要的事情始终是眼前的日子——慢悠悠的日子，如流水。就算是冬天，也会有春风化雨的期盼与美好。

关盼盼的日子应该是惬意的。在这个四季分明，夏无酷暑、冬无严寒的城市里，春天她与张愔乘坐马车去淮河边踏青，唱"东边日出西边雨"；夏日他们住进狮子山的别墅里，偷得浮生半日闲；秋日他们在泗水亭中，静候秋声；冬日他们去拜访霸王楼或者干脆躲在燕子楼中，目送归鸿。

我们不能奢求幸福一辈子，我们所能做到的就是珍惜眼前的幸福时光——两年后，张愔离世，关盼盼的幸福烟消云散。但她还是坚守着燕子楼，她要把燕子楼铸成一块高大的贞节牌坊，以祭奠她与张愔的爱情。

这一切对于远在长安城的白居易来说，都是无关紧要的。他早已经忘记了那朵"风袅牡丹花"，直到有一天张仲素到来。这一天距他与关盼盼的那一面之缘已经过了10年之久。谈及关盼盼这位未亡人，张仲素写道："楼上残灯伴晓霜，独眠人起合欢床。相思一夜情多少，地角天涯未是长。"她日日夜夜思念着自己的夫君，诚如白居易日日夜夜思念着湘灵。"北邙松柏锁愁烟，燕子楼中思悄然。"平日里，她躲在燕子楼中，这大好尘世已与她无关，她的思念早就飞到了北邙山。"瑶瑟玉箫无意绪，任从蛛网任从灰。"她已心如死灰，这人间，她只欠一死。

白居易又想起那朵牡丹，那朵曾经在他面前盛开的牡丹。原来人类的悲欢从来都不是相通的，他在长安城，岁月静好，而长安之外呢？湘灵渐凋零，盼盼成盼盼。

他想象关盼盼的寡居生活，"满窗明月满帘霜，被冷灯残拂卧床。燕子楼中霜月夜，秋来只为一人长"。一个人的燕子楼，连秋夜都显得特别寒冷与漫长。他想起关盼盼的风情,"钿晕罗衫色似烟,几回欲著即潸然。自从不舞《霓裳曲》,叠在空箱十一年"。只是这风情早已经成为传说。女为悦己者容,张愔不在了,她的心也不在了。他感慨关盼盼的坚贞。"见说白杨堪作柱,争教红粉不成灰",张愔坟前的白杨树都可以做梁柱了,而他的红颜知己还在为她坚守。

如果故事就这样结束,那燕子楼或许会和"梁祝"的十八里亭一样成为后世纪念爱情的圣地。可惜爱情最怕的就是纪念,因为那往往意味着过往或逝去。

(三) 最毒不过:一朝身去不相随

"添油加醋"向来是文人的看家本事,也是他们吃饭的法宝,这无可厚非,也不是一点儿价值都没有。如果不是他们,我们幼时就没有听过那么多历史故事,没有花木兰、没有樊梨花与薛丁山、没有穆桂英与杨宗保,至于织女和牛郎、七仙女和董永、祝英台和梁山伯……也将全然没有。

那该是多么寂寞啊!生冷的史册如贫瘠的荒漠,看不见风起,听不见雨落,闻不见花香,也更无理不清的笔墨官司。

只是对于白居易来说,这笔官司太过于荒诞。毕竟就算罗贯中如何不待见周瑜,对于这位"羽扇纶巾"的三国英豪,他还是保留了应有的尊重。但白居易却稀里糊涂地成了杀死关盼盼的凶手,而凶器就是他写的那句诗。见说白杨堪作柱,争教红粉不成灰——关盼盼,张愔已经死了那么多年了,你怎么还忍心独活?你应该学虞姬、学绿珠,应该殉情才是。白居易的"添油加醋"成就了唐玄宗与杨玉环的爱情绝唱,可他自己也无端地被他人"添油加醋",成了杀死关盼盼的凶手。

给白居易"添油加醋"的人是谁呢?朱熹!或者准确地说是朱熹的理学。

理学打着"存天理,灭人欲"的旗号,高呼"三从四德",呐喊"饿死事小,失节事大",手起刀落,把处在封建专制中的女子对爱情与自由的向往彻底割裂。关盼盼这条小命,尽管已经死了300多年了,但还是不得不再死一次。

古人喜欢才子佳人，凭借着白居易的面子，到北宋时关盼盼已经成为"李清照"般的才女。为配合剧情，有人还代白居易作了首诗，云："黄金不惜买蛾眉，拣得如花四五枝。歌舞教成心力尽，一朝身去不相随。"关盼盼得此诗，泪如雨下，道，"妾非不能死，恐百载之后，人以我公重于色"，所谓"自守空楼敛恨眉，形同春后牡丹枝。舍人不会人深意，讶道泉台不去随"——你不明白，我之所以还形同槁木地活着，不是我怕死，而是怕后人说张愔是个贪恋女色之徒，玷污了他的名声。

到了南宋，随着朱熹在学术上的一统天下，守节甚至殉情成了"贞洁烈妇"的金字招牌。毫无人性的道理却透露着理教的森严。关盼盼作为一名风尘女子，能得到士大夫张愔如此宠爱，已经是天大的荣幸，既然张愔死了，按当时的封建礼教，她自然也该泉下追随。于是乎，关盼盼的台词又有了变化。

盼盼泣曰："自公薨背，妾非不能死，恐百载之后，人以我公重色，有从死之妾，是玷我公清范也，所以偷生尔。"盼盼得（白居易）诗后，往往旬日不食而卒。

就这样，白居易的诗终于逼死了关盼盼，诚如鲁迅先生所说的，"现在才知道其中的许多，是先因为被人认为'可恶'，这才终于犯了罪"。临终时，关盼盼吟诵道："儿童不识冲天物，漫把青泥污雪毫。"——你等世人犹如无知小儿一般，哪里懂得真正的爱情，又哪里懂得我的冰清玉洁？

（四）梦里不知：空锁楼中燕

我们的世界之所以可爱，之所以让人着迷，之所以让人们对未来充满信心，是因为无论在哪一个时代都始终有那么一些人，他们坚持最纯真的善良，坚持最简单的美好，坚持用他们的真心与热血点缀青史。顺境，他们逍遥快活；逆境，他们淡然处之。苏轼就是这样的人，他可以清唱"多情却被无情恼"，也可以高呼"老夫聊发少年狂"。

公元1077年，受累于王安石变法，苏轼任职徐州。时年夏，他拜谒燕子楼。他本是风流才子，尽管仕途多难，但赤诚之心犹在。对于这位坚守燕子楼的古代名妓，他自然也会生出隔世的好感。当晚，苏轼夜宿燕子楼，关盼盼于梦中幽幽浮现。

"醉娇胜不得，风袅牡丹花。"一切都如同白居易诗中所写的那般。刹那芳华铸就的永恒美，并没有随着时光的流逝而消散，反而在苏轼的梦中显得格外真实与亲切。但当他醒来，月华满地，只有这孤寂的燕子楼，在清风中遗世独立。

苏轼站在燕子楼上，不远处的黄楼依稀可见，这时空宛若唐时，只是世间再无关盼盼。苏轼情思飘荡，一阕《永遇乐·彭城夜宿燕子楼》落成。

明月如霜，好风如水，清景无限。曲港跳鱼，圆荷泻露，寂寞无人见。紞如三鼓，铿然一叶，黯黯梦云惊断。夜茫茫、重寻无处，觉来小园行遍。

天涯倦客，山中归路，望断故园心眼。燕子楼空，佳人何在，空锁楼中燕。古今如梦，何曾梦觉，但有旧欢新怨。异时对、黄楼夜景，为余浩叹。

苏轼是善于写梦的。在《念奴娇·赤壁怀古》中，他一边高唱"大江东去"，一边低叹"人生如梦"；在《江城子·乙卯正月二十日夜记梦》中，他一边倾诉"夜来幽梦忽还乡"，一边哭泣"料得年年肠断处，明月夜，短松冈"。这里，他更是写道"古今如梦，何曾梦觉"。这尘世，这古今，黄粱一梦而已，所剩下的不过是一座燕子楼。

"燕子楼空，佳人何在，空锁楼中燕。"关盼盼和张愔的爱情圣地，如今已空空如也，甚至已经成为燕子的栖息之地。"旧时王谢堂前燕，飞入寻常百姓家。"当繁华落幕，所留下的不过是些不中用的旧物。除了叹息，又能奈何？

再二百年，苏轼也成为传说，可燕子楼仍在。

公元1273年，文天祥到徐州，寻访燕子楼，留诗云："自别张公子，婵娟不下楼。遂令楼上燕，百岁称风流。"又道，"因何张家妾，

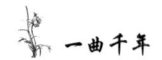

名与山川存。"最后道,"自古皆有死,忠义长不没。但传美人心,不说美人色。"

对于这个风尘女子的坚贞,文天祥是高度赞扬的。自古皆有死,但只要忠义在,死又何妨?就像关盼盼,她早就死了,可现在世人还在传说她的忠贞,而不是谈论她的美色。

(五)后记:永恒

云龙湖湖水很清,细雨蒙蒙的模样,大抵如关盼盼一般美丽。

如今这个城市已经没有马车,没有风月,更没有战乱,有的是高楼大厦和宽敞的柏油路。这早已不是关盼盼熟悉的生活,却是她所渴望的。

安静的生活,谁不渴望呢?

燕子楼还在,在云龙湖边矗立着,如安静的美男子。就像张愔守护着关盼盼,他也安静地守护着这座城市和这片土地以及这里发生的美好。一对对恋人在燕子楼前合影。他们享受的,正是关盼盼们所渴求的,白居易们所歌颂的,也是苏轼们所向往的,更是文天祥们所为此而奋斗的。这个误入红尘的小女子,用坚贞柔弱的身躯塑造了一道亮丽的风景线。

很多时候,不经意间,我们已经悄然成为繁华俗世的俘虏,忙忙碌碌地生活着,在看不到终点和希望的日子里沉沦。但这个世界终究不是虚无的,当所有的一切都落下帷幕,人生也并非只剩下一地鸡毛,还是有一些东西会让我们甚至后人感叹或唏嘘的。这仅有的一点点儿念想,或许才是永恒。

有些东西,燕子楼是锁不住的。是为记。

使徒庞勋

皇帝选择年号时当然想图个吉祥，开元、贞观、神龙、元和、大中祥符、永乐、万历……这些年号听上去就挺美的。玄烨和弘历这爷孙两个，尽管不是汉人，但"康熙"和"乾隆"的年号也是深得儒学精髓。

咸通，这个年号也是如此，尽管此时大唐帝国已经垂垂老矣，不复当年风采，但有些事情还是容不得半点儿马虎。"小太宗"李忱曾经有诗云"海岱晏咸通"，寓意天下升平。于是他的儿子李漼继承帝位后，便毫不犹豫地改元"咸通"，也梦想着成就一番大事业，至少不能辱没了祖宗的脸面。

咸通，公元860年11月到公元874年11月，刚好15个年头。这已经不算短了，毕竟有些皇帝龙椅都没暖热，脑袋就被他人砍下来了。刚开始李漼还是很有干劲儿的，但后来大概就是犯了皇帝的通病了，"荒淫无道"这四字评语用在他身上也不算冤枉了他，而"咸通"也成为中国历史上几个最为混乱的时期。

庞勋，这位大唐的低级军官，在历经3年又3年的等待之后，终于开始了使徒般的自我救赎之路。

（一）乱与美好：走马灯似的宰相与"咸通十哲"

李漼执政时有多么混乱？也许我们可以通过一个简单数字来窥探其中端倪。在他执政的15年间，出现了21位宰相。算下来差不多每七八个月，一人之下、万人之上的宰相宝座就要换一个人。走马灯似的换人让朝政混乱不稳，大概就是新政未热已成一纸废文。

李漼这个人总是花样百出。他喜欢请客，动不动就大摆宴席；喜欢旅游，尤其是郊游，而且是"自驾游"，车上满载美酒和美人；他还是一位音乐迷，自己养的伶官、戏子竟然多达五百之众。他唯独不喜欢的就是管理朝政，对于他来说，这个国家只要给他钱花，给他酒喝，至于谁人主政，又有何分别？自己亲自出面，太麻烦了！

没有皇权限制的宰相，其权力是非常大的，李漼时期的这21位宰相就是如此。更为悲催的是，这帮所谓的宰相根本没有宰相的才华与气度，与他们的前辈如魏征、张说、姚崇、狄仁杰等根本无法相提并论。比如杜悰，乃杜佑之孙，与杜甫也是沾亲带故的，但他本人非常不堪，人送外号"秃角犀"，除了吃喝玩乐别的就都不会了。还有路岩更是离谱，于咸通五年任相，他把政事交给身边人去做，自己就负责捞好处收钱。路岩之后是驸马都尉韦保衡为相。这两人被称为"牛头马面"，吸血鬼啊！

当时有一首民谣，歌曰："确确无论事，钱财总被收。商人都不管，货赂几时休？"所谓民反，如果都能安居乐业，谁愿意造反？为政者，若不体察民情，任性妄为，也就怪不得他人造反了。

当然，咸通期间也并非一无是处，至少大唐的文脉并没有因为朝政的混乱而中断，这或许就是我们民族精神能生生不息的缘由了——无论何时何地，都有那么一帮人坚守着孔夫子的阵地，就算躲进山林里也不投降。咸通时期就出现了这么几个人，宛如魏晋时期的嵇康等人，后人也给了他们一个雅号——咸通十哲。

他们的代表人物是郑谷。相传郑谷7岁就可写诗，他的舅舅司空图（《二十四诗品》的作者，著名的诗论家）曾经夸赞他——"当为一代风骚主"。"雨昏青草湖边过，花落黄陵庙里啼。"他的这首题为《鹧鸪》的诗，更是让他赢得了"郑鹧鸪"的名号。

"咸通十哲"中张乔的诗名也很大，曾有"根非生下土，叶不坠秋风"等名句传世。

但这一切更像是梁实秋的小品文，外面已经炮火连天了，自己还在享清闲。文人，最无用的时候就是处于乱世，因为他们手无缚鸡之力；文人，最有用的时候也是处于乱世，因为他们的一腔热血可以点燃时代的烛火。

乱是时代的，美好是他们的，如此而已。

（二）无间道：三年又三年后地逼上梁山

庞勋原本是不准备起义的，他干吗要起义呢？他又不是陈胜、吴广，一旦耽误行程就要被杀头。他本身就是大唐军人。这支军队曾经创造的辉煌现在还在史册中熠熠生辉，就算到了李漼当皇帝的时代，军人依然是值得尊重的一份差事。

可庞勋还是反了。为什么呢？

咸通四年，也即公元863年，南诏国（今日云贵一带）见唐王朝日渐式微便开始不安分起来，但如果直接向大唐开战，他们还得掂量掂量，于是选择了攻打安南（今日越南）。安南，大唐帝国的"小弟"，很快就招架不住了，怎么办？找"大哥"帮忙！

瘦死的骆驼比马大，眼看"小弟"被欺负，李漼这天朝皇帝的面子还是得要的，于是出兵支援。为安顿后方，有一支800余人的军队被派到桂林戍边，并且说好了，按照惯例三年一轮换。庞勋是这支部队的粮料官，也算是肥差。这一切看起来也都没有什么不妥。但是三年之后呢？根本没有人管他们！朝廷的宰相走马灯似的更换，谁会在乎他们区区八百的戍边士兵？当然还有一个原因，这800人都来自徐州，勇猛善战，朝廷不舍得放。总之，好说歹说，让他们再等三年。

说好的三年，这又三年，到了公元868年，这些人终于坐不住了——他们要回家。但当时的主官崔彦曾却说没有路费，让他们继续再等三年。但人生又有几个三年？或许明天他们就成"无定河边骨"和"春闺梦里人"了！

于是，他们决定自己动手——他们当中的都虞侯许佶及军校赵可立、姚周、张行实等人联手杀掉了监视他们的军官，开始造反。许佶几人觉得庞勋素来有威望，是最合适不过的领导，所以就推举庞勋做"大哥"。不知道庞勋当时的反应，他应该觉得有些无厘头吧。

就赶鸭子上架般，庞勋一下子走在了时代的最前沿。往前一步，或许不是天堂，但退后一步，可真是地狱。

时无间,命无间,身形无间——庞勋,没得选!

(三) 星火燎原:对家的念想和对当官的幻想

再难的事情只要有了第一步或者踏出了第一步,剩下的似乎就简单多了。庞勋就是如此。既然已经当了"大哥",就算此时退出,也是满门抄斩的罪过,还不如索性干到底,说不定会是一条活路。

他们最初的目的就是回家,想回徐州(这场起义真是当政者自己作的),于是他们就直奔徐州。对于这样一支军队来说,路线或者目的越简单可行越利于执行,"回家"这个单纯的梦想让他们充满激情与战斗力。

其实,如果此时朝廷及时真心实意地出面安抚,把有关人员处理一番,这个事情可能也就平息了——庞勋他们此刻只想回家,什么起义,什么天下,还是没影儿的事情。

混乱的朝政让一切都变得无可挽回,虚与委蛇的后果就是让庞勋失去耐心,于是在当政者的推动下,一场动摇大唐根基的农民起义开始了。庞勋等人开始为大唐王朝"挖掘坟墓"。

起义军直奔徐州的策略看起来是非常奏效的,他们竟然一路从桂林杀到了宿州,几千里的路程,不但没有被官兵镇压,队伍还越发壮大。在攻打宿州时,庞勋的军队已经有了六七千人。筹码的增加让他们看到了更多的可能性。

公元868年10月,庞勋攻陷宿州。这下朝廷可能才真的重视起来。在攻陷宿州及接下来攻打徐州的战争中,庞勋显示了其作为领袖的英明与果断。

政治上,庞勋在攻城之前命令军队不得扰民,攻入城后还散发财米。总之,安抚民心,又加上起义军的核心领导层本就来自徐州当地,所以起义军很快就在当地得到了民众的支持。

军事上,作为一名资深军官,庞勋深知兵贵神速的重要性。宿州之战中,白天他亲自率兵出城突袭都虞侯元密的大营;夜里他又迅速集结军队装满资粮,顺流而下。等到元密反应过来时,庞勋等人早就金蝉脱壳而去。

此时此刻的庞勋忽然有了一丝大将的风采。他并没有真的逃走，而是在唱一出戏给元密看。元密仓皇追来时却见庞勋义军的船只列于堤下，岸上零零星星的士兵发现官军到来后，纷纷躲入堤坡。元密以为庞勋临阵畏缩，于是驱兵进击，却一下子钻进了庞勋精心设计的口袋。此役中元密战死，两三千人的官兵，一半战死，一半投降庞勋。

大胜之后，庞勋得知徐州空虚，就立即引兵北渡濉水，进攻徐州。此时崔彦曾才知元密兵败，急向邻道求援，关起城门，选拔丁壮守备。无奈全城惊慌，已无固志。公元868年10月17日，庞勋兵临徐州城下，里应外合之下攻下徐州。庞勋声名大震，城中百姓纷纷来投义军。

半个月的时间，庞勋拿下宿州、徐州，这足以证明庞勋被推为起义军首领绝非偶然。这颗蒙尘之珠终于绽放出属于他的光芒，可惜这光芒对于大唐王朝来说却是致命的。此时的庞勋早就没有了被推举为首领时的扭扭捏捏，而是踌躇满志。他的军队已经有十万之众，任谁有十万军队，都有了可以谈判的资本——庞勋也开始与朝廷谈判。

既然回家的目的已经达到，那还打仗干什么呢？庞勋上书李漼，自称为臣，要求做徐州节度使。节度使，真的有那么大魔力吗？这会是庞勋的出路吗？

（四）欺之以方：起义军的困境与出路

唐朝末期的节度使无异于一方诸侯。安禄山起兵前就是范阳节度使，庞勋之后的朱温、李克用等人也是借着节度使的名号而黄袍加身的。所以，就算庞勋有了十万之众，而且已经占领了偌大的地盘，也依然抵挡不了做节度使的诱惑。

不想当节度使的军人真的不是一个好军人，尤其是唐朝，成为节度使无疑是每一个军人的最高荣誉。再说徐州自古就是兵家必争之地，如果可以割据于此，虽然做的是节度使，却可成为实打实的"土皇帝"。

庞勋以为自己的奏折一旦送到李漼的手中这徐州节度使的官服也就很自然地穿上了，就连当地的百姓都说"得节不得节，不过十二月"。

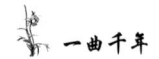

庞勋也没有消极地等待，而是继续扩大地盘。他深知，地盘越大，他与朝廷谈判的筹码就越大。

在徐州站稳脚跟后，庞勋开始攻城略地，并先后攻取了濠州、滁州、和州等地，还派遣重兵围攻泗州（今安徽泗县）。他的一系列攻城行为，除了能增加谈判筹码以外，我真看不出还有什么别的战略目的。陈胜、吴广都可以称王，后世的黄巢更是做了皇帝，而他根本没有，连一个正经的口号都没有。为什么打仗？或许他自己都没有想清楚。

唐王朝也开始认真对待庞勋了。康承训、王晏权、戴可师等人率兵三面围攻都梁城（今江苏盱眙北），直扑徐州。庞勋连夜退出都梁，留给戴可师等人一座空城。此时上天又拉了庞勋一把。就在戴可师进入都梁城的第二天，天降大雾，庞勋抓住这个千载难逢的时机，立即引兵数万，以迅雷不及掩耳之势杀了个回马枪。这一个回马枪杀得官军四散逃窜、死伤无数，戴可师也被处死。庞勋大获全胜，其个人声望也达到了最高点，起义军的规模则超过了二十万。

战争的胜利却没有换来朝廷的一纸诏书。庞勋与他日渐庞大的军队除了打仗真不知道该做些什么了。他把目光投向了淮南，淮南节度使令狐绹却是一只实打实的"老狐狸"，他在淮南经营多年，根深蒂固。他是令狐楚的儿子，也是李漼的第一位宰相，他一眼就看出了庞勋的弱点，于是就使了个缓兵之计——他表面上应允庞勋，帮助他向朝廷要徐州节度使的官位，但实际上他在等，等康承训的大军。

或许在庞勋相信令狐绹的那一刻，他和起义军的结局就已经被注定了。其实我更相信即便没有令狐绹这一招，庞勋的结局也是注定的。漫无目的地战斗，兵败人亡是迟早的事。

真的很奇怪，事情都到这个地步了，庞勋还是没有打出自己的口号和旗子，还是没有过一把当皇帝的瘾。你说，他起义干什么呢？是啊，他起义干什么呢？这个问题，或许是所有农民起义军的终极之问。

（五）成王败寇：大唐帝国的掘墓人

戴可师败亡的事情，对康承训的刺激是非常大的。康承训变得小心翼翼起来，他不再急功近利，而是开始稳扎稳打。这种步步为营的策略无疑是成功的，毕竟庞勋手下的那帮人中很多都是扔下锄头的农民和被迫投降的官兵，这些人在顺境之下还是可以一起喝酒吃肉的，一旦陷入逆境随时都可能掀桌子拆台。

此时，庞勋可能无暇顾及康承训，因为他面临的问题主要还是来自内部——尝到了权力滋味的起义者，开始享受权力带来的便利。

与他在桂林起兵的老部下都是战功赫赫，如今眼看已经天下在握，所以就享受吧。这帮人扔下了"不侵扰百姓"的幌子，开始放纵——美酒、美女，什么好抢什么。许多年之后，李自成、洪秀全等领导的起义军也出现了类似的情形。毫无底线地贪敛与索取，宛如世界末日一般的享受，就算没有康承训的大军，庞勋等人也支撑不了几日。

他在给大唐帝国挖掘坟墓的同时也给自己挖掘了一个大坑，一个足以埋葬他和起义军的大坑。

咸通十年（869年）正月，康承训的大军占领了宋州，并进驻柳子镇一带；二月，康承训指挥沙陀三千骑兵，一路冲杀，所向披靡，逼近徐州。庞勋手下的大将王弘、姚周二人引兵来救。但起义军在沙陀骑兵的冲锋之下根本无力抵抗，王弘的三万部队全军覆没，姚周虽然逃过一劫，却在宿州被自己人干掉了。此役是庞勋起义的一个转折点——它开始走向覆灭了。

公元869年3月，庞勋见没有等到朝廷的任命，反而等来了康承训的大军，并且自己的处境也已岌岌可危，他的心态终于有了彻底的改变。在谋士周重的献策下，他决定与大唐王朝决裂。其实周重说的更为清楚，"速建大号，悉兵四出，决力死战"，也就是有了旗帜更容易招揽兵卒。4月，庞勋被推举为"天册将军"，后为"大会明王"。至此，庞勋总算有些起义的样子了，尽管已是穷途末路，但也总算有了自己的身份与位置。

康承训的大军并没有给庞勋过多的时间去思考接下来的路，而是乘胜追击，痛打"落水狗"。此时起义军内部也开始分裂，原来投降的官兵在唐王朝的怀柔政策之下纷纷倒戈，甚至原本的义军也开始另谋出路，甚至摇身一变成为官兵。

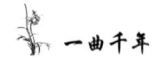

五月，失泗州；六月，失濠州；七月，失宿州；八月，失徐州；九月，失彭城，庞勋战死。

庞勋到死都没有等到他想要的徐州节度使一职——李漼竟然如此吝啬，或许他更在乎的是尊严。虽然那个时候，他的尊严已经一文不值。

（六）后记：轰轰烈烈，大干一场

我常常想，现在把庞勋的事情称之为"起义"是否合适。事实上，整个起兵过程中，他都是对大唐王朝充满幻想的。

刚开始起兵时，如果朝廷真心实意地让他们回家，这事儿也就解决了；即便他们已攻下徐州，如果李漼大方点儿，这事儿兴许还有回旋的余地。就算后来庞勋做了"大会明王"，那也是极度失望下的孤注一掷。这本来是一场可以避免的动乱，但偏偏就是这样一支没有政治目标、没有政治口号的"桂林戍边八百勇士"竟然在短时间内聚集了二十余万民众，共同敲响了大唐王朝的丧钟。

人有的时候，真的不能想太多。我们常说三思而行，但很多时候都是三思而不行。其实，人生苦短，倒不如甩开膀子，轰轰烈烈，大干一场！至于结果，不过大笑三声！

庞勋，是条汉子！是为记。

南唐遗恨

南唐虽然也打着"唐"的幌子,皇帝尽管也姓"李",但其与繁盛的大唐帝国却是八竿子也打不着的。如果不是出了几个会写小曲的君王和臣子,这个以"唐"自诩的国度怕是要遭遇与北汉、后蜀等政权一样的待遇——在历史阴暗的角落里慢慢凋零。最多也只是在赵匡胤"黄袍加身"的英雄故事里泛起一丝沉渣。

是啊,谁会在乎英雄踩着的是哪一只蝼蚁?

南唐不是蝼蚁。有宋一代的才子如柳永、苏轼、辛弃疾等或多或少都曾受到过南唐君臣的滋养。他们甚至可以在南唐君臣的身上依稀窥见大唐盛世的雄浑气象。毕竟"细雨梦回鸡塞远"与"鸡声茅店月,人迹板桥霜"放到一起也并不太过违和。

王国维先生在《人间词话》中曾道:"唐五代之词,有句而无篇。南宋名家之词,有篇而无句。有篇有句,唯李后主降宋后之作,及永叔、子瞻、少游、美成、稼轩数人而已。"李后主就是南唐亡国之君李煜,在唐诗与宋词这两座巍巍大山之间,以李煜为代表的南唐君臣宛若一道桥梁甚至丰碑伫立其间,前是"君不见黄河之水天上来",后是"只恐双溪舴艋舟,载不动许多愁"。或许我们可以忘记南唐,却无法忘掉"春月秋月何时了"。

(一)从西蜀到南唐:当时年少春衫薄

中国最好的诗作,三分之一散落于边关,三分之一留在了江南,还有三分之一属于蜀地。李白由蜀地仗剑去国,高呼"蜀道之难,难于上青天";杜甫筑草堂于成都,感叹"安得广厦千万间,大庇天下寒士俱

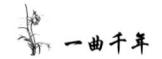

欢颜"。"诗仙"和"诗圣",把蜀地的山山水水,一揉一搓,融进心里,"秀口一吐,就半个盛唐"。

词亦如此。词有"诗余"之称,本民间小调,虽兴起已久,但始终难登大雅之堂。但这一切随着刘禹锡的入蜀而开始改变。他把蜀地小曲纳入诗中,创作了大量的《竹枝词》,并有"东边日出西边雨,道是无晴却有晴"的佳句流传。他离开蜀地70年后,一个名叫韦庄的年轻人奉唐昭宗之命出使西蜀。不曾想到的是,这位大唐的使者,最后竟然力谏王建称帝,他也摇身一变做了西蜀的宰相。在政治上他"背叛"了唐帝国,在文学创作上他也"背叛"了唐人引以为傲的诗,成为词崛起的"重要鼓手"。

韦庄对词是认真的,他开始有意为之。"人人尽说江南好,游人只合江南老。春水碧于天,画船听雨眠。垆边人似月,皓腕凝霜雪。未老莫还乡,还乡须断肠。"像这样题为《菩萨蛮》的词作,韦庄写了许多。还有《浣溪沙》《清平乐》和《江城子》等。翻开他的《浣花集》,不知道的还以为是宋人的词集。

更为重要的是,韦庄还赋予词以感情。词有了感情,就有了灵魂;有了灵魂,才能独立存在。

"红楼别夜堪惆怅,香灯半卷流苏帐。残月出门时,美人和泪辞。

琵琶金翠羽,弦上黄莺语。劝我早归家,绿窗人似花。"

这首《菩萨蛮》记录了韦庄的一段风流韵事,这样的场景后来也将反复出现在柳永、秦观、周邦彦等人的词作中。美人梨花带雨,韦庄呢?他秀笔一挥写出了"琵琶金翠羽,弦上黄莺语"这般美丽的句子,把美人的情深义重和自己内心的伤感都寄托在琵琶上,连一向眼光甚高的王国维也对此心悦诚服。宋人晏几道被后世传颂的那句"琵琶弦上说相思。当时明月在,曾照彩云归"也带着韦庄的影子,大抵感情终究是相通的。

韦庄年少时曾留恋江南,可一入蜀地,就再未踏足江南。对于江南,他曾写道:"如今却忆江南乐,当时年少春衫薄。骑马倚斜桥,满楼红袖招。"江南啊,不知道埋葬了多少读书人的梦想和离愁。但那时的江南,战乱连连,哪里还有什么"江花红胜火",哪里还有青衫少年行?

(二)李璟和冯延巳:小楼吹彻玉笙寒

公元937年,自称为李唐后裔的南吴齐王徐知诰正式称帝,并恢复李姓,改国号为唐,史称南唐。由于有了李唐的招牌,加上地处江南,又施行"息兵安民"的战略,在那个混战不堪的年代里,这个偏安一隅的小国,不仅招来了韩熙载等江北有识之士,还聚集了冯延巳等江南才子,到公元943年李璟继位时,南唐俨然盛世在望。

李璟的运气实在是不能再好了。继承徐知诰奠定的基业后,在五代十国那个混乱的时代里,他竟然安安稳稳地做了将近20年的皇帝,也正是这20年给了词继续成长的土壤。毕竟无论是李璟还是他的宰相冯延巳都是词坛圣手。

菡萏香销翠叶残,西风愁起绿波间。还与韶光共憔悴,不堪看。
细雨梦回鸡塞远,小楼吹彻玉笙寒。多少泪珠何限恨,倚阑干。

这首《摊破浣溪沙》是李璟最为人所称道的词,尤其是"细雨梦回鸡塞远,小楼吹彻玉笙寒"一句更是令人代代传诵。但这样柔情似水的作品更像是出自秦观这般的书生之手,谁能想象一位人间帝王竟也有如此闲情逸致。只是不知道这座"小楼"是不是李煜"昨夜又东风"的小楼。

王国维曾道李璟此词"有众芳芜秽,美人迟暮之感"。对此,最开始我也是颇不以为然的。但当偶然读到李清照暮年时写的《永遇乐·元宵》一阕中的"如今憔悴,风鬟霜鬓,怕见夜间出去。不如向、帘儿底下，听人笑语"之句时，顿觉王国维先生真乃慧眼如炬。当美好失去的时候，回忆或者怀念是多么的沉重与无奈。王国维先生也曾感叹"最是人间留不住，朱颜辞镜花辞树"，感触很深，但似乎过于直白，不及李璟词隐晦，不及李清照词伤感。

冯延巳是李璟的宰相，二人为君臣亦为词友。冯延巳曾有"风乍起，吹皱一池春水"的句子，词中以"春水荡漾"暗喻女子"春心波动"，一语双关，妙不可言。就此李璟诘问道："吹皱一池春水，干卿何事？"冯延巳也不示弱，答曰："未若陛下'小楼吹彻玉笙寒'也。"这些段子多半都是后人演绎的，但冯词风骚可见一斑。

冯延巳尽管也多写离情别绪，但遣词造景更为讲究，境界也不再局限于眼前的事物，对后世的影响也更大。在《鹊踏枝》一阕中，冯延巳写道"泪眼倚楼频独语。双燕来时，陌上相逢否？"这或许就是晏殊"无可奈何花落去，似曾相识燕归来"的源头。在《临江仙》一阕中，冯延巳有"夕阳千里连芳草"这般境界开阔的句子，而这一切到了柳永笔下就成了"草色烟光残照里"。甚至贺铸的那句"一川烟草，满城风絮，梅子黄时雨"也与冯词"满眼游丝兼落絮，红杏开时，一霎清明雨"有说不清、道不明的关系。

（三）南唐国主李煜：一寸相思千万绪

> 遥夜亭皋闲信步，才过清明，渐觉伤春暮。数点雨声风约住，朦胧淡月云来去。
> 桃花依稀春暗度，谁在秋千，笑里轻轻语？一寸相思千万绪，人间没个安排处。

这首词的词牌是《蝶恋花·春暮》，很能让人不由自主地就想起祝英台和梁山伯的爱情故事，但这些风花雪月的事情却是李煜前半生日常生活的写照。

身为南唐的皇子，在太平盛世里，他除了咏写花花草草、卿卿我我还真没有别的事做。他虽"生而双瞳"，但对军政大事着实打不起精神。

于是，李煜从公元937年中秋出生到公元959年入主东宫，甚至直到公元961年继位，这24年的时光里，他俨然南唐的"贾宝玉"，过着看似荒诞却又令世人羡慕的日子。

晚妆初了明肌雪，春殿嫔娥鱼贯列。笙箫吹断水云间，重按霓裳歌遍彻。

临春谁更飘香屑？醉拍阑干情味切。归时休放烛光红，待踏马蹄清夜月。

这阕《木兰花》（又名《玉楼春》）就是李煜纸醉金迷的真实写照。他费尽心思把唐玄宗与杨玉环的《霓裳羽衣曲》找到，重新编曲、填词，又网罗美人，重演"回眸一笑百媚生"的历史典故，但他似乎忘记了"上穷碧落下黄泉"的凄惨。或许他不是忘记了，只是不想记得。

但李煜并非一个滥情的人，这一点儿可以从他和大周后之间的感情得到印证，大概他只是特别简单，以为人就应该过这样的日子，喝喝酒、谈谈情、写写词，至于"何不食肉糜"的传说，还是留给其他人吧。

对于李煜与大周后的感情，后世用"伉俪情深"这样的词汇来形容。这个词多用在世俗夫妻身上，很少用在一国之主和后宫妃嫔的故事里。他们一个填词，一个谱曲，南唐皇宫甚至整个江南都留有他们爱情的踪迹。世人常说愿作鸳鸯不羡仙，大抵就是如此。

但好景不长，大周后还是摆脱不了红颜薄命的历史定律。公元964年，年仅29岁的人周后香消玉殒，李煜悲痛欲绝。在《挽辞》中，他写道："秾丽今何在，飘零事已空。"不久，李煜却又将大周后的妹妹小周后纳入宫中，一样恩爱有加。

但同样好景不长——只不过这次面对的不再是活着与死去的莫测，而是历史潮流的奔腾和大宋的马刀。现在看来，就连大周后的红颜薄命都是一种幸运，至少她不用面对亡国之痛。

一棹春风一叶舟，一纶茧缕一轻钩。花满渚，酒满瓯，万顷波中得自由。

　　这或许才是李煜想要的生活。其实，做一个这样的渔翁真的挺好，无论是在江北还是江南，无论是在秦汉还是南唐。

（四）亡国之君李后主：梦里不知身是客

　　如果李弘冀稍微懂得韬光养晦一些，或者狠下心再重演一遍"玄武门之变"，李煜或许就成了另一个曹植。但最不能假设的就是历史，无论是否喜欢，是否遗憾，都已是注定的。只是南唐的龙椅，对于李煜来说，犹如火山口，随时都会天崩地裂，让他魂飞魄散。

　　李煜登基的时候，南唐已经向赵宋称臣，而且为了进一步讨好赵宋，他还主动去掉南唐国号，自称"江南国主"；在帝王的礼仪方面，更是能减则减。可惜和平从来不是弱者所能决定的，更不是祈求所能得到的。在赵匡胤"卧榻之侧，岂容他人酣睡"思想的指引下，赵宋大军于公元975年冬马踏金陵，从此世上再无南唐。对于这一切的变故，李煜显得很是茫然，很是无措。由一国之主到阶下之囚，他不是刘禅，他的心会痛。李煜把这种痛寄托到《破阵子》一词中。

　　四十年来家国，三千里地山河。凤阁龙楼连霄汉，玉树琼枝作烟萝，几曾识干戈？
　　一旦归为臣虏，沈腰潘鬓消磨。最是仓皇辞庙日，教坊犹奏别离歌，垂泪对宫娥。

　　他懂风花雪月，他懂诗词歌赋，但"几曾识干戈"啊？金陵城破之日，他与宫女只能相拥而泣。至于命运，已经不是他能掌握的了。

　　或许我们会问，他为何不以死谢国？城破之日，守将马承信战死、右内史侍郎陈乔自缢，如果再加上国主李煜死国，南唐的君臣至少也会落一个"悲壮"的名声。但李煜选择了偷生。活着总是好的，死了就真的什么都没有了。也正是这种偷生，南唐才永远地留在了他的词作中，随着他的伤与恨而历久弥新。

> 林花谢了春红，太匆匆。无奈朝来寒雨晚来风。
> 胭脂泪，相留醉，几时重。自是人生长恨水长东。

像这样的"恨"，他还有很多。在暮春是"朝来寒雨晚来风"，在深秋是"寂寞梧桐深院锁清秋"；在空间上是"离恨恰如春草，更行更远还生"，在时间上是"自是人生长恨水长东"；在心里是"别是一番滋味在心头"，在身上是"梦里不知身是客，一晌贪欢"。他的"恨"无处不在，以至于尽管后世词家众多，但写"恨"，无人能出其右。

公元978年中秋，南唐宫中旧人为李煜庆贺生日。李煜又想起南唐，想起月上江南。可眼前这片月色，是赵宋的啊！

> 春花秋月何时了？往事知多少。小楼昨夜又东风，故国不堪回首月明中。
> 雕栏玉砌应犹在，只是朱颜改。问君能有几多愁？恰似一江春水向东流。

这首《虞美人》可谓字字泣血。世人最为向往的春花秋月，在李煜眼中却是痛苦的源泉。因为他梦想的故国只能在明月中回首相望。但一切都已经成了泡影，剩下的只有愁。愁有多少呢？你看那一江春水，水波粼粼，生生不息，世世代代都流不尽啊！

赵光义读完此词，遂害了李煜。他知道，赵宋可以攻破金陵，可以灭了南唐，却无法征服这个看似柔弱的书生。李煜是南唐国主，尽管在赵宋屈辱地生活了这么久，他心里唯一认同的身份还是"南唐国主"。这样的人，怎么可以不死？

李煜终于可以解脱了，虽然少了一些悲壮，但多了一丝悲情。

（五）天上人间：满目山河空念远

江南始终是人间的天堂，这与谁当皇帝没有多少关系。就算到了南宋，经历了"靖康之役"，姜夔也仍然写出了"淮左名都，竹西佳处"的句子来。只是这已经是普通人的伤感，已是人间之词。帝王之词，在李煜手中就已经终结。

李煜去世后约六十年的一个深秋，一位叫柳永的落魄书生浪迹江南。他行走在长江边，岁月蹉跎，而他还一事无成，一时万千愁绪涌入心中，于是《八声甘州》作成。

> 对潇潇暮雨洒江天，一番洗清秋。渐霜风凄紧，关河冷落，残照当楼。是处红衰翠减，苒苒物华休。唯有长江水，无语东流。
> 不忍登高临远，望故乡渺邈，归思难收。叹年来踪迹，何事苦淹留。想佳人妆楼颙望，误几回、天际识归舟。争知我，倚栏杆处，正恁凝愁！

这里面也有愁，也有家，但已经不是"雕栏玉砌"，已经不是"自是人生长恨水长东"，而更多的是自我的感伤。任谁面对这秋雨、这江水都会有这样的感伤。当然，柳永也有思乡，但这种思念相较于李煜的泣血之念已经淡薄甚至平静许多。在这种思念中，还多多少少隐含着自己一事无成的尴尬。这或许才是平常人应该有的心态，也是词的本色。

与柳永同时代的晏殊，一生可谓享尽清平安乐。与柳永的江湖漂泊不同，他的词多写于酒足饭饱或者倚红偎翠之际，但这也是一种生活，精英士大夫的生活。

> 一向年光有限身，等闲离别易销魂。酒筵歌席莫辞频。
> 满目山河空念远，落花风雨更伤春。不如怜取眼前人。

这阕《浣溪沙》就精准地记录了这一切。与美人饮酒作乐，甚至为赋新词强说愁,然后再来一些自己的感叹,简直是完美得不能再完美的生活。

晏殊和柳永,一个在庙堂,安稳富足,歌颂盛世;一个在江湖,漂泊流浪,吟咏人生。这或许就是生活的两面,无论是在大宋,还是在当今,无不如此。总之,这是凡人的世界,悲欢离合,是是非非,都是人间风景。

(六)后记:春花秋月何时了

无数人都在想,如果李煜不当皇帝会是怎么样的?没有那些刻骨铭心的伤痛,他也就写不出那些哀伤的句子。尽管这些哀伤没有亲历,但那样痛彻心扉的感触,无论如何都会在后世读书人的心里留下鲜明的种子。种子生根发芽之日,也就是词崛起之时。其实,从李煜到柳永也不过五十年,五十年很长吗?对于一个哀问"春花秋月何时了"的人来说,一分一秒都太过漫长,但对于我们这些后世的仰慕者来说,五十年不过是一个瞬间。

不知道是我们遗忘了历史,还是历史把我们遗忘了。对于这些曾经的过往和记录过往的句子,我们竟然舍得让它们在旧纸堆里腐烂而无动于衷!

春花秋月何时了?往事知多少。

其实,何必有此一问?谁的人生不是一场漫长的寂寞?谁的人生不是一场与自己的反诘?

我们都在渡劫!是为记。

大宋浪子

我喜欢柳永，这没有什么可以掩饰的。

江南烟雨，东京风月，山野渡口，秦楼楚馆，他一路流浪，一路吟唱，在那个被后人称颂的"仁宗盛治"的时代里，过着苦行僧式的生活。可最终他竟然连一口棺材都负担不起，这或许就是真正的"千秋万岁名，寂寞身后事"了。

只是生活不该是那个样子。若是乱世，也就罢了。既是盛世，无论如何都应该让自己过的好一点。人活着不是为了不幸，相反，人正是为了追求幸福才活着的。这也是我对柳永好奇的地方。有"三秋桂子，十里荷花"，何必要"关河冷落，残照当楼"？

世人所谓的名声，无论是"青楼薄幸"，还是"白衣卿相"，也都只是个浮名而已。浮名最累，但柳永想要，"忍把浮名，换了浅斟低唱"不过是无奈之叹。唐代罗隐的"十上不第"已让后人唏嘘不已，但对于柳永来说何止"十上"！那可是26年的青春岁月啊！从宋真宗大中祥符二年（1009年）到宋仁宗景祐元年（1034年），柳永由21岁考到近50岁，这整整26年的辛酸付出岂是"衣带渐宽终不悔"所能涵盖的？

但世人又怎么会在乎这些？他们在意的只是他的词，只是他的"多情自古伤离别"，只是他的"拟把疏狂图一醉"，至于"酒醒何处"，谁会在乎？

（一）年少轻狂：鲜衣怒马，吟赏烟霞

为什么我们怀念年少？年少轻狂，无论寒门子弟还是豪门公子，都

有着几乎相似的梦想——穿最华丽的衣服,喝最烈的酒,骑最快的马,遇见最美的女子。

北宋景德元年秋（1004年），一个年轻人出现在钱塘江畔。他一袭青衫,谈吐文雅,端正风流,在游人如织的钱塘江畔甚是醒目。

这个年轻人名叫柳永,是南唐旧臣柳宜的小儿子。他本是进京赶考的,途经余杭时被当地的美景所吸引,一转就是两年。

柳永手扶栏杆,望向远方,有风从江面徐徐而来,掠起他的衣衫,更带来阵阵幽香。面对浩浩荡荡的钱塘江,他心神一荡,灵感迸发,一曲《望海潮》顷刻而成。

东南形胜,三吴都会,钱塘自古繁华。烟柳画桥,风帘翠幕,参差十万人家。云树绕堤沙,怒涛卷霜雪,天堑无涯。市列珠玑,户盈罗绮,竞豪奢。

重湖叠巘清嘉,有三秋桂子,十里荷花。羌管弄晴,菱歌泛夜,嬉嬉钓叟莲娃。千骑拥高牙,乘醉听箫鼓,吟赏烟霞。异日图将好景,归去凤池夸。

"云树绕堤沙,怒涛卷霜雪,天堑无涯",此景足以对垒苏东坡笔下的"乱石穿空,惊涛拍岸,卷起千堆雪",境界之开阔,令人遐想。词中"三秋桂子,十里荷花"这般朗朗上口的优美句子,更让人每每读之脑中就生起香风。百年后,金国皇帝完颜亮有感词中杭州之繁华,竟生出"提兵百万西湖上"的壮志,足见此词的魅力。

此词让年仅18岁的柳永在余杭一代博得盛名。他本就是官家公子,又生性风流,这下更是如鱼得水,乐不思蜀了。

佳人巧笑值千金。当日偶情深。几回饮散,灯残香暖,好事尽鸳衾。

金丝帐暖银屏亚。并粲枕、轻偎轻倚,绿娇红姹。

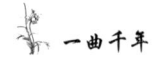

> 师师生得艳冶，香香于我情多。安安那更久比和。

这些香艳的句子，每个字都是一段风流韵事。他的这些倚红偎翠之作，也经歌女之口广为流传，被痴男怨女奉为经典。唐时杜牧也曾如此，所谓"十年一觉扬州梦，赢得青楼薄幸名"，恐怕一半是自嘲一半是自负了。毕竟天下浪子众多，真正留名者，真正让人念念不忘者，也不过唐之杜牧、宋之柳永两人而已。

巧合的是，暮年时柳永也曾生出与杜牧一般的感慨。

> 长安古道马迟迟，高柳乱蝉嘶。夕阳鸟外，秋风原上，目断四天垂。
> 归云一去无踪迹，何处是前期？狎兴生疏，酒徒萧索，不似少年时。

"不似少年时"，这简简单单的五个字却生出了"曾经沧海难为水"的悲叹，狎兴生疏，酒徒萧索，人何以堪？

但我们还是应该感谢这位年轻人的放浪形骸，他在吟风弄月、推杯换盏之际撒下了词的种子，这让词的流行甚至成为一种社会追捧的感情表达形式变得可能起来。

（二）落地书生：奉旨填词，白衣卿相

名落孙山对于读书人来说无疑是残酷的，但对于诗词来说却是幸运的，毕竟磨难是文学最好的教材，况且在史册上留名的那些读书人除了王维、苏轼等少数几人，又有谁不曾有过落第的经历？常建道"恐逢故里莺花笑，且向长安度一春"；孟郊道"晓月难为光，愁人难为肠"；卢纶道"风尘知世路，衰贱到君门"……这种看山是愁、听风是恨的感叹，从隋唐到两宋再到明清，不绝于耳。但也有些人对于落第是不屑一顾的，比如黄巢；还有些人尽管看似不屑，但更多透露的还是"吃不着葡萄说葡萄酸"的味道，比如孟浩然，比如柳永。

> 黄金榜上，偶失龙头望。明代暂遗贤，如何向。未遂风云便，争不恣狂荡。何须论得丧？才子词人，自是白衣卿相。
> 烟花巷陌，依约丹青屏障。幸有意中人，堪寻访。且恁偎红倚翠，风流事，平生畅。青春都一饷。忍把浮名，换了浅斟低唱！

这首《鹤冲天》是柳永第一次落第时的作品，词中"明代暂遗贤"与孟浩然"不才明主弃"的调调可谓一脉相承，都透着浓厚的醋味儿。但柳永毕竟是见过世面的，他可不像孟浩然那样想着归隐，而是大言不惭地以"白衣卿相"自居；甚至，他的人生理想也更为现实，那就是"忍把浮名，换了浅斟低唱"！

据说仁宗皇帝看到此词后，甚为恼火，就赐给柳永4个大字："且去填词"。既然你不喜欢功名，那就填你的词去。柳永毕竟年轻气盛，听皇帝这么说，遂以"奉旨填词"自居，开始堂而皇之地过起"烟花巷陌"的日子。其实，柳永第一次科考时，仁宗皇帝尚未出生，这段子自然是后人编排的，但也足见柳永的桀骜不驯。

柳永对功名的追求真的是锲而不舍。从公元1009年第一次科考，到公元1034年中进士，他一考就是26年。看淡也罢，厌倦也罢，柳永的书生意气也就在这一次又一次的落榜中消耗殆尽。

> 帝里疏散，数载酒萦花系，九陌狂游。良景对珍筵恼，佳人自有风流。劝琼瓯。绛唇启、歌发清幽。被举措、艺足才高，在处别得艳姬留。
> 浮名利，拟拚休。是非莫挂心头。富贵岂由人，时会高志须酬。莫闲愁。共绿蚁、红粉相尤。向绣帏，醉倚芳姿睡，算除此外何求。

这阕词的词牌名为《如鱼水》，可谓与词的内容相得益彰。考不上就考不上呗，有"佳人风流"，有"醉倚芳姿睡"，夫复何求？柳永把自己的日子过得有滋有味，大抵心伤多了，也就疲惫了、麻木了，有美人、美酒，足矣！

烂在酒坛里，醉死温柔乡，躲进山林中，读书人的理想就这么被一点点地消化掉。这的确不是一个适合谈理想的时代。行与不行，能与不能，都是说不清道不明的。我们常说认命，其实认下的不仅是命，更多的是无可奈何！

从"白衣卿相"到"是非莫挂心头"，柳永心里的棱角日渐圆滑，可谁心里的棱角能抵抗岁月的洗涤？只是被岁月反复打磨的感情越发浓烈真挚，柳永的词也开始由艳丽转向清苦。

是啊，人在江湖，身不由己，又怎能不清苦？

（三）浪迹江湖：关河冷落，残照当楼

庙堂之外皆是江湖。

离开汴梁，柳永开始流浪，过上了真正"奉旨填词"的生活。

江湖漂泊的柳永已经没有了"白衣卿相"的自负，相反，行囊中却装满了层层哀愁。

> 望处雨收云断，凭阑悄悄，目送秋光。晚景萧疏，堪动宋玉悲凉。水风轻、蘋花渐老，月露冷、梧叶飘黄。遣情伤。故人何在，烟水茫茫。
>
> 难忘。文期酒会，几孤风月，屡变星霜。海阔山遥，未知何处是潇湘。念双燕、难凭远信，指暮天、空识归航。黯相望。断鸿声里，立尽斜阳。

在浪迹潇湘之际，一个秋日的傍晚，他依偎在渡口的栏杆上，见秋风瑟瑟，望斜阳如血，心中压抑的情绪瞬间爆发，遂写下了这阕《玉蝴蝶》。

词中，月是冷的，叶是黄的，江水是沉默的，人是孤单的，景象之寂寥有杜甫"天地一沙鸥"之感；词中，往昔文期酒会，今日立尽斜阳，思绪之复杂有李后主"梦里不知身是客"之错觉。

一个人，一匹马，一把剑，一卷书，古道西风，小桥流水，走到哪

就是哪，就算思绪万千，也不过一醉方休而已，这或许才是江湖浪子该有的日子。可浪子也有厌倦的时候，也有疲惫的时候，也有想念家乡的时候。家乡啊，走的越远，离开的越久，心里的羁绊就越深越痛。

  对潇潇暮雨洒江天，一番洗清秋。渐霜风凄紧，关河冷落，残照当楼。是处红衰翠减，苒苒物华休。唯有长江水，无语东流。
  不忍登高临远，望故乡渺邈，归思难收。叹年来踪迹，何事苦淹留。想佳人妆楼颙望，误几回、天际识归舟。争知我，倚栏杆处，正恁凝愁！

  我不知道这样的愁绪、这样的思念，在柳永心中究竟熬了多久才熬得这阕《八声甘州》。
  词上阕写景犹如绘画。暮雨，霜风，关河……这一个个意象勾勒出绝世寂寥的境界。这境界，我曾经在唐诗中读到过，"无边落木萧萧下，不尽长江滚滚来"，"亭亭孤月照行舟，寂寂长江万里流"，无一不是深沉开阔的。"关河冷落，残照当楼"一句为最佳，苏东坡亦称赞"此语于诗句不减唐人高处"，可见柳永遣词之高明深邃。
  词下阕写情如情人呢喃。既然想家，为何又选择漂泊？这个问题，不仅是柳永的，也是天下所有游子的。难道自己这一生就注定要浪迹天涯？可是他怎么办？"误几回、天际识归舟"，好一个"误"字，每"误"一次就失望一次、伤心一次、不眠一次。
  李商隐在蜀地怀念妻子时曾写道："何当共剪西窗烛，却话巴山夜雨时。"李诗与柳词，在艺术表现手法上异曲同工，在感情上也同样细腻真挚，只不过李诗透露着希望，柳词有绝望之感。
  世人皆谓柳永为婉约词宗，但何为豪放何为婉约？窃以为就是表达感情的方式而已。王国维先生云"一切景语皆情语"，境界愈深其情愈真，境界愈阔其情愈浓。柳永一生漂泊，其所见所思非一般人可比，具体映射到词中，婉约之处细腻真切，豪放之处深沉开阔，将细腻的感情投放到开阔的境界之中或者用开阔的境界烘托内心细微的感触，柳永在婉约与豪放之间自由切换，把词的道路愈开愈宽。

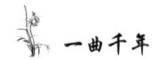

（四）尘世沧桑：衣带渐宽，晓风残月

柳永最好的几首词都是写给红颜知己的，这或许也是后世对其词有所"非议"的原因。毕竟男子汉大丈夫是应该"修身齐家治国平天下"的，又怎么可以整日里卿卿我我呢？但没办法，柳永就喜欢秦楼楚馆，就喜欢与那些风尘女子谈心论道。

他有的只是手中的笔和心里的感情——他是浪子，但绝不滥情。

> 寒蝉凄切，对长亭晚，骤雨初歇。都门帐饮无绪，留恋处，兰舟催发。执手相看泪眼，竟无语凝噎。念去去，千里烟波，暮霭沉沉楚天阔。
>
> 多情自古伤离别，更那堪，冷落清秋节！今宵酒醒何处？杨柳岸，晓风残月。此去经年，应是良辰好景虚设。便纵有千种风情，更与何人说？

这阙《雨霖铃》素来被推为柳词之冠，它的背后却是一段柳永不堪回首的往事。公元1024年秋，柳永第四次落榜，心灰意冷之际决定离开汴梁，恋人虫娘强忍心中悲痛前来相送。他们心中均知，今日一别恐再无相见之日。多年来的失意与苦闷，多年来的相恋与欢愉，无一不触痛着柳永脆弱而敏感的神经。再加上又是中秋佳节，本是团聚的日子，而他们却不得不分开，这万般思绪最终化为一句"多情自古伤离别"，真是令人唏嘘不已！

"今宵酒醒何处？杨柳岸，晓风残月。"柳永如此假想自己离开恋人后的处境，却不经意间给后世留下了一个江湖漂泊的浪子形象。杨柳、江岸、晓风、残月、浪子，柳永犹如一个绝世的摄像高手，随手一拍，就定格出最美的画面。如果说王维的诗是"诗中有画，画中有诗"，那柳永的词就是"词中有画，画中有词"了，大抵此情此景，只可意会不可言传吧。

柳永也并非天生浪子，如果仕途坦荡，或许他也会如晏殊一般过着优哉游哉的清平日子。只是后来科场上的挫败让柳永日渐消沉，秦楼楚馆和歌妓只不过是他想找回自己价值的寄托。这满腹才华，总得有个宣泄之处。所幸，他消沉的只是意志，心中的那份真情却不曾改变。

伫倚危楼风细细，望极春愁，黯黯生天际。草色烟光残照里，无言谁会凭阑意。

拟把疏狂图一醉，对酒当歌，强乐还无味。衣带渐宽终不悔，为伊消得人憔悴。

这阕《蝶恋花》是柳永写给妻子的情书。据传公元1002年，柳永进京赶考，与妻子分别。新婚宴尔却相隔一方，面对红尘的花红柳绿，柳永没有丝毫的留恋，而是对妻子道："衣带渐宽终不悔，为伊消得人憔悴。"这可能是宋词中最为坚贞的爱情宣言，其对感情的执着令人动容。与此相比，苏轼的"十年生死两茫茫，不思量，自难忘"固然痛彻心扉，但毕竟是悼亡之作，对亡者的追忆又怎抵得上对生者的诺言？

抛开生死层面，在历代诗词中，像女子般"山无陵，天地合，乃敢与君绝"的呐喊并不少见，却很难找到与柳词相类似的承诺，就算白居易的"在天愿作比翼鸟，在地愿为连理枝"也终究是两个人彼此为依靠，而柳词却是单纯的一个男人对自己妻子的承诺。这在古代的男权社会中显得尤为可贵。或许正是有感于这种坚贞，王国维先生才将"衣带渐宽"这一句作为古今成大事者必经的第二种境界。其实这一步也是最难的。没有它，第一种境界"望断天涯路"就没有根，也更无从谈及"蓦然回首"的第三种境界。

当我们回首往事的时候，当我们感叹时光流逝的时候，当我们悲叹一事无成的时候，我们能不能坦然地对自己说出"终不悔"这三个字？人还是应该对自己狠一点，不然怎么知道自己的极限在哪里，又怎么对自己交代？

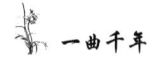

（五）繁华落幕：晚景萧疏，烟水茫茫

> 暮雨初收，长川静、征帆夜落。临岛屿、蓼烟疏淡，苇风萧索。几许渔人飞短艇，尽载灯火归村落。遣行客、当此念回程，伤漂泊。
>
> 桐江好，烟漠漠。波似染，山如削。绕严陵滩畔，鹭飞鱼跃。游宦区区成底事，平生况有云泉约。归去来、一曲仲宣吟，从军乐。

公元1034年，柳永终于金榜题名。此时柳永已近知天命之年，但毕竟是多年夙愿得偿，虽然没有"一日看尽长安花"的狂欢，也高兴异常。只是柳永多年漂泊，早已身心疲惫，尤其是他早过惯了倚红偎翠、逍遥放荡的生活，现在一本正经地端坐公堂反而成了羁绊，于是在赴任不久就产生了隐退之念，这阕《满江红》就是在此种纠结心情中写下的。

"念回程，伤漂泊"，柳永厌倦了奔走漂泊的日子。与历代读书人一样，既然厌倦那就不如归去。"游宦区区成底事，平生况有云泉约"，在著名隐士严光曾经隐居的地方，柳永进一步敞开心扉，道出了"归隐山林"的想法。每个读书人心中都有一片山林，只是什么时候走入、什么时候走出而已。

都已是这把年纪了，还何必在红尘中折腾？人啊，总得为自己活一把！柳永似乎真的想明白了，什么"奉旨填词"，什么"白衣卿相"，都只是作茧自缚而已。

尽管如此，柳永也并没有真的立即选择辞官归隐，而是精心于政事，清静无为，赢得了"名宦"的称赞。真正令他下定决心斩断尘缘的还是词。庆历年间，在仁宗皇帝仁政的滋养下，天下清平，已然盛世，柳永遂写下《醉蓬莱》一词，为仁宗皇帝赵祯歌德颂功。

> 渐亭皋叶下，陇首云飞，素秋新霁。华阙中天，锁葱葱佳气。

嫩菊黄深，拒霜红浅，近宝阶香砌。玉宇无尘，金茎有露，碧天如水。

正值升平，万几多暇，夜色澄鲜，漏声迢递。南极星中，有老人呈瑞。此际宸游，凤辇何处，度管弦清脆。太液波翻，披香帘卷，月明风细。

此词，柳永是用心打磨的，无论形式还是内容都没有丝毫的"胭脂水粉"味儿，在《乐章集》中也很是突兀。词中，写秋色是叶落云飞，天高地远；写宫廷景象是仙气缭绕，高贵祥和；写皇帝出游是歌舞升平，龙凤呈祥，可谓称赞太平的典范之作。

但凡事都有个例外。仁宗皇帝赵祯素以"仁爱简朴"著称，并以身作则，连日常所用被褥褪色了都舍不得换掉，词中的"太液波翻，披香帘卷"虽是写虚，但一样惹得他甚为恼火；更为尴尬的是"此际宸游，凤辇何处"一句，类似悼词，这让赵祯如何受得了？这位向来好脾气的仁宗皇帝大笔一挥，"此人不可仕宦，尽从他花下浅斟低唱"，自此"永不复进用"。

柳永刚打开局面的仕途也一下子走到了尽头。这对50来岁的柳永来说很是残酷。他最引以为傲的词竟成了断送他仕途的直接推手，让他情何以堪？

公元1050年，柳永以"屯田员外郎"致仕，世人遂称之为"柳屯田"。3年之后，在大宋最繁华的仁宗盛治中，柳永于贫困潦倒中离世，棺材板都是募捐来的。曾经的"白衣卿相"就这么落寞地结束了他"浅斟低唱"的一生！

好一场无涯而寂寞的生！原来，繁华落幕不过是一片残红，人生落幕不过是一地鸡毛。

（六）后记：时间的痕迹

时光的流逝是可怕的，它一点点地侵蚀或剥夺我们的生命，而我们却毫无知觉。拿什么证明我们曾经在这个尘世中生活过？是我们孜孜以求的那些吗？我不确定。

柳永，醉心功名，可最终也只获得了一个"屯田员外郎"这么个从六品的小官。值得吗？其实人生有什么值不值的，谁不想大闹一场而后悄然离去？但最终大都是一生无语罢了。

对于柳永，世人不会记住他一次又一次的挫败，却忘不了他"黄金榜上，偶失龙头望"的桀骜不驯；世人不会记住他买醉狂欢的自我麻醉，却忘不了他"对酒当歌，强乐还无味"的放荡不羁；世人也不会记住他江湖浪荡的落幕，却忘不了他"关河冷落，残照当楼"的落魄沧桑；世人更不会记住他在秦楼楚馆的放浪形骸，却忘不了他"为伊消得人憔悴"的浪子情怀。

他失去的是功名，得到的却是人心——"凡有井水处，即能歌柳词"的人心。这些他无意中留下的真情文字就是时间的痕迹，这痕迹不但不会随着岁月流逝而消失，反而会在岁月的磨砺中日久弥新。

多情自古伤离别——

每当这些美丽的句子涌入脑海，柳永就重生一次。

人不应该仅仅活成个生物体，而是应该在时间上雕刻下属于自己的痕迹。是为记。

滕子京记

公元1041年冬，当宋仁宗赵祯决定改元"庆历"时，范仲淹尚在西北军中与元昊对峙。约700年后，出了个名叫"弘历"的皇帝，他觉得"庆历"的"历"字与他的名字犯讳，于是就下诏改为"庆曆"。

同年冬天，苏州判官司马光的父亲司马池在晋州病逝，司马光也开始了自己在家乡守孝和苦读的日子。三年之后，也就是公元1044年即庆历四年，司马光服丧结束，主政丰城，政绩斐然。

在司马光脱下丧服、穿上官服的同时，有一名叫滕子京的官员因为浪费公款而被贬岳阳。这些人事变化本来就是司空见惯的。况且滕子京也只是一个不入流的普通官员，大约这样的升迁贬谪之官员，仁宗皇帝每天都会勾选上那么几个，甚至都不需要他亲自勾选。滕子京有一位同学叫范仲淹，他此刻正以参知政事的身份在仁宗皇帝身边推行"庆历新政"。两年之后他的新政就在政敌的反对下而功亏一篑，而此时滕子京却又刚刚修好了岳阳楼，邀请他写一篇文章以作纪念。范仲淹有感于自身境遇，一气呵成，千古名文《岳阳楼记》就此诞生。范仲淹本就是风流人物，一篇《岳阳楼记》让原本不入流的滕子京也堂而皇之地名留青史。

时也命也？但偏偏有人不服气，要揭滕子京的老底。第一个站出来的就是司马光。

（一）政通人和，百废具兴：《岳阳楼记》中的滕子京

"庆历四年春，滕子京谪守巴陵郡。越明年，政通人和，百废具兴。"

这是范仲淹在《岳阳楼记》中开篇的一段话。范仲淹不愧是文章能手，短短二十几个字，就把一个精明干吏的形象完美地烙印在史册中。

庆历四年，滕子京到达巴陵郡。越明年，也就是两年之后，也即本文写作的时间，巴陵郡已经是"政通人和，百废具兴"。短短两年时间，竟然让一个地方在政治、经济等方面有如此大的改变，这可不是一般人能办到的。对于滕子京的政治才华，范仲淹给予了充分肯定。范仲淹是谁？那可是有宋一代读书人的偶像，他去世后谥号为"文正"，于是后世读书人纷纷以谥号"文正"为最高追求，明代王世贞也是在听到皇帝要给他这个谥号才肯咽下最后一口气。范仲淹的肯定，几乎就是定论。

滕子京把巴陵郡治理得井井有条，然后就开始着手重修岳阳楼。岳阳楼本是三国东吴大将鲁肃的阅军楼，后经大诗人颜延之、李白等人题诗而名声大振。所以当远在千里之外的范仲淹收到滕子京邀请其为重修的岳阳楼作文纪念时，他应该是很兴奋的。滕子京与他乃同年进士，两人趣味相投，政治理念相符，或许在他看来滕子京在巴陵郡的成功正是他"庆历新政"的成果。而当时他推行的"庆历新政"已经失败，而滕子京的成功无疑是一棵最好的"救命"稻草。

"衔远山，吞长江，浩浩汤汤，横无际涯；朝晖夕阴，气象万千……淫雨霏霏，连月不开，阴风怒号，浊浪排空；日星隐曜，山岳潜形；商旅不行，樯倾楫摧；薄暮冥冥，虎啸猿啼"——范仲淹从来没有去过岳阳楼，所以只能尽情想象。但妙笔生花，大概就是如此了。

滕子京成功了，但"庆历新政"却失败了。为什么？范仲淹在思考。

"予尝求古仁人之心，或异二者之为。何哉？不以物喜，不以己悲。居庙堂之高则忧其民，处江湖之远则忧其君。是进亦忧，退亦忧。然则何时而乐耶？其必曰'先天下之忧而忧，后天下之乐而乐'乎。"

这就是他给出的答案，这答案也成为中国士大夫的道德准则。而滕子京也成为实践这种道德准则的典范，跟着范仲淹和《岳阳楼记》而名留千古。

(二) 中饱私囊，贪婪成性：司马光笔下的滕子京

司马光是君子，就连与他斗了大半辈子的王安石都不得不承认这一点。君子不会胡乱说话，尤其是司马光。他的《资治通鉴》贯穿古今，缜密严谨。像他这么一个人，如果没有非常明确的证据，他是不会乱写的。

对于滕子京，司马光在《涑水记闻》中有这么一段记载："所得近万缗，置库于厅侧，自掌之，不设主典案籍。楼成，极雄丽，所费甚广，自入者亦不鲜焉。"司马光直言滕子京修岳阳楼的目的一是标榜政绩，二是借机敛财，中饱私囊。

这个指控是很严重的，况且还是出自司马光之口。这本《涑水记闻》相当于司马光自己的回忆录，如果不是无中生有，那就是亲身经历。事实上，滕子京去世的时候，司马光还不到30岁，两人并没有什么交集。后来，司马光官越做越大，名气也越来越大，而滕子京这样的小人物就更入不了他的法眼了。他这段记载大概应是针对范仲淹《岳阳楼记》来的，这才是旗鼓相当。

让我们把时间定格在庆历四年到庆历六年，也就是滕子京谪守巴陵郡的这三年。这三年，范仲淹先是在东京忙于新政，后又赴邠州、邓州等地任职，并在邓州接到了滕子京的信，在百感交集中写下《岳阳楼记》这篇文章。对于岳阳的实际情形，范仲淹所知道的可能就是滕子京信中所写的"一面之词"。

庆历四年，司马光服丧期满，权知丰城县事，短时间内就取得了"政声赫然，民称之"的政绩。这个短时间是多短呢？就是范仲淹的"越明年"——庆历六年，司马光赴京任职。

庆历四年到庆历六年，滕子京任职巴陵郡，司马光任职丰城县。虽然一个在湖南一个在江西，但都是长江沿岸，相距不过300公里。对于岳阳的事情，司马光多多少少应该都知道一些，《涑水记闻》的记载应非空穴来风。或许当司马光读范仲淹的《岳阳楼记》时，心里一定暗叹："范公一世精明，竟然也会被人所骗？"滕子京在岳阳根本没有"居

311

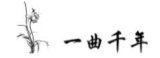

庙堂之高则忧其民，处江湖之远则忧其君"，而是"巧立名目，大肆敛财，饿殍遍野，民不聊生"！

（三）卒无余财，倜傥自任：史书上的滕子京

范仲淹的《岳阳楼记》以及司马光的《涑水记闻》毕竟都是文学作品，那么代表官方的史书——《宋史》又是怎么描述滕子京的呢？

"宗谅（滕子京，名宗谅，字子京）尚气，倜傥自任，好施与，及卒，无余财。"

《宋史》中的这段话，虽然简短，但还是描绘出一个风流倜傥、乐善好施、清正廉洁的君子形象。做了大半辈子官的滕子京，死之后竟然没有余财？大宋经济繁荣，官员的俸禄是非常丰厚的，而滕子京偏偏"无余财"，如果这样的官员都不算清廉，真不知道哪里还有清廉的官员。相比"三年清知府，十万雪花银"，滕子京的"无余财"足以让后世敬服。

这是否才是真正的滕子京？

偏偏史书上的另一段话，再次把滕子京推到了泥潭之中。

"御史梁坚劾奏宗谅前在泾州费公钱十六万贯……止降一官，知虢州。"

就是说御史弹劾滕子京滥用公款，滕子京因此获罪。但后来他并没有被贬到虢州，而是在范仲淹等人的辩解求情之下来到岳阳，才有了后面的故事。冥冥之中，范仲淹把滕子京送到了岳阳，成全了自己的《岳阳楼记》。

但对于滕子京"滥用公款"这件事，也是无头公案，众说纷纭。一说滕子京这么做完全是为了边关战事。他用公款安顿群众，招募军队，犒劳将士，没有丝毫的私心。被御史揭发后，他也是被屈打成招，这更像是政敌的陷害，是政敌借机打压范仲淹的手段（这也是后来范仲淹极力为其辩解和求情的原因）。一说滕子京虽然也用公款做了一些公事，但这一切都是幌子，大部分钱财都被他私吞了，朝廷派人查勘时他更是毁灭证据，欺上瞒下。历史果然就是一个任人打扮的

小姑娘。

作为后来者，除了叹息，还能做些什么呢？我们不能以最大的恶意来推测任何人和事，更不能站在道德的制高点上去点评或者指责任何人和事。对于滕子京，我更愿意相信他的确是个"无余财"的好人，毕竟疑罪从无嘛！

（四）小人物大历史：处在时代风口浪尖上的滕子京

且不说历史上，单说宋朝，像滕子京这样的小人物就多如恒河之沙，他们中的绝大多数人都已经完全消失在历史的长河中，别说蕙短流长，就算只言片语都没有留下。就算如刘长卿、郑思肖、刘克庄等大名鼎鼎的人物，在所谓为王侯将相立传的正史中也是只留下一点模糊的背影。所以滕子京何其幸运！不但青史留名，更让两位大神为其站台。

他滕子京凭什么呢？他的确是把自己推到了时代的风口浪尖上。

宋真宗大中祥符八年（1015年），开封城内，范仲淹与滕子京相识于学子聚会。二人一见如故，相谈甚欢；随后又同时高中进士，更是引为知己。"同年"加"朋友"的特殊关系把滕子京与范仲淹的命运牢牢地捆绑到了一起。

"金风玉露一相逢，便胜却人间无数。"范仲淹就是滕子京的贵人。很多时候我们就是缺少这样的贵人，所以尽管忙忙碌碌，却还是落得一身疲惫，无所作为。

公元1040年，范仲淹戍边西北，滕子京也来到了甘肃泾州；公元1043年，范仲淹进京推行新政，次年滕子京被御史弹劾滥用公款。

在范仲淹看来，滕子京是被自己连累的。于是不用滕子京说话，他就全力为其辩解。"此时无声胜有声"，滕子京此时的沉默在范仲淹看来是君子之风，是对自己新政的支持。就这样，滕子京一下子就被推到了以范仲淹为代表的新政党人与顽固派争斗的旋涡之中，以至于连当时的文坛领袖欧阳修都出面为滕子京说情。滕子京本是小人物，虽然是范仲淹的朋友，但仍改变不了这个事实。就是围绕这个小人物，当时左右朝政的大人物吕夷简、余靖与范仲淹、欧阳修两帮人斗得不亦乐乎，最终以"滕子京谪守巴陵郡"而告一段落。

滕子京在巴陵郡并没有"安分守己"——他已经陷入了时代的旋涡中，这一次干脆更进一步。这更像是一场赌博，所幸他赌赢了。无论是"政通人和，百废具兴"还是"巧立名目，中饱私囊"，滕子京顺势重修了岳阳楼。这是盛世才有的盛举，于是他就写信给自己的老朋友范仲淹，请他写一篇纪念文章。岳阳楼乃历史名楼，范仲淹也是一时俊杰，由范仲淹为之作记，实在是再恰当不过了。

那时候范仲淹正在邓州任职，所谓的"庆历新政"也早就名存实亡，范仲淹的内心无疑是苦闷的。他看不到"救民救国"的出路，他在想办法。就在此时滕子京的信来了。信中的岳阳是美好的，在他政治理念的治理下，两年就已经初见成效。还有什么比这更美好的礼物呢？范仲淹似乎看到了出路。于是"先天下之忧而忧，后天下之乐而乐"这种思考许久、压抑许久的情怀，在重建的岳阳楼身上喷薄而出，光耀千古。

《岳阳楼记》这篇文章定义了那个时代那种情怀，而滕子京就是引发这篇文章、这种情怀的导火索……

（五）后记：穿越时空的情怀

我写这篇文章的时候，也不禁怀疑滕子京是不是利用了范仲淹，是不是借了范仲淹的势而自编自导了一出"政通人和，百废俱兴"的把戏。但随即我就为这种怀疑而羞愧。我有什么理由呢？滕子京他能得中进士，这应该与范仲淹无关吧？他结交范仲淹，无论目的如何，仅这份识人的眼光与本领，都足够后人琢磨和学习了。

《岳阳楼记》一经问世就传诵天下，宋仁宗读后也升滕子京为徽州知府。公元1047年即庆历七年，也即《岳阳楼记》问世后的第二年，滕子京在任上去世，无余财。再5年，范仲淹于徐州病逝，谥号"文正"，史称"范文正公"，为历代人所敬仰。

当历史的车轮碾碎一切的纷扰时，当时光淡薄甚至遗忘所有的故事时，在那些泛黄的旧纸堆中，在那座洞庭湖畔的阁楼里，仍然有一种情怀始终回荡闪烁，穿越千年，永放光芒。

感谢滕子京，为了岳阳楼，为了"先天下之忧而忧，后天下之乐而乐"的情怀！是为记。

方腊传说

公元 1119 年秋，李清照独居青州。她与赵明诚婚后的生活非常幸福，但此时赵明诚在外地任职，并且似乎有纳妾的心思，敏感的李清照心里自然不是滋味。在苦闷之际，她写下一首题为《凤凰台上忆吹箫》的词。

"香冷金猊，被翻红浪，起来慵自梳头。任宝奁尘满，日上帘钩。生怕离怀别苦，多少事、欲说还休。新来瘦，非干病酒，不是悲秋。

休休，这回去也，千万遍《阳关》，也则难留。念武陵人远，烟锁秦楼。惟有楼前流水，应念我、终日凝眸。凝眸处，从今又添，一段新愁。"

此时的李清照固然是满腔思念，却远没有"帘卷西风，人比黄花瘦"的凄惨。毕竟她看到的青州仍然是歌舞升平，她眼中的大宋仍然是一派盛世景象。

但黄河岸边聚众起义的宋江在朝廷官兵的打压之下已经开始向青州附近迂回。大约同时，一个名叫方腊的漆园主在长江沿岸的青溪也举起旗帜反抗朝廷。

这一切在李清照的记忆中似乎都不存在，无论是近在咫尺的宋江，还是远在千里之外的方腊，都与她没有一点儿关系。

（一）摩尼教：方腊与大明王朝

不同于佛教和道教，世人对于"摩尼教"可能多多少少有点儿陌生。

但若说起它的另一个名字——明教，很多人又能条件反射似的想起张无忌、杨逍和范遥等人。摩尼教大约在我国的魏晋时期于波斯兴起，在唐时传入国内。它相信世界有光明和黑暗，并且相信光明一定会来到人间。它的信徒口中的光明使者被尊称为"明尊"，也是人类世界的救世主。明尊必然会降世，也必然会带给世人以光明。

这世上没有什么比"光明"更具有诱惑力，如果有的话就是"平等"，而恰恰摩尼教的教义认为明尊的信徒都是平等的。所以，当方腊在正经历水灾和暴政的青溪宣讲"光明与平等"时，并没有费太大力气，就聚集了不少信徒。相对于宋江的"杀富济贫，替天行道"，方腊的"光明与平等"不知道高明多少。

方腊给自己的称号是"圣公"而不是"明尊"。700年后的杨秀清似乎对此颇有研究，他称自己为"天父"，这一招对天王洪秀全来说真是釜底抽薪。但无论如何，方腊让信徒相信跟着他就可以享受光明、享受平等，而不是一辈子做牛做马还食不果腹。

公元1120年，方腊正式举起大旗起义。他的信徒头戴红巾，并且相信神佛护体。这种神佛护体的事情，让我不禁想起义和团。我们的历史就是这么迂回地往前走的，但这些可笑的事实也无法湮没他们反抗的勇气和精神。

方腊的战斗大概坚持了一年多。在这一年多的时间里，他还给自己取了个年号"永乐"。没错，就是明成祖朱棣使用的那个著名的"永乐"。我们无法揣测这里面有没有继承或者纪念的意义，或许这一切只是个巧合。但无论如何，这一年多的斗争，方腊已经把自己雕刻在了明教或者摩尼教的殿堂里。

这座殿堂里还有朱棣的父亲、大明王朝的创建者——朱元璋。他信奉的也是明教，参加义军时也是头戴红巾，他尊称首领韩林儿为"小明王"，他开创的朝代也称为"明"。诚如方腊所宣称的，"光明总会降临"。镇压他的宋朝亡于蒙古大军，而朱元璋赶走蒙古大军才建立了明朝，这一切看似循环的背后却始终闪烁着一个道理：光明或许会遇到挫折，却无法阻挡。

（二）英雄崛起：一个漆园主的进阶史

黄巢、宋江、洪秀全等人是由于科场失利求官不成才走上了起义的道路，尤其是宋江，大概是始终都没有放弃做臣子的希望。但方腊不一样，作为一名漆园主，他能娶妻生子，至少说明他是衣食无忧的。对于他的造反，不得不提一下这位天才的艺术家——宋徽宗赵佶。

赵佶喜欢奇花异石，为逢迎上意，青溪城内亦官亦商的朱勔开始大肆搜刮，巧取豪夺。这个号称"花石纲"的工程搞得民怨沸腾，甚至民间都因此出现卖子鬻女的现象。漆园主方腊自然也逃不过朱勔的魔掌。此时又恰逢两淮等地发生旱灾、东南一带出现水患，一时之间，原本富饶的江浙一带竟然民不聊生、饿殍遍野。

"人不堪命，遂皆去而为盗。"史书上有些话越短越是让人毛骨悚然，比如"灭族""屠城"等。这里的"人不堪命"也令人震撼，究竟是怎样的情形才能让良懦的老百姓"遂皆去而为盗"呢？让人无法想象。

为什么当政者要鱼肉百姓？其实，百姓是最容易满足的群体，但凡能有一丁点儿活路，他们都会想方设法地过下去。可惜很多时候，朝廷执政者都在懵懵懂懂中又犯了历史曾经犯过的错误。都说天意不可测，殊不知民意就是天意。

宣和二年（1120年）十月初九，方腊在自己的漆园内举行了一场伟大的演讲——正是这场控诉暴政的演讲把他送上了英雄的擂台。

"今赋役繁重，官吏侵渔，农桑不足以供应。吾侪所赖为命者漆楮竹木耳，又悉科取，无锱铢遗。……且声色、狗马、土木、祷祠、甲兵、花石靡费之外，岁赂西、北二虏银绢以百万计，皆吾东南赤子膏血也！"

"独吾民终岁勤动，妻子冻馁，求一日饱食不可得。诸君以为何如？"

凭什么我们辛勤劳动还吃不饱饭，而当权者可以骑在我们脖子上作威作福？这样的疑问我认为比"王侯将相，宁有种乎"更具号召力。

果然，方腊振臂一呼，应者云集。

英雄不仅仅有胆色，更有谋略。方腊一下子就找到了矛盾的焦点——"花石纲"朱勔。

"东南之民，苦于剥削久矣，近岁花石之扰，尤所弗堪。诸君若能仗义而起，四方必闻风响应，旬日之间，万众可集。"

不仅如此，他还有明确的战略目标。

"我但画江而守，轻徭薄赋……十年之间，终当混一矣！"

方腊在一开始就设定了战术焦点和战略目标，但凭这一点就比宋江、吴用等人高明。

都说时势造英雄，其实何尝不是英雄借时势甚至造时势呢！

（三）魔化传说：魔教信徒

关于方腊那次声泪俱下的演讲，历史上的记载并不多，这毕竟不同于王勃在滕王阁的高谈阔论，也不同于朱熹与陆九渊的鹅湖论学。我们所谓的慷慨激昂或许就像《水浒传》中的宋江在梁山泊的传奇故事一般，真或者假，全凭袁阔成的一张铁嘴。而关于方腊的非议或者说魔化，从他举起义旗的那一刻起就从未停止过。

首先他信奉的摩尼教或者明教，在代表正义的"六大门派"或当政者眼中就是魔教。唐玄宗时期，朝廷就对摩尼教的传播予以禁止，史书记载："本是邪见，妄称佛教，诳惑黎元。"由此可见摩尼教进入中原不久就因为其教义"标新立异"而被视为"邪教"。唐武宗会昌年间，朝廷更是对摩尼教进行大肆杀戮（摩尼教是安禄山的支持者），《入唐求法巡礼行记》记载："会昌三年四月中旬，敕天下杀摩尼师，剃发令著袈裟，作

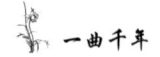

沙门形而杀之。"此后摩尼教或明教不得不渐渐转入地下，成为不折不扣的"邪教"。金庸先生在《笑傲江湖》中炮制出的"日月神教"也是源自"明教"，也是方证大师心中的魔教。方腊是打着摩尼教的招牌举事的，在当时的大宋官员看来，这完全就是魔教或邪教作乱。

其次方腊在招兵买马中采用的一些过激手段也成为他魔化的佐证。起义军无盔甲、兵器，他就号召说只要信奉"明尊"就能神佛护体，刀枪不入；起义军本就良莠不齐，有人急于扩大队伍，就大肆烧杀抢劫，"逼良为娼"；在所谓"平等"的号召下，一些人更是私欲膨胀，他们要的根本不是一个"新世界"，而是满足自己平日的野心。其实，人与魔本就一念之间。方腊帐下的大将郑彪，被称为"郑魔王"，他在小说中与宋江作战时所表现出的黑云密布、呼风唤雨的技能，已经与《封神演义》中妖魔的表现无甚两样。作为郑彪首领的方腊，又能好到哪里去呢？

最后就是火烧杭州。相传黄巢起义时在徐州曾经杀了不下30万民众以作军粮。这样的事情在方腊起义中虽然没有记载，但方腊等人在对待大宋官员方面也没有丝毫的手软。"割其肉，断其体，取其肺肠，或者熬成膏油，乱箭穿身"，这是他们对付官员的常用手段。公元1120年10月，起义军攻陷杭州，他们先是挖了蔡京家的祖坟，又采用"常规手段"处理掉制置使陈建、廉访使赵约等人，然后就开始放火烧城。史载，放火烧了六天，死者不计其数。火烧杭州的做法的确让人费解，但对于一群"魔教"的信徒来说一切都太正常不过了。对于这些人，不在史册中被"挫骨扬灰"已经算是史学家的仁慈了，难道我们还想看到对他们的赞美不成？蔡东藩曾道"方腊之作恶多"，乃公允之论。

（四）决不低头：选择站着死亡

方腊骄傲于宋江的地方就是他始终是站着与大宋王朝对抗的，就算是死也是站着死的。抛开真实的宋江起义，水泊梁山里的宋江时刻都在期待来自东京的招安圣旨。他最终做了大宋的臣子，连那杯毒酒都是大宋王朝的赏赐。所以，对于宋江仅仅打出"替天行道"的旗号，而不是建立自己的政权，我一点儿都不意外。他所谓的"替天行道"只不过是为增加自己与赵宋讨价还价的资本而已。

从宣和二年十月方腊聚众举事到宣和三年八月方腊被杀，在不足一年的时间里，方腊带领起义军攻陷衢州、富阳、杭州，后又占领睦州、歙州，将整个浙江、江苏和安徽等地搅得天昏地暗，期间对于朝廷伸出的"橄榄枝"（朝廷停运花石纲，并罢黜了朱勔）完全不屑一顾。他是真的痛恨这样的江山，但可悲的是，他可以去努力砸碎这个旧体制，却无力去建设一个新体制。

宣和三年正月，方腊举兵进攻秀州，在官兵内外夹击之下惨败。这也成为方腊起义的转折点，这次失败让方腊军队从进攻开始转向被动的防守，甚至被官兵追赶围剿。为镇压方腊，徽宗皇帝也是痛下血本，韩世忠、刘光世、岳飞等一众名将纷纷闪亮登场，方腊军队成为后来抗金英雄的"试验田"。

宣和三年二月，官兵围攻杭州，徽宗皇帝下旨招降，被方腊断然拒绝。方腊也因此失去了一次与朝廷谈判的好机会，也是最后的机会。但你之美酒，我之毒药，方腊坚决的斗争精神和不妥协的气概，才是男儿本色。金庸先生在《倚天屠龙记》中曾有六大门派围攻光明顶的描述，在六大门派的围攻之下，明教弟子也是宁死不降。或许正是凭借着这股韧劲和意志，才有了明教信徒徐达横扫蒙古大军的壮举。

至于方腊是不是魔暂且不说，仅是这种精神已足以让他站在历史的最高处被膜拜。毕竟不是每个人都可以在死亡面前微微一笑的。

宣和三年四月，方腊被官兵一路追赶至青溪——他的老家。方腊带领7万余人退守帮源洞。四月二十四日，见和谈无望的官兵发起总攻，起义军奋起抵抗，7万余人全部壮烈战死。方腊及妻子邵氏、次子方亳等人被俘。徽宗皇帝下旨，将方腊押送开封，期间更是对方腊多次劝降，但方腊见自己的士兵都可以奋战而死，自己又焉能苟活于世？宣和三年八月二十四日，方腊被杀。其后起义军仍坚持斗争，直到公元1122年春才算平息。

方腊和他的起义军死得都很壮烈，他们宁愿倒在两军阵前，也不愿意苟活在宋朝的统治之下。南宋末年在蒙古铁骑的追击下，茫茫南海上，大宋士兵也是如此誓死不降。我们的民族也正是凭借着这种不怕死的精

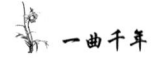

神才挺过了无数艰难的岁月。活着从来都不简单,但选择站着死亡,更需要勇气。

(五)美丽的误会:当方腊遇上宋江

宋江遇上方腊是宋江的幸运,而方腊竟然被宋江打败,只能说是方腊的耻辱。还好,这耻辱不是方腊的,是所谓的小说家强加给方腊的。甚至还有人炮制出"方腊活煮扈三娘"的荒诞故事来,真是可笑至极。

从公元1119年9月开始,也就是方腊发表起义演讲的前一年,宋江等36人开始在黄河以北起义,打起了"劫富济贫,替天行道"的旗号。引起宋朝重视后,宋江并没有走上梁山,而是在黄河中下游(主要是山西和山东)与官兵打游击。一年多之后,也就是公元1120年12月,声势渐大的宋江方开始攻打京西、河北等地,宋徽宗赶忙下旨招安。但阴差阳错,宋江错过了这次招安的机会,于是举兵南下,并与公元1121年2月攻占淮阳。

此时的大宋,北有宋江,南有方腊,如果两方南北夹击,那么我们中华民族的历史可能不得不改写。但遗憾的是,两方始终各自为战,不能互为犄角。

占领淮阳之后,宋江又率领起义军到了沭阳(今江苏连云港)。在此地,宋江遇到了张叔夜。

> "声言将至,叔夜使间者觇所向。贼径趋海濒,劫钜舟十余,载卤获。于是募死士得千人,设伏近城,而出轻兵距海,诱之战。先匿壮卒海旁,伺兵合,举火焚其舟。贼闻之,皆无斗志。伏兵乘之,擒其副贼,江乃降。"

这一段话是《宋史·张叔夜传》中的记载,时间节点是公元1121年5月,而此时方腊已经被捕,正在被押送东京的路上。后来的事情就是史书记载的"今青溪盗起,不若赦江,使讨方腊以自赎",但此时的"方腊"实际上已经是方腊余部,只是方腊名气大,也就以"方腊"代称了。

公元 1122 年 4 月，方腊余部被肃清；两年后，宋江等人被赐死。这一南一北两场轰轰烈烈的农民起义最终都没能逃过失败的命运。但自始至终方腊与宋江都未能在战争上一决雌雄。

我始终想不明白，为什么要让方腊做宋江的陪衬？

至少方腊是个汉子，宁死不降的汉子。

（六）后记：盛世末路的哀歌

公元 1121 年，周邦彦仓促间从杭州出逃，途径扬州等地。一路颠簸，来到南京（今河南商丘）。此时方腊业已被捕，但战乱带来的创伤更需要时间来恢复。

周邦彦在奔赴南京（今河南商丘）途中，路过金陵（今江苏南京），已是白发苍苍的他来到江边写下了这首著名的《西河·金陵怀古》一词。

> 佳丽地，南朝盛事谁记？山围故国绕清江，髻鬟对起。怒涛寂寞打孤城，风樯遥度天际。
>
> 断崖树，犹倒倚，莫愁艇子曾系。空余旧迹郁苍苍，雾沉半垒。夜深月过女墙来，伤心东望淮水。
>
> 酒旗戏鼓甚处市？想依稀、王谢邻里，燕子不知何世，入寻常、巷陌人家，相对如说兴亡，斜阳里。

繁华的盛世已经一去不复返了，就像他自己的青春岁月。周邦彦这一曲《西河·金陵怀古》犹如大宋王朝的挽歌，余下的岁月，所有的美好都只能凭吊和回忆了。

公元 1121 年，宋江投降，方腊被杀，周邦彦去世。5 年之后，金兵南下，开封城破，靖康之耻，北宋灭亡。

陈圆圆记

"大丈夫不能保一女子,何面目见人耶?"

得知陈圆圆被刘宗敏掠取,吴三桂勃然大怒,撂下这句话,他就转身投降了多尔衮,山海关成了他降清的投名状。于是,清军入关,大明凋亡,只余下"朱三太子"的一缕幽魂,地狱无门,流浪人间。

英雄狗熊,皆为尘土。

夕阳西下,我们感慨"苍山如海,残阳如血",或高唱"青山依旧在,几度夕阳红",也不过白云苍狗,一瞬息而成过往。但当我们审视那些过往,把所谓的"大丈夫"都一一过滤,或许我们会发现,真正值得我们细细品味的始终不过是那些如尘埃般的小人物。

大抵我们都是小人物吧。时代的浪潮,不经意间就从我们身边奔流而过,不等品出滋味,我们就已经被冲击得七零八落,甚至有时候随波逐流都是一种奢想,更别说去影响甚至改变历史了。

陈圆圆无疑是小人物,在那个大清崛起,大明衰落,农民起义风起云涌的大时代里,她一个弱女子自然是再小不过的小人物。此身归谁,都只能逆来顺受。但当吴三桂喊出那句话时,她似乎一下子成了民族和历史的罪人。

呜呼,哀哉!

一介弱女子,何罪之有?

(一) 此身谁属:莫问奴归处

此生最不能选择的也往往是最令人扼腕叹息的是出身,此生最不能左右的也往往是最令人无可奈何的是命运。所以,当陈圆圆被她的姨夫卖进戏班时,她不应该有任何怨言,反而应该感激,毕竟这是梨园,不是妓院。

陈圆圆生于货郎之家,母亲早亡,是在苏州桃花坞姨娘家长大的。桃花坞虽然不如燕子坞,但也是好地方。明代才子唐伯虎曾隐居于此,并有诗云:"桃花坞里桃花庵,桃花庵下桃花仙。桃花仙人种桃树,又摘桃花换酒钱。"可惜啊,陈圆圆晚生了百年,不然素来风流的唐大才子断然不会让佳人如此委屈。

有些人的风华就算坠入泥潭也掩盖不了,陈圆圆大概就属于这一种。她"容辞闲雅,额秀颐丰",一登台开腔,就"观者为之魂断",她也很快成为梨园内的"台柱子",成了"腕儿",而且是"大腕儿"。这或许让她觉得她可以自由选择了,于是她喜欢上了邹枢。邹枢是一个穷书生,摇头晃脑地念一念"两情若是久长时"还行,要真动"真金白银",那还是算了吧。

同时,江阴的贡修龄(万历四十七年进士)之子贡若甫也看上了陈圆圆,并用重金给她赎身,要她做妾。

赎身啊!多少梨园女子的梦想!就算做妾,对于她们来说,也已经是天大的喜事。陈圆圆欣喜非常,她也再一次看到了那道"天花板"——改变出身和命运的那道"天花板"。可惜啊,贡若甫的老婆不愿意。孔老夫子定的规矩,是无数女子都跨不过的鸿沟。

只能说陈圆圆的相貌实在太过于惊人,当贡修龄见了之后,不仅绝了儿子的念想,还称之为"贵人",然后把她放了。

陈圆圆自由了,那道"天花板"她似乎真的捅破了。当她遇见冒辟疆的时候,以为她真的实现了逆袭。可惜他们的缘分很快就淹没在农民起义的大潮中,然后她就被外戚田弘遇掠夺进京,不久又被田献给了吴三桂。

吴三桂甚是宠幸她,但她的名气太大了,以至于刘宗敏攻进北京后首先就抢了她。身居山海关的吴三桂也远水解不了近渴,陈圆圆最终落入刘宗敏的魔掌,成为帐下美人……

"美人帐下犹歌舞",可惜不是在自己军中,吴三桂痛啊!

邹枢、贡若甫、冒辟疆、田弘遇、吴三桂、刘宗敏……她一直都是个戏子，被人转来转去。这些事情在她踏进梨园的那一刻就注定了。所谓的自由，所谓的"天花板"，都是她的天真之想。

没办法，自古红颜多命薄！

（二）乱世情缘：问世间情为何物

在明代，唐伯虎有"江南第一风流才子"之称，其实有些名不副实。相传他身边有"六如"，即拥有六位如花似玉的如夫人，但这不过是后人可怜他而故意想象编造的。他早年因科场舞弊案差点儿丢掉性命，哪还有什么兴致"三笑戏秋香"？但冒辟疆不一样，窃以为如果冒辟疆早生一些时间，唐伯虎这"第一才子"的称号恐怕要易主了。

冒辟疆才华横溢，冠绝江南，有"东南秀影"之雅号，位列"明末四公子"，后人称之为4人之中最具民族气节的才子。

他风流倜傥，与他有关系并有明确记载的女性就有10多个，且个个才艺双绝，世人对其有"举凡女子见之，有不乐为贵人妇，愿为夫子妾者无数"的赞誉。秦淮名妓董小宛比他小了16岁，但甘愿为妾，侍奉左右。另外，王节、李湘真、吴扣扣等一众才女无不倾心于他。他享年82岁，19岁时娶中书舍人苏文韩的女儿苏元芳，在68岁时仍纳一妾，真是一辈子都没有闲着。

陈圆圆为董小宛的密友，也曾托身冒辟疆。公元1641年春，冒辟疆回乡省亲途经苏州。他本风流成性，得知陈圆圆大名，岂会不亲自拜访？多年之后，冒辟疆隐居山林，回忆起陈圆圆的歌声，动情地写道："咿呀嘀唽之调，乃出之陈姬身回，如云出岫，如珠在盘，令人欲仙欲死。"

陈圆圆何尝不是如此？她对冒辟疆更是一见倾心。春宵苦短，几经缠绵；离别情长，望断泪眼。临别时，两人约定八月中秋再见。可惜八月时张献忠已经拿下襄阳随州，正攻占信阳，李自成也正向叶县进兵。大明王朝已经风雨飘摇。但冒辟疆还是按时来到苏州。当他到苏州时惊闻陈圆圆被人掠取，"讯陈姬，则已为窦霍豪家掠去，闻之惨然"。他乃一介书生，在那个乱世也只能干着急而没有办法。或许是上天可怜，几日之后，他在苏州城外又意外地见到了陈圆圆，两人遂山盟海誓，并定下迎娶之日。

如果就此结束，陈圆圆或许就可和她的好姐妹董小宛一样入住冒府，过着琴棋书画诗酒花为伴、清闲快乐的日子。但历史终究无法改写，到约定之日（1642年2月）冒辟疆来迎娶陈圆圆时，她再次被豪门大族掠取。这次掠走她的人是田弘遇——崇祯皇帝的老丈人，田贵妃的老爹。

命运毫不留情地开了个玩笑。从此，陈圆圆在京城内浮浮沉沉，身边再无他；从此，冒辟疆浪迹江南反清复明，身边燕瘦环肥。

公元1693年，冒辟疆终老山林。两年后，陈圆圆病逝。在生命最后的日子里，冒辟疆将陈圆圆写进他的《影梅庵忆语》中，情真意切，算是对那段感情的祭奠。最后的岁月，陈圆圆皈依道门，听暮鼓晨钟，看朝霞夕阳，在苍山洱海的道观里，或许她也会想起冒辟疆。

会有恨吗？一定会有的！因为她真真切切地爱过那个男人。她这一生，身子归谁，她无权做主，但心在何处，只有她自己最清楚。

本是将心托明月，可惜，明月常缺。

（三）流落京城：侯门一入深似海

"裙带"这个词真是挺有意思的。"裙"自然是女子之"裙"，"带"自然是绳带牵连之意。通过女子的"裙"把相关的人捆绑在一起，是不是很美好？至少听起来不错。比如大词人周邦彦和宋徽宗赵佶也应属于"裙带"关系，两人至少都在李师师的"温柔乡"中沉睡过。其实，这种"裙带"还算正常，哪些是不正常的呢？外戚！

外戚实在是中国历史上最奇葩的存在。就因为女儿嫁给了皇帝，自家也就成了皇帝的"裙带"，然后就"一人得道，鸡犬升天"，爹爹成了国丈，兄弟成了国舅，全家摇身晋级豪门。像杨玉环，白居易就曾道"遂令天下父母心，不重生男重生女"。更有甚者，皇帝一旦死了，小皇帝继位，那外戚更是飞扬跋扈，甚至独揽朝纲，以至于萌生不臣之心。这样的事情在西汉、东汉乃至唐宋，不绝于史册。

田弘遇就是外戚，虽然当时已经天下大乱，但崇祯皇帝的"裙带"还是很管用的。当冒辟疆前来迎娶陈圆圆的时候，她已经落到了田弘遇的手里。据《茨村咏史新乐府》记载："崇祯辛巳年（1642年），田贵妃父宏遇进香普陀，道过金阊，渔猎声妓，遂挟沅以归。"这段文字充分说明田弘遇的强盗本色，艳名远播的陈圆圆焉能幸免？

或许这也是注定了的，不被田弘遇带到京城，她怎么会遇上吴三桂？当我们后人因这些故事而唏嘘时，又不得不生出对命运的敬畏。似乎无论你如何挣扎如何努力，都始终摆脱不了它给你设定的轨道和藩篱。

陈圆圆成了田弘遇的家乐演员，其实就是"家妓"。她也只能逆来顺受。我们不能指责这样的弱女子，在那个时代，能苟且偷生已经不易。

不是谁都有勇气选择去死的！再说她为什么要死？为大明朝而死？笑话，她欠大明朝的吗？她不欠！至少她现在能安稳地吃口饭，不是吗？尽管外面刀兵四起，但田弘遇这棵"大树"暂时还是可以遮风挡雨的。

"安得广厦千万间，大庇天下寒士俱欢颜！"那些是孔门弟子的事情，是崇祯皇帝的事情，而她只是一个唱歌的女子。

（四）江山美人：冲冠一怒为红颜

陈圆圆的命运又一次发生了改变。田贵妃故去，田弘遇的"裙带"断了，皇帝岳父也不值钱了，况且崇祯已是"泥菩萨过河"，只等赶赴景山的那一天。

但田弘遇不怕，为什么呢？因为他善于钻营啊！当田贵妃去世后，他就毫不犹豫地抱上了军中实权派吴三桂的大腿，陈圆圆也自然地成了他献给吴三桂的见面礼。

历史终于来到这一天——

田弘遇请吴三桂赴家喝酒，"出群姬调丝竹，皆殊秀。一淡妆者，统诸美而先众音，情艳意娇"。这位淡妆丽质者正是陈圆圆，吴三桂也"不觉其神移心荡也"。

剩下的事情就好办了，就像吕不韦收赵姬、王允认貂蝉一样，田弘遇认陈圆圆为干女儿，并将其许配给吴三桂。做不成外戚，还可以联姻！我不得不承认这实在是一步好棋。

如果一切就此打住，陈圆圆也算有个好归宿了。但命运还是没有放过她。或许是崇祯皇帝太过倒霉，一个张献忠已经够折腾的了，又来了一个更能折腾的李自成，关键是山海关外的多尔衮也已经兵临城下。还有蝗灾，山东、河南、河北到处闹蝗灾。哎，有时候会觉得可叹，中国历史的真正推动者，竟然有这些个看似不起眼的小昆虫——蝗虫！东汉黄巾军起义、唐朝黄巢起义等，它们都站在背后，张牙舞爪。

蝗虫不是人，它们也只是啃啃庄稼；可有些人比蝗虫还可怕，比如贪官污吏，他们直接喝老百姓的血！

公元1644年4月，吴三桂领兵山海关，李自成攻破北京城。

于是，中国历史上出现了颇为滑稽的一幕——吴三桂拥兵三海关，抵御多尔衮，但他保护的大明王朝连都城都没有了，皇帝也自杀了。他怎么办？投降外族还是臣服李自成？这样的问题本不该成为问题，毕竟谁愿意做汉奸啊！

正当吴三桂的天平倾向于李自成时，刘宗敏横插了一杠子——他掠取陈圆圆，做了压寨夫人。

陈圆圆成了压倒吴三桂选择的最后一根稻草——《明史·流寇》称："初，三桂奉诏入援，至山海关，京师陷，犹豫不进。自成劫其父襄，作书招之，三桂欲降。至滦州，闻爱姬陈沅被刘宗敏掠去，愤甚，疾归山海，袭破贼将。自成怒，亲部贼十余万，执吴襄于军，东攻山海关，以别将从一片石越关外。三桂惧，乞降于我大清。"

吴三桂联合多尔衮把李自成赶出了北京城，救回了陈圆圆，然后带着陈圆圆，南征北战，直到成为独霸云南的"平西王"。

中国的历史最终在陈圆圆身边打了个转，几个大男人、几个大英雄——吴三桂、李自成、多尔衮、刘宗敏，几个王权、几个政府——大明王朝、大顺王朝、大清王朝，就这么在这小小女子周围被旋进了滚滚洪流，把那些所谓的英雄与史诗，冲荡得干干净净，而她却还是一个受尽委屈的小姑娘，不问世事，任人摆布。

这一切本来跟她也没有关系！但她太美了！这美，犹如蜜糖，哪怕就是穿肠毒药，也自有人甘之如饴。

（五）后记：原来姹紫嫣红开遍

门前冷落鞍马稀。

年老色衰的陈圆圆在平西王府中渐渐失宠。她脱下宫装，披上道袍，从此青灯为伴，了此残生。

公元 1678 年，吴三桂兵败而亡，而陈圆圆还不知在哪个道观里静修。公元 1695 年（康熙三十四年），陈圆圆辞别尘世，她的一生终于像她的名字一般，画上了"圆"。

美丽归土，寿终正寝，这未尝不是最好的结局。

繁华，人人都渴望的繁华，人人都以为会永远常驻的繁华，而最终的归宿还是平淡。大明，大清，抑或是大顺，在她的记忆中，始终不过是一个称号而已，始终抵不过一个冒辟疆。

就像《牡丹亭》中唱的："原来姹紫嫣红开遍，似这般都付与断井颓垣。良辰美景奈何天，赏心乐事谁家院。朝飞暮卷，云霞翠轩；雨丝风片，烟波画船——锦屏人忒看的这韶光贱！"

这世界，唯有时光与爱情不可替代。这世界，难道美丽真的有罪？是为记。